JEFF COHEN

Eine Leiche auf Abwegen

Buch

Eine neue Kundin, Sheila McInerney, betritt das Büro von Samuel Hoenig. Die junge Frau beauftragt ihn mit der Beantwortung folgender Frage: »Wer ist der Mann, der behauptet, mein Ehemann zu sein?« Mit diesem Auftrag findet sich Samuel auf völlig unbekanntem Terrain wieder – der Ehe. Und so setzt er alle Hebel in Bewegung, um seine Assistentin Janet Washburn zurückzuholen, die sich auf diesem Gebiet deutlich besser auskennt. Als Sheila panisch bei Samuel anruft, weil ihr vermeintlicher Ehemann sie bedroht, ahnt Samuel, dass es hier um weit mehr als die Beantwortung einer simplen Frage geht …

Autor

Jeff Cohen, aufgewachsen in New Jersey, ist ein schriftstellerischer Tausendsassa. Als Reporter schrieb er u. a. für die *New York Times*, *Entertainment Weekly* und *USA Today*, er arbeitete als Lehrer, Redakteur und Drehbuchautor und veröffentlichte zwei Sachbücher über das Asperger-Syndrom. In seinen Kriminalromanen, die sich in den USA bereits über 100 000-mal verkauften, bringt Jeff Cohen seine Leser gern zum Lachen, während er ihnen reihenweise Verdächtige präsentiert und sie auf falsche Fährten lockt.

Jeff Cohen bei Blanvalet

Eine Leiche riskiert Kopf und Kragen (Samuel Hoenig 1)

Mehr Informationen zum Autor finden Sie hier:
http://www.jeffcohenbooks.com

Jeff Cohen

Eine Leiche auf Abwegen

Roman

Aus dem Amerikanischen
von Bernd Stratthaus

blanvalet

Die Originalausgabe erschien 2015 unter dem Titel
»The Question of the Unfamiliar Husband
(An Asperger's Mystery)« bei Midnight Ink, Woodbury.

MIX
Papier aus verantwortungsvollen Quellen
FSC® C014496

Verlagsgruppe Random House FSC® N001967

1. Auflage

Umschlaggestaltung: © Johannes Wiebel/punchdesign,
unter Verwendung von Motiven von Shutterstock.com
(© Colorcocktail, © Panptys, © jorgen mcleman)
Redaktion: Angela Küpper
JB · Herstellung: sam
Satz: Buch-Werkstatt GmbH, Bad Aibling
Druck und Bindung: GGP Media GmbH, Pößneck
Printed in Germany
ISBN: 978-3-7341-0350-6

www.blanvalet.de

Für Seymour M. Cohen,
Byron T. Copperman und
Jessica Oppenheim

1

Die Eingangstür ging auf, und eine Frau trat ein.

Ich hatte an meinem Mac Pro gearbeitet und versucht, die Antwort auf die Frage eines Kunden zu finden. Den Auftrag hatte ich in der vergangenen Woche angenommen. Darin ging es um einen Rapfen, ein Sprungbrett und eine bestimmte Menge Bourbon, aber die Frage war nicht bemerkenswert genug, um sie hier näher auszuführen. Allerdings hatte ich zugestimmt, sie zu beantworten, denn ich hatte seit sechs Tagen nicht mehr gearbeitet und brauchte die geistige Übung. Auch das Honorar hatte eine Rolle gespielt.

Vor sechs Monaten hatte ich *Fragen Beantworten* gegründet. Ich hatte das Ladengeschäft in der Stelton Road 735 in Piscataway, New Jersey, gemietet, weil es in der Nähe des Hauses liegt, in dem meine Mutter und ich gemeinsam leben. Es genügte meinen minimalen Ansprüchen, und ich konnte es mir leisten. Seither hatte ich hier und da eine Anzeige geschaltet. Dadurch und durch ein bisschen Mundpropaganda – ein Ausdruck, der für mein Empfinden nur wenig Sinn ergibt, da Wörter auf Papier oder als Pixel ebenso wirksam sind – war es mir gelungen, die meiste Zeit über mit Aufträgen eingedeckt zu sein.

Die Frau, sie war etwa siebenundzwanzig Jahre alt, einen Meter siebzig groß, hatte braune Augen und Haare, sah sich nervös im Raum um – bei Menschen, die mein Geschäft betreten, keine ungewöhnliche Reaktion.

Vor *Fragen Beantworten* hatte sich in diesem Gebäude eine Pizzeria namens San Remo befunden. Die Öfen, die zur Herstellung des hauptsächlichen Produkts dieses Einzelhandelsunternehmens verwendet worden waren, standen noch immer in meinen Räumlichkeiten, doch ich hatte niemals einen von ihnen eingeschaltet. Allerdings muss ich zugeben, dass ich bisweilen versucht war, es aus Neugier auszuprobieren.

In der Mitte des großen Raumes – größer als eigentlich notwendig, jedoch meinen Bedürfnissen angepasst und geeignet, darin auch bisweilen ein Experiment durchzuführen – standen ein Schreibtisch, an dem ich arbeitete, daneben ein Lehnstuhl, in dem meine Mutter oft saß, wenn sie mich im Büro besuchte, und außerdem gab es noch zwei tragende Säulen. Der Großteil des Raumes war leer, aber sauber. Man hatte mir schon gesagt, dass die Wände einen neuen Anstrich vertragen könnten, doch ich hatte keinen Nutzen darin gesehen, da es meines Wissens keine Erkenntnisse darüber gibt, dass Menschen interessantere Fragen stellen, wenn sie sich in einer frisch gestrichenen Umgebung aufhalten.

»Darf ich Ihnen helfen?«, fragte ich die Frau. Ich hatte mir antrainiert, diese Frage zu stellen. Mein natürlicher Impuls war eigentlich herauszufinden, was ein möglicher Kunde wissen wollte, doch Mutter behauptet, dass die Leute so viel Direktheit verstörend finden. Zudem frage ich nie: »Kann ich Ihnen helfen?« Wenn mir irgendjemand in einem Geschäft diese Frage stellt, verwirrt es mich jedes Mal, denn ich habe ja keine Ahnung, ob die betreffende Person das kann, bevor er oder sie weiß, was ich von ihr will. Zwar bin ich mir sicher, dass ich den meisten Menschen helfen kann, die in mein Büro kommen und mir eine Frage stellen, aber statistisch gesehen ist es eine Tatsache, dass ich nicht jede einzelne Frage beantworten kann. Man hat mir bisher noch keine Frage gestellt, auf die ich keine Antwort finde, doch theoretisch ist das eben möglich.

»Ich ... ich bin mir nicht sicher«, entgegnete die Frau. »Ist das hier so etwas wie ein Detektivbüro?«

So. Diese Unterhaltung abzukürzen wäre ein Leichtes, denn mein Unternehmen hat mit einem Detektivbüro nichts zu tun. »Nein«, antwortete ich folglich. »Sie sind bei *Fragen Beantworten.*« Ich machte eine Geste in Richtung des Schildes im Schaufenster, auf das ich den Namen des Unternehmens deutlich mit wasserfestem Stift geschrieben habe. Mutter findet, ich sollte in ein professioneller aussehendes Schild investieren, und wahrscheinlich sollte ich das wirklich, denn üblicherweise hat sie in solchen Dingen recht.

Statt entmutigt zu wirken, machte die Frau jedoch weitere fünf Schritte auf mich zu. Ich erhob mich, denn Dr. Mancuso hatte mir gesagt, dass es als unhöflich wahrgenommen würde sitzen zu bleiben, während die Person, mit der man spricht, vor einem steht. Wie ich es geübt hatte, streckte ich die Hand aus. »Darf ich mich vorstellen, mein Name ist Samuel Hoenig. Mir gehört *Fragen Beantworten.*«

»Ähm, ich habe eine Frage, die ein paar Ermittlungen erfordert. Das gehört doch zu Ihren Leistungen?« Streng genommen war das keine Frage, aber ihr Tonfall, der am

Ende des Satzes um eine Terz anstieg, zeigte mir an, dass sie es für eine hielt.

Also antwortete ich ihr, als wäre ich der Meinung, sie hätte mich etwas gefragt. »Es hängt von der Frage ab. Die meisten Fragen erfordern einige Nachforschungen, doch nicht alle bedürfen Ermittlungen außerhalb dieser vier Wände.«

»Sie haben schon früher in einem Kriminalfall ermittelt«, erinnerte sie mich. »Davon habe ich im *Star-Ledger* gelesen.«

Ich biss mir auf die Lippe. Es stimmte. Vor drei Monaten hatte ich eine Frage zu einem Mordfall beantwortet, allerdings nur weil sie mit einer anderen Frage in Verbindung stand, die ich ebenfalls zu beantworten versuchte – und weil Mutter mir, was eher unfair war, eine Frage zu dem Mord gestellt und mir dann für die Beantwortung einen Dollar gezahlt hatte.

»Haben wir«, räumte ich ein. »Das ist jedoch nicht unser vordringliches Betätigungsfeld. Wenn Sie jemanden benötigen, der für Sie eine Straftat untersucht, dann rate ich Ihnen, sich an einen Privatdetektiv oder an die Polizei zu wenden.« Ich erwog, mich wieder hinzusetzen, als Zeichen dafür, dass das Gespräch beendet war, doch das stand im Konflikt mit der Möglichkeit, dann als unhöflich wahrgenommen zu werden. Es war eine schwierige Entscheidung, also blieb ich erst einmal stehen.

»Ich bin nicht sicher, ob ich jemanden brauche, der eine Straftat untersucht«, entgegnete die Frau. »Ich bin nicht mal sicher, ob überhaupt eine Straftat vorliegt.« Sie sah sich noch einmal rasch um. Ihr Blick blieb an Mutters Lehnstuhl hängen. »Darf ich mich setzen?«

Da meine Mutter nicht anwesend war und ich sie demnächst auch nicht erwartete, nickte ich. Wenn die Frau sich setzte, würde mir das immerhin erlauben, mich ebenfalls wieder an meinem Schreibtisch niederzulassen. Ohne die Fußstütze auszuklappen, setzte sie sich also in den Lehnstuhl. Auch ich nahm meinen ursprünglichen Platz wieder ein und kam zur Sache: »Wie lautet Ihre Frage?« Erneut war ich unsicher, ob diese direkte Nachfrage angemessen war, doch meines Erachtens war es notwendig, mit der Unterhaltung voranzukommen, damit ich mich wieder der Angelegenheit mit dem Rapfen widmen konnte.

»Mein Name ist Sheila McInerney«, stellte die Frau sich vor. Zwar hatte ich sie nicht nach ihrem Namen gefragt, aber sie fuhr fort, genau wie ich es erwartet hatte. »Ich arbeite als Grafikerin bei einer Werbeagentur in der Stadt.« Wenn Leute aus dem nördlichen New Jersey von »der Stadt« sprechen, meinen sie New York City, genauer gesagt Manhattan. Wenn Leute aus dem südlichen New Jersey von »der Stadt« sprechen, meinen sie Philadelphia. Ms. McInerney meinte Manhattan.

Da sie bisher nichts gesagt hatte, was auf eine Frage hinwies, mit deren Beantwortung sie mich hätte beauftragen können, schwieg ich.

»Ich habe stets gern gearbeitet, doch ich möchte auch ein Zuhause, eine Familie und all das haben«, fuhr Ms. McInerney fort und sagte damit immer noch nichts, was besonders aufschlussreich gewesen wäre. »Ich habe die üblichen Dates hinter mich gebracht, habe mich sogar auf einer dieser Internetplattformen angemeldet, aber ich habe den Richtigen für mich offenbar noch nicht gefunden.«

Mir schien, es wäre nun an der Zeit, etwas zu erwidern, obwohl es schwierig würde, dabei weder ungeduldig noch unhöflich zu klingen. Also überlegte ich sorgfältig. »Wieso hat diese Suche Sie hierhergeführt?« Es kam mir unwahrscheinlich vor, dass Ms. McInerney durch irgendeinen Computeralgorithmus den Schluss gezogen haben könnte, dass ich ihr Traummann war, doch falls sie wirklich zu diesem Ergebnis gekommen sein sollte, wäre es wohl notwendig, sie von dieser Vorstellung wieder abzubringen.

Trotz meines Versuchs, taktvoll zu sein, wirkte sie überrascht. »Nun, dazu äußere ich mich gleich. Ich wollte nur klarstellen, dass ich keine bin, die – Sie wissen schon – sich einfach dem Erstbesten an den Hals wirft. Ich suche einen Mann, der mein Freund und Partner, nicht nur mein Liebhaber sein kann.«

Das Gespräch führte inzwischen unzweifelhaft in eine Richtung, die mir Unbehagen bereitete. Ich erwog, Ms. McInerney gegenüber zu behaupten, in einer Beziehung zu sein, doch das wäre eine Lüge gewesen, und Mutter sagt immer, dass Lügen unter keinen Umständen hilfreich sind. Theoretisch könnte ich das anzweifeln, aber praktisch bin ich ein sehr schlechter Lügner, also nehme ich diesen Rat von ihr grundsätzlich erst einmal an.

Glücklicherweise hatte Ms. McInerney einfach nur Luft geholt und erwartete nicht, dass ich etwas erwiderte. »Was ich, glaube ich, zum Ausdruck bringen will, ist, dass ich nicht die Art Frau bin, die mit jedem Typen gleich ins Bett steigt.«

Es hatte Jahre gebraucht, bis ich bei Gesprächen meinem Gegenüber in die Augen sehen konnte, doch wenn das Thema mir unangenehm ist, bereitet es mir auch heute noch einige Schwierigkeiten. Nun starrte ich auf den Bildschirm meines MacBooks, auf dem eine Seite aufgerufen war, die sich mit den unterschiedlichen Sorten von Bourbon beschäftigte. Allerdings versuchte ich nicht wirklich, sie zu lesen. »Verstehe«, sagte ich. Streng genommen war das die Wahrheit – ich verstand, welche Botschaft sie mir zu vermitteln versuchte. *Warum* sie jedoch diese Information mit mir teilen wollte, war mir im Moment noch vollkommen schleierhaft.

»Gut«, sagte Ms. McInerney, als wäre nun irgendetwas geklärt. »Wir haben uns also über die Grundlage verständigt, auf der Sie mein Problem verstehen können.«

Manche Schlüsselworte lösen in mir fast reflexhafte Reaktionen aus. Wenn ich höre, dass jemand von einem »Problem« spricht, erfolgt eine rasche Antwort meinerseits. »Ich löse hier keine Probleme. Mein Unternehmen heißt *Fragen Beantworten*. Ich beantworte Fragen.«

Gerade wollte ich einige Vorschläge machen, wie Ms. McInerney ihr wie auch immer geartetes Problem stattdessen lösen könnte, da ergriff sie erneut das Wort.

»In Ordnung«, sagte sie. »Ich habe eine Frage an Sie, Mr. Hoenig: Wer ist der Mann in meinem Bett, der von sich selbst behauptet, mein Ehemann zu sein?«

2

Dieses Mal stellte ich sicher, dass ich Ms. McInerney in die Augen sah. »Glauben Sie, dass ein Hochstapler vorgibt, Ihr Ehemann zu sein?«, fragte ich. »Sind Sie mit jemand anderem verheiratet?« Sie schien zuvor das Gegenteil behauptet zu haben, also betrachtete ich ihr Gesicht sehr aufmerksam. Es gab kein Anzeichen eines Zögerns, kein Zucken. Sie hatte mit dieser Reaktion gerechnet und hatte ihre Frage tatsächlich genau so formuliert, dass sie den größten Effekt erzielte. Das hatte sehr gut geklappt.

Mein Interesse war geweckt.

»Nein, ich glaube, dass ich gar nicht verheiratet bin. Ich denke, dass der Mann, der jetzt in meiner Wohnung lebt und in meinem Bett schläft, ein Betrüger ist.«

Ich sah auf ihre linke Hand, an der Frauen oft einen Verlobungs- oder Ehering oder beides tragen. An ihrer gab es nur einen einfachen goldenen Ring, sonst nichts. An keiner Hand trug sie einen Diamanten oder anderen Schmuck.

»Wie ist das möglich?«, fragte ich sie. »Sie würden es doch sicher wissen, wenn Sie jemanden geheiratet hätten.«

»Das ist kompliziert«, entgegnete sie, und mir fiel auf, dass sie diesmal den Blickkontakt abbrach. Das gilt bei den meisten Menschen, die als »neurotypisch« gelten, als ein verräterisches Zeichen.

»Das kann ich mir vorstellen. Welcher Art ist die Komplikation genau?«

Ms. McInerney saugte an ihren unteren Schneidezähnen, als wolle sie einen unangenehmen Geschmack loswerden. »Ich möchte nicht, dass Sie denken, mir passiert das häufig.«

Meine Meinung über ihr Verhalten schien ihr wichtig zu sein, und da sie eine mögliche Kundin war (genauer gesagt, da ich mich für die Frage interessierte), war es von Bedeutung, ihre Bedenken zu zerstreuen. »Ich kann mir nicht vorstellen, dass Sie mehr als einen Ihnen unbekannten Ehemann haben.«

»Das ist nicht lustig, Mr. Hoenig.«

»Ich wollte keinen Witz machen«, erwiderte ich. »Bitte. Erzählen Sie, was passiert ist.«

Sie nickte und atmete einmal tief durch; ich war mir nicht sicher, ob das spontan oder meinetwegen geschah. Plötzlich wünschte ich mir, dass Mutter hier wäre, da sie mir oft Gesten oder Zeichen erklären kann, die ich als solche nicht erkenne.

»Es war auf einer Party, vor etwas über einem Monat«, begann Ms. McInerney.

»Wer hat die Party gegeben?«, fragte ich nach.

Ms. McInerney blinzelte und öffnete die Augen ein bisschen weiter. Sie war entweder überrascht oder verärgert über die Unterbrechung. »Eine meiner Freundinnen von der Arbeit, Jenny LeBlanc. Es war eine Mottoparty, was ich normalerweise nicht mag. Aber diese war lustig. Wir sollten als unsere liebste Filmfigur kommen.«

Es dauerte einen Augenblick, bis ich begriff, dass Ms.

McInerney mit ihrem »wir« nicht sagen wollte, *ich* hätte ebenfalls kostümiert zu dieser Party kommen sollen. »Welche Figur haben Sie gewählt?«, fragte ich, weil ich annahm, dass sie diese Frage von mir erwartete.

»Harpo Marx. Wissen Sie, wer das ist?«

War das eine Fangfrage? Ich hatte alle dreizehn Filme der Marx Brothers gesehen, und auch wenn manche der Witze für mich schwer zu verstehen waren, war ich mit Harpo Marx vertraut. Was mich allerdings verwirrte, war, dass sich Ms. McInerney als diese Filmfigur verkleidet hatte.

»Harpo Marx war ein Mann«, stellte ich fest. »Und Sie haben glattes Haar. Seins war sehr lockig und zerzaust. Er ist seit über sechzig Jahren tot. Wie konnten Sie hoffen, dass man Sie für Harpo Marx halten würde?«

Sie starrte mich nicht wirklich an, hielt aber für einen langen Moment Blickkontakt, als suche sie in meinen Augen nach etwas, was dort nicht zu finden war. »Ich habe nicht gehofft, dass die anderen glauben würden, ich wäre wirklich Harpo Marx«, erklärte sie. »Ich habe mich nur für die Party verkleidet. Andere Gäste hatten sich als Spiderman und als Ron Burgundy verkleidet. Eine Frau kam als die Prinzessin aus der *Eiskönigin*. Es war eine Party.«

Ich zwang mich, nicht weiter über den Sinn von Verkleidungen nachzudenken, und konzentrierte mich stattdessen auf die Frage. »Was hat das mit dem Ehemann zu tun, den Sie für einen Betrüger halten?«

Ms. McInerney nickte und kehrte zum eigentlichen Thema zurück. Im Stillen nahm ich mir vor, keine weiteren unproduktiven Abschweifungen des Gesprächs zuzulassen. »Ich habe auf der Party einen Mann kennengelernt, an so viel erinnere ich mich. Er war als Zorro verkleidet und trug eine Maske, die den Großteil seines Gesichts verdeckte.«

Obwohl ich noch nie einen Film über den fiktionalen Zorro gesehen hatte, kannte ich Fotos von Schauspielern in dieser Rolle, also konnte ich mir vorstellen, wie die Figur ungefähr ausgesehen haben musste: ein breitkrempiger Hut und eine Maske vor den Augen, wegen der man nicht viel vom Gesicht erkennen konnte. »War er der Mann, mit dem Sie nun verheiratet sind?«

Ihre Arme schlenkerten ein wenig an ihren Seiten, aber nur einmal. Manche Menschen, die Verhaltensweisen des Autismusspektrums aufweisen, schlenkern manchmal vor Aufregung oder aus Frustration mit den Armen, doch diese Geste war weniger ausgeprägt – eher wie ein Schulterzucken, das anzeigen sollte, dass sie nicht in der Lage war, darauf eine abschließende Antwort zu geben.

»Er behauptet es«, führte sie aus. »Ich weiß, dass ich mit ihm zwei Gläser Rotwein auf der Veranda hinter dem Haus getrunken habe. Und dann sind meine Erinnerungen für drei Tage weg. Er behauptet, wir hätten am zweiten Abend geheiratet, weil wir so verliebt ineinander waren, dass wir nicht länger hatten warten wollen. An nichts davon erinnere ich mich, aber es gibt eine Heiratsurkunde und Bilder, die sein bester Freund Roger bei der Hochzeit geschossen hat. Darauf lächle ich, obwohl mir nicht klar ist, warum.«

»Wo hat die Hochzeit stattgefunden?«, fragte ich. »In New Jersey hätten Sie so schnell kein Aufgebot bestellen können.«

»Offenbar sind wir nach Darien in Connecticut gefahren. Es gibt dort keine Wartezeit, solange man einen Ausweis bei sich hat.«

»Ich hätte auf Delaware getippt, doch wenn die Person, die heiraten möchte, nicht aus diesem Staat stammt, gibt es dort eine viertägige Wartezeit«, bemerkte ich. Tatsächlich hatte ich mich noch nie direkt um Wartezeiten vor Hochzeiten gekümmert, aber einmal war mir eine Frage gestellt worden, die sich ausdrücklich auf diejenigen in Delaware bezog. Ein Mann hatte herausfinden wollen, ob die Hochzeit seiner Eltern wirklich gültig war. Sie war es.

»Keine Ahnung«, fuhr Ms. McInerney fort. »Ich kann mich nicht erinnern, jemals in Darien gewesen zu sein. Ich erinnere mich nicht einmal daran, die Party verlassen zu haben. Man muss mir wohl etwas eingeflößt haben, Mr. Hoenig.«

»Mir ist kein Betäubungsmittel bekannt, das drei Tage der eigenen Erinnerung auslöscht, Ms. McInerney, aber ich muss mich darüber kundig machen. Woran erinnern Sie sich denn im Anschluss an die Party, auf der Sie als Harpo Marx aufgetreten sind?«

Ihr Gesichtsausdruck verdüsterte sich, als zwinge man sie dazu, sich einem traumatischen Erlebnis zu stellen. Diesen Blick kenne ich von Menschen, deren Haustier gerade gestorben ist oder deren Lieblingsmannschaft ihr wichtigstes Spiel verloren hat.

»Ich entsinne mich, dass ich wie immer in meiner Wohnung aufgewacht bin«, erklärte Ms. McInerney. »Und als ich Ollie sah – so heißt er, Ollie Lewis –, wie er im Bett neben mir lag, bekam ich beinahe einen Herzinfarkt.« In diesem Punkt übertrieb sie offenbar, denn Herzkrankheiten werden durch verstopfte Arterien oder andere organische Störungen ausgelöst und niemals von einem Gefühl der Überraschung. Das ignorierte ich einfach. »Zuerst dachte ich, es wäre das Unüberlegteste und Dümmste gewesen, was ich jemals getan habe, und ich behielt recht, doch ich wusste nicht, wie sehr ich recht behielt, bevor er aufgewacht ist und mich als seine Frau bezeichnet hat.«

»Sie kannten Mr. Lewis vorher nicht?«

Sie schüttelte den Kopf. »Nein. Niemand hatte je auch nur seinen Namen erwähnt.«

Ich hatte mir keine Notizen gemacht, und die waren auch nicht nötig; an dieses Gespräch würde ich mich in allen Einzelheiten erinnern. »In welcher Beziehung stand er denn zu Ihrer Freundin Ms. LeBlanc? Warum war Oliver Lewis auf ihrer Party?«

Ihre Stimme klang wehmütig und voller Reue. »Er war der Freund eines Freundes. Terry Lambroux soll ihn mitgebracht haben.«

»Terry« ist ein Name, der Personen beiderlei Geschlechts bezeichnen kann. »Ist Terry ein Mann oder eine Frau?«, hakte ich daher nach.

»Das ist eine gute Frage«, entgegnete Ms. McInerney. »Ich wünschte, ich könnte sie Ihnen beantworten, doch ich kenne nur den Namen. Die dazugehörige Person habe ich nie getroffen. Die einzige andere Person, der ich auf der Party begegnet bin, ist Ollies Freund Roger Siplowitz.«

»Die Party und die Hochzeit – falls es tatsächlich eine gegeben hat – haben schon vor Wochen stattgefunden«, sagte ich, um mit der Unterhaltung voranzukommen. »Was haben Sie inzwischen unternommen? Haben Sie die Polizei verständigt?«

»Was hätte ich denen denn sagen sollen? Dass mich ein Mann gegen meinen Willen geheiratet hat? Das ergibt doch gar keinen Sinn, Mr. Hoenig. Geld habe ich keines, ich lebe von der Hand in den Mund. Ollie kann also nicht vorgeben, mein Ehemann zu sein, um dadurch Zugriff auf ein riesiges Vermögen zu erlangen. Es gibt nämlich keins, und auch bei meiner Familie ist nichts zu holen.«

»Vielleicht wollte er nur Sex mit Ihnen haben«, vermutete ich. Sex ist für Menschen – vor allem für Männer – oft ein starkes Motiv.

»Und deshalb hat er mich geheiratet? Wenn Ollie mir K.-o.-Tropfen in den Drink geschüttet hat, um mich nach unserem Date zu vergewaltigen, hätte er das getan und sich dann aus dem Staub gemacht. Davon hört man ja andauernd.« Sie stand auf und drehte sich um. Die Geste ähnelte der in einem alten Film noir, nur dass Ms. McInerney keinen Trenchcoat trug und auch keine Zigarette in der Hand hielt.

Recht hatte sie allerdings damit, auf die mangelnde Logik meines Vorschlags hinzuweisen. »Haben Sie die Heiratsurkunde gesehen, deren Existenz Mr. Lewis behauptet?«, fragte ich. »Haben Sie vielleicht eine Kopie bei sich?«

Die Frage schien Ms. McInerney zu überraschen. Sie blinzelte zweimal und biss sich dann wieder auf die Unterlippe. »Nein, habe ich nicht. Aber ich habe sie gesehen. Sie wirkte offiziell.«

Ich fuhr mir mit der Zunge über die oberen Schneidezähne. Das geschieht bei mir ganz unwillkürlich beim Nachdenken. Da ich in der Therapie über ein Jahr dafür gebraucht habe, mir eine viel auffälligere Geste (mit den Fingern zu wackeln) abzugewöhnen, schien dies das kleinere Übel zu sein. »Es ist nicht weiter schwer, ein echt wirkendes Dokument zu erstellen. Ich werde ein paar Nachforschungen in den Verwaltungsakten des Fairfield County anstellen müssen.« Was ich sagte, war mehr an mich selbst gerichtet als an Ms. McInerney, deren Gesichtsausdruck ich schwer deuten konnte – Verärgerung? Verwirrung? Das hätte ich nicht sagen können.

»Also übernehmen Sie den Fall?«, fragte sie.

»Ich übernehme keine Fälle«, erklärte ich ihr erneut. »Ich beantworte Fragen.«

»Werden Sie dann meine Frage beantworten, Mr. Hoenig?«

»Zuerst muss ich wissen, was Ihr liebster Beatles-Song ist.«

Ms. McInerney kniff die Augen zusammen, als versuche sie mich besser zu sehen. Diese Reaktion ist mir schon öfter aufgefallen – doch es ist eine Frage, die mir dabei hilft, die Persönlichkeit eines Menschen besser einzuschätzen. Sie fragte mich allerdings nicht, warum mich das interessierte. Für einen Augenblick schürzte sie ganz leicht die Lippen.

»›Yesterday‹«, antwortete sie dann.

Konventionell. Möglicherweise bedauert sie etwas in ihrem Leben.

»Mehr wollte ich gar nicht wissen«, sagte ich.

»Also werden Sie tatsächlich meine Frage beantworten?«

»Ja, auch die über Ihren angeblichen Ehemann.«

Sie bedankte sich, wir einigten uns auf ein Honorar, und sie gab mir die Hälfte davon als Anzahlung, so halte ich es mit sämtlichen neuen Klienten. Sie brauchte neun Minuten, um mein Neukundenformular auszufüllen, dann ging sie und versicherte vorher noch, wie glücklich sie über meine Hilfe sei. Ich wollte schon entgegnen, dass ich nicht zugestimmt hatte, ihr zu helfen – wenn sie tatsächlich mit einem Mann verheiratet war, den sie kaum kannte, konnte ich sie aus dieser misslichen Lage nicht befreien, dafür benötigte sie einen Scheidungsanwalt –, entschied aber, dass die Bekräftigung, ihre Frage beantworten zu wollen, wohl genügte.

Als Ms. McInerney wieder fort war, machte sich jedoch ein ängstliches Gefühl in meiner Magengegend breit. Normalerweise sind die Fragen, um die ich mich kümmere, mit ein paar einfachen Nachforschungen zu beantworten. Tatsächlich lehne ich allzu einfache Fragen oft ab oder beantworte sie dem Kunden auf der Stelle und berechne dafür nur einen Bruchteil meines üblichen Honorars. Viele Menschen könnten ganz leicht selbst auf die Antworten kommen, die sie für kompliziert halten. Oft ist ein Besuch bei *Fragen Beantworten* eher ein Zeichen von Faulheit als für die Schwierigkeit einer Fragestellung.

Mit dieser Art von Aufgabe begab ich mich auf ein Terrain, das nicht zu meinen Stärken zählte. Tatsachen sind häufig leicht zu ermitteln, vor allem wenn sie mit Geschichte oder Wissenschaft zu tun haben. Herauszufinden, ob die Schlacht von Gettysburg von der Gesichtsbehaarung eines bestimmten Generals beeinflusst worden ist (wie man mich einmal gefragt hat), war eine einfache Angelegenheit von Recherche und Meteorologie. Den behaupteten legendären Tausch des Schlägers der Boston Red Sox, Ted Williams, gegen den Star der New York Yankees, Joe DiMaggio, über den man sich angeblich bereits handelseinig war, bevor er dann doch wieder abgeblasen wurde, konnte ich in weniger als drei Stunden bestätigen.

Aber Ms. McInerneys Frage bewegte sich auf erheblich weniger vertrautem Gebiet. Ob eine gültige Eheschließung in Darien, Connecticut, am erwähnten Datum stattgefunden hatte und aktenkundig war, war ziemlich leicht herauszufinden. Doch ihre Frage war ja tatsächlich komplexer, als nur ihren Familienstand zu bestimmen.

Ms. McInerneys Frage hatte weitere Aspekte: »Wer ist der Mann in meinem Bett, der von sich selbst behauptet, mein Ehemann zu sein?« Um das zu beantworten, würde ich mich mit dem Verhältnis von Mann und Frau beschäftigen müssen, dem Bereich von Gefühlen und ihrem Ausdruck, der wirklich nicht zu meinen Spezialgebieten gehört. Es war denkbar, dass ich mich bereit erklärt hatte, einer Frage nachzugehen, für deren Beantwortung ich in hohem Maße unqualifiziert war.

Ich begann mit ein wenig Powerwalking in meinem Büro, wobei ich die Arme für einen zusätzlichen Fitnesseffekt nach oben streckte. Da mein Arzt mir geraten hatte, nicht länger als zwanzig Minuten am Stück auf einem Bürostuhl zu sitzen, achtete ich sehr darauf, meinen Herzschlag drei Mal pro Stunde auf Touren zu bringen. Ich würde gern sagen, dass mir diese Gewohnheit dabei hilft, tiefgreifender nachzudenken, aber die traurige Wahrheit ist, dass ich auf genau derselben Ebene nachdenke, dabei nur heftiger atmen muss und stärker schwitze.

Mutter erschien an der Tür, als ich gerade meine elfte Runde drehte. Sie kannte mein körperliches Fitnessprogramm, doch sie sah auf die Uhr und fragte sich wahrscheinlich, warum ich sieben Minuten später als üblich immer noch damit zugange war.

Ich war ein bisschen außer Atem, allerdings nicht so sehr, dass ich ihr nicht hätte berichten können.

»Ich habe mich mit einer neuen Kundin getroffen.« Mutter weiß, dass ich mein Programm anpasse, wenn eine unbekannte Person (vor allem eine, die eventuell zu zahlender Kundschaft werden könnte) anwesend ist. Aus irgendeinem Grund bereitet es manchen Menschen Unbehagen, mir dabei zuzusehen, wie ich schnell durch den Raum gehe und dabei die Arme hebe und wieder senke, obwohl es aus gesundheitlichen Erwägungen heraus überaus vernünftig ist. Mutter nickte verständnisvoll.

Sobald ich meine Runden beendet hatte, ging ich zu dem Getränkeautomaten hinüber und kaufte mir eine Flasche Quellwasser. Ein Mann namens Les kommt einmal die Woche vorbei, um die Maschine aufzufüllen, und gibt mir dann, was er meinen »Anteil« des Geldes nennt, das ich in der entsprechenden Woche für Getränke ausgegeben habe. Es erscheint mir keine vernünftige Vorgehensweise zu sein, doch offenbar ist Les zufrieden damit, und die Kosten für meinen Trinkwasserverbrauch werden auf diese Weise halbiert.

»Was beschäftigt dich?« Mutter kann Gesichtsausdrücke lesen, vor allem bei mir. Es ist eine Fertigkeit, an der ich ebenfalls sehr hart arbeite, aber sie fliegt mir nicht zu. Bevor ich auch nur ein Wort sagen konnte, hatte sie bereits erkannt, dass ich ratlos und vielleicht auch ein wenig besorgt war. »Hat es etwas mit der neuen Kundin zu tun?«

Ich nickte und erklärte ihr mein Dilemma.

»Ich weiß nicht, ob ich diese Frage beantworten kann«, schloss ich, nachdem ich ihr die genauen Umstände beschrieben hatte. »Das Verständnis von Bereichen, in denen ich gar nicht beschlagen bin, könnte dafür notwendig sein.«

Da kam mir ein Gedanke, der wiederum meinen Gesichtsausdruck beeinflusst haben musste, denn Mutter fragte: »Was ist?«

Es schien die logischste Lösung der Welt zu sein, also war ich verblüfft, dass ich nicht vorher daran gedacht hatte. »Es gibt nur einen Weg für mich, diese Frage anzugehen«, teilte ich ihr mit. »Ich muss mich umgehend mit Janet Washburn in Verbindung setzen.«

Mutter lächelte, doch in ihrem Tonfall kam, soweit ich das heraushören konnte, keinerlei Freude zum Ausdruck. »Oje«, sagte sie.

3

»Das hatten wir doch alles schon einmal, Samuel.«

Janet Washburn saß im Wohnzimmer ihres bescheidenen Zuhauses in der Kleinstadt Cranford, New Jersey, und sah mich mit einem Gesichtsausdruck an, den ich als streng beschreiben würde. Mutter, die mich erst nach einigen Diskussionen zu Ms. Washburns Haus gefahren hatte, trank die Limonade, die Ms. Washburn ihr angeboten und die ich abgelehnt hatte. Limonade ist einfach nur Wasser mit Zitronensaft und Zucker und wirklich kein sehr gesundes Getränk.

»Das ist genau der Grund, warum ich Sie bitte, wieder zu *Fragen Beantworten* zurückzukehren«, entgegnete ich. »Sie verstehen, wie ich arbeite, und Sie ergänzen mich sehr gut.«

Ms. Washburn hatte mir lediglich bei zwei Fragen assistiert, die sich beide um dieselbe Sache gedreht hatten. Unsere Geschäftsbeziehung hatte nur einen Teil zweier aufeinanderfolgender Tage angedauert, dennoch war ich beeindruckt von ihrer Fähigkeit gewesen, meine Konzentration zu schärfen und Aspekte der Frage zu deuten, die mir von allein niemals aufgefallen wären; verstanden hätte ich sie erst recht nicht. Ich hatte ihr einen festen Job bei *Fragen Beantworten* angeboten, doch Ms. Washburns

Ehemann war dagegen gewesen, wie sie mir erzählt hatte. Er war der Ansicht, dass die Arbeit zu gefährlich sei.

»Ich meine nicht, dass wir schon einmal zusammengearbeitet haben«, präzisierte Ms. Washburn. »Ich meine, dass wir dieses Gespräch schon geführt haben. Sie fragen mich, ob ich zurückkommen möchte, und ich habe Ihnen vor dem heutigen Tag wenigstens viermal abgesagt.«

Das stimmte. Tatsächlich hatte ich in den letzten drei Monaten fünfmal mein Jobangebot gegenüber Ms. Washburn erneuert, die mir bei der Beantwortung der Frage nach dem verschwundenen Kopf eine unschätzbare Hilfe gewesen war. Jedes Mal hatte sie abgelehnt, obwohl Mutter mir gegenüber oft den Eindruck geäußert hatte, Ms. Washburns Absagen seien zögerlich erfolgt. Sie hatte das aus Gesichtsregungen und der Körpersprache geschlossen, die ich entweder gar nicht bemerkt oder nicht korrekt interpretiert hatte.

»Dieses Mal ist es etwas anderes«, argumentierte ich. »Ich bitte Sie nur für diese eine Frage um Hilfe, weil ich glaube, dass sie meine Fähigkeiten übersteigt. Ich brauche Sie, weil Sie sowohl die Dynamik zwischen Menschen als auch meine eigenen Gedankengänge verstehen.«

Ms. Washburn nickte, sah mir dabei aber nicht in die Augen, wohingegen ich mich absichtlich bemühte, sie direkt anzublicken.

»Ich weiß, dass Ihr Asperger-Syndrom manches für Sie schwieriger macht, Samuel, aber Sie wissen sehr gut, dass Sie mit dem richtigen Maß an Anstrengung und Konzentration auch ohne mich alles gut meistern können.«

Mutter, die begonnen hatte, an einem Schal zu stricken, saß in ihrem Sessel und sah nicht auf. »Genau das habe ich ihm auch gesagt, liebe Janet«, warf sie ein. »Aber du weißt ja, wie er ist, wenn er sich etwas in den Kopf gesetzt hat.«

Um es gleich vorwegzuschicken: Mutter hat eine etwas andere Einschätzung meiner Beziehung zu Ms. Washburn als ich selbst. Sie glaubt, dass ich irgendwelche romantischen Gefühle für Ms. Washburn hege, und dieser Gedanke irritiert sie, da Ms. Washburn ja eine verheiratete Frau ist. Solche Gefühle habe ich zwar wiederholt und nachdrücklich bestritten, doch Mutter lässt sich nicht davon abbringen, wenn sie irgendetwas an mir festgestellt zu haben glaubt.

»Meine Überzeugung ist, dass Sie mir eine große Hilfe bei einer Frage sein können, die für mich allein eine besondere Herausforderung darstellt«, erklärte ich Ms. Washburn und versuchte auf diese Weise, Mutters Kommentar ausdrücklich nicht zu bestätigen. »Sie können sich etwas dazuverdienen, ich denke, das ist Ihnen recht, und ich behalte sowohl meinen Ruf als auch meine makellose Bilanz, alle Fragen beantwortet zu haben, die man mir jemals gestellt hat. Für wen soll das ein Nachteil sein?«

Ms. Washburn atmete langsam ein und ließ die Luft in derselben Geschwindigkeit wieder ausströmen. Das scheint bei manchen Menschen eine Möglichkeit darzustellen, entweder die eigenen Gedanken zu sammeln, bevor sie antworten, oder Gefühle zu unterdrücken, die sie lieber nicht zum Ausdruck bringen wollen, wie zum Beispiel Ärger. Ich fragte Mutter später, welche der beiden Deutungen in diesem Fall zutraf, und sie versicherte mir, es sei erstere.

»Der Nachteil besteht darin, dass mein Mann noch immer etwas dagegen hat, dass ich mit Ihnen zusammenarbeite«, erwiderte Ms. Washburn nach einer kurzen Pause. »Er glaubt weiterhin, dass Ihre Arbeit zu gefährlich ist, und nach dem, was letztes Mal passiert ist – fast passiert ist –, kann ich ihm das auch nicht wirklich verdenken. Es tut mir leid, Samuel, aber meine Antwort lautet immer noch Nein.«

Mutter steckte die Strickarbeit in die Tasche, trank den Rest der Limonade mit einem zufriedenen Glucksen und erhob sich. »Entschuldige bitte die Störung, Janet. Und vielen Dank für die Limonade.«

Es war sonderbar, dass Mutter aufstand und so eine Bemerkung machte, wo das Gespräch doch eindeutig nicht beendet war, aber ihre Gedankengänge erschließen sich mir nicht immer sofort.

»Bei dieser Frage droht keine Gefahr«, sagte ich zu Ms. Washburn. »Wir versuchen nur, die Identität des Mannes zu klären, der vorgibt, Ms. McInerneys Ehemann zu sein, sowie die Gründe für sein Verhalten herauszufinden.«

Ms. Washburn schaute mich an, sah zu Mutter, dann wieder zu mir, doch jetzt kniff sie die Augen zusammen, als wäre ich sehr weit weg und schwer zu sehen. »Sie erkennen wirklich nicht, wo hier eine mögliche Gefahr liegt?«

Ich gestand, dass dem tatsächlich so war.

»Stellen Sie sich mal vor, dass dieser Lewis eine Art Hochstapler ist und dass wir seine Pläne durchkreuzen, indem wir ihn entlarven«, erklärte Ms. Washburn. »Stellen Sie sich vor, dass er böse auf uns ist, weil wir das getan haben. Glauben Sie denn, dass ein Mann, der sich einer Frau aufdrängt, sie abfüllt und dann heiratet oder zumindest vorgibt, sie zu heiraten, dass so ein Mann einfach aufsteht, in die Hände klatscht und sagt: ›Gut gemacht, da haben Sie mich erwischt‹? Glauben Sie wirklich, dass hierin nicht die geringste Gefahr liegt? Kommen Sie, Samuel. Sie sind doch ein intelligenter Kerl. Ist dieses Szenario, wie Sie sich ausdrücken würden, denn auch nur im Geringsten wahrscheinlich?«

Wenn sie sich tatsächlich nur wegen einer Gefahr für Leib und Leben Sorgen machte, konnte ich diese Bedenken zerstreuen. »Mr. Lewis wird niemals erfahren, dass Sie bei der Beantwortung der Frage geholfen haben, darauf werde ich achten. Wenn irgendjemand fragt, stelle ich Sie als Ms. Baroni vor, eine Doktorandin in Neuropsychologie, die« – und bei dem Folgenden zuckte ich wahrscheinlich zusammen – »mich für ihre Abschlussarbeit beobachtet. Ihren echten Namen erwähnen wir nicht.«

Mutter wirkte überrascht, hielt inne und legte die Hand vor den Mund. Sie schien diese Möglichkeit ernsthaft in Erwägung zu ziehen.

Ms. Washburn teilte ihre Einschätzung offenbar nicht. »Nein, Samuel«, sagte sie. »Ich werde Simon auf keinen Fall sagen, dass ich in dieser Sache gegen seinen Willen handle. Ich bin mir sicher, dass Sie jemand anderen finden, der Ihnen mindestens so gut wie ich behilflich sein kann.« Sie blickte zu meiner Mutter. »Vivian?«

Das schien meine Mutter aufzuschrecken. »Oh nein, Janet. Das kann ich nicht. Meine Knie machen das nicht mit. Außerdem sieht es doch nicht gut aus, wenn ein erwachsener Mann bei der Arbeit seine Mutter im Schlepptau hat.« Sie hob die Hände, als wollte sie alle nur erdenklichen Widerworte vonseiten Ms. Washburns daran hindern, ihr zu nahezukommen. »Ich stehe für diesen Job nicht zur Verfügung.«

»Ich auch nicht«, bekräftigte Ms. Washburn. »Ich fühle mich geschmeichelt, Samuel, ehrlich. Aber ich bin nichts

Besonderes, und ich bin auch nicht der einzige Mensch auf der Welt, der Notizen machen und Ihnen den Rücken freihalten kann. Warum schalten Sie nicht einfach eine Anzeige?«

»Ich habe sehr spezielle Bedürfnisse«, erwiderte ich, denn ich hatte diese Möglichkeit vorher schon einmal erwogen. »Man findet so jemanden nicht auf einem Internetportal. Das scheint mir eher der Ort zu sein, an dem man seine überflüssigen Möbel oder gebrauchte Billardtische loswird.«

Das Problem erwies sich als schwer lösbar. Ich brauchte Ms. Washburns Hilfe, doch es gelang mir nicht, sie davon zu überzeugen, dass die Situation ihren Beistand unumgänglich machte. Ohne lang darüber nachzudenken, entschloss ich mich, eine andere Taktik auszuprobieren.

»Haben Sie denn kürzlich in Ihrem Beruf als Fotografin gearbeitet?«, fragte ich sie. Ms. Washburn war als Fotografin bei einer Zeitung angestellt gewesen, aber der Job war wegrationalisiert worden, kurz bevor wir einander kennengelernt hatten. Ursprünglich hatte ich mich bereit erklärt, ihre Frage – sie sollte sich später als ziemlich einfach herausstellen – als Gegenleistung für einige Fotos zu beantworten, die ich für einen Auftrag benötigte.

Sie sah weg. Wenn ich das in einem Gespräch tue, geschieht es, weil ich anderen nicht gern ins Gesicht schaue. Aber ich habe festgestellt, und das wird von der Fachliteratur bestätigt, dass so eine Geste auch ein Zeichen dafür sein kann, dass einem irgendetwas unangenehm ist.

Ms. Washburn in Verlegenheit zu bringen war nicht meine Absicht gewesen. Vielmehr hatte ich sie dazu überreden wollen, einige Fotos in Zusammenhang mit der Frage zu machen. Sie errötete leicht, und ihr Tonfall war verändert, als sie mir zur Antwort gab: »Nein. Nicht, seit wir uns das letzte Mal gesehen haben.«

Das hätte eigentlich die perfekte Eröffnung für meinen Schachzug sein können, sie als Fotografin für meine Ermittlungen anzuheuern, doch nun war ich unsicher, welchen Effekt die Frage zu ihrer Arbeit auf Ms. Washburn gehabt haben mochte. Ich zögerte kurz.

»Nun, ich bin mir sicher, dass Samuel ein paar Bilder gebrauchen könnte, wenn er diesen falschen Ehemann unter die Lupe nimmt«, warf Mutter ein.

Ihre Worte schickten einen elektrischen Schlag durch den Raum. Mein Kopf drehte sich schnell in ihre Richtung. Ich fragte mich, ob sie meine Absicht irgendwie erraten hatte. Ms. Washburns Reaktion war nun sogar noch auffälliger. Sie kniff die Augen zusammen, und ihr rechter Zeigefinger wanderte zu ihrer Nasenspitze.

Sie überlegte.

»Es würde mir wirklich helfen«, fügte ich schnell noch hinzu. »Ich glaube, dass einige Bildbeweise mein Bemühen um eine Antwort unterstreichen sowie deren Korrektheit erhöhen würden.«

Ms. Washburn dachte noch etwas länger nach. Diesmal kratzte sie sich an der Nase. Man hat mir beigebracht, das sei unter Pokerspielern eine verräterische Geste dafür, dass der Spieler sich unwohl fühlt, vielleicht wegen des Blattes, das er oder sie auf der Hand hat. Sie öffnete leicht den Mund, atmete noch einmal ein und hielt inne. Dann wandte sie sich mir zu und lächelte mich freundlich an, da war ich mir sicher.

Und schließlich sagte sie: »Nein.«

4

Als Mutter und ich wieder bei *Fragen Beantworten* ankamen, war meine Laune nicht gerade überschäumend. Ich hatte jedes logische Argument und sogar eine etwas verschlagenere Taktik ausprobiert, um Ms. Washburn zurück zur Arbeit zu locken, aber sie war hart geblieben und hatte durchweg die ablehnende Haltung ihres Mannes als zentralen Punkt für ihre Entscheidung angeführt.

»Du musst es mir erklären, Mutter«, sagte ich, während ich den Anrufbeantworter checkte – ich besitze kein Mobiltelefon, weil ich befürchte, dass ich es verlieren würde –, doch er zeigte keine neu eingegangenen Nachrichten an. Das Geschäft bei *Fragen Beantworten* lief grundsätzlich ungleichmäßig, in den letzten paar Wochen war es allerdings wirklich sehr ruhig gewesen. Die Ladenmiete für diesen Monat zu bezahlen würde mich in eine etwas missliche Lage bringen, falls ich Ms. McInerneys Frage nicht rasch beantworten konnte. »Warum eine intelligente Frau wie Ms. Washburn einem Fremden erlaubt, ihr zu diktieren, was sie zu tun und zu lassen hat, verstehe ich nicht.«

Mutter sah mich mit einem Ausdruck an, der darauf schließen ließ, dass ich etwas Seltsames gesagt hatte. »Ein Ehemann ist wohl kaum ein Fremder, Samuel. Er ist der beste Freund, den eine Frau haben kann, jemand, demgegenüber sie sich vollständig öffnet, vor dem sie ihr ganzes Leben und ihre Gefühle ausbreitet. Er ist ein Partner. Eine Ehe folgt dem Grundsatz, das Wohlergehen der anderen Person über das eigene zu stellen.«

Kurz dachte ich daran, dass Mutter Ms. McInerney mal über die Verbundenheit zwischen Eheleuten befragen sollte, doch mir wurde klar, dass die Lage, in der sich meine Klientin befand, nicht den Normalfall repräsentierte. »Ms. Washburns Mann scheint aber nicht ihr Wohlergehen im Sinn zu haben, sonst würde er seine Einwände gegen ihre Arbeit bei *Fragen Beantworten* zurückziehen«, widersprach ich.

Um ehrlich zu sein, hatte ich große Lust, die Ehe zwischen meiner Mutter und meinem Vater als Beispiel für eine sehr einseitige Beziehung anzuführen, doch ich habe aus leidvoller Erfahrung gelernt, dass mein Vater nicht zu den Themen gehört, über die meine Mutter gern spricht, auch wenn sie ihn immer gegen alle Argumente verteidigt, die ich bisweilen vorbringe. Außerdem ging es gerade nicht um meine Eltern.

»Jede Ehe ist einzigartig«, sagte Mutter in einem Ton, der wohl sanft klingen sollte. Ich habe gelernt, den Großteil ihrer Tonlagen zu erkennen, wenngleich die der meisten anderen Menschen eine Herausforderung für mich bleiben.

»Inwiefern ist das denn von Belang?«

»Es gibt eine Sache, die man mit absoluter Sicherheit über die Ehe einer anderen Person weiß, nämlich, dass man über sie gar nichts weiß«, erwiderte Mutter. Ihre Worte klangen wie ein Aphorismus, aber ich konnte mich nicht daran erinnern, sie jemals zuvor gehört zu haben. Bevor ich die Gelegenheit hatte nachzufragen, fügte sie hinzu: »Wir wissen nicht, welche Absprachen Janet und ihr Mann – wie heißt er noch? – miteinander haben. Nach allem, was uns bekannt ist, ist sie ganz glücklich damit, ihn diese Art von Entscheidung für sie treffen zu lassen. Du, Samuel, musst Janet vergessen – nein, das meine ich nicht wörtlich. Du musst nur aufhören zu glauben, dass du sie überzeugen kannst, wiederzukommen und für dich zu arbeiten. Du musst dich auf die Alternativen konzentrieren. Welche Alternativen gibt es denn?«

Es ist für Mutter nicht untypisch, mir eine Frage zu stellen, um mich von einem Thema abzubringen, von dem sie glaubt, dass es mich zu sehr beschäftigt. Diese Taktik geht häufig auf, und so war es auch in diesem Fall.

»Am offensichtlichsten könnte ich versuchen, die Frage allein zu beantworten, wie ich es mit all den anderen getan habe, außer den beiden, bei denen mir Ms. Washburn geholfen hat. Das ist jedoch meiner Ansicht nach kein gangbarer Weg, denn meine Fähigkeiten liegen auf Gebieten, die den für die Beantwortung dieser Frage erforderlichen entgegengesetzt sind.«

»Glaubst du das wirklich, oder hast du dir das nur eingeredet, um einen Vorwand dafür zu haben, dich wieder mit Janet in Verbindung zu setzen?« Mutter unterstellt mir stets mehr Hintergedanken, als ich tatsächlich habe.

»Darüber gibt es zahllose Untersuchungen«, erwiderte ich. »Zwischenmenschliche Beziehungen sind für Personen mit dem Asperger-Syndrom außerordentlich schwierig. Dynamiken auf diesem Gebiet zu verstehen gehört mit Sicherheit zu meinen eklatantesten Schwächen. Ich brauche jemanden, der mich auf Nuancen aufmerksam macht und auf ihre Bedeutungen hinweist. Mein Selbstwertgefühl ist nicht klein, Mutter, aber ich kenne meine Stärken und meine Schwächen.«

»In Ordnung. Gibt es weitere Möglichkeiten?« Erneut spielte sie den Ball in mein Feld zurück, eine Ausdrucksweise, die mir Schwierigkeiten bereitet, da das Spielfeld bei allen Spielen ein gemeinsames ist, das nicht nur einem Spieler gehört.

Während ich im Raum auf und ab ging, überlegte ich. »Ich könnte mich nach einem dauerhaften Ersatz für Ms. Washburn umsehen, doch die betreffende Person müsste ganz besondere Fähigkeiten mitbringen, und das könnte einige Zeit in Anspruch nehmen. Es ist unwahrscheinlich, dass ich schnell genug eine andere Mitarbeiterin oder einen Mitarbeiter finden und sie oder ihn ausbilden könnte, um diese Frage umgehend zu beantworten.«

»Janet ist eines Tages einfach als Kundin durch diese Tür gekommen«, rief mir meine Mutter ins Gedächtnis. »Es war ein Glücksfall. Vielleicht gibt es mehr Menschen, die dir auf diese Weise helfen könnten, als dir bewusst ist.«

Das schloss ich aus. Der glückliche Zufall, der Ms. Washburn zu *Fragen Beantworten* geführt hatte, war zweifellos eine Seltenheit und konnte nicht nach Belieben reproduziert werden. Ich schüttelte den Kopf. »Die Zeit drängt zu sehr. Sie ist zu knapp, um auch noch Bewerbungsgespräche zu führen.«

»Was bleibt dir also übrig?«

Die Art und Weise, wie sie mich zur Auseinandersetzung mit diesem Problem zwang, ging mir auf die Nerven. Es war frustrierend und sollte mich dazu nötigen, Alternativen in Betracht zu ziehen, mit denen ich mich unwohl fühlte. »Ich könnte *dich* bitten, aber das möchte ich lieber nicht.«

Mutter sah leicht erschrocken aus. »Das würde ich auch ablehnen.«

»Wirklich?«

»Ja. Das ist keine Arbeit für mich, und ich habe das, was ich zu Janet gesagt habe, ernst gemeint. Deine Mutter sollte dich nicht bei der Arbeit begleiten.«

Gerade wollte ich mit der offensichtlichen Beobachtung kontern, dass Mutters Aussage nur die Notwendigkeit bestätigte, Ms. Washburn dazu zu überreden, wieder zu *Fragen Beantworten* zurückzukehren, da öffnete sich die Tür, und ein Mann betrat das Büro. Er war groß und kräftig, jedoch nicht übergewichtig, hatte dunkles Haar, das er sich gerade nach hinten gekämmt hatte. Er wies keine sichtbaren Narben im Gesicht auf. Seine Augen waren groß und dunkelbraun, und er legte eine irgendwie drohende Haltung an den Tag. Sowohl Mutter als auch ich blickten ihn nicht wirklich erschrocken an, aber doch ein wenig irritiert. Es kam schon manchmal Laufkundschaft vorbei, normalerweise aber rief mich die Person, die eine Frage hatte, vorher an, sodass wir einen Termin für ein persönliches Gespräch ausmachen konnten.

Menschen mit dem Asperger-Syndrom mögen Überraschungen nicht so sehr.

Mein erster Impuls war daher, den Mann zu bitten, wieder zu gehen – das war mein erster Impuls gegenüber nahezu jedem Menschen, dem ich jemals begegnet bin. Also musste ich lernen, diese Regung zu zügeln und jeder neuen Bekanntschaft die Möglichkeit zu geben, sie einzeln zu beurteilen. Das fällt mir nicht leicht, doch meine Arbeit mit Dr. Mancuso hat mir dabei geholfen.

»Darf ich mich vorstellen, mein Name ist Samuel Hoenig«, sagte ich also zu dem Mann.

Sein Gesicht zeigte keinerlei Regung, die ich irgendwie hätte zuordnen können, doch er nickte mir zu. »Ich bin Oliver Lewis«, erwiderte er. »Meine Frau Sheila ist, glaube ich, hier vorbeigekommen, um sie zu fragen, ob ich wirklich ihr Ehemann bin.«

5

Bei dem Mann, der gerade das Büro von *Fragen Beantworten* betreten hatte, hielt ich nach sichtbaren Informationen Ausschau, konnte aber nichts Hilfreiches entdecken. Ich habe alle Sherlock-Holmes-Geschichten von Sir Arthur Conan Doyle gelesen und fand die Beobachtungsgabe des fiktionalen Detektivs stets bemerkenswert, wenn auch nicht seine enervierende Gewohnheit, aus seinen Beobachtungen voreilige Schlüsse zu ziehen. Ich selbst habe es mir zur Aufgabe gemacht, meine eigene Beobachtungsgabe zu schärfen, ohne aus den Erkenntnissen dann irgendetwas zu folgern, denn Tatsachen sind die einzig brauchbaren Werkzeuge zur Beantwortung von Fragen. Allerdings stecken meine Bemühungen – metaphorisch gesprochen – noch in den Kinderschuhen, sodass man mich in keiner Weise mit dem erfundenen Mr. Holmes vergleichen kann.

Die Leute glauben wegen der Berieselung durch Unterhaltungsmedien, dass jeder mit einer sogenannten autistischen »Störung« ein Genie mit unglaublichen Fähigkeiten sein muss. Das ist aber nicht der Fall. Jedem von uns sind Talente und Schwächen mitgegeben. Mutter sagt, dass das bei Personen mit Asperger-Syndrom nicht anders ist. Nur ist alles extremer.

Der Mann, der Oliver Lewis zu sein behauptete, war groß gewachsen, ungefähr eins neunzig, und sein Gewicht schätzte ich auf fünfundachtzig Kilo. Er trug einen zweiteiligen Geschäftsanzug von der Stange, nicht maßgeschneidert, leicht abgewetzte Schuhe, keinen Hut und eine leuchtend türkisfarbene Krawatte – ein Hinweis darauf, dass er seine Accessoires nicht erst vor Kurzem gekauft hatte. Modeexperten erinnern den Rest von uns gern daran, dass Türkis nun schon seit mehreren Jahren als klischeehaft gilt. Das war etwas, das ich im Rahmen einer Frage nach Schnürsenkeln erfahren hatte.

»Ms. McInerney ist heute hier gewesen«, antwortete ich dem Mann. »Aber sie hat mich nicht darum gebeten herauszufinden, ob Sie ihr Ehemann sind oder nicht.« Das war streng genommen die Wahrheit. Ms. McInerney hatte mich darum gebeten herauszufinden, wer der Mann in ihrem Bett sei.

»Hat sie nicht?«, fragte er. Er riss die Augen auf und blinzelte dann. Ich sah zu Mutter, die lautlos die Lippenbewegungen vollführte, die zum Wort *überrascht* gehören.

»Nein«, erwiderte ich. »Die genaue Frage einer bestimmten Kundin kann ich mit Ihnen nicht besprechen, aber das hat sie nicht gefragt.«

Mutter wirkte leicht belustigt, sagte aber nichts.

»Das ist sehr seltsam«, meinte Oliver Lewis.

»Ist es das? Sollte sie sich denn Sorgen machen, weil Sie *nicht* ihr Ehemann sind?« Wenn ich Mr. Lewis irgendwie dazu bringen konnte, einen Fehler bei der Eheschließung einzuräumen, würde ich Ms. McInerneys Frage vielleicht doch ohne Ms. Washburns Hilfe beantworten können.

Nun aber änderte sich seine Körperhaltung. Er richtete

sich auf, sah mir direkt in die Augen, und ein Ausdruck leichter Verärgerung erschien auf seinem Gesicht.

»Natürlich nicht«, entgegnete er. »Sie hat sich in letzter Zeit nur so merkwürdig verhalten.«

»Inwiefern?«, fragte ich.

»Sie war so ... abweisend.« Er blickte kurz in Mutters Richtung, vielleicht wollte er mir dadurch zu verstehen geben, dass er nicht wisse, wer diese Frau sei, und dass es ihm unangenehm sei, seine Lage vor ihr zu diskutieren. Ich stellte Mutter kurz vor und entschied, dass jede Art von Bedenken seinerseits bezüglich ihrer Verschwiegenheit unbegründet und daher zu vernachlässigen war.

»Abweisend?«, fragte ich.

»Er meint, dass sie keinen Sex mit ihm haben wollte«, erklärte Mutter. Sie schien sich ein Grinsen verkneifen zu müssen, obwohl das doch kaum eine lustige Situation war, falls Ms. McInerney und Mr. Lewis tatsächlich verheiratet waren.

Mr. Lewis zeigte auf den Stuhl, der für Klienten reserviert war, ich nickte, und er setzte sich hin. Mutter setzte sich ebenfalls auf ihren Sessel und zog die Handarbeit wieder hervor, und ich begab mich an meinen Platz hinter dem Mac Pro am Schreibtisch.

»Es ist nicht nur ... das«, erklärte Mr. Lewis, sobald wir alle saßen. »Sie hat Ihnen meines Wissens zu verstehen gegeben, unsere Heirat sei in irgendeiner Weise unrechtmäßig. Ich weiß nicht, woher Sheila so einen Gedanken nimmt. Immerhin war sie ja bei der Hochzeit anwesend. Und wir haben auch eine gültige Heiratsurkunde.«

»Sie haben dieses Schriftstück nicht zufällig bei sich, oder?«, warf ich ein.

Mr. Lewis' Gesichtsausdruck erweckte den Anschein,

als hätte ich ihn gerade gefragt, ob er sich ein drittes Bein wachsen lassen könne. »Nein, warum sollte ich sie denn mit mir herumtragen?«

»Sie sind doch hergekommen, um Samuel zu fragen, ob Sheila ihn gefragt hat, ob Sie wirklich ihr Ehemann sind«, stellte Mutter fest. Sie sah dabei nicht auf. »Es wäre nicht so furchtbar verwunderlich, wenn Sie zu dieser Gelegenheit das eine Dokument mitbringen würden, das Ihre Behauptung beweisen könnte, oder?« Mutter weiß, dass die meisten Leute sie als eine kleine alte Frau betrachten und sie deshalb entweder für weniger intelligent halten, als sie es einmal gewesen sein mochte, oder aber denken, dass sie aus irgendeinem Grund von Natur aus wohlwollend ist. Es scheint sie dann zu überraschen, dass Mutter sowohl einen wachen Verstand hat als auch frei von der Leber weg ihre Meinung kundtut. Ich kann diese Haltung nur schwer verstehen, doch habe ich häufig miterlebt, wie andere Menschen sie ihr gegenüber an den Tag legen.

Mr. Lewis ließ sich Zeit, und ich konnte seinen Gesichtsausdruck nicht deuten. Er schien nicht nach einer Antwort zu suchen. »Ich weiß, dass wir verheiratet sind. Ich sehe keinen Grund, das zu beweisen«, sagte er schließlich.

Das würde wohl seine Position bleiben, also konnte ich kaum zusätzliche Informationen aus dieser Unterhaltung ziehen. »Was wünschen Sie denn von mir, Mr. Lewis?«, fragte ich, um das Gespräch zu einem Ende zu bringen.

Er gab mir die Antwort, die ich erwartet hatte: »Sagen Sie Sheila, dass ich ihr Ehemann bin und dass sie damit aufhören soll, solche lächerlichen Behauptungen aufzustellen.«

»Es tut mir leid, aber diesen Wunsch kann ich Ihnen

nicht erfüllen. Ich habe eine Kundin, die mir eine Frage gestellt hat, und bin vertraglich dazu verpflichtet, sie ihr zu beantworten.«

Erneut blinzelte Mr. Lewis mehrmals hintereinander. »Aber ich habe Ihnen gerade erst gesagt, dass es überhaupt keinen Zweifel daran gibt, dass wir verheiratet sind.«

»Sie hätten uns gegenüber ebenso gut behaupten können, Sie seien der Gouverneur von Utah, doch auch dafür gibt es keinen Beweis«, mischte Mutter sich wieder ein. Mir war klar, dass Oliver Lewis ihr unsympathisch war, obwohl ich mir nicht sicher war, wo dieses Gefühl herrührte.

Bevor Mr. Lewis noch antworten konnte, stimmte ich Mutter zu, obwohl ich es in weniger schillernde Worte verpackte: »Selbst wenn Sie nicht Ms. McInerneys rechtmäßiger Ehepartner wären, könnten Sie es mir gegenüber trotzdem behaupten. Im Augenblick habe ich weder Grund, Ihnen zu glauben, noch, Ihnen nicht zu glauben, da mir kein hinreichender Beweis für eine der beiden Annahmen vorliegt.« Dieses Argument musste er doch nun sicherlich verstehen.

Stattdessen stand er schnell auf und machte einen Schritt auf meinen Schreibtisch zu, sah dann zu Mutter und hielt inne. Es mochte sein, dass Mutter eine ihrer Stricknadeln mit der Spitze auf ihn gerichtet hielt, obwohl ich eher glaube, dass sie einfach nur am Ende einer Reihe angelangt war.

»Also hat Sheila Sie *doch* aufgefordert zu beweisen, dass ich nicht ihr Ehemann bin!«, stieß er hervor. Ich wollte gerade protestieren und ihm zu verstehen geben, dass sie nichts dergleichen gefragt habe – denn das hatte sie ja tatsächlich nicht –, aber er sprach weiter, bevor ich eine Chance dazu hatte. »Sie sind ein Betrüger, Hoenig! Sie behaupten Leuten gegenüber, Sie könnten jede Frage beantworten, dann nehmen Sie ihr Geld und liefern ihnen keinerlei Gegenleistung!«

»Ich liefere ihnen eine Antwort«, widersprach ich, und meine Stimme spiegelte wahrscheinlich die Unsicherheit wider, die ich in dieser Situation empfand. Mit Gefühlsausbrüchen kann ich nicht sehr gut umgehen. »Es ist vielleicht nicht immer die Antwort, die sich der Kunde wünscht, doch es ist die korrekte Antwort.«

»Und ich sage Ihnen, dass Sie ein Bauernfänger sind«, konterte Mr. Lewis. »Ich sage Ihnen, dass Sie nicht besser als diese Medien sind, die behaupten, sie könnten die Zukunft voraussehen oder mit toten Verwandten sprechen. Sie nehmen das Geld der Leute und erzählen ihnen, was sie hören wollen. Nun, diesmal sollten Sie das besser bleiben lassen, Kumpel. Geben Sie Sheila ihr Geld zurück, und hören Sie auf, Fragen zu stellen, sonst finden Sie sich in viel größeren Schwierigkeiten wieder, als Ihnen lieb sein kann. Verstanden?«

Er warf Mutter noch einen wütenden Blick zu, drehte sich dann auf dem linken Absatz um und verließ den Laden. Ich hatte einige Schwierigkeiten, meine Sprache wiederzuerlangen, denn meine Kehle fühlte sich ganz ausgetrocknet an.

»Nein«, brachte ich schließlich heraus, »ich habe nicht verstanden.«

Nach diesem Auftritt gab es für Mutter und mich nicht mehr viel zu besprechen. Sie ging nach Hause, da sie wusste, dass ich über die Ereignisse der letzten Stunden

»grübeln« wollte, wie sie es ausdrückt, und dass ich besser nachdenken kann, wenn ich allein bin. Um die Wahrheit zu sagen, muss ich mir oft selbst sowohl das Sozialtraining, das ich nach meiner Diagnose erhalten habe, als auch die Sitzungen mit Dr. Mancuso ins Gedächtnis rufen, um mich daran zu erinnern, warum es besser ist, mich mit anderen Menschen zu beschäftigen.

Die Frage, die Ms. McInerney gestellt hatte, war interessant, doch ich hatte nun das sehr ungute Gefühl, dass ich sie nicht hätte annehmen sollen. Emotionale Verwicklungen zwischen Menschen sind für mich eine Quelle der Ratlosigkeit und Verwirrung. Mir wurde jetzt klar, dass ich die Frage nur deshalb angenommen hatte, weil ich wenigstens zum Teil davon ausgegangen war, ich könnte auf Ms. Washburns Hilfe zählen, denn sie verstand, welche Schwierigkeiten ich mit solcherlei Dingen habe. Aber das hatte sich als Fehleinschätzung herausgestellt, und nun war die Angelegenheit durch das Auftauchen von Oliver Lewis noch komplizierter geworden, der mich offenbar bedroht und mich zudem beschuldigt hatte, meine Klienten zu betrügen. Wenn es ihm gelang, seine Einschätzungen einem breiteren Publikum zugänglich zu machen – etwa über eine Internetseite –, konnte das schwerwiegende Auswirkungen auf mein Geschäft haben. Es wäre geeignet, wirklichen Schaden anzurichten.

Nachdem ich aufgestanden war, zweimal meine Übungen gemacht und eine Flasche Wasser aus dem Getränkeautomaten gezogen hatte, hatte ich das Problem aus jeder möglichen Perspektive durchdacht. Ich kam zu dem Schluss, dass mein erster Instinkt zweifellos der richtige gewesen war: Ms. Washburns Mithilfe war für die erfolgreiche Beantwortung dieser Frage unerlässlich.

Da ihr Widerstreben, mir zu helfen, einzig und allein von den Einwänden ihres Ehemanns gegen die Arbeit bei *Fragen Beantworten* herrührte, war es ein Fehler gewesen, sich überhaupt an Ms. Washburn zu wenden. Das hätte ich sofort begreifen müssen. Ich brauchte eine neue Strategie und setzte sie auch umgehend in die Tat um.

Nach einem kurzen Gespräch mit der Telefonauskunft (einem bequemen Service, der trotz der Konkurrenz durch das Internet und die Smartphone-Technologie noch immer existiert), wählte ich auf meinem Festnetzapparat eine Nummer. Überraschenderweise war ich etwas nervös, als es im Hörer viermal tutete. Dann hob jemand ab.

»Hallo?«

»Spreche ich mit Mr. Taylor?«, fragte ich.

»Wer ist denn da?«

Zwar hatte ich mit Ms. Washburns Ehemann vorher schon einmal telefoniert, doch ich konnte mich nicht mehr genau an seine Stimme erinnern. Ich war mir ziemlich sicher, dass es ihr Mann war, obwohl beide nicht denselben Namen trugen. Meines Wissens ist das eine Konvention, nach der sich einige Frauen nach der Hochzeit richten, andere allerdings nicht. Weil die Ehe historisch gesehen auf einem archaischen Eigentumsrecht beruht, das die Frau zum Besitz ihres Mannes erklärte, kann ich den Frauen, die ihren Namen behalten, nur Beifall spenden. Andere ändern ihren Namen aus einem Sinn für Tradition. Das ist für mich schwieriger zu begreifen, doch ich respektiere ihre Entscheidung.

»Hier spricht Samuel Hoenig«, antwortete ich.

Die Stimme am anderen Ende der Leitung machte ein Geräusch, das wie »pah« klang. Dann fügte der Mann hinzu: »Ich kann nicht glauben, dass Sie mich anrufen.«

»Ich verstehe Ihr Misstrauen nicht. Ihnen liegen sämtliche Beweise vor. Das Telefon hat geklingelt, und ich habe mich vorgestellt, als Sie abgenommen haben. Sind Sie denn nun Mr. Taylor?«

Es folgte ein dünner, gutturaler Laut. »Ja, ich bin Simon Taylor. Was zum Teufel wollen Sie, Hoenig?«

»Ich möchte gern wissen, warum Sie etwas dagegen haben, dass Ms. Washburn für meine Firma arbeitet«, erklärte ich ihm geradeheraus. »Ich werde ihr ein ordentliches Gehalt zahlen, und ihre Arbeit wird sowohl für sie eine Bereicherung sein als auch unseren Kunden helfen. Können Sie mir Ihre Bedenken erklären?«

»Sie haben wirklich Nerven«, erwiderte Simon Taylor, »wissen Sie das?«

Jeder Mensch hat dieselbe Anzahl von Nerven, und das menschliche Gehirn umfasst ungefähr hundert Milliarden Neuronen. »Jeder Mensch hat die«, entgegnete ich, obwohl ich den Zusammenhang mit unserem vorherigen Gespräch nicht erkennen konnte. »Sie haben genauso viele wie ich.«

Am anderen Ende der Leitung entstand eine Pause. »Lassen Sie es mich ganz klar ausdrücken, Hoenig«, fuhr Simon Taylor schließlich fort. »Ich mag Sie nicht. Außerdem mag ich den Gedanken nicht, dass meine Frau auch nur einen Tag lang für Sie gearbeitet hat. Es hätte nicht viel gefehlt, und sie wäre geköpft worden, das mag ich *wirklich* nicht. Wenn Sie mich also anrufen und mich mit Ihrer Arschberger-Stimme fragen, warum ich nicht möchte, dass meine Frau wieder für Sie arbeitet, dann werde ich sauer. Sie wollen also wissen, warum? Ich werde es Ihnen verraten: Ihretwegen. Ist das jetzt klar genug?«

»Ziemlich klar«, antwortete ich. »Danke. Darf ich mich jetzt bitte erklären?«

»Ich könnte einfach auflegen und nicht mehr drangehen, wenn Sie wieder anrufen.«

»Das könnten Sie. Ich glaube jedoch, dass ich Sie überzeugen kann, und da Sie ein Mann zu sein scheinen, der Herausforderungen liebt, gehe ich davon aus, dass Sie mir das nicht zutrauen.« Diese Strategie hatte ich mir vorher überlegt. Tatsächlich hatte ich keinen Beweis dafür, dass Mr. Taylor Herausforderungen mehr liebte als die meisten anderen Männer, doch ich ging ein kalkuliertes Risiko ein und wartete seine Antwort ab.

»Wollen Sie wetten?«, fragte er.

Es wäre töricht gewesen, einen Wetteinsatz in die Gleichung einzufügen. Wenn Mr. Taylor glaubte, dass er, wenn er hart blieb, einen Preis gewinnen konnte, würde er sich meine Argumente nicht ernsthaft anhören.

»Es wäre sicher lukrativer, wenn Ihre Frau bei mir angestellt wäre«, erklärte ich also. »Wetteinsätze zu vereinbaren wäre für unser Gespräch kontraproduktiv.«

»Das sagt man nur so«, entgegnete er, und ich glaube, er klang erschöpft. Für mich ist es nicht immer einfach, Informationen über eine Person anhand ihres Tonfalls zu sammeln. Da ich mit der Axiomatik von Wetten nicht vertraut war, machte ich mir eine Notiz auf einem Block, der immer neben meinem Mac Pro liegt, damit Mutter es mir später erklären konnte.

Ich entschloss mich, mein Argument weiter voranzutreiben. »Ihre Vorbehalte gegenüber der Gefahr, mit der Ms. Washburn konfrontiert war, als sie mir bei der Frage nach dem verschwundenen Kopf behilflich war, verstehe ich. Ich bemühe mich jedoch sehr, jeden Mitarbeiter von

Fragen Beantworten – einschließlich mich selbst – vor jeder Art von physischer Bedrohung zu beschützen, und werde einen Auftrag sofort aufgeben, falls – was ich für sehr unwahrscheinlich halte – sich eine derartige Situation irgendwie abzeichnet«, fügte ich dann schnell noch hinzu, um ihm keine Gelegenheit zu einer Erwiderung zu geben. »Außerdem garantiere ich Ihnen, dass Ms. Washburn, sollte sie sich hoffentlich dafür entscheiden, weiter für meine Firma tätig zu sein, ein Veto gegen jede zukünftig gestellte Frage einlegen darf, falls mit ihr ihrer Einschätzung nach ein unvernünftig hohes Maß an Gefahr verbunden ist. Ist das für Sie eine akzeptable Vereinbarung?«

Am anderen Ende der Leitung entstand wieder eine lange Pause. »Reden Sie immer so?«, fragte Simon Taylor dann.

Ich dachte rasch nach. »Manchmal versuche ich wie Elmer Fudd zu klingen, um meine Mutter zum Lachen zu bringen. Ansonsten ist das meine Sprechstimme.«

»Sie sind durchgeknallt, Hoenig. Wissen Sie das?«

Ich hatte den Eindruck, dass ich darauf besser nicht antworten sollte. Wenn man mich direkt auf diese Weise anspricht, habe ich meiner Erfahrung nach entweder die andere Person beleidigt oder ich missdeute irgendein Zeichen. In keinem Fall gibt es auf diese Frage eine zielführende Antwort. Wenn eine Entschuldigung meinerseits angezeigt ist, wird das üblicherweise sehr schnell deutlich.

»Sie sollen wissen, dass ich Janet niemals verboten habe, für Sie zu arbeiten«, fuhr Mr. Taylor fort. Die Notwendigkeit einer Entschuldigung erschien mir nun weniger wahrscheinlich. »Sie ist nicht die Sorte Frau, die sich von ihrem Ehemann einfach so herumkommandieren lässt. Allerdings habe ich ihr gesagt, dass mir der Gedanke nicht gefällt, und sie hat sich daraufhin entschlossen, nicht mehr mit Ihnen zu arbeiten. Ich weiß, dass Sie sie einige Male gefragt haben. Jetzt sollten Sie es kapiert haben, oder etwa nicht?«

Wahrscheinlich hätte diese Information bei mir wirklich zu einem besseren Verständnis des Sachverhalts führen sollen, doch Ms. Washburn hatte ihre Ablehnung, zu *Fragen Beantworten* zurückzukehren, stets damit begründet, dass ihr Ehemann etwas dagegen hatte. Wenn er allerdings nur eine Meinung geäußert hatte, könnte es sein, dass Ms. Washburns Beweggründe woanders lagen.

Ich saß an meinem Mac Pro und fühlte meine linke Hand auf meiner Stirn. Sie begann, meine Schläfen zu massieren. Es war eine unwillkürliche Reaktion, die ich mir über einen langen Zeitraum hinweg unter großer Anstrengung und nach vielen Stunden der Übung, betreut von Dr. Mancuso, angeeignet hatte.

Vorher hatte ich jedes Mal, wenn ich mit verwirrenden Gefühlen konfrontiert war, mit den Armen seitlich gegen den Körper geschlagen.

»Ich weiß nicht genau, was ich aus dem, was Sie mir gerade erzählt haben, schließen soll«, sagte ich dann zu Simon Taylor.

»Denken Sie drüber nach«, entgegnete er. »Und um Ihnen zu zeigen, was für ein netter Kerl ich bin, werde ich Janet nicht verraten, dass Sie mich angerufen haben.«

Dann legte er auf.

Nachdem auch ich den Hörer wieder auf die Gabel gelegt hatte, war mein erster Impuls, Ms. Washburn auf dem Handy anzurufen. Doch Mutters Stimme in meinem Kopf warnte mich davor. »Sie ist eine erwachsene Frau und kann ihre eigenen Entscheidungen treffen«, sagte sie.

Obwohl ich wusste, dass sich auf diese Weise nur meine eigenen Gedanken manifestierten, nahm ich Mutter diesen Hinweis ein bisschen übel.

Die Entscheidungen anderer Menschen ergeben für mich häufig sehr wenig Sinn, wohingegen meine völlig logisch sind und ihrerseits den »neurotypischen« Teil der Bevölkerung zu verwirren scheinen. Das ist sehr schwer zu verstehen.

Es war nicht sehr wahrscheinlich, dass Ms. Washburn in naher Zukunft noch einmal durch meine Bürotür treten würde. Meine Versuche, etwas an dieser Lage zu ändern, waren offensichtlich fehlgeschlagen. Die einzigen beiden möglichen Reaktionen darauf wären, entweder Ms. McInerney anzurufen und mich von der Beantwortung ihrer Frage zurückzuziehen oder mir selbst die notwendigen Informationen zur Beantwortung zu beschaffen.

Ich entschied mich für Letzteres.

6

Die Mitarbeiterin der Gemeindeverwaltung von Darien, Connecticut, hätte kaum weniger hilfreich sein können.

»Es tut mir leid, Mr. Hoenig, aber wir geben keine fernmündlichen Auskünfte zu Hochzeitsurkunden«, erläuterte Diana Febrizzi. »Wenn Sie keine Kopie haben, müssen Sie und Ihre Frau das Formular für eine beglaubigte Kopie ausfüllen. Ich kann Ihnen die Webadresse geben, wo Sie es herunterladen können.«

»Ich bin nicht verheiratet«, erklärte ich ihr.

»Dann brauchen Sie doch auch keine Urkunde.« Das war zwar streng genommen richtig, nützte mir aber kein bisschen.

»Wie lange dauert es denn, bis ich die Kopie nach dem Ausstellen des Formulars bekomme?« Ms. McInerney dazu zu bringen, die notwendigen Unterlagen einzureichen, wäre zwar unbequem, aber wahrscheinlich nicht besonders schwer.

»Wann hat die Hochzeit denn stattgefunden?«

Das schien mir für die Beantwortung meiner Frage kaum relevant zu sein, aber die Bürokratie hat ihre eigenen Flausen, genau wie die Menschen. Das verstand ich gut. »Im letzten Monat«, entgegnete ich, da ich das genaue Datum nicht kannte.

»Dann können Sie die Kopie der Urkunde von mir nicht bekommen«, erklärte Ms. Febrizzi in einem Tonfall, der wohl anzeigen sollte, dass ich das eigentlich schon vorher hätte wissen sollen. »Für alles, was in den vergangenen vier Monaten stattgefunden hat, müssen Sie sich an das Amt für personenbezogene Dokumente des Bundesstaats wenden. Das dauert dann ungefähr sechs Wochen.«

Zweiundvierzig Tage schienen für das Ausdrucken eines Dokuments eine übertrieben lange Zeit zu sein, doch ich wusste, dass es nichts nutzen würde, Ms. Febrizzi das zu erklären. Wahrscheinlich würde es mir lediglich eine Erläuterung des Vorgangs einbringen, die Aufzählung der Menge an Anfragen, die pro Tag bei ihr eingingen, oder den Vorwurf, ich erwarte eine Sonderbehandlung, obwohl es mir eigentlich darum ging, dass *alle Menschen* ihre personenbezogenen Dokumente in weniger als sechs Wochen bekommen sollten.

Ich bedankte mich für ihre Zeit (denn sich zu bemühen schien nicht ihre Stärke zu sein) und wandte mich wieder meinem Mac Pro zu, um die Nachforschungen fortzusetzen, die ich vor dem Telefongespräch in Angriff genommen hatte. Während ich Internetrecherchen dem Gespräch mit anderen Menschen eigentlich vorziehe, war die offizielle Webseite von Darien, Connecticut, an diesem Morgen für einige »Systemupgrades« vom Netz genommen worden, jedenfalls stand das so in der Meldung, die auf meinem Bildschirm erschienen war.

Eine erste kursorische Recherche nach Oliver Lewis ergab wenig. Der Name war nicht allzu selten, also war die beste Vorgehensweise, die Suche einzugrenzen, nach Bildern des Mannes zu suchen und sie mit der Person zu vergleichen, die ich am vorangegangenen Tag kennengelernt hatte. Die häufigsten Fotos für »Oliver Lewis« waren ein Zauberer, ein Model, ein Radrennfahrer und ein Mann, der die Rolle des Gummo in einer Inszenierung des Musicals *Minnie's Boys* spielte, in dem es um die Frühzeit der Marx Brothers ging.

(Der zufällige Zusammenhang mit den Marx Brothers, nachdem mir Ms. McInerney von ihrer Kostümierung als Harpo Marx berichtet hatte, war zwar interessant, aber statistisch gesehen weniger unwahrscheinlich, als man es zunächst vermuten konnte.)

Den Oliver Lewis, dem ich begegnet war, fand ich nicht.

Suchanfragen nach dem Namen hatten zu denselben vier Männern sowie zu einem Roman geführt, der im Jahr 1977 von John Fowles geschrieben worden war. Da ich noch nicht herausgefunden hatte, welchem Beruf Ms. McInerneys angeblicher Ehemann nachging, wäre es schwierig gewesen, die Suche durch eine entsprechende Ergänzung einzuengen. Eine geografische Eingrenzung auf der Grundlage der Adresse, die Ms. McInerney auf dem Aufnahmeformular angegeben hatte, führte ebenfalls ins Leere. Es gab dort keine Person dieses Namens, wahrscheinlich weil der Mann, den ich als Oliver Lewis kannte, erst seit ein paar Wochen an Ms. McInerneys Adresse wohnte.

Um weitere Informationen zu erhalten, würde ich erneut mit meiner Klientin sprechen müssen, doch jedes Mal wenn ich auf ihrem Handy anrief, wurde ich direkt auf die Mailbox umgeleitet. Mir blieb nichts übrig, als auf ihren Rückruf zu warten.

Aus lauter Verzweiflung suchte ich nach Heiratsanzeigen auf Webseiten der Lokalpresse, in denen ein Oliver Lewis und eine Sheila McInerney erwähnt wurden. Auch wenn solche Anzeigen keinerlei Beweis darstellten – jeder kann schließlich *behaupten,* geheiratet zu haben –, würden sie mir vielleicht trotzdem zusätzliche Informationen liefern, und das lohnte sich immer.

Suchanfragen auf den Webseiten der örtlichen Zeitungen, einschließlich der *Home News Tribune* und des *Star Ledger,* ergaben nichts. Doch es existierte tatsächlich eine Anzeige in den *Metro Jewish News,* was mich überraschte, da man weder Lewis noch McInerney als traditionelle jüdische Nachnamen bezeichnen konnte. Das unterstrich einmal mehr meine Überzeugung, dass es bei einer Antwort niemals hilft, irgendetwas anzunehmen, ohne dass Fakten die Korrektheit dieser Annahme stützen.

Die Anzeige war zwar knappgehalten, enthielt aber dennoch ein paar neue Informationen:

Hochzeiten
Lewis/McInerney
Oliver Lewis, Inhaber von OLimited Investments in Piscataway, hat sich am Sonntag mit Sheila McInerney vermählt, Grafikdesignerin bei Hunger, einer Werbeagentur aus Manhattan. Die standesamtliche Trauung wurde von einem Ortsrichter in Darien, Connecticut, vorgenommen.
Die Eltern der Braut, Michael und Tina McInerney of Freehold, sowie die Eltern des Bräutigams, Lewis und Roslyn Markowitz, wohnten der Zeremonie nicht bei. Das Paar wird sich am Wohnort der Ehefrau in Edison niederlassen.

Aus dieser Hochzeitsanzeige (der einzigen, die ich finden konnte) hatte ich Lewis' Beruf und die Namen seiner

Eltern erfahren. Außerdem war die Erkenntnis, dass ein Ortsrichter und kein Friedensrichter oder anderer Beamter die Zeremonie vollzogen hatte, eine Information, der man noch weiter auf den Grund gehen konnte.

Ich wollte gerade OLimited Investments in Piscataway unter die Lupe nehmen, als das Telefon klingelte. Die Rufnummernanzeige verriet mir, dass Sheila McInerney am Apparat war.

»Fragen Beantworten«, meldete ich mich. Selbst wenn ich die Identität eines Anrufers bereits kenne, ist es mir wichtig, eine professionelle Haltung zu bewahren.

Die Stimme, die ich über das Telefon hörte, war atemlos, schnappte nach Luft, aber es war ganz zweifellos die meiner Klientin. »Mr. Hoenig«, keuchte sie, »hier ist Sheila McInerney.«

»Ich weiß.«

»Ich bin in meiner Wohnung«, fuhr sie fort, ohne zu zeigen, ob sie mich gehört hatte. »In der Toilette.«

Das schien mir ein denkbar ungeeigneter Ort für einen Telefonanruf zu sein, und sogar noch unangemessener war es, seinem Gesprächspartner mitzuteilen, dass man von dort aus anrief. Daher fiel mir keine geeignete Antwort ein, aber es mochte sein, dass ein Geräusch aus den Tiefen meiner Kehle drang.

»Es ist Ollie«, flüsterte sie. »Er ist gewalttätig geworden. Er hat erzählt, dass er Sie aufgefordert hat, sich aus unserer Ehe herauszuhalten, dass Sie sich allerdings geweigert haben, und jetzt verfolgt er mich mit einem Messer!«

»Legen Sie auf«, sagte ich zu ihr. »Beenden Sie dieses Gespräch und wählen Sie sofort die 911. Rufen Sie die Polizei.« Es blieb keine Zeit für die Erklärung, dass ich mir nicht vorstellen konnte, Lewis provoziert zu haben. Oberstes Ziel war nun, Ms. McInerney in Sicherheit zu bringen. Doch sie legte nicht auf.

»Kommen Sie her«, bat sie mit leiser, angespannter Stimme. »Kommen Sie sofort her.«

»Ich habe kein Auto«, erwiderte ich. »Rufen Sie die Polizei.«

»Sie können ihn aufhalten«, flehte Ms. McInerney. »Kommen Sie einfach her. Sie haben ja die Adresse. Beeilen Sie sich!«

Und dann legte sie auf.

Ich hoffte, dass sie nun endlich die Polizei rief, und fragte mich, ob ich dasselbe tun sollte. Unglücklicherweise lebte Ms. McInerney in Edison, und ich befand mich in Piscataway, was ungefähr fünfzehn bis zwanzig Autominuten entfernt war, vorausgesetzt, ich erreichte Mutter früh genug, damit die Fahrt noch einen Sinn hatte. Dass sie mich zunächst bei *Fragen Beantworten* abholen musste, würde die Wegzeit um weitere acht Minuten verlängern.

Gerade wollte ich den Hörer abnehmen, um sie anzurufen, als Janet Washburn das Büro von *Fragen Beantworten* betrat.

»Ich weiß nicht, was in ihn gefahren ist, aber mein Mann hat gesagt, ich soll selbst entscheiden, ob ich hier arbeiten will«, sagte sie, bevor ich ihr die Lage erklären konnte. »Also, hier bin ich. Sie sagten, wir haben eine neue Frage zu beantworten. Sie ist aber nicht gefährlich, oder?«

Es musste nun auf jeden Fall eine Entscheidung gefällt werden. Während ich sowohl Ms. Washburn als auch ihrem Mann Simon Taylor versprochen hatte, dass sie niemals mehr körperlich in Gefahr geraten würde, hatte ich das wachsende Gefühl, dass Ms. McInerney etwas sehr Schlimmes zustoßen könnte, wenn ich ihrem Wunsch nicht entsprach und schnell bei ihr zu Hause eintraf. Ich musste mich entscheiden, ob ich – was ich niemals in Betracht ziehen würde, wenn ich es vermeiden konnte – Ms. Washburn anlügen oder meine Klientin in Gefahr bringen wollte. Wenn ich außerdem Ms. Washburn gegenüber zugegeben hätte, dass mit dieser Frage möglicherweise ein gewalttätiger Akt verbunden war, wäre damit wahrscheinlich jede Chance vertan, dass sie jemals wieder für mich arbeitete.

»Ich verspreche, dass Ihnen keinerlei Gefahr droht«, sagte ich. »Es ist allerdings sehr wichtig, dass Sie mich sofort nach Edison bringen.«

Ms. Washburn musterte mich einen Augenblick und schien über etwas nachzudenken, wandte sich dann aber zur Tür um.

»Dann los«, sagte sie.

Die Fahrt dauerte nur elf Minuten, doch während Ms. Washburn den Wagen lenkte, überlegte ich, ob ich wirklich ehrlich zu ihr gewesen war. Sie folgte den Anweisungen, die ihr das Navi gab, und konzentrierte sich auf den Verkehr, also redeten wir wenig, was ich üblicherweise auch bevorzuge. Diesmal erschien mir der Umstand, mit meinen eigenen Gedanken allein zu sein, jedoch nicht so wünschenswert wie sonst.

Ms. Washburn hatte nicht gebeten, ihr zu erklären, welche Frage wir gerade untersuchten. Ich wusste aus früherer Erfahrung, dass sie beim Fahren ihre Aufmerksamkeit nur schwer anderen Dingen zuwenden konnte – sie beobachtete den Verkehr sehr sorgfältig, wahrscheinlich weil sie weiß, dass das die Angst lindert, die mich bei jeder Fahrt in einem motorisierten Fortbewegungsmittel überkommt. Während wir zum Auto gegangen waren, hatte ich ihr nur mitgeteilt, dass es bei der Frage um eine Ehefrau ging, die sich in Bezug auf ihren Ehemann unsicher war, und dass ich ihre Hilfe brauchte, weil das Verhalten in einer Paarbeziehung für mich ein Rätsel sei, sodass mir vielleicht eine wichtige Information entginge, die ihr ganz selbstverständlich auffallen würde.

Ich wartete, bis das Navi eine Pause bei den Richtungsanweisungen machte, sodass Ruhe für ein Gespräch herrschte, und sagte dann: »Ms. Washburn, ich bin froh, dass Sie sich entschieden haben, wieder bei mir zu arbeiten.« Ich wollte gerade hinzufügen, dass das Versprechen eines vollkommen gefahrlosen Einsatzes eventuell übereilt gewesen sei, doch Ms. Washburn unterbrach mich, indem sie den Zeigefinger ihrer linken Hand hob.

»Ich habe nicht gesagt, dass ich den Job dauerhaft mache, Samuel«, erläuterte sie. »Lassen Sie uns einfach sehen, wie es bei dieser Frage läuft, und dann reden wir noch einmal darüber, okay?«

Das war eine beunruhigende Wendung. Wenn dies hier zu einer Art Probefrage wurde, die über ihre Anstellung bei mir entschied, konnte die Situation, auf die wir gerade zurasten (natürlich ohne die Geschwindigkeitsbegrenzung zu überschreiten), Ms. Washburn sehr wohl dazu veranlassen, sich gegen jede zukünftige Zusammenarbeit auszusprechen. Ich war entschlossen, diesen Fall nicht eintreten zu lassen, also wandte ich mich wieder meinen eigenen Gedanken zu und ließ sie in Ruhe fahren.

Wir kamen in der Evergreen Road an und entdeckten das Gebäude, in dem sich laut dem Aufnahmeformular Ms. McInerneys Wohnung befand. Ich bemerkte, dass vor dem Haus keine Polizeiautos parkten, konnte mich jedoch nicht entscheiden, ob ich mich deshalb entspannen sollte, weil die Schwierigkeiten nicht länger bestanden, oder ob ich besonders besorgt sein musste, weil Ms. McInerney meiner Anweisung, die Polizei zu alarmieren, offenbar nicht gefolgt war.

Ms. Washburn parkte auf der dem Gebäude gegenüberliegenden Straßenseite. Es war ein unauffälliges, ziegelverkleidetes Wohnhaus mit zwei Etagen, das laut dem Grundriss, den ich mir von der Webseite der Immobilienfirma heruntergeladen hatte, vier Wohnungen enthielt. Die von Ms. McInerney lag im oberen Stock auf der der Straße abgewandten Seite. Daher konnte ich von meiner derzeitigen Position aus auch nicht in irgendwelche Fenster sehen, um die Lage im Innern des Hauses einzuschätzen.

»Bitte bleiben Sie im Auto sitzen«, sagte ich zu Ms. Washburn, als sie den Motor abgestellt hatte. »Ich werde die Ermittlungen selbst vornehmen.«

Ms. Washburns Gesichtsausdruck änderte sich. Wenn ich ihn richtig deutete, blickte sie nun skeptisch. »Wieso?«, fragte sie. »Ich bin doch nicht nur Ihre Chauffeurin, oder?«

»In diesem Fall vielleicht schon«, entgegnete ich. »Ich habe Ihnen versprochen, dass Sie bei der Beantwortung dieser Frage unter keinen Umständen mit irgendeiner Gefahr konfrontiert sein würden. Das kann ich aber nicht garantieren, wenn Sie mich in die Wohnung begleiten, also halte ich mein Versprechen, indem ich Sie darum bitte hierzubleiben.«

Ich öffnete die Autotür und stieg aus, aber Ms. Washburn tat zu meiner Verwirrung das Gleiche.

»Ich komme mit, Samuel.«

Das erschien mir unklug. Vielleicht hatte ich mich nicht klar ausgedrückt. »In der Wohnung könnte sich eventuell eine gewalttätige Situation ergeben, obwohl ich mir da nicht ganz sicher bin«, erklärte ich ihr. »Wenn Sie mich begleiten, geraten Sie womöglich in Umstände, die den Versprechen zuwiderlaufen, die ich Ihnen und Ihrem Mann gegeben habe. Vielleicht möchten Sie dann gehen und nie mehr zurückkommen, und ich würde alles tun, um das zu verhindern.«

Ich konnte Ms. Washburns Miene nicht deuten. Sie zog eine Augenbraue hoch und beugte den Kopf leicht in meine Richtung. »Sie haben mit Simon gesprochen?«

Mr. Taylor hatte gesagt, dass er seiner Frau nicht von unserem Telefonat erzählen werde, doch er hatte mich nicht darum gebeten, dass ich mich ebenfalls an diese Verschwiegenheit hielt – tatsächlich hatte er erklärt, dass er das Gespräch für sich behalten werde, was er als einen Gefallen mir gegenüber betrachte. Da ich dieses Entgegenkommen nicht verlangt hatte, war es mir gar nicht in den Sinn gekommen, es könnte keine gute Idee sein, das Telefonat zu erwähnen. Bei dem Ausdruck, der nun auf Ms. Washburns Gesicht erschienen war, überdachte ich diese Entscheidung noch einmal, aber es war zu spät, etwas daran zu ändern.

»Sie haben behauptet, dass sein Einspruch Ihrer dauerhaften Beschäftigung in meinem Unternehmen im Weg stehe, also habe ich mich bemüht, den Grund dafür herauszufinden. Ich habe jetzt keine Zeit für diese Diskussion. Ich muss zu Ms. McInerneys Wohnung hinauf und empfehle Ihnen nachdrücklich, hier zu warten.«

Ohne noch einmal zurückzublicken, drehte ich mich um und überquerte die Straße. Erst auf dem gegenüberliegenden Gehweg, als ich schon den kleinen Anstieg, der zum Wohnhaus führte, hinaufeilte, bemerkte ich, dass Ms. Washburn an meiner Seite war.

Sie hatte ihre Entscheidung getroffen, obwohl sie fast alle Informationen kannte. Sie war erwachsen und in der Lage, ihre eigenen Entschlüsse zu fassen. Außerdem konnte Ms. McInerney in diesem Moment in größter Gefahr schweben, also kam es nicht infrage, stehen zu bleiben, um ihre Entscheidung in Zweifel zu ziehen.

Wir rannten zwar nicht, doch unser Tempo war durchaus forsch, sodass wir binnen kürzester Zeit vor Ms. McInerneys Haustür standen. Sie war verschlossen, aber es gab einen Klingelknopf und eine Gegensprechanlage. Da ich keinen weniger offiziellen Weg sah, den wir einschlagen konnten, hielt ich inne und sammelte mich, denn ich fühlte mich bei dem Gedanken nicht wohl, etwas berühren zu müssen, was vorher nicht gründlich gesäubert worden war. Ms. Washburn drückte auf den Knopf.

Wir standen an der Schwelle und warteten. Ich meinte, sie sehr leise murmeln zu hören: »Unfassbar, dass Sie Simon angerufen haben«, doch ich war mir nicht sicher, also reagierte ich nicht darauf. Meine Aufmerksamkeit konzentrierte sich auf das vor uns liegende Problem.

»Könnte es noch eine Tür auf der Rückseite des Gebäudes geben?«, fragte ich und tat damit etwas, was manche Menschen als »laut denken« bezeichnen, was aber eigentlich nur das Stellen einer rhetorischen Frage ist.

»Eine Hintertür?«, entgegnete Ms. Washburn. »Schon möglich. Ich seh mal nach.«

Bevor ich auch nur die Chance hatte, über die Möglichkeit nachzudenken, ob sie auf der Hausrückseite vielleicht in eine missliche Lage geraten konnte, hatte sie sich bereits entfernt. Wenn ich ihr gefolgt wäre, hätte ich die Chance aufgegeben, dass diese Tür sich vielleicht doch noch öffnen würde.

Dann erinnerte ich mich an einen Film, in dem ein Mann in einem ähnlichen Dilemma die Klingeln aller Wohnungen gedrückt hatte und von jemandem hereingelassen wurde, der sich nicht darum kümmerte, irgendwelche Besucher angemessen zu überprüfen. Einen Versuch war es wert. Wenn ich schnell ins Haus gelangen konnte und es keine Hintertür gab, würde Ms. Washburn das Gebäude nicht betreten können und sich auf diese Weise auch keiner unberechenbaren Gefahr aussetzen.

Also drückte ich alle Klingelknöpfe, es waren ja nur vier. Für mich war das nicht leicht, aber den Ellbogen zu benutzen erschien mir als der am wenigsten abstoßende Weg. Es war schnell erledigt.

Eine Partei, die mit B4 markiert war, meldete sich quäkend. »Wer ist da?«, fragte eine Stimme, die durch die alte Gegensprechanlage verzerrt wurde. Ich brauchte einen Moment, um die Stimme von den anderen Geräuschen zu unterscheiden, die die Anlage von sich gab.

Diesmal musste ich die Apparatur nicht berühren, was hilfreich war. »Ich versuche eine Frage zu beantworten«, erklärte ich. »Würden Sie mich bitte hereinlassen?«

»Was?«

Diese Antwort war für mich ein Rätsel. Manchmal sagen Leute »Was?«, weil sie nicht genau verstanden haben, was gerade gesagt worden ist. Das war wegen der altmodischen Gegensprechanlage auch hier durchaus eine

Möglichkeit. Manchmal sagen sie aber auch »Was?«, weil sie das, was gesagt wurde, verwirrend oder nur schwer glaubhaft finden. In diesem Fall gab es kein klares Anzeichen dafür, welche der beiden Bedeutungen diese Person im Sinn hatte.

»Bitte«, wiederholte ich. »Ich muss nach oben.« Das war die Wahrheit und schien auch den Ausschlag zu geben, denn der Summer wurde betätigt, und ich konnte die Eingangstür aufdrücken. Schnell trat ich ein und setzte dadurch meinen Plan in die Tat um, Ms. Washburn von der potenziell gefährlichen Situation abzuschneiden. Sie erschien nicht hinter mir, und ich blickte mich auch nicht mehr um. Ich stieg schnell die Treppe hinauf und machte die Wohnung B2 ausfindig, die auf dem Anmeldeformular von Ms. McInerney als Adresse angegeben war.

Die Tür war verschlossen, und kein Laut drang von innen heraus, während ich schwieg und lauschte. Erneut stellte sich mir die Frage, ob ich klopfen sollte. Wenn Oliver Lewis sich tatsächlich bewaffnet im Innern aufhielt, wäre es dann klug, ihn von meiner Anwesenheit in Kenntnis zu setzen? Ich versuchte, den Knauf zu drehen, doch die Tür war verriegelt und die Frage also hinfällig. Außer die Tür einzutreten – etwas, was ich aus einer ganzen Reihe von Gründen nie in Erwägung ziehen würde –, gab es keinen Weg nach drinnen.

Ich wünschte nun, Ms. Washburn wäre bei mir gewesen, denn sie hätte mit ihrem Handy bei Ms. McInerney anrufen und sich nach ihrer aktuellen Lage erkundigen können. Das hätte ich wahrscheinlich vom Auto aus schon tun sollen, aber Ms. Washburn hatte am Steuer gesessen, und ich berührte nur sehr ungern anderer Leute Telefon.

Das war nun aber ebenfalls nicht mehr von Bedeutung. Ich hatte nicht angerufen, Ms. Washburn war nicht hier, und die Tür war verschlossen. Ich klopfte dreimal leise und wartete ab.

7

Aus der Wohnung war kein Laut zu hören.

Das konnte entweder bedeuten, dass Ms. McInerney und (vermutlich) Oliver Lewis fort waren oder dass in der Wohnung etwas sehr Schlimmes passiert war. Es konnte aber auch bedeuten, dass nur Lewis gegangen war, Ms. McInerney jedoch, da sie sich im Badezimmer verschanzt hatte, immer noch hinter einer verriegelten Tür saß und mein Klopfen nicht gehört hatte. Vielleicht sollte ich noch einmal lauter klopfen.

Gerade hatte ich dazu angesetzt, als Ms. Washburns Stimme hinter mir fragte: »Möchten Sie, dass ich sie auf dem Handy anrufe?«

Ich drehte mich um und bemerkte an Ms. Washburn eine Miene, die ich noch von unserer letzten Zusammenarbeit her kannte: Sie blickte ironisch.

»Was ist los?«, fragte sie. »Sollte ich denn nicht mitkommen, um ein nützlicher Teil des Teams zu sein?«

»Würden Sie bitte Ms. McInerneys Nummer wählen?«, bat ich sie und entschied mich dafür, nicht auf ihre Frage zu antworten. »Ich mache mir ein wenig Sorgen um ihre Sicherheit.« Dass ich mich zugleich um Ms. Washburns und vielleicht auch um meine eigene Sicherheit sorgte, behielt ich für mich, denn damit hätte ich nur wiederholt, was ich ihr bereits zu verstehen gegeben hatte, als ich sie aufgefordert hatte, im Wagen sitzen zu bleiben.

»Geben Sie mir die Nummer.«

Ich steckte die Hand in die Tasche, um die Seite des Aufnahmeformulars hervorzuziehen, doch ich kannte die Nummer inzwischen auswendig und hatte sie schon aufgesagt, bevor ich Ms. Washburn das Blatt tatsächlich hinhielt. Sie nickte und tippte die Ziffern in ihr Handy. Damit ich mithören konnte, drückte sie dann auch noch die Lautsprechertaste.

Es klingelte zweimal, dann hörten wir Sheila McInerneys Stimme leise und zittrig. »Hallo?«

»Ms. McInerney, hier spricht Samuel Hoenig. Ich stehe vor Ihrer Wohnungstür.« Da sie wusste, dass ich das Telefon nicht berühren wollte, streckte Ms. Washburn den Arm aus und hielt es so näher zu mir. »Sind Sie in Sicherheit, können Sie mich hereinlassen?«

»Ich … ich weiß nicht. Ich habe da draußen jetzt schon seit einer ganzen Weile nichts mehr gehört.«

»Sind Sie immer noch in der Toilette?«, fragte ich. Ich forschte in Ms. Washburns Miene nach einer Reaktion, doch sie schien das gleichmütig aufzunehmen.

»Ja.« Ms. McInerney klang ziemlich ängstlich, falls ich ihren Tonfall richtig deutete.

Ms. Washburn sah mich an und formte mit den Lippen das Wort »Angst«. Ich nickte.

»Können Sie die Tür wenigstens einen Spaltbreit öffnen, um nachzusehen, ob außer Ihnen noch jemand da ist?«, fragte ich.

»Ich will nicht.« Ich hörte einen Hall und nahm an, dass er durch die Kacheln in der Toilette verursacht wurde.

»Haben Sie denn die Polizei gerufen, wie ich es Ihnen gesagt habe?« Es wäre gut zu wissen, ob eine Polizeistreife hierher unterwegs war.

»Nein. Ich dachte, das würde ihn nur wütend machen. Ich werde die Tür ein bisschen aufmachen. Sagen Sie jetzt nichts, für den Fall, dass er davorsteht, in Ordnung?«

Ich verhielt mich still.

»In Ordnung?«, wiederholte sie.

Es erschien mit eigenartig, dass sie mich aufforderte zu sprechen, nachdem sie mich gerade zum Schweigen aufgefordert hatte, doch ich erwiderte: »Ja.«

Die Augenblicke, die nun folgten, mussten Ms. Washburn sehr lang vorgekommen sein, denn sie legte das Verhalten einer ungeduldigen Person an den Tag: Sie verlagerte das Gewicht sechsmal von einem Bein auf das andere, biss sich auf beide Lippen und stützte mit der freien Hand den ausgestreckten Arm, der das Telefon hielt.

Mir fiel auf, dass die Spanne nur zweiundzwanzig Sekunden betrug – keine besonders lange Zeit.

Dann öffnete sich langsam die Wohnungstür. Ms. Washburn beendete den Anruf auf ihrem Handy, richtete sich auf und starrte auf die Tür, während ich versuchte, mich zwischen den Eingang und Ms. Washburn zu schieben. Zwar nahm ich an, dass Ms. McInerney hinter der Tür stand, doch ich hatte das Versprechen abgegeben, meine Mitarbeiterin vor jeder möglichen Gefahrenquelle zu schützen.

Natürlich hatte ich recht, und Ms. McInerney sah mit sehr ernstem Gesicht auf den Flur hinaus – zuerst auf mich, dann auf Ms. Washburn links hinter mir.

»Wer ist das?«, fragte Ms. McInerney.

»Das ist meine Mitarbeiterin Ms. Washburn«, erwiderte ich. »Sie ist unverzichtbar für die erfolgreiche Beantwortung Ihrer Frage.«

Ms. Washburn streckte die Hand aus. »Janet Washburn. Freut mich, Sie kennenzulernen.«

Ms. McInerney zuckte fast zusammen, als sie mit der Hand konfrontiert wurde, nahm sie dann aber und drückte sie. Dabei sagte sie nichts.

»Dürfen wir reinkommen?«, fragte ich.

Das schien einen besänftigenden Effekt auf Sheila McInerney zu haben. Sie ließ Ms. Washburns Hand los und trat einen Schritt zurück. »Natürlich.« Wir betraten die Wohnung.

Es war auf den ersten Blick ein ziemlich gewöhnliches Apartment. Hinter der Eingangstür schloss sich direkt das Wohnzimmer an, in dem ein gepolstertes Sofa, eine Stehlampe, ein Flachbildfernseher, ein großer Tisch und ein Sessel standen. Der Boden war von einem Teppich bedeckt, der vom Fernsehtischchen bis zum Sofa reichte. Die Wände waren weiß gestrichen. Das wirkte nüchtern. Ich würde Ms. Washburn später danach fragen müssen, doch auf der Grundlage vorangegangener Gespräche war ich mir ziemlich sicher, dass sie den Raum als einen von mangelnder Wärme beschreiben würde.

Woran es nicht mangelte, waren hingegen Blutflecken. Ein paar Flecken waren auf dem beigefarbenen Teppich zu sehen, und einige führten aus dem Wohnzimmer hinaus zu einem anderen Raum, wahrscheinlich dem Schlafzimmer. Wenn sich noch eine bewaffnete Person in der Wohnung aufhielt, war es logisch anzunehmen, dass er oder sie sich in diesem Zimmer befand.

»Wer ist sonst noch hier?«, fragte ich sehr leise.

Ms. Washburn griff in eine Jutetasche, die sie bei sich

trug, und zog einen Notizblock samt Stift hervor. Sie ist sehr gut darin, mir im Nachhinein einen detaillierten Bericht über jedes meiner Gespräche abzuliefern, auch wenn ich mich selbst noch sehr gut daran erinnere. Ihre Berichte sind trotzdem wertvoll für mich, denn ich sehe an ihnen, was Ms. Washburn für die wichtigsten Punkte des Gesprächs hält, eine Einschätzung, die von meiner eigenen abweichen kann.

»Niemand«, antwortete Ms. McInerney. »Warum?«

Da ich mich schuldig fühlte, Ms. Washburn in diese Lage mit hineingezogen zu haben, zeigte ich auf die Blutspur. »Hier ist offenbar irgendetwas vorgefallen, und diese Spur führt nicht zur Eingangstür.« Für den Fall, dass jemand uns vom anderen Raum aus zuhörte, sprach ich weiterhin sehr leise.

Ms. McInerney sah auf die Flecken, auf die ich gezeigt hatte, und keuchte auf. »Ist das Blut?«

»Vermutlich. Wer war außer Ihnen noch in dieser Wohnung? Als Sie mich anriefen, sagten Sie, Oliver Lewis sei hier. Ist das passiert, als Sie beide miteinander gestritten haben?«

»Nein. Er hat mich nicht verletzt. Doch er hatte ein Küchenmesser in der Hand und hat damit herumgewedelt. Darum habe ich mich ja auch in der Toilette versteckt. Aber er hat mich damit nicht geschnitten oder so.«

Behutsam folgte ich den Blutflecken. Ich trug wie immer Laufschuhe von New Balance, und zwar wegen des guten Fußbetts, also waren meine Schritte relativ leise, obwohl einige der Dielen beim Auftreten knarzten.

Ms. Washburn sah nicht von ihren Notizen auf und fragte: »Glauben Sie, dass er sich vielleicht selbst verletzt hat?« Es war eine sehr intelligente Frage und ein gutes Beispiel dafür, warum ich Ms. Washburn für die Beantwortung von Fragen wie dieser benötigte. Dass eine Person sich selbst verletzen könnte, ziehe ich selten in Erwägung, denn so ein Verhalten würde mir selbst nie einfallen.

»Um ehrlich zu sein, kenne ich ihn nicht gut genug, um das zu beantworten«, gab Sheila McInerney zurück. »Gehen Sie etwa dort hinein?« Sie zeigte auf die Tür zum Schlafzimmer.

Sie benahm sich unvernünftig. Sie warnte einen Angreifer, der sich im Nebenzimmer hinter der Küchenzeile aufhalten konnte, wo in einem Messerblock tatsächlich ein relativ großes Messer fehlte. Wollte sie Lewis zu verstehen geben, dass ich unterwegs war? Tat sie es, damit er mich angreifen oder damit er entwischen konnte, bevor ich ihn entdeckte? Oder begriff sie einfach nicht den Ernst der Lage?

»Nein«, erwiderte ich. »Ich bleibe genau hier.« Dabei schob ich mich weiter Stück für Stück Richtung Schlafzimmertür und erkannte, dass sie geschlossen war.

»Aber Sie …«

Ms. Washburn, nützlich wie immer, stoppte unsere Klientin, bevor sie noch mehr Schaden anrichten konnte. »Warum haben Sie denn nicht die Polizei gerufen?«

Ms. McInerney, die vergessen zu haben schien, dass außer ihr und mir noch jemand anwesend war, wandte sich nun ruckartig Ms. Washburn zu und runzelte die Stirn. »Weil es mir peinlich war, okay? Was sollte ich denn tun? Der Polizei erzählen, dass ein Kerl, der behauptet, mein Ehemann zu sein, was ich aber anzweifle, mit einem Messer in der Wohnung herumwedelt, die wir miteinander teilen?«

Ms. Washburn wartete eine Sekunde, bis sie sah, dass ich um die Ecke zum Schlafzimmer bog, und antwortete dann: »Ja, das ist genau das, was Sie hätten tun sollen.«

Da ich nun in Reichweite des Türknaufs war, bewegte ich mich flink. Ich bemerkte, dass sich auf dem Knauf kein Blut befand, hatte aber bereits ein Taschentuch hervorgezogen, um ihn mit einem Tuch in der Hand zu drehen. Es wäre nicht ratsam, meine Fingerabdrücke in diesem Raum zu hinterlassen, falls die Polizei später die Spuren sichern würde.

Dieser Möglichkeit eingedenk, tat ich mein Bestes, um den Türknauf beim Drehen nicht zu säubern. Ich wollte ja keine nützlichen Spuren verwischen, die der Polizei vielleicht helfen konnten. Der Knauf drehte sich, und die Tür schwang nach innen auf.

Hinter mir hörte ich Ms. McInerney fragen: »Warum gehen Sie dort hinein?« Ich gab ihr keine Antwort.

Das Zimmer schien leer zu sein, doch ich hatte im Kino und im Fernsehen genügend Krimis gesehen, um zu wissen, dass ich erst hinter die offene Tür schauen sollte, bevor ich mir sicher sein konnte. Das erwies sich als weniger dringend, da die Tür ganz aufschwang und zwar so weit, dass sie die Wand rechts neben mir berührte, als ich eintrat. Dahinter war kein Platz für eine Person.

Trotzdem überprüfte ich das, und es war tatsächlich keiner da.

Der Raum war genauso farblos und schlicht wie das Wohnzimmer. Das Doppelbett war ordentlich gemacht, mit einer ecrufarbenen Tagesdecke und weißen Kissenbezügen. Die Wände waren im selben gebrochenen Weiß wie der Rest der Wohnung gestrichen, ohne Zweifel hatte das die Immobilienfirma in allen Wohnungen des Gebäudes erledigt. Die Auslegeware (sicherlich ebenso standardmäßig in sämtlichen Wohnungen vorhanden) war beige und zwar nicht abgetreten, aber auch nicht neu.

Außerdem gab es darauf weitere Blutflecken.

Es waren nicht mehr als kleine Spritzer, sie begannen an der Schwelle und führten direkt in den Raum hinein und auf das Bett zu, dann bogen sie ab in Richtung der gegenüberliegenden Wand, in die die Fenster eingelassen waren. Eines von ihnen war geöffnet, und die Jalousie war hochgezogen.

»Was machen Sie denn in meinem Schlafzimmer?«, rief Ms. McInerney. Nun war ich beinahe sicher, dass sie einen Komplizen von meiner Anwesenheit in Kenntnis setzen wollte, doch mir fiel kein plausibler Grund für ein solches Verhalten ein.

Erneut blieb ich ihr eine Antwort schuldig. Der Teppichboden im Schlafzimmer dämpfte ausreichend den Schall, um meine Schritte unhörbar zu machen. Im Namen der Sicherheit entschloss ich mich, das geöffnete Fenster für den Moment zu ignorieren, und machte stattdessen die Tür des einzigen Schranks auf. Darin befanden sich eine kleine Auswahl an Frauenkleidern, Schuhen sowie einige Schachteln. Ganz links hingen an der Stange drei Männeranzüge. Ein Paar schwarzer Männerschuhe stand auf dem Teppich darunter.

»Lassen Sie die Finger von meinem Kleiderschrank!« Sheila McInerneys Stimme ertönte direkt hinter mir, und sie klang aufgeregt.

Ich drehte mich um, sie stand nur einen Meter von mir entfernt mit hochgezogenen Brauen und weit aufgerissenen Augen. Ms. Washburn befand sich hinter unserer Klientin, das Notizbuch in ihrer seitlich am Körper herabhängenden Linken. »Entschuldigung, Samuel«, sagte sie. »Ich wusste nicht, dass sie hereinkommen wollte, um Sie anzuschreien.«

»Ich sagte: Lassen Sie die Finger von meinem Kleiderschrank!«, kreischte unsere Klientin. Genau dieses spontane Verhalten habe ich niemals wirklich begriffen: Falls ich sie nicht gehört hatte, als sie das erste Mal mit mir sprach, gab es offensichtlich keinen Grund, böse auf mich zu sein, weil ich ihrer Anweisung nicht Folge leistete. Und falls sie annahm, *dass* ich sie gehört hatte, erschien mir die einfache Wiederholung dessen, was sie gerade schon gesagt hatte, nicht als geeignete Taktik, um mich zum Gehorsam zu zwingen – es hatte beim ersten Mal nicht geklappt, und die Tatsache, dass sie es schon einmal gesagt hatte, war offenbar kein überzeugendes Argument.

»Ich wollte die Umgebung absichern, und dafür musste ich doch zweifellos in Erfahrung bringen, ob sich jemand hinter der Schranktür verbirgt«, erklärte ich. »In Ihrem Schrank gibt es außerdem nichts, wofür Sie sich genieren müssten, Ms. McInerney.«

Sie gab ein paar Laute von sich, irgendetwas zwischen einem Ausatmen und einem Husten. Vielleicht wollte sie damit irgendein Gefühl zum Ausdruck bringen, aber die Bedeutung erschloss sich mir nicht. »Ich *geniere* mich nicht«, erwiderte sie. Ein paar weitere undurchschaubare Laute folgten, doch sie fügte keine Worte hinzu.

»Was ist mit dem Fenster, Samuel?«, fragte Ms. Washburn.

Während ich den Rest des Raumes musterte, ging ich hinüber, stellte dabei aber nichts Ungewöhnliches fest, was mir ein ungutes Gefühl bereitete. Ich achtete darauf, weder den Fensterrahmen noch das Fensterbrett zu berühren.

Entgegen meinen unterschwelligen Befürchtungen hing keine Person am Fenster. Wenn es über ein paar Meter hinausgeht, mag ich die Höhe nicht (obwohl ich nicht wirklich akrophob bin), also beschränkte ich mich auf eine flüchtige Betrachtung des Außenbereichs. Außerdem hatte ich keine große Lust, mich selbst aus dem Fenster zu hängen. Hier waren keine weiteren Blutspuren zu sehen.

»Wir müssen nach draußen, um das Fenster von dort zu untersuchen«, sagte ich, »doch es ist wahrscheinlich, dass, wer auch immer sich in der Wohnung aufgehalten hat, verwundet war und aus Gründen, die ich noch nicht erklären kann, entschieden hat, sie durch das Fenster und nicht über das Treppenhaus wieder zu verlassen.«

»Hm?«, fragte Ms. McInerney, obwohl ich relativ sicher war, dass sie das, was ich gerade gesagt hatte, sowohl gehört als auch verstanden hatte.

»Jemand war in Ihrer Wohnung, und es gibt Blutspuren«, erklärte Ms. Washburn. Dann wandte sie sich mir zu. »Glauben Sie nicht, dass wir zuallererst die Polizei rufen sollten?«

»Ich bin nicht sicher, ob ein Verbrechen begangen wurde«, erwiderte ich. »Es gibt zwar Blutspuren, aber die Person …«

»Es war Ollie«, warf Ms. McInerney ein. »Er war mit mir in der Wohnung. Und er hatte ein Messer. Darum habe ich mich selbst in der Toilette eingesperrt.« Sie schien mit sich zufrieden zu sein, da sie ihre Rolle als Opfer in diesem Drama noch einmal bekräftigen konnte, obwohl es sich bei ihr ganz eindeutig nicht um die Person handelte, die verletzt worden war.

»Haben Sie denn einen Schmerzensschrei gehört oder irgendetwas anderes, woraus man schließen könnte, dass er sich selbst verletzt hat?«, fragte ich.

Sie dachte nach. »Nein.«

»Mein Punkt war, wer auch immer diese Person gewesen ist – und wir wissen noch nicht genug, um ihre oder seine Identität zweifelsfrei zu klären –, sie könnte sich auf eine vollkommen legale Weise verletzt haben, zum Beispiel beim Gemüseschneiden oder als sie versuchte, eine Dose zu öffnen. Wir könnten zwar die Behörden alarmieren, doch es gibt noch keinen Beweis für ein Verbrechen.«

Ms. Washburn musterte mich nachdenklich. »Das ist streng genommen wahr, Samuel, aber ich kann mir nur schwer Umstände vorstellen, unter denen eine verwundete Person aus dem Fenster klettert, wenn in der Wohnung keine Gefahr für sie besteht.«

Ich nickte. »Geht mir genauso.«

8

Wir ignorierten Ms. McInerneys Einwände – sie beharrte darauf, dass »niemand einen solchen Sturz überleben könnte«, aus einem Fenster in der zweiten Etage, ungefähr drei Meter, wenn man sich zunächst vom Fensterbrett hinabhängen ließ –, verließen das Gebäude und umrundeten es, um zu der Seite des Schlafzimmerfensters zu gelangen.

»Ich sehe weder am Fenster noch an der Wand irgendwelches Blut«, stellte Ms. Washburn fest. »Es war natürlich nicht wirklich viel Blut, selbst oben nicht.«

»Wahrscheinlich habe ich mich selbst geschnitten und es einfach vergessen«, meldete sich Ms. McInerney zu Wort. Ms. Washburn warf ihr einen – wie ich es interpretierte – vernichtenden Blick zu, und ich musste wohl dasselbe getan haben. Es war eine absurde Bemerkung. Wie sollte sich ein Mensch selbst so sehr schneiden, dass Blut aus der Wunde lief, ohne dass eine Spur davon an seinem Körper zurückblieb, dabei aber eine Blutspur durch zwei Zimmer hinterlassen und dann vergessen, dass es passiert war?

Offensichtlich, jedoch auch unerklärlicherweise versuchte sie die blutende Person, die aus ihrem Schlafzimmerfenster geklettert war, zu decken. Mir fiel kein denkbares Szenario ein, in dem ein solches Verhalten Sinn ergeben hätte, doch es folgte ganz ohne Zweifel aus den Tatsachen, die sich uns hier boten, und ich hatte keine Ahnung, was sonst passiert sein könnte.

»*Sie* sind also aus dem Fenster gesprungen?«, fragte Ms. Washburn. Sie ist genau deshalb eine so wunderbare Mitarbeiterin, weil sie weiß, wann es angemessen ist, die Grenzen dessen zu überschreiten, was mir mühsam als höfliches Benehmen eingetrichtert worden ist.

»Ein Fernglas könnte hilfreich sein«, dachte ich laut nach. Das Fenster lag nicht sehr hoch, aber kleine Blutspritzer oder andere Beweisspuren könnten mir auf diese Entfernung dennoch entgehen. Trotz meines Unbehagens vor Höhen hätte ich den Hausmeister vielleicht nach einer Leiter fragen und Ms. Washburn dann bitten können hinaufzuklettern, um sich das Fenster genauer anzusehen, doch sie trug einen Rock und hätte sich deshalb möglicherweise geweigert.

Stattdessen streckte sie mir ihr Handy entgegen. »Nehmen Sie das, Samuel. Es hat eine App, die wie ein Zoom funktioniert.«

Wie schon gesagt, es gefällt mir nicht, Ms. Washburns Telefon zu berühren. Um ganz offen zu sein, gefällt es mir auch nicht, Gegenstände zu berühren, die sonst irgendwem gehören, wobei ich Ms. Washburn überhaupt nicht für ungepflegt halte. Stattdessen beunruhigt mich der Gedanke, dass ich den Gegenstand irgendwie beschädigen oder verlieren könnte, vor allem in Ms. Washburns Fall. Sie vertraut mir, wie es außer meiner Mutter nur wenige Menschen tun, und ihr Vertrauen zu enttäuschen, selbst wenn es nur aus Versehen geschähe, würde mir außerordentlich zu schaffen machen.

Nichtsdestoweniger musste ich einen näheren Blick auf den Bereich unter Ms. McInerneys Schlafzimmerfenster werfen. »Es ist in Ordnung, Samuel«, beruhigte mich Ms. Washburn, die mein Widerstreben zweifellos spürte. »Dem Handy wird schon nichts passieren.« Sie lächelte.

Ich nahm ihr also das Telefon ab, während Ms. McInerney sich schon wieder darüber beschwerte, dass sie keinen Sinn darin sah, »wie Julia« zu ihrem Fenster hinaufzustarren, wo es doch Julia ist, die sich auf dem Balkon befindet, und in Akt 2, Szene 2 von Shakespeares Stück, Romeo unter ihr steht. Ich hatte den Verdacht, es würde nichts nützen, sie zu korrigieren, also ließ ich mir von Ms. Washburn die Funktionsweise des Zooms an ihrem Telefon erklären und richtete es auf das Fenster.

Das Bild war nicht sehr klar, aber es war immerhin eine große Verbesserung zu vorher.

»Wonach genau suchen Sie denn?«, fragte Ms. Washburn.

Während die abgedroschene Antwort darauf lautete, dass ich es wüsste, wenn ich es sähe, erwiderte ich: »Ich suche nach allem, was uns Informationen liefern kann. Besonders wichtig ist es herauszufinden, ob wirklich Oliver Lewis diesen sehr ungewöhnlichen Weg aus der Wohnung gewählt hat. Falls das so ist, könnte dies zur Beantwortung der Frage hilfreich sein. Wenn wir einen Beweis dafür finden, dass eine andere Person durchs Fenster geklettert ist, wird uns das hingegen kein bisschen weiterhelfen.«

»Wenn wir wüssten, dass es nicht Lewis war, würde uns das nicht wenigstens eine grobe Richtung weisen?«, fragte Ms. Washburn. »Würde uns das nicht immerhin bei der Frage, was hier passiert ist, einen Schritt weiterbringen?«

»Sicher, aber das ist ja nicht die Frage, für deren Beantwortung wir engagiert wurden. Die Frage lautet, wer der Mann wirklich ist, der von sich behauptet, Ms. McInerneys Ehemann zu sein. Wenn Mr. Lewis nicht derjenige war, der durch das Fenster gestiegen ist, könnte das, was sich oben in der Wohnung abgespielt hat, überhaupt nichts mit dieser Frage zu tun haben.«

Ms. Washburn blinzelte. »Samuel ...«

»Aber natürlich war es Ollie«, warf unsere Klientin wieder ein. »Das habe ich Ihnen doch schon gesagt. Er war derjenige mit dem Messer.«

»Eben«, sagte ich, während ich mit der Linse des Telefons das Fensterbrett absuchte und dort erstaunlich wenig entdeckte. »Die Person mit dem Messer, die Gewalt anwendet, ist selten diejenige, die am Ende blutet.« Die Entfernung und die Größe des Telefons machten es schwierig, die Bilder wirklich scharf zu stellen. Jede noch so kleine Bewegung meiner Hand äußerte sich in einer sehr großen Veränderung des Bildausschnitts auf dem Display. Was ich sah, lieferte mir dennoch einige Informationen.

»Es gibt nichts auf dem Fensterbrett«, verkündete ich. »Keine Kratzer, kein Blut, keine abgerissenen Stofffetzen von einem Kleidungsstück.«

»Seltsam«, sagte Ms. Washburn. »Wenn tatsächlich eine Person versucht hat, durch das Fenster zu entkommen, vor allem wenn sie geblutet hat, hätte sie dann nicht irgendeine Spur zurückgelassen?«

»Wieso?«, fragte Ms. McInerney.

Kurz entfernte ich das Telefon vor meinem Auge und sah sie an. »Selbst jemand, der vielleicht glaubt, dass sein Leben in Gefahr ist, würde nicht einfach so durch ein Fenster springen. Wenn er es täte, würde er sich ganz ohne

Zweifel selbst verletzen, wahrscheinlich so schwer, dass er sich nicht weit von hier hätte entfernen können. Sehen Sie sich um. Was sehen Sie?«

Unsere Klientin ließ den Blick einen Moment lang über den kleinen, von Büschen gesäumten Bereich schweifen, in dem wir standen. »Nichts«, erwiderte sie schließlich.

»Sehr gut«, erwiderte ich. Die Leute mögen es, wenn man sie lobt; es gibt ihnen das Gefühl, ihr Beitrag wäre wertvoll, auch wenn das überhaupt nicht der Fall ist. »Was schließen Sie daraus?«

Sheila McInerney sah mich sieben Sekunden lang ratlos an. Das war im Grunde nicht so lang, aber ihr selbst schien es wie eine Ewigkeit vorzukommen.

»Ms. McInerney wird Ihnen nicht antworten, Samuel«, warf Ms. Washburn ruhig ein. »Sie wartet auf Ihre Erklärung.«

Ah. »Auf dem Gras gibt es keine Spuren. Es gibt keine Anzeichen dafür, dass irgendetwas unter dem Fenster zertrampelt oder durch einen Sprung zerstört worden ist. Kurzum, es gibt überhaupt kein Indiz dafür, dass irgendwer – verletzt oder nicht – aus dem Fenster gefallen ist und sich dann mühsam aus diesem Bereich weggeschleppt hat.«

»Aber das Fenster war geöffnet«, protestierte Ms. McInerney. »Warum sollte jemand das Fenster und die Jalousie öffnen und dann einfach weggehen? Und wenn es das ist, was er getan hat, wie ist Ollie dann aus der Wohnung gekommen?«

Das war recht einfach zu beantworten. »Die wahrscheinlichste Erklärung ist, dass er durch die Tür, die Treppe hinunter und zu seinem Auto gegangen ist«, erklärte ich.

»Aber er hat doch geblutet.« Unsere Klientin schien sich geradezu zu wünschen, dass ihr Mann – wie zweifelhaft auch immer ihre Eheschließung sein mochte – aus dem Schlafzimmerfenster gesprungen war.

»Das bezweifle ich sehr«, entgegnete ich. »Es gibt keinen Beweis dafür, dass es sich tatsächlich so abgespielt hat.«

»Wovon reden Sie da?«, fragte Ms. McInerney. »Oben ist doch alles voller Blut.«

»Na ja, nicht ›alles‹«, wandte Ms. Washburn korrekterweise ein. »Es gab ein paar Blutstropfen, die eine Spur bildeten …« Sie beendete den Satz nicht, sondern hielt mit nachdenklicher Miene kurz inne. »Samuel, hat irgendwer das da oben vielleicht inszeniert?«

Ich nickte. »Zwar würde ich aufgrund der Beweislage nicht vorschnell zu diesem Schluss kommen, doch zu diesem Zeitpunkt ist es die wahrscheinlichste Erklärung.«

»Aber das Fenster«, wiederholte Ms. McInerney. »Das Blut.« Ihre Hände wedelten ein bisschen, ganz so wie meine es manchmal noch immer tun, wenn ich sehr aufgeregt bin. Ich fragte mich, ob Ms. McInerney nicht irgendwelche neurologischen Probleme hatte.

»Die Tatsache, dass es gar keine Spuren am Fenster gibt, ist bedeutsam«, erklärte ich unserer Kundin. »Wenn eine Person sich tatsächlich vom Fenster hätte hinabhängen und sich dann hätte fallen lassen, wäre es logisch, ein paar Kratzer zu erwarten, Fußabdrücke, wenigstens Fingerspuren. Irgendetwas gäbe es. Und wenn diese Person tatsächlich verletzt gewesen wäre und geblutet hätte, selbst wenn es nur leicht war, gäbe es sehr wahrscheinlich Blut auf dem Fensterbrett oder an der Hauswand. Aber da ist nichts, nicht mal eine unterschiedlich starke Schmutzschicht.«

Ms. Washburn stand mit verschränkten Armen da und hörte mir zu. Ms. McInerney hingegen starrte mich einfach nur an.

»Und?«, fragte sie.

»Die Spuren, die wir am Ort des Geschehens gefunden haben, zeigen sehr deutlich, dass niemand die Wohnung durch dieses Fenster verlassen hat«, erläuterte ich, obwohl ich eigentlich glaubte, dass ich meinen Punkt bereits klar genug gemacht hatte.

»Das ist doch lächerlich«, platzte Ms. McInerney heraus. »Es gibt eine Blutspur und ein offenes Fenster, und Oliver ist verschwunden. Die einzige Erklärung dafür ist, dass er durch das Fenster geklettert ist.«

Ich entfernte mich langsam vom Ort des Geschehens, da ich alle Informationen gesammelt hatte, die hier zu sammeln waren. Ms. Washburn folgte mir, und wir gingen wieder zur Haustür. Nur Ms. McInerney blieb stocksteif mitten auf dem Rasen stehen und blickte uns, soweit ich das beurteilen konnte, erstaunt hinterher.

»Das ist alles?«, fragte sie. »Sie sehen einmal schnell durch ein Handy, und dann ist die ganze Sache entschieden?«

»Die Beweislage ist eindeutig.« Ich blieb stehen und sah zu ihr zurück. »Sie hilft uns nicht weiter, um Ihre Frage zu beantworten.«

»Aber was ist mit dem Blut?«, fragte sie.

»Ich betrachte das Blut, wenn es überhaupt Blut ist, als relevante Spur. Aber ich würde mich gern noch einmal oben umsehen. Der Versuch, diese ganze Szene zu überblicken, hat mich von meiner eigentlichen Aufgabe abgelenkt. Der Schlüssel liegt in der Untersuchung Ihrer Wohnung. Es wird nicht lange dauern, dann sind wir wieder weg.«

Ms. Washburn und ich gingen zum Treppenhaus. Beim Gehen lehnte sich Ms. Washburn zu mir herüber und sprach leise, vermutlich weil sie nicht wollte, dass unsere Kundin sie hörte.

»Was meinen Sie mit ›wenn es überhaupt Blut ist‹?«

»Wie Sie schon bemerkt haben«, entgegnete ich, wahrscheinlich mit etwas lauterer Stimme, da Stimmmodulierung für mich eine Herausforderung darstellt, »wurden die angebliche Verletzung und die Flucht einer mysteriösen Person aus der Wohnung möglicherweise nur für Ms. McInerney inszeniert. Es ist denkbar, dass die Person, die diese Inszenierung vorgenommen hat, sich selbst für ein paar Blutstropfen geschnitten hat, doch die wahrscheinlichere Erklärung ist, dass etwas weniger Schmerzhaftes dazu benutzt wurde, diesen Eindruck zu erzeugen.«

»Warum sollte jemand so etwas tun?«, fragte Ms. Washburn.

»Es ist immer ein Fehler zu versuchen, ein Motiv aus Rohdaten herauszulesen«, erwiderte ich. »Wir kennen noch nicht genug Tatsachen, und diejenigen, die wir zu kennen glaubten, sind inzwischen zweifelhaft geworden.«

Ms. Washburn sah mich fragend an, schwieg aber, während wir die Stufen bis zur Wohnungstür hinaufstiegen. Wir warteten einen Augenblick darauf, dass Ms. McInerney erschien, jedenfalls nahmen wir an, dass sie uns gefolgt war. Es schien nicht angemessen, ihre Wohnung ohne sie zu betreten, selbst wenn sie uns implizit die Erlaubnis dafür erteilt hatte, indem sie uns vorhin hereingelassen hatte.

Doch sie kam nicht.

»Was sollen wir machen?«, fragte ich Ms. Washburn

und war wieder einmal dankbar dafür, dass sie zu *Fragen Beantworten* zurückgekehrt war. Ihr Rat in einer solchen Situation – die für mich allein sehr schwer durchschaubar gewesen wäre – war unschätzbar.

»Wenn ich das wüsste«, sagte sie.

Wir warteten drei Minuten lang, keiner von uns sagte einen Ton, wir rechneten jeden Augenblick mit der Ankunft von Ms. McInerney. Doch sie kam nicht.

»Die Tür ist unverschlossen«, bemerkte Ms. Washburn. »Wir könnten einfach hineingehen und drinnen auf sie warten. Das ist bequemer, und die Nachbarn könnten sich auch wundern, warum zwei Leute einfach so vor ihrer Tür herumstehen.«

»Ich habe bis jetzt nicht bemerkt, dass uns irgendein Nachbar beobachtet hätte«, gab ich zu bedenken.

»Das ist genau die Sorte, vor der man sich in Acht nehmen muss«, behauptete Ms. Washburn und öffnete die Wohnungstür.

Wir gingen in den Wohnbereich, und Ms. Washburn wandte sich sofort mir zu und fragte: »Wonach suchen wir? Wie beantworten wir die ursprüngliche Frage, wer ihr Ehemann ist oder so?«

»Die Frage bleibt, wer der Mann war, der behauptet hat, Ms. McInerneys Mann zu sein«, rief ich ihr in Erinnerung. »Wir sollten nach einer Heiratsurkunde oder nach irgendeinem offiziellen Ausweisdokument suchen. Auch Fotos von der Hochzeit zwischen Oliver Lewis und der Frau, von der er behauptet, sie sei seine Ehefrau, könnten hilfreich sein.«

»Wo soll ich anfangen?«, fragte sie.

»Bitte durchsuchen Sie das Schlafzimmer etwas sorgfältiger«, schlug ich vor. »Öffnen Sie keine Schubladen, aber sehen Sie nach, was offen zugänglich ist. Genau genommen sind wir nicht berechtigt, eine Durchsuchung durchzuführen, solange Ms. McInerney nicht hier ist. Also achten Sie darauf, nichts durcheinanderzubringen, schauen Sie sich einfach nur um.«

»In Ordnung.« Und weg war sie.

Ich hatte mich in akzeptablem Rahmen im Wohnzimmer umgesehen, als wir beim ersten Mal die Wohnung betreten hatten, also entschied ich mich, mich nun auf die Küche zu konzentrieren, dann auf die Toilette inklusive Badezimmer, zwei Bereiche, die wir bisher noch gar nicht untersucht hatten.

Die Küchenzeile war ziemlich gewöhnlich, doch sie erschien – wie der ganze Rest der Wohnung – auf seltsame Weise unbenutzt. Die eingebaute Geschirrspülmaschine war leer und wies keine Gebrauchsspuren auf. Auch im Spülbecken standen weder schmutzige Teller noch Gläser oder andere Utensilien. Tatsächlich fehlte ein einzelnes Messer aus dem Messerblock, der auf dem Tresen stand, und war auch sonst nirgends im Raum zu finden.

Sogar das Geschirrhandtuch, das am Griff des Herds hing, war sauber zusammengefaltet.

Meine Mutter achtet sehr auf Sauberkeit in der Küche, und ich tue mein Bestes, um ihr dabei zu helfen, also ist in diesem Raum unseres Zuhauses selten viel Schmutz oder Unordnung zu sehen. Doch selbst wenn Mutter besonders um das äußere Erscheinungsbild besorgt ist, etwa wenn wir Besuch erwarten, gibt es in unserem Haus kein Zimmer, das derart makellos aussieht.

Als ich einmal eine Frage über den Grundwasserspiegel in Somerset County beantworten sollte, hatte ich ein Musterhaus besichtigt, und Ms. McInerneys Küche – um genau zu sein, ihre gesamte Wohnung – erinnerte mich daran.

Sie wirkte unbewohnt.

Als ich diesen Eindruck einmal gewonnen hatte, fiel es mir schwer, ihn wieder beiseitezuschieben und mich nur mit den Tatsachen zu befassen, die ich überprüfen konnte. Allerdings habe ich ein Talent zur Konzentration, also suchte ich kurz entschlossen nach irgendwelchen relevanten Informationen im Badezimmer, dem einzigen Bereich, den ich noch nicht begutachtet hatte.

Wieder gab es nicht viel zu entdecken. Es war ein funktionales Bad. Ein einfacher Duschvorhang hing an der Stange über der Badewanne. Ich sah weder Stockflecken noch eine Verfärbung der Fugenmasse an der Wanne, weder feuchte Handtücher noch sonst irgendetwas Bemerkenswertes. Ms. McInerney hatte angegeben, dass sie sich in diesem Raum vor ihrem Ehemann versteckt hatte – falls er tatsächlich ihr Ehemann war –, doch es gab keine Anzeichen dafür, dass sich hier drin überhaupt irgendjemand aufgehalten hatte.

In Hotels wird oft das erste Stück Toilettenpapier von der Rolle, die an der Halterung neben dem Klo hängt, vom Personal zu einem Dreieck gefaltet. Es war eine kleine Überraschung, dass das hier nicht der Fall war.

Der tadellose Zustand der Wohnung (mal abgesehen von den dramatisch arrangierten »Blutflecken«) war verstörend. Es war schon unter normalen Umständen schwierig, irgendwelche relevanten Informationen zu finden, einfach nur indem man den Ort des Geschehens genau inspizierte. Doch wenn es so aussah, als wäre der ganze Bereich erst arrangiert und dann desinfiziert worden, gab es wenig Auffälliges außer der Tatsache der Desinfektion selbst.

Es war verführerisch, das Medizinschränkchen über dem doppelten Waschbecken zu öffnen. Obwohl ein solches Möbelstück normalerweise eine sehr fruchtbare Informationsquelle ist, wäre es eine empfindliche Verletzung der Privatsphäre gewesen, es ohne Ms. McInerneys Erlaubnis zu tun. Ich zögerte bei dem Gedanken und rief mir ins Gedächtnis, dass es immer noch möglich war, dass diese Wohnung einen Tatort darstellte, auch wenn es starke Beweise dafür gab, dass hier nichts Kriminelles vorgefallen war. Also war es immer noch ratsam, so wenige Fingerabdrücke wie möglich zu hinterlassen.

Ich wägte im Geist meine Optionen ab, als ich Ms. Washburns Stimme hörte, die aus dem Gang ins Badezimmer drang. »Samuel, ich weiß nicht, ob das hier was zu bedeuten hat, aber …«

Sie hörte auf zu sprechen, als sich die Wohnungstür öffnete und zwei uniformierte Polizisten eintraten, die beide eine Hand auf die Waffe in ihrem Holster gelegt hatten. Hinter ihnen stand Sheila McInerney und wirkte seltsam zufrieden mit sich, sobald die Polizisten nicht in ihre Richtung sahen.

»Das sind sie«, erklärte sie ihnen. »Das sind die Leute, die in meine Wohnung eingebrochen sind.«

9

»Das ist doch absurd«, sagte ich, während ich in der Zelle meine Runden drehte und die Arme für einen zusätzlichen Ausdauereffekt hob. »Es gibt keinen Grund, warum man uns hier festhält. Wir haben den Polizisten ganz genau erklärt, wie wir in Ms. McInerneys Wohnung gelangt sind und warum wir dort waren.«

Ms. Washburn saß auf der Bank der Arrestzelle, atmete einmal schwer und gab dann einen kehligen Laut von sich. »So habe ich mir den Tag auch nicht vorgestellt, Samuel. Aber es wird sich schon aufklären, und wir kommen sehr bald frei. Sie haben ja gehört, was der Sergeant gesagt hat.«

Keine Erklärung – nicht einmal, dass ich der Polizei von Edison meine Ausfertigung des Vertrages zwischen Ms. McInerney und *Fragen Beantworten* gezeigt hatte – konnte sie davon überzeugen, dass die Anzeige wegen Einbruchs nichts als ein Missverständnis war. Aber natürlich war es kein Missverständnis: Ms. McInerney hatte aus Gründen, die wir noch nicht einmal ansatzweise verstanden, Ms. Washburn und mich ganz eindeutig in die Falle gelockt, damit wir in ihrer Wohnung, wie Officer Duncan uns vor dem Verlesen unserer Rechte erklärt hatte, wegen »Hausfriedensbruchs und Verdachts auf Einbruch« festgenommen wurden. Er hatte auch irgendetwas von »Diebstahl« gesagt, denn bei ihrer Ankunft hatte Ms. Washburn einen Ehering in der Hand gehalten, der ihr nicht gehörte. Von Diebstahl war allerdings nicht mehr die Rede gewesen, als wir bei unserer Ankunft auf der Polizeiwache in den Gebäuden der Gemeindeverwaltung von Edison abgefertigt worden waren.

Der Ehering, auf dem »O. L. und S. M.« stand, war als Beweismittel beschlagnahmt worden.

Während der ganzen Zeit hatte Ms. McInerney behauptet, dass Ms. Washburn und ich unwillkommene Gäste in ihrem Zuhause seien, dass wir uns ihr mit einer wilden Geschichte über ihren geliebten Ehemann Oliver aufgedrängt hätten, dass sie uns mehrfach aufgefordert habe zu gehen, wir das jedoch verweigert hätten. Es habe für sie angeblich keine andere Möglichkeit bestanden, als nach draußen zu gehen – sie sei um ihre Sicherheit besorgt gewesen – und die Polizei zu alarmieren.

»Wie lange braucht man von Montclair hierher?«, fragte mich Ms. Washburn in der Zelle. Sie hatte ihren Bruder Mark und nicht ihren Mann angerufen, denn, so sagte sie, »wenn Simon hiervon etwas mitbekommt, wird er mich nie mehr aus dem Haus lassen.«

»Das ist schwer zu berechnen, denn der Verkehr spielt eine große Rolle, aber es sollte um diese Tageszeit ungefähr zwischen neununddreißig und vierundvierzig Minuten dauern.«

Ms. Washburn sah mich an und lächelte traurig. »Das ist genau das, was ich vermisst habe«, sagte sie leise.

Das verstand ich zwar nicht vollkommen, war aber klug genug, um nichts darauf zu entgegnen.

Officer Duncan und sein Partner Officer Patel waren

nicht unfreundlich gewesen, doch gemäß den Vorschriften mussten sie uns verhaften, festhalten und Anklage erheben, was insgesamt zwei Stunden und siebzehn Minuten in Anspruch nahm. Wir hatten unsere Telefonanrufe getätigt, und nun machte sich Ms. Washburn vor allem über die Reaktion ihres Mannes Sorgen, wenn er von ihrem Leidensweg am ersten Tag ihrer neuerlichen Beschäftigung bei *Fragen Beantworten* erfuhr.

Ich sah da keinen Konflikt. Simon Taylor musste nie erfahren, dass seine Frau kurzzeitig wegen Vorwürfen festgehalten worden war, die zwar im Prinzip stimmten – wir hatten Ms. McInerneys Zuhause ohne ihre Erlaubnis betreten, allerdings vor allem um auf ihre Rückkehr zu warten –, die unter allen anderen Gesichtspunkten aber vollkommen aus der Luft gegriffen waren. Wir waren ganz offensichtlich weder in die Wohnung eingebrochen, noch hatten wir irgendein anderes Ziel als das Sammeln von Informationen bezüglich der Frage, für deren Beantwortung Ms. McInerney mich schließlich engagiert hatte.

Nach meiner dreiundzwanzigsten Umrundung der Zelle beendete ich die Übungen, die meinen Herzschlag beschleunigen sollten, und blieb neben Ms. Washburn stehen, die mit aufgestütztem Kinn immer noch auf der Bank saß. »Was ich nicht verstehe«, sagte ich, »ist, warum Ms. McInerney uns engagiert hat, wenn sie gar nicht wollte, dass wir ihre Frage beantworten.«

Ms. Washburn sah zu mir hoch. »Das ist seltsam, nicht wahr? Am Tag, nachdem sie Ihnen die Frage zu ihrem Ehemann gestellt hat, lässt sie uns verhaften und verteidigt urplötzlich ihren Mann. Es scheint überhaupt keinen Sinn zu ergeben.«

Das waren genau die Gebiete, auf denen ich ihre Hilfe

am nötigsten hatte. »Könnten sie sich über Nacht versöhnt haben?«, fragte ich. »Vielleicht haben sie irgendein Übereinkommen geschlossen, welches Missverständnis auch immer sie vorher miteinander gehabt haben mögen?«

Ms. Washburn schüttelte den Kopf. »Das passt nicht zusammen. Sie hat ja nie behauptet, dass sie Streit hatten; sie sagte, dass sie nicht weiß, wer er ist, und dass sie bezweifelt, wirklich mit ihm verheiratet zu sein. Uns eine Falle zu stellen hilft ihr dabei kein bisschen weiter.«

»Das stimmt. Und selbst wenn sie zu irgendeiner Übereinkunft gekommen wären, warum sollte mich Ms. McInerney dann anrufen und behaupten, ihr Mann stehe messerschwingend vor der Badezimmertür? Warum sollte sie …« Meine Gedanken begannen zu rasen, was immer dann passiert, wenn ich mich ganz einer einzelnen Aufgabe widme.

Ms. Washburn kniff die Augen zusammen. »Was?«

»Der einzige Grund, warum Ms. McInerney mich so dringend zu sich gerufen haben kann – wenn ihr Ziel nicht das Überprüfen der Behauptung war, ob Oliver Lewis ihr rechtmäßiger Ehemann ist –, wäre, dass ich unbedingt bei ihr und nirgends sonst sein sollte«, überlegte ich laut.

»Das ergibt keinen Sinn.« Ms. Washburn stand auf und legte den Kopf schief, wie Menschen es manchmal tun, wenn sie versuchen zu verstehen, was eine andere Person sagt. »Was hilft es denn in Bezug auf ihre Ehe, wenn sie Sie zu ihrer Wohnung bestellt?«

Ich bemerkte, dass ich mir an die Nase fasste. Das ist eine andere anregende Bewegung, die ich unbewusst vollführe, wenn ich tief in Gedanken versunken bin. Ich hatte mir vorgenommen, mir mehr Mühe zu geben, sie mir abzugewöhnen, und ließ deshalb die Hand wieder sinken.

»Nichts«, erwiderte ich. »Es ist möglich, dass es hier gar nie um die Ehe ging, falls es überhaupt eine Eheschließung gegeben hat.«

»Sie sind mir meilenweit voraus, Samuel. Machen Sie langsam und kommen Sie zurück zur Haltestelle.« Ich muss sehr verwirrt dreingeblickt haben, denn Ms. Washburn lächelte und fügte hinzu: »Ich will damit nur sagen, dass Sie mir das genauer erklären müssen.«

»Natürlich. Die Frage ist, welche Absichten sie verfolgt.« Ich begann wieder in der Zelle herumzulaufen, diesmal jedoch langsamer. »Wie Sie schon gesagt haben, es gibt keinen Grund zu behaupten, dass Sie und ich widerrechtlich in Ms. McInerneys Wohnung eingedrungen sind. Das hatte überhaupt keinen Sinn. Es sei denn, Ms. McInerney hatte die Absicht sicherzugehen, dass ich – und als Folge davon auch Sie, obwohl sie Sie ja niemals zuvor getroffen hatte – mich in jener Wohnung und dann für einige Stunden in dieser Zelle aufhalte.«

Ms. Washburn hob die Hände. »Es war also eine List, um Sie an einen Ort zu bringen, den Sie nicht mehr verlassen können? Sie wollte, dass Sie eingesperrt werden?«

»Ich glaube schon. Das Ziel war, mich mit der erfundenen Geschichte eines messerbewehrten Mannes, der sich irgendwie selbst verletzt hat und dann aus dem Fenster gesprungen ist, zu sich zu locken, um mich mit dieser Geschichte eine Zeit lang beschäftigt zu halten. Als das nicht klappte, da die ausgeklügelte Inszenierung nichts mit ihrer Frage zu tun hatte, griff Ms. McInerney auf Plan B zurück, dessen zentraler Bestandteil war, uns hier festzuhalten.«

Ms. Washburn schüttelte erneut den Kopf. Diesmal schien es mehr aus Verwirrung zu geschehen. »Ich verstehe das nicht. Warum sollte Sheila wollen, dass Sie stundenlang in einer Zelle festsitzen? Der erste April ist doch schon seit Monaten vorbei.«

»Der erste April?«, fragte ich. »Was hat ein komischer, nicht offizieller Feiertag denn mit dem Schlamassel zu tun, in dem wir stecken?«

Sie kicherte. »Ich will damit sagen, dass das hier eine sehr schlechte Idee für einen Scherz ist, Samuel.«

Ich nickte. »Das stimmt. Aber die einzig mögliche Erklärung ist ziemlich verstörend und ... Oh mein Gott, Mutter!«

Tatsächlich kam meine Mutter gerade auf die Arrestzelle zu, die nicht weit vom Empfang der Polizeiwache entfernt lag. »Samuel, ich hätte nie gedacht, dass ich einmal eine Kaution würde hinterlegen müssen, um ... Janet!« Mutter schnalzte mit der Zunge. »Wie hat er dich nur da wieder hineingezogen? Ich dachte, du wolltest vernünftig sein.«

»Das wollte ich auch, Vivian. Aber die Aussicht, wieder mit deinem Sohn zusammenzuarbeiten, war einfach zu reizvoll.«

»Mach keine Witze, Liebes. Du sitzt im Gefängnis.«

»Mutter«, fragte ich, »bedeutet deine Ankunft, dass ich jetzt gehen darf? Es ist unumgänglich, dass ich diese Zelle sofort verlasse!«

Mutter sah sich in der Zelle um. »Wieso denn sofort? Gibt es hier irgendwo eine Spinne?« Mutter weiß, dass ich unter Arachnophobie leide, obwohl sie diese für ernster hält, als sie tatsächlich ist.

»Nein.« Ich hatte jetzt keine Zeit, mich über Spinnen

zu unterhalten. »Wir müssen so schnell wie möglich zurück zu *Fragen Beantworten*!«

»Oje.« Meine Mutter zog ein gelbes Formular aus ihrer Handtasche. »Hier ist die Bestätigung für die Kaution.« Sie winkte dem Polizisten zu, der an seinem Schreibtisch außerhalb der Zelle saß. »Officer? Mein Sohn muss jetzt los.« Er nickte und machte mit der Hand eine Geste, die wohl bedeuten sollte, dass er gleich kommen würde.

»Officer!«, rief ich. »Es ist ein Notfall!« Er wiederholte die Geste etwas nachdrücklicher.

»Ich kapiere es nicht, Samuel«, meldete sich Ms. Washburn zu Wort. »Ich meine, ich will hier mindestens so schnell raus wie Sie, aber Sie scheinen ja ganz außer sich zu sein.«

»Ich bin vollkommen außer mir! Verstehen Sie denn nicht? Wie können Sie es nicht verstehen?« Meine Gedanken rasten. Ich wusste, dass Ms. Washburn und Mutter noch nicht dasselbe klar geworden war wie mir, doch gerade war ich nicht in der Stimmung, mich in anderer Leute Gefühle hineinzuversetzen. Es gab etwas weitaus Wichtigeres, um das ich mich kümmern musste, und vielleicht war es bereits zu spät, um noch irgendetwas zu verhindern.

»Was sollen wir denn verstehen?«, fragte Mutter. Ihr Tonfall erinnerte mich daran, dass ich atmen musste.

Ich schloss kurz die Augen und versuchte mich wieder zu sammeln, wie Dr. Mancuso es mir oft gezeigt hat. Ich atmete zwar nicht tief durch, doch ich konzentrierte mich für zehn Sekunden ganz auf meine Atmung. Das hatte den beabsichtigten Effekt, der mich schnellstmöglich beruhigen und aus der Zelle befreien würde.

»Ms. McInerney hat all das veranstaltet, um mich zu

ihrer Wohnung zu locken. Dann behauptete sie absichtlich, dass Ms. Washburn und ich frei erfundene Verbrechen begangen hätten, damit wir hierhergebracht und eingesperrt wurden. Das einzig logische Motiv, die beiden Dinge in dieser Reihenfolge zu tun, war, dass sie uns – vor allem mich, denn sie wusste ja nicht, dass Ms. Washburn mich begleiten würde – für ein paar Stunden von *Fragen Beantworten* fernhalten wollte. Das bedeutet, dass in unserem Büro etwas passiert sein muss, von dem ich nicht Zeuge werden sollte. Und wenn es das ist, was ich glaube, könnte es wirklich ernste Konsequenzen haben.«

Ms. Washburn hatte mich schon einmal in diesem Ton sprechen hören. Ihre Schultern und ihre Mundregion verhärteten sich, dann fragte sie: »Sagen Sie da gerade, was ich denke, dass Sie sagen?«

»Ich will keine voreiligen Schlüsse ziehen. Es ist denkbar, dass die Büroräume nach einem Gegenstand oder einer Information durchsucht worden sind, welche die Eindringlinge zu benötigen glauben, obwohl ich mir nicht vorstellen kann, worum es sich dabei handeln könnte.«

Da ich spürte, wie die Gefühle mich zu überwältigen drohten, strengte ich mich sehr an, weiter ruhig zu klingen. »Die andere Möglichkeit ist, dass wir bei unserer Ankunft im Büro eine Leiche vorfinden.«

Mutter drehte sich noch einmal zu dem Schreibtisch um. »Officer!«, schrie sie. »Wir brauchen Sie *jetzt sofort!*«

10

»Das war genau, was wir befürchtet hatten«, sagte Mutter.

Wir starrten auf die Leiche von Oliver Lewis, die mit aufgetrennter Halsschlagader auf dem Boden des Büros von *Fragen Beantworten* lag. Die Positionierung der Leiche deutete wie alles andere, was ich hier erkennen konnte, darauf hin, dass er woanders ermordet und dann absichtlich an meinem Arbeitsplatz abgelegt worden war.

Die Polizei von Piscataway war bereits verständigt und würde in Kürze hier eintreffen, denn die Beamten in Edison, mit denen wir auf dem Weg aus dem Gefängnis gesprochen hatten, teilten meinen Glauben an die Dringlichkeit der Lage nicht. Mutter hielt sich ein Taschentuch vor den Mund und stand in der entferntesten Ecke beim Pizzaofen, um die physische Nähe zu Lewis' Leiche zu vermeiden. Ich beugte mich zunächst über die Leiche, suchte den Raum dann aber nach zusätzlichen Hinweisen ab. Ms. Washburn wirkte eher wütend als aufgeregt (falls ich ihren Gesichtsausdruck korrekt interpretierte), saß auf dem für Kunden reservierten Stuhl, hatte ihren Block hervorgezogen, beobachtete mich und machte sich dabei Notizen. Sie verlässt sich nicht auf Diktafone.

Auch für Ms. Washburn hatte Mutter eine Kaution

hinterlegt, als klar wurde, dass wir uns auf eine sehr schwierige Situation zubewegten.

»Ich kann sie hier doch nicht sitzen lassen, und ich denke wirklich nicht, dass sie sich aus der Stadt absetzen wird und ich dafür haftbar gemacht werde«, erklärte sie mir. »Außerdem muss man für so ein Verbrechen gar nicht so viel Geld hinlegen.« Ms. Washburns Bruder, der sein Zuhause in Upper Montclair noch gar nicht verlassen hatte, habe »erleichtert« geklungen, dass er die Fahrt nicht antreten musste, berichtete Ms. Washburn mir im Anschluss an das Telefonat mit ihm. Er würde Mutter die Kaution am folgenden Tag zurückerstatten.

»Simon wird all das ganz sicher erfahren«, sagte Ms. Washburn jetzt.

»Wahrscheinlich«, stimmte ich ihr zu. »Die Nachrichtenteams sollten kurz nach der Polizei, wenn nicht sogar schon vorher hier eintreffen. Sie haben Geräte, mit denen sie die Nachrichten abhören, die vom Fahrdienstleiter an die Streifenwagen durchgegeben werden, und jede Erwähnung eines Mordes wird zweifellos zu großem Interesse bei ihnen führen. Ihr Mann wird bestimmt Berichte von all dem im Internet finden, wahrscheinlich schon vor Ihrer Rückkehr heute Abend.«

»Sie muntern mich nicht gerade auf.«

Das war mir gar nicht in den Sinn gekommen. »Ich habe überhaupt nicht versucht, Sie aufzumuntern.«

»Das ist Ihnen gelungen.«

Mutters Arme schlugen leicht gegen ihre Seiten, ganz wie meine es tun, wenn ich ein bisschen die Kontrolle verliere. »Wann werden sie denn hier sein? Sollte dem armen Mann nicht jemand helfen? Ihn zudecken oder so?«

»Wir dürfen am Tatort so wenig wie möglich verändern«, erklärte ich ihr. »Wenn wir die Leiche abdecken, könnte das die Untersuchung der Polizei von Piscataway beeinträchtigen.«

Ms. Washburns Blick gab mir zu verstehen, dass ich es an »Menschlichkeit« fehlen ließ, wie sie es später ausdrückte. »Möchtest du lieber draußen warten, Vivian?«, fragte sie mitfühlend. »Sie werden mit dir sprechen wollen, aber das muss ja nicht hier drin sein.« Offenbar hatte sie den Eindruck, dass die Situation für Mutter weniger erschütternd wäre, wenn sie ihre Aussage an einem anderen Ort machen konnte.

Mutter schniefte einmal, blieb dann aber standhaft. »Ich bleibe, aber danke, Janet.«

Der Vorschlag wurde ohnehin sofort obsolet, denn in diesem Moment sahen wir die Autos der Polizei von Piscataway auf den Parkplatz vor unserer Ladenzeile fahren – ein Streifenwagen und ein standardmäßiges Zivilfahrzeug, wie es von vielen Detectives genutzt wird. Die Polizei hat einen Hang dazu, dieselben Automodelle abteilungsübergreifend anzuschaffen; sie sind konservativer als die meisten Pkw, die von Verbrauchern gekauft werden, denn sie sollen eben »nicht auffallen«.

Sie waren zu viert. Zwei Uniformierte stiegen aus dem Streifenwagen und gingen gleich zu dem Zivilfahrzeug, neben dem ein Mann und eine Frau in Businesskleidung standen und sich streckten, als hätten sie eine lange Fahrt hinter sich. Es dauerte allerdings nur fünf Minuten, um von der Polizeizentrale in Piscataway hierherzugelangen, und Ms. Washburn hatte die Polizei auch vor exakt fünf Minuten gerufen. Die Detectives warteten, bis die Uniformierten bei ihrem Wagen angekommen waren. Sie schienen diesen zweiunddreißig Sekunden lang Anweisungen zu geben, dann zeigten sie auf das Schaufenster von *Fragen Beantworten.* Die beiden Polizisten gingen mit entschlossener Miene auf meine Tür zu. Sie traten, ohne anzuklopfen, ein, was absolut vernünftig war.

»Polizei von Piscataway«, verkündete der größere Polizist beim Eintreten. Sein Blick war auf die drei lebenden Personen im Raum gerichtet, nicht auf den toten Mann, der viel weiter unten lag. Er sah nicht hinab. »Was gibt es für ein Problem?«

»Es geht wohl um die Leiche, Ed«, sagte sein Partner zu ihm und ging rasch auf den Leichnam von Oliver Lewis zu. »Was ist passiert?«

»Offenbar wurde er entweder erdrosselt, oder ihm wurde die Kehle mit einem sehr dünnen Messer aufgeschlitzt, das die Halsschlagader durchtrennte«, erwiderte ich. »Er ist woanders ermordet worden. Ich schätze, dass er wenigstens zwanzig Minuten im Kofferraum eines Autos transportiert wurde – dann hat ihn irgendwer auf dem Boden meines Büros abgelegt, wo wir ihn vor genau sechseinhalb Minuten gefunden haben.«

»Samuel«, raunte Ms. Washburn mir behutsam zu, »der Officer will wissen, was wir *gesehen* haben.«

Die Polizisten starrten mich mittlerweile ziemlich unverblümt an, und die beiden Detectives, die gerade durch die Eingangstür gekommen waren, gingen zur Mitte des Raumes, wo Oliver Lewis lag. Sie betrachteten die Leiche eingehender als ihre Kollegen.

»Was ist passiert?«, echote der männliche Detective. Ich entschied mich, meine Erklärung nicht zu wiederholen, ein Entschluss, zu dem ich vor allem wegen Ms. Washburns Miene gelangte.

»Wir sind hereingekommen und haben diesen Mann

dort so vorgefunden«, meldete sich Mutter zu Wort. »Samuel hatte schon die Befürchtung, es könnte so sein, und dann ist sie tatsächlich eingetreten.«

Der Detective sah mich an. »Sie sind Samuel?«

Ich streckte die Hand aus. »Darf ich mich vorstellen, mein Name ist Samuel Hoenig. Und das hier ist das Büro meiner Firma *Fragen Beantworten.*«

Der Mann schüttelte mir nicht die Hand, doch seine Partnerin tat es. »Ich bin Detective Maria Esteban, und der unhöfliche Mann, der sich nicht vorgestellt hat, ist Detective Andrew Dickinson. Warum haben Sie geglaubt, diesen Mann hier so vorzufinden?«

Da ich nicht auch für unhöflich gehalten werden wollte, stellte ich zunächst Ms. Washburn und Mutter vor, dann erzählte ich Detective Esteban von der merkwürdigen Begegnung zwischen Ms. Washburn, mir und Sheila McInerney, die sich früher am Tag zugetragen hatte. Bevor ich noch mit der Geschichte fertig war, sah ich, wie Detective Dickinson einem der Uniformierten zunickte, zweifellos als Aufforderung, meinen Bericht zu überprüfen, vor allem unsere kurze Inhaftierung in Edison. Der Uniformierte machte sich daraufhin an einem Tabletcomputer zu schaffen, den er bei sich trug.

»In Ordnung«, entgegnete Esteban, als ich geendet hatte. »Aber wieso haben Sie deshalb erwartet, einen Toten in Ihrem Büro vorzufinden?«

»Der einzige Grund, warum Ms. McInerney Ms. Washburn und mich erst in ihre Wohnung und dann in eine Arrestzelle in Edison gelotst haben konnte, war, uns von hier fernzuhalten. Vor dem Hintergrund, dass sie einen Notfall vorgetäuscht hat, der in ihrer Wohnung gar nicht gegeben war, und dass es dabei angeblich auch um Gewalt bis hin zum Blutvergießen ging, erscheint der Schluss logisch, dass wir bei ihrem ›Mann‹ einen Hang zur Gewalt bezeugen sollten. Auf der Grundlage dieser beiden Fakten lag der Gedanke nicht so fern, dass wir hier ein Gewaltopfer entdecken würden, wahrscheinlich einen Toten, der nicht mehr in der Lage wäre, unsere von ihr erwünschte Aussage zu bestätigen oder zu bestreiten. Ich hatte gehofft, ihn zu finden, bevor es zu spät wäre, doch der Plan war schon in die Tat umgesetzt worden.«

Dickinson kaute nun auf seinen Lippen herum, als juckten sie ihn. Der Uniformierte sah von seinem Tablet auf und nickte Dickinson zu; ob der Detective diese Geste gesehen hatte, konnte ich nicht ausmachen.

»Das erscheint mir ziemlich weit hergeholt«, sagte Esteban. »Nur weil Sie und Ihre Assistentin …«

»Mitarbeiterin«, verbesserte ich.

»Verzeihung – weil Sie und Ihre *Mitarbeiterin* wegen doch eher wackliger Vorwürfe festgehalten wurden, haben Sie darauf geschlossen, dass Oliver Lewis ermordet worden ist und Sie ihn hier finden würden?«

»Das Opfer hätte ich nicht zweifelsfrei vorhersagen können, aber ich wusste, dass es eines geben würde, ja. Mr. Lewis ist nicht hier ermordet worden, so viel steht fest. Er ist woanders getötet und dann hierhergebracht worden, damit wir ihn entdecken.«

Esteban brauchte einen Moment, nickte dann aber. »Sie haben recht. Es ist nicht genug Blut auf dem Boden für einen Menschen, dessen Kehle auf diese Art und Weise durchtrennt wurde. Doch woher sollen wir wissen, dass Sie es nicht weggewischt haben? Woher wissen wir, dass Sie Oliver Lewis nicht umgebracht haben, wenn das hier tatsächlich Oliver Lewis ist?«

Ein kleiner weißer Kastenwagen, ohne Zweifel von der Spurensicherung, die von den Polizisten verständigt worden war, erschien auf dem Parkplatz vor meinem Ladenfenster. Ich war erleichtert; die physischen Beweise im Raum waren der Gefahr ausgesetzt worden, kompromittiert zu werden, bevor alles dokumentiert werden konnte. Seit wir Lewis' Leiche gefunden hatten, hatte ich darauf geachtet, nicht einmal die Füße zu bewegen, und meine Beine waren durch die Anstrengung erschöpft.

»Das hier ist Oliver Lewis oder jedenfalls der Mann, der sich mir als Lewis vorgestellt hat, als er gestern in mein Büro kam.« Ich beobachtete, wie die vier Mitglieder der Spurensicherung grußlos hereinkamen und damit begannen, den Tatort abzusperren, obwohl wir uns ja noch darin befanden. »Ich kann ihn ohne Zweifel als diese Person identifizieren. Sie werden an der Leiche sicherlich irgendein Ausweispapier finden, denn ich nehme an, dass der oder die Mörder wollen, dass Sie ganz genau über seine Identität Bescheid wissen. Es wird unschwer zu beweisen sein, dass keiner der hier Anwesenden der Mörder ist, denn Sie kennen die Uhrzeit, zu der wir aus der Polizeizentrale in Edison entlassen wurden, und die Mediziner hier werden feststellen, dass der Todeszeitpunkt innerhalb der Spanne unserer Inhaftierung liegt. Wer auch immer den Mord begangen hat, achtet genau darauf, dass weder ich, meine Mutter noch Ms. Washburn mit diesem Verbrechen in Zusammenhang gebracht werden können, obwohl ich nicht die leiseste Ahnung habe, warum die Täter diesen Eindruck vermeiden wollen.«

»Sie könnten den Mörder decken«, warf Dickinson ein.

Meine Mutter wirkte ehrlich entrüstet. »So etwas würde mein Sohn niemals tun.«

»Was für ein Motiv könnten wir haben, Sie über eine Leiche in die Irre zu führen, die man in meinem Büro gefunden hat?«, fragte ich.

»Sagen Sie's mir«, entgegnete Dickinson.

»Es war eine ernst gemeinte Frage. Ich habe darauf keine Antwort und dachte, Sie hätten vielleicht eine.«

Ich bemerke oft, dass Leute mich durch zusammengekniffene Augen anblicken, nachdem ich etwas gesagt habe, was mir ziemlich einfach und vernünftig erscheint, so als wäre ich eine besonders helle Lichtquelle. In diesem Moment sahen mich die beiden Detectives auf genau diese Weise an.

»Mr. Hoenig meint das nicht ironisch«, schaltete sich Ms. Washburn ein. »Er hat eine Form von hochfunktionalem Autismus.«

Wie ich erwartet hatte, führte das zu übertriebenem Nicken seitens der Detectives und zeigte an, dass Ms. Washburns Äußerung für sie eine ganze Menge erklärte. Ich bin nie ganz sicher, wie ich auf eine derartige Geste reagieren soll.

Während die Techniker damit begannen, Videoaufnahmen und Fotos zu machen und den Bereich, in dem Lewis lag, auf jede andere erdenkliche Weise zu untersuchen, schlug Detective Esteban vor, uns aus dem abgesperrten Bereich zu entfernen, damit die Polizei jeden von uns einzeln befragen konnte. Meiner Mutter wurde einer der uniformierten Beamten zugeteilt, Ms. Washburn blieb bei Esteban, und Detective Dickinson erklärte sich bereit – nach meinem Eindruck ohne große Begeisterung –, mich zu befragen.

Mutter musste wohl darum gebeten haben, draußen vernommen zu werden, denn der Polizist hielt ihr die Tür auf, und sie gingen gemeinsam zu einer Bank, die zwei Türen entfernt vor dem Kurzwarenladen *Sew It Up* stand. Esteban führte Ms. Washburn in den hinteren Bereich des Büros neben den Getränkeautomaten.

Dickinson, der vielleicht glaubte, auf diese Weise besser ein Geständnis von mir erzwingen zu können, setzte sich falsch herum auf den Klappstuhl, der für Situationen bereitsteht, wenn mehr als ein Klient gleichzeitig in mein Büro kommt. Er saß sehr nahe bei dem gelben Absperrband um Lewis' Leiche. Ich setzte mich auf Mutters Lehnstuhl, obwohl es mir leichtes Unbehagen bereitete, ihren angestammten Platz einzunehmen.

»Erzählen Sie mir noch einmal, woher Sie Oliver Lewis kennen«, fing er an. Bei Verhören ist es eine übliche Vorgehensweise, Fragen mehr als einmal zu stellen. Dadurch kann man herausfinden, ob die Antworten des Befragten widerspruchsfrei bleiben, und manchmal kann man auf diese Weise die betreffende Person auch so sehr verunsichern, dass sie etwas ausplaudert. Da es für mich keinen Grund gab, bei meinen Antworten irgendetwas zu verschweigen, griff Dickinson auf die falsche Strategie zurück.

Ich hielt es für das Beste, das ihm gegenüber unerwähnt zu lassen.

»Mr. Lewis kannte ich nur aus einem geschäftlichen Zusammenhang«, erwiderte ich und erläuterte erneut die Frage, um deren Beantwortung mich Ms. McInerney ursprünglich gebeten hatte.

»Sie wollte also wissen, ob sie wirklich verheiratet waren oder ob er ihr was in den Drink geschüttet und ihr dann einfach erzählt hatte, dass sie es wären?«

»So ungefähr, ja.«

»Und was haben Sie rausgefunden?« Das war wieder eine Frage, die bereits beantwortet worden war, doch noch nicht in das Diktafon hinein, das Dickinson mir nun entgegenstreckte.

»Ich habe zur Beantwortung der Frage noch keine hinreichenden Informationen ermittelt und weiß auch nicht, ob das jetzt noch von Belang ist. Nachdem sie mich beschuldigt hat, in ihr Zuhause eingebrochen zu sein, bin ich mir unsicher, ob ich Ms. McInerney als Klientin behalte.«

»Glauben Sie, dass sie Sie feuern wird?«

»Nein. Ich mache mir gerade darüber Gedanken, ob ich den Vertrag weiterhin erfüllen möchte oder nicht.«

Dickinsons Mund verzog sich zu einer ungewöhnlichen Grimasse. »Sie verdienen sich Ihren Lebensunterhalt, indem Sie Fragen beantworten?«, fragte er in einem Tonfall, der darauf schließen ließ, dass ihn die Vorstellung ein wenig erstaunte.

Ich widerstand dem Drang, auf das Schild in meinem Schaufenster zu deuten, und sagte: »Genau das tue ich, ja.«

»Und die Leute zahlen für so was?«

Nun war ich an der Reihe, die Augen zusammenzukneifen. Die Frage, die er gerade gestellt hatte, schien bereits beantwortet zu sein, und in diesem Fall ergab es gar keinen Sinn, sie ein zweites Mal zu stellen. Es war nur eine Ja-Nein-Frage. »Das tun sie«, sagte ich nach einer kurzen Pause.

»Warum?«

Mutter hat mich wiederholt ermahnt, auf das zu achten, was sie mein »Ernsthaft?«-Gesicht nennt, doch ich bemerkte, dass ich diesen Ausdruck nun aufsetzte, derart offensichtlich erschien mir die Antwort auf Dickinsons

Frage. »Weil sie eine Antwort auf ihre Frage wollen und ich diese Dienstleistung anbiete.«

»Was macht Sie denn zu etwas so Besonderem?«

»Was hat das mit dem Mord an Mr. Lewis zu tun?« Meine Geduld wurde auf die Probe gestellt, und ich gebe zu, dass sie sich allmählich erschöpfte.

»Beantworten Sie bitte einfach die Frage. Schließlich ist das doch ihr *Beruf.*« Ich begriff die Betonung nicht, die Dickinson auf das Wort *Beruf* legte, war mir aber ziemlich sicher, dass sie nicht als Kompliment zu verstehen war.

»Ich bin nichts Besonderes. Ich habe ein Talent für Beobachtung und Recherche. Die meisten Menschen haben irgendein Talent. Und dies ist zufällig meins.«

»Wie viele Fragen haben Sie denn bisher beantwortet?«, fragte Dickinson. Erneut musste ich die Relevanz dieser Frage anzweifeln, doch ich konnte davon ausgehen, dieselbe Antwort wie vorher zu erhalten, wenn ich das ein zweites Mal herausstrich.

»In den sechs Monaten, seit ich dieses Büro hier eröffnet habe, habe ich zweiundachtzig Fragen beantwortet.«

»Müssen Sie das nicht irgendwo nachschlagen?«

»Nein, muss ich nicht.«

Dickinson hielt einen Stift in der Hand, obwohl er gar kein Papier hatte und ihn deshalb auch nicht benutzte, sondern sich stattdessen als Gedächtnisstütze auf das Diktafon verließ. Ms. Washburn hätte ihm erklären können, dass solche Geräte nicht vertrauenswürdig und dass Batterien in den ungeeignetsten Momenten verbraucht sind, doch das war seine Entscheidung. Nun presste er den Radiergummi gegen die Stirn und stützte den Kopf auf das Stiftende.

»Wie viele Fragen haben Sie nicht beantwortet?«, fragte er.

Ich verstand nicht, was er meinte, und sagte ihm das.

»Wie oft hat Ihnen jemand eine Frage gestellt, die Sie nicht beantworten konnten?«, präzisierte Dickinson.

»Noch nie«, entgegnete ich.

»Noch nie?«

»Das ist richtig.«

»Sie wollen mir erzählen, dass hier noch nie jemand hereingekommen ist, der eine Frage hatte, die Sie nicht beantworten konnten?« Die Redundanz dieser Unterhaltung begann mich zu ärgern.

»Ja«, erwiderte ich und glaubte, dass ich meinen Gemütszustand nicht durch meine Tonlage zu erkennen gab.

»Das ist unmöglich«, stellte Dickinson fest.

»Es ist möglich, und es ist die Wahrheit.« Ich kann nicht garantieren, dass meine Stimme diesmal weiterhin neutral klang.

Plötzlich änderte sich Dickinsons Haltung. Er zog die Augenbrauen hinunter, lehnte sich zu mir nach vorn und sprach beträchtlich leiser weiter. Dann streckte er die Hand aus und schaltete das Diktafon ab.

»Glauben Sie, dass Sie für mich eine Frage beantworten könnten?«, flüsterte er mir zu.

»Ist das die Frage?«

»Pst!« Dickinson schien zu erschrecken. »Still. Nein, das ist nicht die Frage. Die Frage ist: Wer hat Oliver Lewis umgebracht?«

Das ließ ich kurz sacken. »Bitten Sie mich, für die Polizei von Piscataway beratend tätig zu sein?«

Dickinson schielte rasch zu Esteban, die mit Ms. Washburn ins Gespräch vertieft war und seinen Blick nicht zu bemerken schien. Den Ausdruck auf seinem Gesicht konnte ich nicht entschlüsseln und wünschte mir, Ms. Washburn wäre da gewesen, um ihn mir später erklären zu können.

»Nein. Ich frage nur für mich. Können Sie die Frage beantworten?«

»Das kann ich, ja. Der Punkt ist in diesem Fall allerdings, ob ich einwillige, es zu tun.«

Dickinson wirkte wie vor den Kopf gestoßen. »Was meinen Sie damit, ob Sie einwilligen?«

»Genau das. Ich beantworte nur Fragen, die mich interessieren.«

Er zog die Augenbrauen dramatisch in die Höhe. »Dieser Mord interessiert Sie nicht?«

»Das habe ich nicht gesagt. Ich habe gesagt, dass ich mich noch nicht entschieden habe, ob ich die Frage beantworten werde. Sind Sie denn bereit, mir mein übliches Honorar zu zahlen?«

Um ehrlich zu sein, hatte die Frage nach meinem Honorar zwei Ziele, von denen sich keines nur auf einen Wunsch nach Geld bezog. Zum einen konnte ich so herausfinden, wie ernst es Dickinson damit war, *Fragen Beantworten* zu beauftragen, statt die Ermittlungen in dem Mordfall selbst durchzuführen. Und genau so wichtig war der Aspekt, dass mir die Frage nach dem Geld Zeit gab, die Situation noch einmal zu überdenken.

Ich hatte Ms. Washburn versprochen, dass keine Gefahr drohe, wenn sie zu *Fragen Beantworten* zurückkehrte. Inzwischen war ein Mann mit einem Messer erwähnt worden (obwohl eine solche Person niemals aufgetaucht war), wir waren wegen des Verdachts auf Einbruch verhaftet worden, und wir hatten in meinem Büro einen Leichnam gefunden.

Nun bat uns einer der für diesen Fall zuständigen Polizisten darum, für ihn die zentrale Frage zu beantworten. Das erschien mir merkwürdig und nicht sehr klug. Wie sollte ich unter solchen Umständen das Versprechen halten, das ich Ms. Washburn und ihrem Ehemann gegeben hatte?

Ganz abgesehen von der Tatsache, dass auch ich es vorgezogen hätte, nicht in die Frage verwickelt zu werden, wenn durch sie Gefahr drohte.

»Wie viel berechnen Sie denn?«, erkundigte sich Dickinson, und das war genau, was ich wollte, denn es verschaffte mir mehr Zeit zum Nachdenken.

Ich teilte ihm die Höhe meines üblichen Honorars mit. Man hatte mir einmal gesagt, dass manche Geschäftsleute ein zu hohes Honorar verlangen, wenn sie an einem Job nicht interessiert sind, da sie hoffen, dass sich der mögliche Kunde entweder gegen eine Zusammenarbeit mit der Firma entscheiden oder dass das zusätzliche Geld die zu erledigende Arbeit erträglicher machen würde.

Es fiel mir dennoch schwer, mein Honorar künstlich aufzublähen, um der Frage auszuweichen. Wenn ich sie für Detective Dickinson nicht beantworten wollte, würde das Geld nicht den Ausschlag geben – ich konnte sie einfach aufgrund meines Mangels an Interesse ablehnen.

Dickinson nickte. »Das geht.«

»Ist es denn ethisch vertretbar, jemand anderen zu bitten, den Schuldigen zu ermitteln?«, wollte ich wissen. »Würden Sie beispielsweise einen Privatdetektiv engagieren, damit er ein Verbrechen für Sie aufklärt?«

Mutter betrat wieder das Gebäude, bemerkte aber, dass Dickinson noch immer mit mir sprach. Sie musste davon ausgehen, dass ich nach wie vor verhört wurde, und entschied sich deshalb, am anderen Ende der Büroräume zu warten.

Dickinsons Augen blitzten einen Moment ärgerlich auf, dann wurde der Ausdruck wieder sanfter. »Das hier sind besondere Umstände«, erklärte er, und seine Stimme klang dabei sogar noch gedämpfter als zuvor. Ich musste mich sehr anstrengen, um ihn überhaupt zu verstehen. »Die Aufklärungsquote meiner Fälle hat … in letzter Zeit ein bisschen geschwächelt. In dieser Stadt haben wir es nicht so oft mit Mord zu tun. Ich bin deshalb daran interessiert, diesen Fall schnell aufzuklären und sicherzustellen, dass mir dieser Erfolg auch zugerechnet wird. Genügt Ihnen das?«

Um ehrlich zu sein, genügte es nicht, und wenn ich nichts als diesen Anreiz gehabt hätte, hätte ich es als vollkommen gerechtfertigt empfunden, die Beantwortung von Dickinsons Frage abzulehnen. Tatsächlich hätte ich es in diesem Moment auch fast getan.

Doch dann fiel mir ein, dass ich in die Frage bereits gegen meinen Willen verwickelt worden war. Wer auch immer Oliver Lewis getötet hatte, hatte mich dabei als zentrales Element in seinen Plan eingebaut. Er oder sie, vielleicht waren es auch mehrere Personen, hatten sich entschieden, mich von meinem Arbeitsplatz wegzulocken, sicherzustellen, dass ich gegen meinen Willen festgehalten wurde, und die Leiche dann genau in der Mitte meines Büros platziert – es war zwar nicht ausgemessen worden, aber ich konnte das trotzdem erkennen.

Mir war ein Fehdehandschuh hingeworfen worden. Und meine Psyche verlangte danach herauszufinden, wer ihn geworfen hatte und warum. Wenn es möglich war, mein übliches Honorar zu verdienen und dabei noch meine eigene Neugier zu befriedigen, reichte das aus.

»Ich werde Ihre Frage beantworten«, sagte ich also zu Dickinson.

11

Detective Esteban, die nicht versuchte, Ms. Washburn dazu zu bringen, das Verbrechen für sie aufzuklären, brauchte mehr Zeit für ihre Befragung, als Detective Dickinson für mich aufgewendet hatte. Erst um kurz vor fünf Uhr nachmittags waren Mutter, Ms. Washburn und ich wieder allein bei *Fragen Beantworten.*

Oliver Lewis' Leiche war selbstverständlich entfernt worden, doch immer noch schnitt gelbes Absperrband einen Teil des Raumes ab. Es waren nicht viele Dinge mitgenommen worden, die der Firma – und folglich mir – gehörten, da die Eindringlinge (ich vermutete, dass mehr als eine Person nötig gewesen war, um die Leiche in den Raum zu tragen) sehr wenig angefasst und abgesehen vom Opfer selbst kaum physische Spuren hinterlassen hatten.

»Detective Dickinson hat dich gebeten herauszufinden, wer Mr. Lewis getötet hat, und du hast zugestimmt?« Mutter klang überrascht – oder enttäuscht.

»Ich habe zugestimmt, weil ich die Frage rein aus persönlicher Neugier ohnehin versucht hätte zu beantworten. Und da ich es sowieso getan hätte, sah ich keinen Schaden darin, noch eine Gebühr für meine Bemühungen zu kassieren.«

Ms. Washburn strich sich mit der Hand übers Kinn und schritt um den abgesperrten Bereich herum. »Wir können sie damit nicht davonkommen lassen.« Es war nicht ganz klar, ob sie unserem Gespräch gefolgt war – sie wirkte gedankenverloren.

Mutter sah sie verblüfft an. »Wie bitte?«

Ms. Washburn wandte sich ihr zu, vielleicht wirkte sie auch erschrocken. Sie brauchte einen Moment, dann wurde ihr Blick wieder konzentrierter und klarer. »Ich habe gesagt, wir können sie damit nicht davonkommen lassen. Sheila McInerney – und wer auch immer mit ihr zusammenarbeitet – hat die letzten beiden Tage damit verbracht, Samuel für dumm zu verkaufen, und den ganzen heutigen Tag damit, dasselbe mit mir zu tun. Das ist nicht in Ordnung. Wir müssen ...«

Da klingelte ihr Handy. Sie zog es aus der Tasche und drückte auf einen Knopf. »Ich bin gleich zu Hause, Simon«, sagte sie. Dann hörte sie einen Augenblick lang zu. »Ach, das hast du gesehen, hm? Ja, das war hier, aber ... Nein. Simon, nein. Ich war nicht in Gefahr, niemand hat mich verfolgt. Es ist mir egal, was du dachtest ... Können wir später darüber sprechen? Bitte? Ich bin in einer Stunde zu Hause. Überbackenes Hühnchen. Einverstanden.« Sie legte auf.

»Ich muss mich entschuldigen«, sagte ich zu Ms. Washburn. »Ich habe versprochen, Sie von jeder Art von Gefahr fernzuhalten, und nun glaubt Ihr Ehemann, dass dieses Versprechen gebrochen worden ist.«

Sie machte eine wegwerfende Handbewegung. »Machen Sie sich keine Sorgen um Simon. Er stellt sich besorgter, als er es wirklich ist. Damit kann ich umgehen.«

»Bist du sicher, dass du das willst?«, mischte sich nun

Mutter ein. »Du bist den ersten Tag zurück, und schon liegt eine Leiche auf dem Boden.«

Ms. Washburn kniff die Augen zusammen. »Ja«, entgegnete sie. »Das ist genau der Grund, warum ich mir sicher bin, dass ich bleiben muss. Sie kommen mit so was nicht durch, solange ich hier arbeite.« Bevor ich noch Gelegenheit dazu hatte, ihren Sinneswandel zu verarbeiten, wandte sie sich mir zu. »Was schlagen Sie als ersten Schritt vor?«

Da ich wusste, dass Ms. Washburn ihrem Mann versprochen hatte, in einer Stunde zu Hause zu sein, und dass die Fahrt nach Cranford im Berufsverkehr siebenundzwanzig Minuten in Anspruch nahm, fasste ich mich bei meiner Antwort kurz. »Morgen werden wir einen kleinen Ausflug machen, der, wie ich befürchte, bereits sinnlos geworden ist, und wenn wir das einmal bestätigt haben, werden wir mit der Suche nach den Unterlagen beginnen, von denen ich glaube, dass sie die Ehe zwischen Oliver Lewis und Sheila McInerney zweifellos belegen werden, auch wenn die Hochzeit wahrscheinlich vor viel längerer Zeit stattgefunden hat, als uns unsere Klientin – das heißt, unsere ehemalige Klientin – glauben machen wollte.«

Für einen Moment sagte Ms. Washburn gar nichts, dann sah sie mich an und meinte: »Dann haben wir also ein Date.« Sie nahm ihre Jutetasche und verließ das Büro.

Mutter verschränkte die Arme. »Du weißt schon, dass sie nicht wirklich ein Date meinte, oder, Samuel?«

Ich nickte.

Nachdem ich mich per SMS bei Detective Dickinson abgesichert hatte, brauchte ich eine kurze Weile, um im Internet eine Firma für Tatortreinigung zu finden. Aufgrund der Tatsache, dass es nur eine einzige in ganz Middlesex County gab, beauftragte ich sie damit, meine Büroräume wieder in den Zustand zurückzuversetzen, bevor Oliver Lewis' Leiche auf meinem Boden abgelegt worden war. Dann gingen Mutter und ich heim und aßen zu Abend. Ich sah mir ein Baseballspiel zwischen den New York Yankees und den Toronto Blue Jays an (das die Blue Jays mit sieben Runs zu zwei gewannen), dann ging ich – mit einem Gefühl des Unerledigten – in mein Zimmer und legte mich hin.

Es fiel mir jedoch schwer einzuschlafen. Ich bin nicht daran gewöhnt, manipuliert oder ausgetrickst zu werden, aber an diesem Tag war mir genau das passiert. Obwohl mein Ego nicht sonderlich verletzt war, wie das bei Ms. Washburn der Fall zu sein schien, war ich doch überrascht. Ich dachte zwei Stunden und sechzehn Minuten über die Vorkommnisse der letzten beiden Tage und darüber nach, dass ich versagt hatte, den Verlauf der Ereignisse vorauszusehen, die nun stattgefunden und zu Oliver Lewis' Ermordung geführt hatten.

Schließlich stand ich wieder auf und ging nach unten in die Küche. Ich war nicht sonderlich hungrig oder durstig, doch mir fiel kein anderer Raum ein, in den ich mich hätte begeben können. Ich entschied, eine der Schlaftabletten zu nehmen, die Dr. Mancuso mir verschrieben hatte, was ich normalerweise vermeide. Ich bin kein Freund von Medikamenten und habe sie während meiner gesamten Schulzeit verweigert, aber ich wusste, dass der folgende Tag ungewöhnlich anstrengend werden, dass ich einen schärferen Verstand brauchen und dass Schlaf mir dabei helfen würde, all das zu erreichen.

Ich war ein wenig überrascht, Mutter in der Küche anzutreffen, die sich eine Tasse entkoffeinierten Tee zubereitete. »Du konntest also auch nicht schlafen«, sagte sie, als ich hereinkam.

»Beunruhigt dich etwas?«, fragte ich und setzte mich an den Tisch. Das Medikament konnte noch warten, entschied ich.

»Es fällt mir nicht leicht, dieses Bild aus meinem Kopf zu bekommen«, erwiderte Mutter, setzte sich hin und wartete, bis das Wasser kochte. »Der arme Mann, der da so auf dem Bauch lag. Warum sollten sie ihn auf diese Weise hindrapieren? Warum haben sie ihn überhaupt in dein Büro gebracht? Ich werde davon auf jeden Fall Albträume bekommen, so viel ist sicher.«

Ich tätschelte ihre Hand. Das Letzte, was ich wollte, war, meine Mutter aufzuregen. »Wir werden all diese Fragen beantworten, wenn wir die umfassendere beantworten können«, erklärte ich. »Wer hat Oliver Lewis getötet?«

Mutter sah mich mit leichtem Erstaunen an. »Ist es denn nicht offensichtlich, dass seine Frau ihn umgebracht hat? Sie hat sich solche Mühe gegeben, dich aus dem Büro fernzuhalten. Soweit uns bekannt ist, ist sie die einzige Person, die einen Groll gegen ihn hegte, außerdem schien sie Angst vor ihm zu haben.«

Das Wasser begann zu kochen, und als Mutter aufstehen wollte, kam ich ihr zuvor, drehte die Herdplatte auf null und goss vorsichtig das Wasser über den Teebeutel in ihrer Tasse. »Ich denke, wir müssen davon ausgehen, dass alles, was Sheila McInerney mir erzählt hat, eine Lüge war«, sagte ich. »Wir wissen also nicht, wie sie wirklich zu Mr. Lewis stand oder ob sie tatsächlich einen Grund dafür hatte, ihn dauerhaft aus ihrem Leben entfernen zu wollen.« Ich brachte die Tasse zum Tisch und stellte sie vor Mutter ab, die sich bedankte. »Wir müssen noch eine ganze Menge weiterer Informationen zusammentragen, bevor ich auch nur damit beginnen kann, eine Theorie zu entwickeln.«

Mutter trank von dem Tee, obwohl ich an ihrem Gesichtsausdruck sehen konnte, dass das Wasser noch sehr heiß war.

»Das tut gut«, sagte sie.

»Tut es nicht. Der Tee ist noch zu heiß«, erwiderte ich. Sie lächelte.

»Manchmal bist du einfach zu aufrichtig.«

»Es ist unmöglich, zu aufrichtig zu sein. Obwohl ich gelernt habe, dass es möglich ist, zu häufig die Wahrheit zu sagen.«

»Warum kannst du denn nicht schlafen?«, fragte Mutter mich nun. »Fragen beschäftigen dich doch eigentlich nicht so sehr. Nicht mal die damals am Institut.« Sie meinte damit die anderen Fragen, die Ms. Washburn und ich gemeinsam beantwortet und die ebenfalls einen Mord zum Gegenstand gehabt hatten.

»Ich bin nicht gerne so berechenbar. Dass Ms. McInerney nach nur einer Begegnung davon ausgehen konnte, ich würde genau das tun, was sie wollte, wenn sie mich am nächsten Tag anriefe, bereitet mir Sorgen. Es quält mich zudem, dass ich dich und Ms. Washburn in ein so unglückliches Ereignis mit hineingezogen habe, einfach nur, weil ich getan habe, was von mir erwartet wurde.«

Mutter blies auf den Tee und leckte sich über die Lippen. Sie nippte noch einmal und nickte dann. »Du magst es nicht, hereingelegt zu werden. Das mag keiner. Du darfst aber nicht in die Falle tappen.«

»Welche Falle?«

»Lass dich davon nicht in deinem Urteil beeinträchtigen. Hör nicht damit auf, Entscheidungen nur auf der Grundlage von Fakten zu fällen. Versuch nicht, es ihr heimzuzahlen, Samuel.«

Diese Möglichkeit war mir gar nicht in den Sinn gekommen. »Habe ich das denn jemals vorher getan?«

Mutters Mundwinkel verzogen sich zu einem angedeuteten Lächeln. »Du bist aus drei Kindergärten geflogen, weil du dich an Kindern gerächt hast, die sich nicht an Spielregeln gehalten haben.«

Sie hatte mir diese Geschichte vorher schon erzählt, obwohl ich mich selbst nicht an die entsprechenden Ereignisse erinnern konnte. »Das hast du schon erwähnt. Wie hat die ›Rache‹ denn ausgesehen, als ich drei Jahre alt war?«

»Du hast gebissen.«

Ich stand auf und gab Mutter einen Kuss auf die Stirn. Sie weiß, dass das die Art ist, Zuneigung zu zeigen, die mir am wenigsten Unbehagen bereitet. »Mach dir keine Sorgen«, sagte ich. »Inzwischen habe ich sozial akzeptiertere Wege gefunden, um mein Missfallen gegenüber Regelbrechern zum Ausdruck zu bringen.«

Sie sah auf. »Wirklich? Wie tust du das jetzt?«

»Ich bringe sie ins Gefängnis.« Dann drehte ich mich um, ging zur Küchentür und wünschte Mutter eine gute Nacht.

»Brauchst du eine Schlaftablette?«, rief sie mir nach.

»Das glaube ich nicht. Jetzt sehe ich schon etwas klarer.«

Ich ging zurück in mein Zimmer im Dachgeschoss und schlief friedlich bis sieben Uhr am folgenden Morgen.

Wie wir es am vorigen Nachmittag verabredet hatten, holte mich Ms. Washburn um neun Uhr von zu Hause ab. Es bestand demnach keine Notwendigkeit, dass Mutter mich zu *Fragen Beantworten* fuhr, und ich hatte den Eindruck, dass beide Frauen nicht sehr darauf erpicht waren, schon jetzt ins Büro zurückzukehren. Da ich ohnehin ein anderes Ziel ansteuern wollte, spielte es keine Rolle, doch es gab auch keinen Grund zu glauben, dass eine weitere Leiche auf dem Boden des Büros auftauchen würde. Warum sie sich plötzlich so sehr gegen einen Ort sträubten, an dem wir uns schon viele Male zuvor aufgehalten hatten, ohne dass etwas Besonderes geschehen war, war mir ein kleines Rätsel.

Als ich auf dem Beifahrersitz von Ms. Washburns Auto saß, hielt ich mich jedoch nicht weiter damit auf.

»Wohin fahren wir?«, fragte sie. »Sie haben gesagt, die Fahrt sei sinnlos, also kann ich sie kaum erwarten.«

»Warum sollte das …«, hob ich an.

»Es ist ein Witz, Samuel. Wohin also?«

»Zu Ms. McInerneys Wohnung.«

Ms. Washburn ließ den Wagen an und fuhr aus unserer Einfahrt. »Und das ist sinnlos?«

»Falls ich recht habe, werden Sie es verstehen.«

Die Fahrt dauerte vierzehn Minuten und verlief ereignislos. Ms. Washburn wusste, dass ich das Radio lieber ausgeschaltet ließ, während wir fuhren, und sie konzentrierte sich auf den Verkehr. Ich fragte sie, vielleicht törichterweise, ob ihr Mann sich über die Vorkommnisse des vorangegangenen Tages noch sehr aufgeregt hatte.

Ms. Washburn entgegnete: »Das spielt keine Rolle«, und dann redeten wir für ein paar Minuten kein weiteres Wort mehr.

Wir näherten uns der Tür zu Sheila McInerneys Wohnung, nachdem wir abgewartet hatten, bis einer ihrer Nachbarn das Haus verlassen und die Haustür offen gelassen hatte. Als wir den Flur zu der Wohnung hinabgingen, schien Ms. Washburn ihre Schritte zu verlangsamen, also kam ich als Erster bei der Tür an und wartete, bis sie zu mir aufschloss.

Ungefähr zweieinhalb Meter vor der Tür blieb sie stehen und sah mich an.

»Wollen Sie klopfen?«, fragte sie. Ihr Tonfall gab sogar mir deutlich zu verstehen, dass es ein Fehler gewesen wäre, sie zu fragen, warum sie einen so großen Abstand hielt.

»Ich denke nicht, dass das notwendig ist«, erwiderte ich. »Wenn die Tür abgeschlossen ist, habe ich unrecht.«

Sie zog besorgt die Augenbrauen herab, sagte aber nichts weiter. Ich streckte die Hand nach dem Türknauf aus und drehte ihn.

Es gab keinen Widerstand, und die Tür schwang auf.

Ms. Washburn keuchte leise auf, und ihre Stimme wurde zu einem Flüstern. »Ist irgendwer oder … irgendetwas … da drin?«

»Das bezweifle ich aufrichtig.« Ich trat durch die Tür und sah mich nicht mehr um, um zu überprüfen, ob Ms. Washburn mir folgte. Ich wusste, dass ihre Neugier sie noch früh genug hier hereinführen würde.

Wie ich es vorausgesehen hatte, war die Wohnung vollkommen leer. Die spärliche Möblierung, die Küchenausstattung, die Gardinen und sogar die Teppiche waren verschwunden. Ich nickte, mehr als Bestätigung für mich selbst. Ja, es war genau, wie ich es mir gedacht hatte.

»Es sieht aus, als hätte hier nie jemand gewohnt.«

Ms. Washburns Stimme ertönte direkt hinter mir und erschreckte mich nicht. Dass sie in der Nähe war, erschien mir ganz natürlich. Sie hatte gesehen, dass ich die Wohnung betreten hatte, also war ihr klar gewesen, dass im Inneren keine Gefahr lauerte. Andernfalls hätte ich sie vorgewarnt.

»In gewisser Weise«, entgegnete ich, »ist das auch so.«

12

»Sollten wir nicht die Polizei verständigen?« Ms. Washburn ging langsam in der Wohnung umher, als erwarte sie in den anderen Räumen ganz sicher, auf irgendwelche Einrichtungsgegenstände zu stoßen. Doch ich wusste, dass dort nichts sein würde, also besichtigte ich nicht den gesamten Wohnbereich. Ich stand in der Mitte des Zimmers, das einmal der zentrale Wohnraum gewesen war, und vermutete, dass ich – wie Mutter es nennt – mein »Denkgesicht« aufgesetzt hatte, das offenbar in einer ungewöhnlich ernsten Miene besteht, mit geschürzten Lippen und abwärtsgerichtetem Blick. Alles, was ich weiß, ist, dass ich tatsächlich nachdachte.

»Welches Verbrechen sollen wir denn melden?«, fragte ich. »Eine Mieterin ist aus ihrer Wohnung ausgezogen. Das passiert unzählige Male am Tag, ganz ohne Zutun der Behörden.«

»Das ist nicht lustig, Samuel.«

»Das sollte es auch nicht sein.«

Sie rief aus dem Schlafzimmer zu mir herüber: »Sogar die Kleiderbügel in den Schränken sind weg!«

»Das wundert mich nicht. Sie können die Suche genauso gut einstellen, Ms. Washburn, Sie werden hier nichts finden.«

Sie kam zurück in den Wohnbereich, in dem nichts weiter als unpoliertes Parkett zu sehen war, und schien seltsam verständnislos. »Woher wussten Sie, dass hier nichts sein würde?«

»Diese Wohnung sollte wie jemandes Zuhause wirken, doch sie ist nie überzeugend hergerichtet worden«, erklärte ich. »Es gab hier keine Anzeichen alltäglichen Lebens. Kein Kleidungsstück lag herum. Keine Gegenstände befanden sich auf dem Abtropfrost oder in der Geschirrspülmaschine. Die einzigen unordentlichen Plätze waren die, von denen Ms. McInerney und ihr Komplize oder ihre Komplizen wollten, dass wir sie entdeckten.«

Ms. Washburn nickte. »Die Blutflecken und das offene Fenster.«

»Wenn sie überhaupt Proben genommen haben, wird die Polizei vermutlich herausfinden, dass die ›Blutflecken‹ aus irgendetwas anderem als Blut bestanden. Doch sogar die sind weggeputzt worden, und das Fenster ist wieder geschlossen, die Jalousie heruntergelassen. Das hier war kein Wohnbereich, sondern eine Kulisse.«

Ms. Washburn sah sich im Raum um und schüttelte den Kopf. »Jetzt, wo die Wohnung leer ist, wirkt sie noch unheimlicher als zu dem Zeitpunkt, da man uns weismachen wollte, dass hier jemand aus dem Fenster gesprungen wäre. Warum sollte sich irgendwer so etwas Aufwendiges ausdenken, nur um uns davon zu überzeugen, dass hier etwas passiert ist?«

»Wir sollten Zeugen sein, doch als ich anfing, Lücken in ihrer Geschichte aufzudecken, wurden wir zu Schachfiguren. Je länger sie uns von *Fragen Beantworten* fernhalten konnten, desto besser.«

»Man hat schon ein bisschen den Eindruck, dass man es persönlich nehmen muss, oder?«

»Man muss es auch persönlich nehmen, Ms. Washburn. Angenommen, Ms. McInerney war eine der Drahtzieherinnen dieses Schauspiels – und ich kann mir kaum ein Szenario vorstellen, in dem sie das nicht gewesen sein soll –, war das hier direkt gegen mich gewendet. Jeder hätte die vorgesehene Rolle spielen können, doch sie entschied sich für mich.«

Sie musterte mich einen Augenblick lang aufmerksam. »Macht Sie das wütend?«, fragte sie dann.

»Eine ganze Reihe von Dingen macht mich wütend, Ms. Washburn. Das hier bietet sowohl Irritationspotenzial als auch eine Chance.«

»Eine Chance?«

»Wenn ich begreifen kann, welche Motivation hinter dem Ganzen steht, kann die Art und Weise, wie dieses Verbrechen geplant worden ist, eine ganze Menge zur Beantwortung der offenen Fragen beitragen. Es ist meines Erachtens Zeit, dass wir uns mit unserem Auftraggeber unterhalten.«

Ms. Washburn zog eine Augenbraue hoch. »Aber wir haben keine Ahnung, wo Sheila jetzt sein könnte.«

»Mit unserem Auftraggeber, nicht mit unserer Auftraggeberin.«

Wir riefen Detective Dickinson von Ms. Washburns Handy aus an, und da ich vorschlug (man könnte auch sagen: *darauf bestand*), dass wir uns persönlich trafen, bestellte er uns zu Henry's, einem Imbiss auf dem Livingston Campus der Rutgers University in Piscataway. Dickinson sagte uns, dass keine weiteren Beamten der Polizei von Piscataway auf dem Campus wären, weil die Universität ihren eigenen Sicherheitsdienst unterhalte und die Stadt nur eingeschaltet würde, sobald ein ernstes Verbrechen begangen würde.

Als wir ankamen, saß er auf einer der Bänke bei Henry's und studierte die Speisekarte. Er saß so, dass er die Tür im Blick hatte – auf diese Weise konnte er besser irgendwelche unerwarteten Gäste entdecken – und nickte mir zu, als ich zusammen mit Ms. Washburn eintrat. Wir setzten uns ihm gegenüber auf die Bank.

»Das Essen hier ist nicht schlecht, aber es ist kein richtiger Imbiss«, erklärte uns Dickinson. »Ich meine, die Fritten machen sie aus Süßkartoffeln.«

Als ein Kellner – sicher ein Student, nach Alter und Auftreten zu urteilen – zu uns kam, bestellte Dickinson einen Käsetoast und eine Limo. Es war noch nicht Mittagszeit, und ich esse sowieso jeden Tag mit Mutter, also bestellte ich nichts. Ms. Washburn orderte eine Tasse Kaffee, und ich glaube, das tat sie nur aus Höflichkeit. Sie respektiert die arbeitende Bevölkerung und hätte wohl den Eindruck gehabt, dass wir die Zeit des Kellners verschwendeten, wenn wir nicht für irgendetwas bezahlten.

Ihren Respekt vor arbeitenden Menschen verstehe ich, aber ich war weder hungrig noch durstig. Es hätte keinen Sinn ergeben, eine Speise oder ein Getränk zu verschwenden.

»Was ist so dringend, dass wir uns treffen mussten?«, fragte Dickinson, als der Kellner wieder weg war. Im Imbiss war um diese Uhrzeit nicht allzu viel Betrieb, aber Studierende, die keine frühen Lehrveranstaltungen besuchen, haben nun mal die Tendenz, lange zu schlafen. Er redete leise, obwohl es sehr unwahrscheinlich war, dass sich jemand in Hörweite aufhielt, der sich irgendwie für unsere Angelegenheit interessieren konnte. »Haben Sie den Fall gelöst?«

»Mr. Hoenig löst keine Fälle. Er beantwortet Fragen«, warf Ms. Washburn ein, bevor ich das hätte tun können.

Dickinson machte eine Handbewegung, die anzeigen sollte, dass ihre Äußerung irrelevant war. »Was auch immer. Haben Sie es herausbekommen?«

»Noch nicht«, erwiderte ich. »Ich brauche mehr Informationen, und darum sind wir hier.«

»Sie brauchen Informationen von mir? Wofür bezahle ich Sie denn?«

Ich hörte, wie Ms. Washburn ein kehliges Geräusch von sich gab, jedoch nichts sagte.

»Ich nehme an, Sie bezahlen mich dafür, dass ich die Informationen prüfe und korrekt interpretiere. Anscheinend trauen Sie sich das selbst nicht zu.« Zu meiner Überraschung verzog sich Dickinsons Gesicht zu einer verärgerten Miene, während er mit dem Zeigefinger in meine Richtung gestikulierte. Doch ich ließ ihm keine Zeit, auch mit Worten zu reagieren. »Zunächst muss ich wissen, ob Sie irgendwelche Beweise dafür entdeckt haben, dass Sheila McInerney und das Mordopfer Oliver Lewis tatsächlich verheiratet waren.«

Dickinson schien seine Absicht fahren zu lassen, sich mit mir zu streiten, und legte die Hände flach auf den Tisch. »Natürlich haben wir die. Sie haben vor knapp sieben Monaten in Stanford, Connecticut, geheiratet.«

»Sieben Monate?«, warf Ms. Washburn ein. »Sheila hat Samuel gegenüber behauptet, dass sie erst ein paar Wochen miteinander verheiratet seien.«

»Außerdem sagte sie, dass sie in Darien, Connecticut, die Ehe geschlossen hätten«, erinnerte ich sie. »Es gibt für mich keinen Grund anzunehmen, dass irgendetwas von dem, was Ms. McInerney uns erzählt hat, der Wahrheit entspricht.«

»Das ist wohl eine sichere Annahme«, stellte Dickinson fest. »Ihr echter Name lautet nämlich auch nicht Sheila McInerney, sondern Cynthia Maholm.« (Er sprach das »l« im Namen »Maholm« aus, obwohl ich davon ausgehe, dass das korrekterweise nicht hätte geschehen dürfen.) »Zum Glück war in den Akten verzeichnet, dass sie sich den Namen McInerney zulegte, nachdem sie einmal verheiratet war.«

»Hieß Oliver Lewis denn in Wirklichkeit McInerney?«, hakte Ms. Washburn nach.

Dickinson schüttelte den Kopf. »Nein, er hieß tatsächlich Oliver Lewis. Doch unsere Freundin Cynthia wollte offenbar, dass die Leute dachten, sie hätte einen Mann namens McInerney geheiratet, also verwendete sie diesen Namen.«

Der Sinn eines solchen Entschlusses wollte mir nicht einleuchten. »Warum sollte sie beabsichtigen, dass die Leute dachten, der Name ihres Mannes sei McInerney?«, dachte ich laut nach. »Würde nicht jeder, mit dem sie vor ihrer Hochzeit zu tun hatte, ihren echten Namen kennen, vor allem ihren Vornamen, den man ja unter gewöhnlichen Umständen nicht ändert?«

»Mehr Fragen und immer noch keine Antworten«, sagte Dickinson und fixierte mich dabei. »Ich verstehe gar nicht, warum ich die ganze Arbeit mache und Sie dafür bezahlt werden.«

Natürlich erhielt Dickinson ein Gehalt von der Polizei von Piscataway, während ich noch keinen Cent gesehen hatte, aber erneut hatte ich das Gefühl, dass eine entsprechende Bemerkung das Gespräch nicht in einer konstruktiven Art und Weise vorangebracht hätte.

»Haben Sie die Polizei von Edison kontaktiert?«, fragte ich Dickinson. »Haben Sie irgendetwas über die vermeintlichen Blutflecken herausgefunden, die wir in Ms. Maholms Wohnung gefunden haben?«

Der Kellner tauchte wieder auf und brachte Dickinsons Essen und Ms. Washburns Kaffee. Dickinson sagte dem jungen Mann, dass es viel zu lange gedauert habe, bis er die Bestellung gebracht hätte, und der Kellner, der nach meinem Dafürhalten nichts dergleichen getan hatte, entschuldigte sich. Ms. Washburns Blick wurde hart, als Dickinson dem Kellner kein sehr großes Trinkgeld in Aussicht stellte. Der junge Mann erwiderte nichts. Anscheinend war unser Arbeitsgespräch unterbrochen, bis er den Tisch wieder verlassen hatte. Nachdem Dickinson einen ersten, sehr üppigen Happen von seinem überbackenen Sandwich abgebissen hatte, nahm er einen großen Schluck Limonade, lehnte sich dann zurück und dachte über meine Fragen nach.

»Nachdem wir Oliver Lewis' Leiche entdeckt hatten, haben wir uns natürlich mit der Polizei in Edison in Verbindung gesetzt, um uns über die Angelegenheit zu informieren, in die Sie beide früher am gestrigen Tag verwickelt waren«, sagte er und verzog ganz leicht den Mund als Zeichen dafür, dass er wahrscheinlich belustigt von seiner eigenen Antwort war. »Die Flecken waren gar kein Blut, sondern roter Nagellack.«

»Mr. Hoenig hat genau das vermutet«, warf Ms. Washburn ein. Mir fiel auf, dass sie noch keinen Schluck ihres Kaffees getrunken hatte.

Dickinsons Gesichtsausdruck wirkte nun weniger belustigt. »Ja, na gut. Die Kollegen aus Edison wollten mit Ihnen auch darüber sprechen. Ein Sergeant Polk könnte sich an Sie wenden. Aber ich hab sie daran erinnert, dass alles, was bei ihnen da passiert ist, nur ein angeblicher Einbruch mit einer sehr zwielichtigen Anklägerin war. Sie werden sich daher wohl nicht melden, außer sie finden etwas wirklich Unerwartetes.«

Er schien eine Art Dank oder Anerkennung zu erwarten, als hätte er mir und Ms. Washburn einen großen Gefallen getan. Ich sah keinen Grund, ihn zu unterbrechen, und auch Ms. Washburn sagte über eine Minute lang gar nichts.

»Als sie sich als Sheila ausgab, erwähnte diese Cynthia Maholm die Namen dreier Freunde. Sie sagte, ihre Freundin Jenny LeBlanc habe die Party gegeben, auf der sie Oliver Lewis kennengelernt habe.« Ms. Washburn musste ihre Notizen nicht konsultieren, und obwohl sie bei der betreffenden Unterredung gar nicht dabei gewesen war, waren die Fakten alle korrekt. »Sie behauptete, Lewis sei mit einer Person namens Terry Lambroux aufgetaucht, dass sie Terry aber niemals persönlich getroffen habe und daher auch nicht wisse, ob Terry ein Mann oder eine Frau sei. Außerdem gab sie an, dass jemand namens Roger Siplowitz anwesend war, als sie und Lewis heirateten. Gibt es irgendwelche Hinweise darauf, dass eine dieser Personen wirklich existiert?«

Dickinson schien sich plötzlich außerordentlich für sein Essen zu interessieren. Er sah nicht auf und blickte keinem von uns in die Augen. »Ich hatte noch keine Zeit, das zu überprüfen.«

Ms. Washburn und ich sahen uns an. Möglicherweise war Detective Dickinson nicht das umtriebigste Mitglied der Polizei von Piscataway.

»Warum überlassen Sie das nicht mir?«, schlug ich vor, weil ich davon ausging, dass die Aufgabe wesentlich schneller und besser erledigt würde, wenn sie nicht in den Händen von Detective Dickinson lag. »Ich werde Ihnen dann sehr bald Bericht erstatten.«

Dickinson nickte. Dann, als fiele ihm dieser Gedanke gerade siedend heiß ein, sah er von seinem Teller auf und mir direkt in die Augen. »Nichts von all dem, was ich Ihnen erzählt habe, schien Sie zu überraschen.«

»Ich war tatsächlich nicht überrascht«, bestätigte ich. Diese Information, so glaubte ich, würde ihn darin bestärken, dass er für die von ihm gewünschte Dienstleistung eine intelligente Wahl getroffen hatte.

»Warum nicht?« Dickinson wirkte beinahe trotzig und ballte die Hände zu Fäusten.

»Weil alles Sinn ergibt, außer der Tatsache, dass Ms. Maholm ihren Namen geändert hat«, entgegnete ich. »Und auch das überrascht mich weniger, als dass es in mir den Wunsch erzeugte, weitere Nachforschungen anzustellen. Ms. Washburn?« Ich gab meiner Mitarbeiterin ein Zeichen. Sie stand auf, damit wir aufbrechen konnten.

Bevor wir den Imbiss verließen, sah ich noch, dass Ms. Washburn einen Fünfdollarschein auf den Tisch legte und ihre unberührte Kaffeetasse daraufstellte.

13

»Ist es Ihnen unangenehm, zurück zu *Fragen Beantworten* zu fahren?«, fragte ich Ms. Washburn.

Sie saß am Steuer und brachte uns wieder ins Büro, wo wir unsere Nachforschungen bezüglich der Fragen Detective Dickinsons beginnen konnten und uns dem vorhersehbaren, aber nichtsdestoweniger ärgerlichen Verschwinden unserer angeblichen Klientin Sheila McInerney alias Cynthia Maholm widmen wollten.

»Ich habe es doch schon gesagt«, erwiderte meine Mitarbeiterin und wandte dabei ihren Blick nicht von der Straße ab. »Ich habe meine Entscheidung getroffen, und was mein Mann davon hält, ist eine Sache zwischen ihm und mir. Sie müssen sich deswegen keine Sorgen machen, Samuel.«

»Ich meinte eigentlich, ob es schwierig für Sie ist, ins Büro zurückzukehren, nachdem wir dort gestern die Leiche gefunden haben«, präzisierte ich. »Als Sie mich gefragt haben, wohin wir fahren, und ich es Ihnen mitteilte, sind Sie ein bisschen blass geworden.«

Sie atmete einmal scharf ein und wieder aus. »Oh. Na ja, es erzeugt schon ein paar unangenehme Bilder, finden Sie nicht?«

»Ich habe Oliver Lewis nicht gut genug gekannt, um

ihn zu betrauern«, entgegnete ich. »Die Tatsache, dass seine Leiche in unserem Büro aufgefunden wurde, macht mich wütend, nicht traurig. Es liegt mir sehr viel mehr daran, die Leute zu finden, die sie dort absichtlich niedergelegt haben, und sie ihrer gerechten Strafe zuzuführen. Da sich in diesem Büro der Mittelpunkt unserer Arbeit befindet, sehe ich keinen Grund, nicht dorthin zurückzukehren.«

Ms. Washburn bog nach links ab. Wir waren nun weniger als einen Kilometer vom Büro entfernt, und sie zögerte unsere Ankunft dort nicht hinaus, indem sie langsamer oder einen Umweg fuhr.

»Das verstehe ich«, sagte sie. »Manche von uns verbinden Orte jedoch mit Erinnerungen, die wir lieber nicht hätten. Das macht es uns emotional schwer, diese Orte wieder aufzusuchen. Aber machen Sie sich um mich keine Gedanken, ich komme schon damit klar, wenn wir erst da sind.«

Wir trafen in der Ladenzeile ein und bemerkten den Kastenwagen des Tatortreinigers, der davor parkte. Beinahe hatte ich schon wieder vergessen, dass ich mit so einer Firma einen Vertrag abgeschlossen hatte, und hoffte, dass der Löwenanteil der Arbeit bereits erledigt wäre. Während wir ausstiegen und das Ladenlokal betraten, schwieg ich. Ms. Washburns Blick schnellte im Raum umher, als wir einmal drin waren, doch sie schien sich zu entspannen, als sie bemerkte, dass er tatsächlich sehr gründlich gereinigt worden war.

Zwei Gestalten in identischen blauen Anzügen, die der Kleidung von Menschen ähnelten, die mit Gefahrgut zu tun hatten, beendeten gerade ihre Arbeit. Durch die Atemmasken, welche die untere Hälfte ihrer Gesichter bedeckten, und die formlosen Uniformen, die sie von Kopf bis Fuß einhüllten, war es zunächst schwer zu erkennen, dass einer von ihnen ein Mann, die andere eine Frau war. Letztere kam auf Ms. Washburn und mich zu.

»Entschuldigung«, sagte sie, »dieses Gebäude wird gerade gereinigt. Das Geschäft ist deshalb im Moment nicht geöffnet.« Durch die Maske klang ihre Stimme für eine Frau etwas rau, aber es war dennoch ganz zweifellos eine weibliche Stimme.

»Das wissen wir«, erwiderte ich. »Darf ich mich vorstellen, mein Name ist Samuel Hoenig. Ich bin der Besitzer von *Fragen Beantworten,* und das hier ist meine Mitarbeiterin, Ms. Washburn.« Ich streckte ihr die Hand nicht entgegen, wie ich es normalerweise tue, wenn ich neue Menschen treffe, denn die Handschuhe, die sie und ihr Kollege trugen, schienen jede Art von Berührung auszuschließen.

»Hazel Montrose«, entgegnete die Frau, »und das da ist mein Partner Jonah Wainwright. Verzeihen Sie, dass wir Sie nicht erkannt haben, Mr. Hoenig.«

»Kein Problem«, erklärte ihr Ms. Washburn. »Samuel ist nicht beleidigt, und ich bin es auch nicht. Ich heiße Janet.« Sie streckte ihr die Hand entgegen, doch Hazel Montrose machte keine Anstalten, sie zu schütteln.

»Entschuldigung«, wiederholte sie. »Wir sind ziemlich unhygienisch, und es ist auch gegen die Vorschriften.«

Ms. Washburn winkte ab, um anzuzeigen, dass sie es nicht persönlich nahm. In der Zwischenzeit beendete Jonah Wainwright seine Aufgabe, die darin zu bestehen schien, einen sehr großen Nass-Trocken-Sauger nach draußen zu bringen. Er beachtete weder Hazel Montrose noch Ms. Washburn oder mich, während er ihn zur Tür hinausrollte. Ich sah, wie er das Gerät im Kastenwagen auf dem Parkplatz verstaute.

»War es … ein schwieriger Job?«, fragte Ms. Washburn. Sie schien mit sich zu ringen, ob sie auf die Stelle sehen sollte, an der Oliver Lewis gelegen hatte.

»Um ehrlich zu sein, nein«, erwiderte Hazel Montrose. »Glauben Sie mir, ich habe schon deutlich Schlimmeres erlebt.«

Auf einmal kam mir in den Sinn, dass jemand, der über Hazels Erfahrung verfügte, zur Beantwortung der aktuellen Frage einige nützliche Informationen beisteuern könnte. »Müssen Sie denn gleich wieder fort?«, fragte ich also. »Ich hätte noch ein paar Fragen an Sie, wenn das in Ordnung ist.«

Hinter der Atemmaske, dem durchsichtigen Plastikschirm über ihren Augen und unter der blauen, schmutzabweisenden Kapuze über ihrem Kopf konnte ich Hazels Gesichtsausdruck nicht erkennen. Deshalb fragte ich mich, ob ich wohl etwas Missverständliches gesagt hatte, als sie einen Moment brauchte, um zu antworten. Es wäre für mich nichts Ungewöhnliches gewesen, obwohl ich es selten absichtlich tue.

»Gibt es denn einen Bereich, den wir übersehen haben könnten?«, fragte Hazel.

Ms. Washburn reagierte, wie so oft, schneller auf die Situation als ich. »Nein, das meint Samuel nicht. Wir beantworten auf professioneller Basis Fragen, und da die Frage, die wir zurzeit bearbeiten, mit der … Arbeit zu tun hat, die Sie gerade erledigt haben, glaubt er, dass es uns helfen könnte, wenn Sie noch ein bisschen Zeit für uns erübrigen könnten.« Ich hätte es nicht annähernd so gut formulieren können.

Erneut entstand eine Pause, in der Hazel über den Vorschlag nachdachte. »Brauchen Sie uns beide?«, fragte sie dann.

Diesmal überließ Ms. Washburn mir die Antwort.

»Es wäre besser, mehr als eine Meinung zu hören, wenn das möglich ist. Doch wenn meine Bitte einem von Ihnen beiden Unannehmlichkeiten bereitet, genügt sicherlich auch einer.«

»Jonah hat als Nächstes einen Auftrag, für den es nur eine Person braucht, und er wollte mich sowieso absetzen. Können Sie mich denn später mitnehmen, wenn wir fertig sind?«

Ich sah zu Ms. Washburn, die bei *Fragen Beantworten* für den Transport zuständig war. »Natürlich können wir das«, versicherte sie.

»Ich ziehe mich kurz um, und dann bin ich gleich wieder da«, schlug Hazel vor. Sie wartete nicht auf eine Antwort, sondern ging sofort hinaus zum firmeneigenen Kastenwagen. Sie kletterte hinten in das Fahrzeug, sodass ich sie nicht mehr sehen konnte.

Ms. Washburn setzte sich auf ihren angestammten Platz auf den Stuhl zwischen Mutters Lehnstuhl und meinem Schreibtisch. Mir kam der Gedanke, dass es nun, da sie dauerhaft für mich arbeiten würde, sinnvoll wäre, ihr einen eigenen Schreibtisch zur Verfügung zu stellen. Ein Vorteil dabei wäre, dass sie ans Telefon gehen könnte, eine Aufgabe, die mir immer ein wenig Angst bereitet.

»Sie haben es gut gemacht«, sagte sie, während sie sich im Raum umsah. »Man sieht gar nicht mehr, dass hier irgendwas passiert ist, und außerdem haben sie noch ein bisschen abgestaubt.«

»Gestern habe ich den ganzen Bereich noch einmal

untersucht«, sagte ich, »damit keine Information, die für mich auf den ersten Blick erkennbar gewesen wäre, entfernt würde, ehe ich von ihr Notiz hätte nehmen können.«

Ich setzte mich an meinen Schreibtisch und schaltete den Mac Pro ein, der zum ersten Mal in der jüngeren Vergangenheit sichtbar staubfrei war. Dennoch war der Gedanke, dass jemand außer mir die Gegenstände auf meinem Schreibtisch berührt hatte, irgendwie verstörend. Ich gab mein Bestes, um mich auf die nun anstehende Aufgabe zu konzentrieren.

Kurz nachdem ich schnell nach dem Namen Terry Lambroux gegoogelt hatte, kam Hazel Montrose wieder ins Büro. Sie trug nun nicht mehr die Schutzkleidung und die Maske, sondern eine legere Hose und ein blaues Poloshirt, auf dem das Logo ihrer Firma zu sehen war.

Man konnte ihr Gesicht nun wesentlich besser erkennen. Sie hatte helle Augen und einen offenen Ausdruck, und zwar so sehr, dass sogar ich ihn lesen konnte. Ich kann nicht für die meisten anderen Menschen sprechen, aber an den gesellschaftlich anerkannten Standards gemessen war Hazel eine attraktive Frau Anfang dreißig, also etwa in meinem Alter. Das hatte jedoch ganz eindeutig nichts mit der zu beantwortenden Frage zu tun und war daher irrelevant.

»Wie kann ich Ihnen behilflich sein, Mr. Hoenig?«, fragte sie, während sie sich auf eine Geste von Ms. Washburn hin auf den für Kunden vorgesehenen Stuhl vor meinem Schreibtisch setzte.

»Zunächst möchte ich Sie gern zur Qualität Ihrer Arbeit beglückwünschen. Nichts in diesem Büro erinnert daran, dass sich hier etwas Ungewöhnliches ereignet hat.«

Ich sah zu Ms. Washburn, um ihre Reaktion zu beobachten, denn sie war ja besorgt über die – wie sie es nannte – »unangenehmen Bilder« gewesen, die unser Büro nun heraufbeschwören könnte. Doch sie sah Hazel und nicht mich an.

»Danke«, erwiderte Hazel. »Es ist eine schwierige Arbeit, aber sehr befriedigend, wenn sie einmal getan ist. Jonah kümmert sich um die wirklich harten Sachen.« Das führte sie nicht weiter aus.

»Ist Ihnen an diesem Ort etwas Besonderes aufgefallen?« Ich wollte die Frage stellen, ohne eine bestimmte Antwort nahezulegen. Es hätte spezielle Punkte gegeben, nach denen ich hätte fragen können – etwa Blutspritzer oder Knochensplitter –, doch es hatte wenig Sinn, nach Informationen zu fragen, die ich bereits kannte. Indem ich die Frage ergebnisoffener stellte, erlaubte ich es Hazel, alles Mögliche zu erwähnen, was ihr aufgefallen war. Zu oft fragt man nach einem bestimmten Detail, und nützlichere Informationen entgehen einem dabei, weil der entsprechende Punkt nie angesprochen wurde.

»Nun, es war eine ziemlich leichte Säuberungsaktion, und das erschien mir schon seltsam«, erwiderte sie nach einer kurzen Pause. Ich bemerkte, dass Ms. Washburn Block und Stift aus der Tasche gezogen hatte. Dazu hatte ich sie nicht auffordern müssen.

»Warum finden Sie das seltsam?«, fragte Ms. Washburn. »Glauben Sie, es hätte schwieriger sein sollen?«

»Verstehen Sie mich nicht falsch – ich habe nichts dagegen, dass es nicht mehr zu tun gab. Was ich damit meinte, war, dass man in einem Raum, in dem offenbar eine Leiche gefunden wurde, und zwar keine, die auf natürlichem Wege gestorben ist, mit mehr Arbeit rechnet.«

»Sie haben das aus dem Umriss auf dem Boden geschlossen«, vermutete ich.

»Ja, und aus dem Blutfleck. Aber genau das meinte ich. Ein Mensch stirbt an einer Verletzung, die sich in der Halsgegend befunden zu haben scheint, und dennoch sieht man nicht viel Blut. Das ist eigenartig.« Hazel zuckte bei der Erwähnung des Blutes nicht zusammen, das war eben ihr Job. Ein ganz normaler Büroalltag, wie Mutter sich ausgedrückt hätte.

»Wir nehmen an, dass das Opfer woanders getötet und dann hierhergebracht wurde«, sagte ich.

»Das stimmt wahrscheinlich. Wir haben auch keine Blutspur gefunden, die in den Raum geführt hätte. Das könnte bedeuten, dass die Leiche von irgendetwas umgeben war, von einem Sack oder Ähnlichem, bevor sie in die Mitte des Raumes gelegt wurde«, vermutete Hazel.

Das war mir auch schon durch den Kopf gegangen, doch ich gratulierte Hazel nichtsdestoweniger zu ihrer Beobachtungsgabe. »Haben Sie sonst irgendetwas Ungewöhnliches bemerkt?«, wollte ich wissen. »Ich nehme an, dass Sie die gesamten Räumlichkeiten untersucht haben.«

Hazel nickte. »Ja, einschließlich der Toiletten und der ... ich nehme an, dass es einmal eine Küche war, in der Pizza gebacken wurde. Es gibt dort zwei Öfen.«

»Haben Sie in irgendeinem dieser Bereiche etwas bemerkt, was mit dem Verbrechen in Verbindung stehen könnte?«

»Nein. Aber es gab auch keine Kratzer auf dem Boden oder an der Tür. Wir haben nirgends Glasscherben gefunden. Es gab keinen Geruch nach einem durchgeschmorten Kabel. Abgesehen von dem Bereich, in dem der tote Mann gelegen hat, war das hier ein ganz unverdächtiges

Büro.« Hazels Blick erschien mir fast herausfordernd, als würden wir uns darin messen, wie viel der jeweils andere entdeckt hatte und was jeder von uns aus diesen Beobachtungen schließen konnte.

»Es gab also keine Anzeichen für einen Einbruch. Wer auch immer Oliver Lewis' Leiche hier abgelegt hat, hatte einen Schlüssel oder die Kombination zu …« Ich hielt inne, als ich den Ausdruck auf Hazel Montroses Gesicht bemerkte.

Sie hatte die Augen aufgerissen, ihr Mund stand offen, und sie atmete flach, als steige sie gerade nach einer kurzen Schwimmstrecke aus dem Wasser und versuche ihren Atem zu kontrollieren. Sie schluckte schwer. »Haben Sie gerade Oliver Lewis gesagt?«

»Ja«, erwiderte Ms. Washburn, ohne von ihren Notizen aufzublicken. Sie hatte Hazels Reaktion nicht gesehen und saß auch zu weit von ihr entfernt, um die leichte Veränderung in ihrer Atmung wahrgenommen zu haben. »Oliver Lewis war der Name des Mannes, der gestern umgebracht wurde.«

Es gab nur eine Erklärung, die mit den Tatsachen zusammenpasste, aber sie war extrem unwahrscheinlich.

»Kannten Sie ihn denn?«, fragte ich Hazel. Ms. Washburn sah auf und reagierte mit Verblüffung auf Hazels schockierten Blick.

»Nein, ich meine, es ist ja ein verbreiteter Name«, erwiderte Hazel. »Ich bin mir sicher, dass es sich um jemand anderen handelt.«

»Beschreiben Sie uns den Oliver Lewis, den Sie kennen«, forderte ich sie auf.

»Das ist doch dumm.«

»Bitte. Es wäre eine große Hilfe.« In Wahrheit würde diese Information überhaupt nicht dazu beitragen, die Frage zu beantworten, aber selbst bei meinen Schwierigkeiten, Gesichtsausdrücke zu lesen, war es so gut wie unmöglich, Hazels Miene falsch zu deuten – sie dachte wirklich, dass der Oliver Lewis, den sie kannte, derjenige war, den wir auf dem Boden meines Büros gefunden hatten. Und auch wenn sie schockiert war, war sie nicht überrascht.

Hazel sah mich an, dann blickte sie zu Ms. Washburn, die besorgt wirkte, ihren Stift aber dennoch über dem Block hielt, bereit, ihn zu benutzen. Schließlich sah sie wieder zu mir. Sie wartete einen Moment, der mir lang erschien, aber nur vier Sekunden dauerte.

»In Ordnung«, entgegnete sie. »Er ist groß gewachsen, knapp eins neunzig und kräftig, wissen Sie? Er hat kein Sixpack oder so, aber er ist auch nicht dick. Er hat große braune Augen. Ist immer gut gekleidet. Trägt die Haare streng zurückgekämmt, er denkt, er sieht damit aus wie einer dieser windigen Typen von der Wall Street oder so.«

»Und was haben Sie über die Leiche in diesem Raum festgestellt, als Sie saubergemacht haben?«, fragte ich weiter.

»Samuel«, meldete sich Ms. Washburn. Ihre Stimme klang ein wenig vorwurfsvoll, doch ich verstand den Grund dafür nicht.

»Nun, die Leiche war ja bereits fort, als wir mit der Arbeit begannen«, stellte Hazel fest.

»Sie konnten sicher die Größe des Mannes und seine ungefähre Statur schätzen«, vermutete ich.

»Samuel«, sagte Ms. Washburn nun etwas strenger.

Hazel lehnte sich auf ihrem Stuhl zurück und keuchte auf. »Er war es, nicht wahr? Ollie ist ermordet worden.« Sie weinte nicht, doch ich glaube, dass sie es wohl gern getan hätte.

»Sieht so aus«, sagte Ms. Washburn, noch bevor ich etwas entgegnen konnte. »Es tut mir so leid. Woher kannten Sie ihn denn?«

Hazel wirkte wie betäubt und starrte vor sich hin.

»Bis vor gut zwei Jahren waren wir miteinander verheiratet.«

14

Ich versuchte meine Gedanken zu ordnen, bemerkte jedoch schnell, dass es besser wäre, zugunsten von Logik und Genauigkeit auf Geschwindigkeit zu verzichten. Die Idee, dass Hazel Montrose Oliver Lewis' Ehefrau gewesen war, bevor er Sheila McInerney – Cynthia Maholm – geheiratet hatte, lag quer zu jedem Gedankengang, den ich bezüglich der vorliegenden Frage bisher verfolgt hatte, was gleichermaßen für Cynthias Frage zwei Tage zuvor galt.

»Sie waren mit Oliver Lewis verheiratet?«, fragte Ms. Washburn mit plötzlich heiserer Stimme.

Hazel nickte mit feuchten Augen. »Was ist passiert?«, fragte sie.

»Seine Halsschlagader ist durchtrennt worden«, erklärte ich ihr. »Wir versuchen die Frage zu beantworten, wer das getan hat. Ein Teil der Antwort wird darin bestehen herauszufinden, warum es getan wurde.«

Ms. Washburn sah mich mit einem Blick an, den ich als streng zu interpretieren gelernt habe. Ich begriff, dass ich Hazels Schmerz gegenüber unempfindlich erschienen war und davon ausgehen musste, dass der Tod ihres Exmannes sie erschütterte.

»Verzeihen Sie«, sagte ich also. »Mein herzliches Beileid.«

Hazel streckte beide Hände mit nach außen gekehrten Handflächen empor und schüttelte sie. »Es ist ja nicht Ihre Schuld«, sagte sie. »Es hat mich nur auf dem linken Fuß erwischt.«

Ich habe für Sport etwas übrig und verstehe, was »auf dem linken Fuß erwischen« bedeutet, nämlich dass jemand mit einem unerwarteten oder schwer verständlichen Gedanken konfrontiert wird. Warum ein solcher Gedanke einen jedoch auf dem linken Fuß erwischt und nicht etwa auf dem rechten (was ja denselben Effekt hat, wenn die Täuschung auf der anderen Seite erfolgt), macht mich immer ein bisschen ratlos. Ich entschied, dieser Ratlosigkeit im Augenblick weder Hazel noch Ms. Washburn gegenüber Ausdruck zu verleihen. Die Tatsache, dass ich die Botschaft empfangen und verstanden hatte, musste genügen.

»Natürlich«, erwiderte ich. »Sie haben ja nur Ihren Job getan und gesäubert. Es war Ihnen nicht klar, dass Sie die Spuren Ihres Exmannes beseitigt haben.«

Ms. Washburn rollte ein bisschen mit den Augen, doch sie sagte nichts. Ich würde sie später fragen müssen, warum das, was ich gesagt hatte, unangemessen war, obwohl es zugleich zutraf und mir mitfühlend erschien.

Hazel tupfte sich die Augen trocken und schniefte einmal kurz, dann schien sie sich wieder im Griff zu haben. Sie richtete sich in ihrem Stuhl auf, sah mir in die Augen und fragte: »Wie kann ich Ihnen behilflich sein?«

»Erzählen Sie mir, wie Sie Oliver Lewis kennengelernt haben und wie es zur Hochzeit zwischen Ihnen kam.«

»Ich habe ihn über einen gemeinsamen Freund kennengelernt. Das war vor ungefähr drei Jahren, im Frühling. Wir sind ein paarmal miteinander ausgegangen und haben nur zwei Monate später geheiratet. Unsere Ehe hielt ein Jahr, aber wir lebten schon nach etwa sechs Monaten wieder getrennt. Es dauerte ein wenig, bis die Scheidung rechtskräftig war.«

»Wie hieß der Freund?«

»Roger Siplowitz. Ich war mit ihm auf dem College, und Ollie … Um ehrlich zu sein, habe ich keine Ahnung, woher Ollie Roger kannte.«

Ms. Washburn hatte wieder ihren Block in der Hand und lehnte sich zu Hazel hinüber. »Haben Sie denn aktuelle Kontaktdaten von Roger?« Ms. Washburn handelte sehr effizient und wusste, dass genau das auch meine nächste Frage gewesen wäre.

»Nein, nach der Scheidung haben wir einander aus den Augen verloren«, erwiderte Hazel. »Sie wissen ja, die Frau bekommt ein paar Freunde, und der Ehemann bekommt die anderen. Ollie bekam Roger.«

Der Gedanke nagte weiter an mir. Es existieren in jedem Leben Zufälle, doch die Tatsache, dass Oliver Lewis' erste Frau nur aus Zufall die von mir beauftragte Tatortreinigerin war, die die Spuren des Mordes an ihm beseitigen sollte, erschien mir zu unwahrscheinlich, um sie einfach zu ignorieren. Es musste irgendeine Verbindung geben.

»Wann haben Sie Oliver Lewis zum letzten Mal gesehen?«, fragte ich Hazel.

»Als wir die Scheidungspapiere im Büro seines Anwalts unterzeichnet haben, vor ungefähr zweieinhalb Jahren. Danach hatten wir keinen Grund mehr dafür, noch einmal miteinander in Kontakt zu treten. Wir hatten keine Kinder. Wir hatten nicht mal einen Hund.«

Ich schloss die Augen, was mir manchmal dabei hilft,

mich von dem optischen Reiz vor mir zu lösen – in diesem Fall Hazel – und mich auf das tiefer liegende Problem zu konzentrieren. Oliver Lewis war zweimal verheiratet gewesen. Seine erste Frau hatte sich von ihm scheiden lassen, und die zweite (vorausgesetzt, Dickinsons Informationen waren korrekt und Cynthia Maholm war wirklich mit Lewis verheiratet gewesen) hatte mich engagiert, angeblich um herauszufinden, wer ihr Mann war und ob die Ehe, die er mit ihr geschlossen zu haben behauptete, auch wirklich rechtmäßig war.

Als ich die Augen wieder öffnete, fragte ich Hazel: »Wussten Sie denn, dass Ihr Mann erneut geheiratet hatte?«

Für einen Moment wirkte es so, als versuche Hazel das seltsame Idiom, das ich sprach, in etwas ihr Vertrauteres zu übersetzen. »Nein«, sagte sie dann einfach. »Mit wem war er denn verheiratet?«

Ms. Washburn warf mir einen verstohlenen Blick zu, zog die Lippen ein und spreizte ein bisschen die Hände, eine Geste, die meines Wissens anzeigt, dass man mit dem, was man sagt, vorsichtig sein soll.

»Seine aktuelle Ehefrau« – ich vermied den Begriff »Witwe« – »ist eine Frau namens Cynthia Maholm, die sich zeitweise auch Sheila McInerney nennt. Kennen Sie sie?«

Hazel runzelte die Stirn, doch dann schüttelte sie den Kopf, um uns mitzuteilen, dass das nicht der Fall war.

»War …« Ms. Washburn schien zu zögern, als frage sie sich, ob sie Hazel Kummer bereiten würde, wenn sie fortfuhr, aber die Frage war schon halb draußen. »War Oliver denn schon einmal verheiratet, bevor Sie beide sich kennenlernten?«

Es war mir nicht in den Sinn gekommen, dass es in Oliver Lewis' Vergangenheit eventuell noch weitere Exfrauen geben könnte. Falls ich irgendeine dieser Frauen vorher schon einmal getroffen hätte, müsste ich meine Vorstellung von der Plausibilität von Zufällen im täglichen Leben ernsthaft infrage stellen.

»Nein«, entgegnete Hazel. »Ich war Ollies erste Frau.« Das vereinfachte die Angelegenheit, und dafür war ich dankbar. Weitere Exfrauen hätten die Anzahl unangenehmer Befragungen erhöht, die ich zur Beantwortung der Frage hätte führen müssen.

»Was an ihm hat Sie denn dazu veranlasst, ihn zu heiraten?«, fragte ich. Ich kann nicht sicher behaupten, dass diese Frage einen direkten Bezug zu meiner Arbeit hatte; das Thema hat mich einfach immer schon beschäftigt. Ich verstehe nicht, wie eine Person so starke Gefühle für eine andere haben, so sicher sein kann, dass er oder sie jeden verbleibenden Moment des eigenen Lebens dem anderen widmen möchte. Es ist irrational und unwahrscheinlich, was vermutlich der Grund dafür ist, warum so viele Ehen in einer Scheidung enden. Oder in diesem Fall in Mord.

Hazel lächelte, aber ich war mir sicher, dass Mutter es als ein trauriges Lächeln bezeichnet hätte. Ihre Lippen waren nicht symmetrisch aufgeworfen, und ihr Blick war leicht gesenkt.

»Die klischeehafte Vorstellung ist, dass er mich zum Lachen brachte, richtig?«, fragte sie, doch weder Ms. Washburn noch ich entgegneten etwas darauf. »Nun, Ollie brachte mich nicht zum Lachen. Er ist nie ein sehr glücklicher Mensch gewesen.«

Ms. Washburn hakte nach, vielleicht entgegen besserem Wissen: »Was war es dann?«

Hazel schien sich zu konzentrieren. Sie sah jedoch mich

und nicht Ms. Washburn an, als sie erwiderte: »Ich denke, er gab mir das Gefühl, der Mittelpunkt seines Lebens zu sein. Bis ich es nicht mehr war.«

»Gab es andere Frauen?«, fragte ich. Auf Ms. Washburns Reaktion achtete ich dabei nicht.

Hazel neigte den Kopf und nickte leicht, während sie die Lippen aufeinanderpresste. »Wahrscheinlich. Ich weiß nur, dass ich keine Priorität mehr hatte, als wir einmal verheiratet waren und er bekommen hatte, was er wollte. Ich glaube, dass Ollie das Umwerben wichtiger war als der Besitz, wenn Sie wissen, was ich meine.«

Ich wusste es nicht, doch ich vertraute darauf, dass es sich bei Ms. Washburn anders verhielt.

Hazel sagte danach nicht mehr viel, und Ms. Washburn bot ihr an, sie nach Hause zu fahren. Ich entschloss mich aus mehreren Gründen, im Büro zu bleiben: Zum einen hatte ich mich zu wenig bewegt, was mich beunruhigte. Mutter würde mich in siebenundvierzig Minuten (oder in achtundvierzig, Mutter ist nicht immer pünktlich) zum Mittagessen abholen. Und außerdem ging ich davon aus, dass Hazel, wenn sie weitere Informationen hatte, die uns bei unserer aktuellen Aufgabe helfen konnten, diese wahrscheinlich eher einer anderen Frau mitteilen würde, ohne dass ein Mann anwesend war. Ich begreife das Motiv dahinter nicht ganz, aber sowohl Männer als auch Frauen haben die Angewohnheit, weniger umsichtig zu sein, wenn sie sich nur in Gesellschaft von Personen des eigenen Geschlechts befinden.

Nachdem Hazel sich von mir verabschiedet hatte, brachen sie auf, und Ms. Washburn sagte zu mir, dass sie in einer Stunde wieder da sei. Ich erwähnte, dass Mutter mich bald zum Mittagessen abholen würde, und Ms.

Washburn erwiderte, dass sie dann zu uns nach Hause kommen werde. Ich nickte. Nachdem sie fort war, fiel mir ein, dass Mutter sicherlich gewollt hätte, dass ich Ms. Washburn einlud, mit uns zu Mittag zu essen. Sie auf ihrem Handy anzurufen, während sie am Steuer saß, empfand ich jedoch als unklug, also ließ ich es sein.

Die Zeit alleine gab mir Gelegenheit, einigen der losen Fäden nachzurecherchieren, die es in Bezug auf diese Frage noch gab. (Ich gebe mir Mühe, bisweilen Metaphern zu verwenden, damit ich sie in meinen natürlichen Wortschatz einfließen lassen kann.) Ich begann mit dem, was ich getan hatte, als Hazel von dem Kastenwagen zurückgekehrt war und mich unterbrochen hatte: Ich recherchierte den Namen Terry Lambroux.

Google ist nicht die beste Quelle, um gezielt nach etwas zu suchen, doch es ist die einfachste, und zu Beginn einer Recherche kann Einfachheit das Tor zu bedeutenderen Informationen sein. Also widmete ich mich erneut einer Googlesuche nach dem Namen, in der Hoffnung, dass sich auf diese Weise eine Richtung herauskristallisieren würde.

Es gab allerdings keine Einträge.

Es ist sehr ungewöhnlich, dass ein Name überhaupt keine Treffer in der reichweitenstärksten Suchmaschine der Welt ergibt. Wenigstens ein paar irreführende Links zu Gerichten mit Lammfleisch oder anderen Menschen mit dem Vornamen Terry hätte ich erwartet. Gar keine Resultate zu erhalten war in gewisser Weise beunruhigend. Es war mir nie zuvor passiert.

Ich versuchte die Namen »Terrence Lambroux«, »Teresa Lambroux«, verschiedene alternative Schreibweisen beider Namen, dann noch »T. Lambroux«.

Keine Treffer. Dasselbe galt für die Bildersuche, was mich zu diesem Zeitpunkt allerdings schon nicht mehr überraschte.

Ich gebe zu, dass ich mindestens dreißig Sekunden lang an meinem Schreibtisch saß und verblüfft auf den Mac Pro starrte. Dann probierte ich eine Reihe weiterer Suchmaschinen sowie ein paar Seiten aus, von denen ich wusste, dass sie sich auf vermisste Personen spezialisiert hatten. Jedes Mal stieß ich auf dieselbe Abwesenheit irgendwelcher Daten.

Es schien – wenigstens im Internet – keine Person mit dem Namen Terry Lambroux zu geben.

»Na, das ist wirklich komisch«, sagte Mutter.

Wir räumten Teller und andere Gegenstände vom Küchentisch ab, und ich stellte sie in die Spülmaschine. Wenn Mutter den Tisch alleine abgeräumt hätte, hätte sie alles ins Spülbecken gestellt und es mit der Hand abgewaschen, weil sie fand, dass für uns beide allein die Spülmaschine unnötig wäre. Ich mache mir um ihre Gesundheit mehr Sorgen, als sie es selbst tut, jedenfalls mehr, als sie zugibt, und versuche Mutter von allem abzuhalten, was sie nicht unbedingt tun muss. In der Vergangenheit hatte sie nämlich des Öfteren Herzbeschwerden.

Um sie davon abzulenken, dass ich die Spülmaschine benutzte, erzählte ich ihr von meinen letzten Bemühungen bei der Beantwortung von Detective Dickinsons Frage. »Immerhin habe ich einige Einträge zu Roger Siplowitz gefunden«, sagte ich. »Offenbar ist er ein auf Familienrecht spezialisierter Anwalt mit einer Kanzlei in New Brunswick, doch so wie ich das sehe, hat er bei der Trennung von Oliver Lewis und Hazel Montrose keine Rolle gespielt.«

»Woher weißt du das?« Mutter stellte Senf und Mayonnaise in den Kühlschrank zurück, da sie meinen Ekel vor diesen Substanzen genau kannte.

»Es gibt Gerichtsakten, wenn so eine Verhandlung stattfindet. Sie sind öffentlich zugänglich, und man kann sie in der Regel online einsehen.«

Es klingelte an der Tür, was unsere Aufräumarbeiten unterbrach. Mutter geht immer zur Tür, wenn sie im Erdgeschoss ist, denn sie weiß, dass ich keine Überraschungen mag. In diesem Fall erwartete ich allerdings Ms. Washburn, und sie war es auch.

Mutter fragte sie sofort, ob sie etwas essen wolle, doch Ms. Washburn erklärte, sie habe einen kleinen Salat mit Hazel Montrose gegessen, was mich überraschte.

»Ich dachte, Sie wollten Hazel einfach nur heimfahren.«

»Sie hat vorgeschlagen, kurz anzuhalten«, entgegnete Ms. Washburn und nahm am Küchentisch Platz. Mutter und ich hatten die Hausarbeit abgeschlossen und setzten uns zu ihr. »Sie war wegen der Sache mit ihrem Exmann ziemlich durcheinander, und sie bat mich, bei einem Café haltzumachen, damit sie sich wieder beruhigen konnte.«

Dies führte mich zu der Annahme, dass Hazel mit wenigstens einer weiteren Person zusammenlebte, da sie offenbar nicht emotional aufgewühlt erscheinen wollte, wenn sie bei sich zu Hause ankam. Diese Meinung (und mehr war es ja nicht) äußerte ich jedoch nicht, denn ich wollte, dass Ms. Washburn fortfuhr. Hazel musste sicherlich irgendetwas von Bedeutung gesagt haben, sonst hätte Ms. Washburn ihr gemeinsames Gespräch nicht so unmittelbar nach ihrer Ankunft erwähnt. Ms. Washburn musterte mich für einen Augenblick aufmerksam. »Sie glauben, Hazel lebt mit einem Mann zusammen, und das stört Sie«, sagte sie dann.

»Erstaunlich«, mischte Mutter sich ein. »Ich hatte genau denselben Gedanken.«

Das war, um das Mindeste zu sagen, seltsam. Obwohl ich über Hazels Grund dafür spekuliert hatte, warum sie ihre Heimkehr hinauszögerte, störte mich das keineswegs. »Ich verstehe nicht ganz.«

»Kommen Sie schon, Samuel.« Ms. Washburn verschränkte die Arme vor der Brust, eine Geste, die – wie ich gelernt hatte – entweder ein Zeichen von Ablehnung sein kann oder einer Person gegenüber ausgeführt wird, die eine abwegige Meinung zu verteidigen versucht. Das verwirrte mich noch mehr, da im vorliegenden Fall mir diese Rolle zugefallen wäre. »Sie haben sich ein bisschen in Hazel Montrose verknallt, und Sie möchten nicht, dass sie verheiratet ist oder mit jemandem zusammenlebt. Das ergibt absolut Sinn.«

»Verknallt?« Das war eine lächerliche Behauptung, doch ich war mir sicher, dass es mir als unhöflich ausgelegt würde, wenn ich diesem Gedanken Ausdruck verliehen hätte. »Solche Gefühle habe ich nicht.«

Mutter lachte.

»Sie haben das ganze Gespräch über mit ihr geflirtet, Samuel«, widersprach Ms. Washburn. Das Lächeln, das sie dabei aufsetzte, war mir an ihr bisher noch nicht begegnet. »Und ich habe gute Neuigkeiten für Sie: Sie hat zurückgeflirtet.«

»Ich glaube, Sie täuschen sich, Ms. Washburn. Hazel hatte einfach notwendige Informationen für mich, und ich habe mich genau so verhalten, wie man es tun muss, um sich mit ihr gut zu stellen und diese Informationen zu bekommen.«

Ms. Washburns Lächeln wurde noch breiter und noch schwieriger zu deuten. »Wirklich. Samuel. Ich kenne Sie jetzt schon ein paar Monate. Wir haben Fragen miteinander beantwortet. Wir sind sogar beinahe gemeinsam gestorben. Sie nennen mich aber noch immer ›Ms. Washburn‹. Sie kannten Hazel erst anderthalb Minuten lang und haben sie schon mit ihrem Vornamen angesprochen.«

Mutter nickte. »Das ist nichts, wofür man sich schämen müsste. Es passiert allen ständig.«

Wegen der Absurdität dieses Gesprächs schüttelte ich den Kopf. »Ich schäme mich kein bisschen. Ich bin nicht ›verknallt‹, wie Sie es ausdrücken, Ms. Washburn. Ich glaube, Sie haben meine Körpersprache während meiner Unterhaltung mit … mit Ms. Montrose falsch interpretiert.«

Ms. Washburn und Mutter warfen sich einen vielsagenden Blick zu. Mutter zuckte mit den Achseln.

»Okay«, sagte meine Mitarbeiterin. »Möchten Sie denn wissen, was *Hazel* mir im Café erzählt hat?«

Ich ignorierte die Art, wie sie den Namen unserer Bekanntschaft betonte, und erwiderte: »Natürlich, wenn es von Relevanz für unsere Arbeit ist.«

Ms. Washburn schien sich plötzlich für den Salzstreuer auf unserem Küchentisch zu interessieren. Sie nahm ihn in die Hand und betrachtete ihn eingehend, obwohl mir noch nie aufgefallen wäre, dass er ein irgendwie besonderes Design hätte. »Sie hat gesagt, es überrasche sie nicht, dass Oliver Lewis ermordet worden ist.« Ich sah kurz, wie ihre Wimpern zitterten, als sie flüchtig zu mir hinsah, um meine Reaktion abzuschätzen.

»Es gibt viele Menschen, die so etwas über ihre ehemaligen Ehepartner sagen würden«, merkte ich an. »Hat sie auch einen Grund für ihre mangelnde Überraschung angegeben?«

Ms. Washburn wirkte ein bisschen enttäuscht darüber, dass mich ihre Eröffnung nicht verblüfft hatte. »Sie sagte, er habe die Angewohnheit gehabt, Menschen – meistens Frauen – für sich gewinnen zu wollen und sie fallen zu lassen, sobald ihm das gelungen war.«

Ich rief ihr ins Gedächtnis, dass Hazel bei meiner Befragung ungefähr das Gleiche gesagt hatte.

»Sie meinte aber, dass er das bei einer Person getan habe, bei der er es besser hätte bleiben lassen«, fuhr Ms. Washburn fort. »Offenbar hat irgendeine Frau, die er auf diese Weise betrogen hatte, ihn verklagt.«

»Hat sie Ihnen den Namen genannt?«

Ms. Washburn sah weg. Die Vermeidung des Blickkontaktes zeigte nach meinem Dafürhalten eine gewisse Enttäuschung von sich selbst an. »Sie wollte es mir nicht verraten. Sie sagte, Ollie habe ihr von dieser anderen Frau erzählt, nachdem sie bereits verheiratet waren, nur damit sie sich aufregte. Den Namen wollte sie mir aber trotzdem nicht nennen.«

Als Zeichen dafür, dass das nicht so wichtig war, hob ich die Hände. »Am wahrscheinlichsten ist, dass Oliver Lewis gelogen hat, um seine Frau damit zu verletzen. Denken Sie auch daran, dass wir mit Ms. Maholm eine Verdächtige kennen, die sich unglaubliche Mühe gegeben hat, uns abzulenken und in die Sache mit hineinzuziehen. Wir sollten meiner Meinung nach zuallererst versuchen, sie ausfindig zu machen.«

Ms. Washburn nickte. »Wir fahren also zurück zu

Fragen Beantworten?« Sie erhob sich, und ich tat es ihr gleich. Mutter blieb sitzen, da klar war, dass sie uns nicht begleiten würde.

»Nein«, sagte ich zu Ms. Washburn. »Noch nicht. Stattdessen würde ich Sie bitten, mich nach Darien, Connecticut, zu bringen.«

15

»Das ist mindestens eine anderthalbstündige Fahrt«, wandte Ms. Washburn ein.

»Ja, das ist eine genaue Schätzung«, entgegnete ich und fragte mich sofort, ob man eine Schätzung überhaupt als genau bezeichnen konnte.

»Wenn wir mit dem Verkehr Pech haben, könnte es auch drei Stunden dauern.«

»Das ist wahr, wenngleich unwahrscheinlich.«

»Sie kennen nicht die Schnellstraße nach Connecticut. Was wollen wir denn da, was wir nicht gescannt, gemailt, gefaxt oder ge-iPhoned bekommen können?«

Ich wollte Ms. Washburns Gebrauch von »iPhonen« als Verb eigentlich korrigieren, doch ich wusste, dass die Menschen solche Bemerkungen nicht zu schätzen wissen. Was sie meinte, konnte ich ja erahnen, also erklärte ich: »Wir werden versuchen, einen Friedensrichter zu finden, der uns die Unterlagen der Eheschließung zwischen Oliver Lewis und Cynthia Maholm überlässt. Wir wissen ja, dass sie stattgefunden hat.«

»Und das kann nicht auf elektronischem Wege geschehen, weil …?«

»Weil nicht die Übersendung der schwierige Teil ist, sondern die *Überlassung* der Dokumente. Wir werden einiges an Überzeugungsarbeit leisten müssen, und das kann man am besten persönlich tun. Sie wissen ja, dass ich am Telefon nicht zu viel zu gebrauchen bin.«

»Ich aber schon«, protestierte Ms. Washburn.

»Außerdem ist da noch die Sache mit den Fotos.«

Sie fuhr ein paar Augenblicke lang schweigend weiter. »Welche Fotos, Samuel?«

»Jeder Friedensrichter, der eine Eheschließung vornimmt, hat jemanden bei sich, der Fotos macht, die danach an das Paar verkauft werden«, erläuterte ich. »Wurde Ihre Ehe von einem Friedensrichter geschlossen?«

»Nein.«

Ich wartete, doch sie sagte nichts weiter. »Die Fotos können uns verraten, wer sonst noch bei der Hochzeit anwesend war, und sie könnten vor allem Ihnen einen Einblick gewähren, in welcher Stimmung sich Cynthia und Oliver an jenem Tag befunden haben.«

»Weil ich die Gesichtsausdrücke auf den Bildern wahrscheinlich besser interpretieren kann«, sagte Ms. Washburn mit einem knappen Nicken.

»Ja.«

»Es ist trotzdem eine lange Fahrt für einen so dürftigen Verdacht. Ist das denn bis jetzt unsere beste Spur?«

»Unsere beste Spur, wie Sie es nennen, wäre es, Ms. Maholm zu finden, doch wir haben keine klare Vorstellung davon, wie wir das bewerkstelligen könnten. Wenn Sie eine Idee haben, wie wir sie ausfindig machen können, drehen wir meinetwegen gleich wieder in Richtung Middlesex County um.«

Die nächsten elf Komma neun Kilometer über war Ms. Washburn still. Dann schürzte sie die Lippen. »Wie wichtig sind Ihnen denn diese Fotos?«

Ich ahnte, dass die Frage mit einer unterschwelligen Botschaft verbunden war, doch ich hatte keinen Schimmer, worin sie bestehen mochte. »Sie sind die wahrscheinlichste Quelle für neue Informationen, die uns im Moment zur Verfügung steht«, wiederholte ich also. »Warum fragen Sie?«

»Ich habe da so eine Idee. Vertrauen Sie mir?«

»Ich denke, Sie kennen die Antwort auf diese Frage.«

»Gut.« Sie wechselte auf die rechte Spur, nicht auf eine überstürzte oder gefährliche Weise, aber sicherlich schneller als sonst. Ich glaube, dass es mir gelang, mein scharfes Einatmen zu überspielen. Ms. Washburn blinkte rechts und nahm die nächste Ausfahrt, die mit »Wenden und Linksabbieger« markiert war.

»Wohin fahren wir?«, fragte ich und kämpfte das Bedürfnis nieder, mir auf die Lippen zu beißen. In einem fahrenden Auto bin ich nicht der entspannteste Beifahrer. Das liegt an der jährlichen Statistik über Autounfälle.

»Nach New Brunswick. Zum Büro von Roger Siplowitz. Erinnern Sie sich? Sie haben gesagt, Cynthia habe Ihnen erzählt, dass er bei der Hochzeit Bilder gemacht hat.«

»Das hat sie. Aber sollten wir ihr denn noch irgendetwas glauben?«

Ms. Washburn gelang es, mit den Achseln zu zucken, ohne dabei die Sicherheit ihrer Fahrweise zu beeinträchtigen. »Ich weiß nicht, aber eines weiß ich sicher.«

»Was denn?«

»New Brunswick ist näher als Darien, Connecticut.«

Zwar hatten wir keine Privatadresse von Roger Siplowitz, doch wir mussten nur einmal kurz auf Google nachsehen, um die Adresse seiner Kanzlei herauszufinden, die ich in Ms. Washburns Navi eingab.

Viele Rechtsanwälte haben ihre Büros in der Nähe des Gerichts von Middlesex County auf der Bayard Street, und Siplowitz' Kanzlei machte da keine Ausnahme. Sie lag an der Paterson Street, nur einen Block Richtung Norden. Um drei Uhr nachmittags bereitete es auch keine Schwierigkeiten, einen freien Parkplatz zu bekommen, der nur knapp dreißig Meter von der Eingangstür zur Kanzlei entfernt war. Die Tür war knallrot gestrichen. Es handelte sich um ein relativ kleines Gebäude, ein umgebautes Stadthaus. Zwei Betonstufen führten zu der Tür hinauf. Besucher mussten klingeln und wurden mithilfe eines Summers hereingelassen.

Im Inneren war die Dekoration ein wenig üppiger. Dicke Teppiche auf dem Boden des Empfangsbereichs wurden durch Stuckaturen an den Wänden ergänzt. An zwei Wänden hingen echte Ölgemälde eines Künstlers namens Friedman, so lautete wenigstens die Signatur in der unteren rechten Ecke der Bilder. Die Rezeptionistin saß hinter einem kleinen Schreibtisch aus Eichenholz, auf dem ein Telefon und eine Bankierslampe mit grünem Schirm standen. Das Licht im Raum war ein warmes Glühlampenlicht, kein Halogenlicht wie bei *Fragen Beantworten,* dessen Beleuchtung ich ja von der Pizzeria San Remo »geerbt« hatte.

Die Rezeptionistin selbst war eine sehr elegante afroamerikanische Frau, ungefähr dreiunddreißig Jahre alt und konservativ gekleidet. Sie führte kein Telefongespräch, als wir eintraten, und da sie uns über den Summer hereingelassen hatte, erwartete sie unsere Ankunft bereits. Sie lächelte geschäftsmäßig und sah uns aufmerksam an, als wir nach Roger Siplowitz fragten.

»Erwartet Mr. Siplowitz Sie denn?«, fragte sie, obwohl sie ganz sicher wusste, dass wir für diese Zeit nicht in seinem Kalender standen.

»Nein, das tut er nicht«, entgegnete Ms. Washburn, »aber es handelt sich um eine ziemlich dringende Angelegenheit.«

»Gewiss«, antwortete die Rezeptionistin mit sehr sanfter Stimme. »Mr. Siplowitz hat jedoch den ganzen Nachmittag über Termine, und er kann leider die Zeit nicht erübrigen.«

»Bitte erwähnen Sie den Namen Cynthia Maholm«, warf ich ein. »Wenn Sie ihm sagen, dass es um sie geht, wird er uns sicher empfangen.«

Die Rezeptionistin kniff die Augen zusammen. Wenn manche Menschen das tun, nehmen ihre Gesichtszüge den Ausdruck von Ärger, beinahe von drohender Gewalttätigkeit an. Bei dieser Frau hatte ich eher den Eindruck, dass sie meine Worte so klar wie möglich zu verstehen versuchte. Die Veränderung an den Augen war dabei zweifellos unwillkürlich. Sie nahm den Hörer ab, drückte auf einen Knopf und sah mich dabei die ganze Zeit direkt an. Es bereitete mir Mühe – und zwar nicht wenig –, den Blickkontakt nicht abzubrechen. Wenn jemand in meine Richtung sieht, habe ich instinktiv das Bedürfnis wegzusehen. Die Aufmerksamkeit beunruhigt mich, und der Blick der anderen Person erscheint mir immer missbilligend, wenn ich mich nicht sehr konzentriere und versuche, mich an die exemplarischen Gesichtsausdrücke zu erinnern, die man mir gezeigt hat. Bis ich in der Lage war, Gefühlsausdrücke zu erkennen und zu verarbeiten, hatte es jahrelanger Anstrengungen bedurft. Und noch immer ist es nichts, was mir leichtfällt oder angenehm ist.

Einen Augenblick später sagte die Rezeptionistin in den Hörer hinein: »Maggie, ist er da? Sag ihm, hier sind ein Mr. Hoenig und eine Ms. Washburn. Sie haben mich darum gebeten, den Namen Cynthia Maholm zu erwähnen.« Sie erinnerte sich an jeden Namen und sprach ihn auch tadellos aus, ohne sich etwas aufgeschrieben zu haben. Sie war offensichtlich eine sehr versierte Rezeptionistin.

Vierunddreißig Sekunden lang warteten wir alle auf eine Antwort. Ich nutzte die Gelegenheit, wandte den Blick ab und konzentrierte mich auf das Bild, das zu meiner Linken hing und das ein offenes Feld an einem Frühlingstag darstellte. Die Technik war ausgezeichnet, obwohl mich das, was ich sah, emotional nicht ergriff. Ich male selbst ein wenig, aber mein Ziel ist immer, mein Modell genau zu porträtieren, nicht irgendeine Reaktion beim Betrachter hervorzurufen.

Die Rezeptionistin wurde plötzlich etwas lebhafter – die Person, die sie angerufen hatte, musste sich wieder gemeldet haben –, doch an ihrem Verhalten änderte sich ansonsten nichts. »Okay«, sagte sie und legte auf. Sie sah zu Ms. Washburn. »Mr. Siplowitz empfängt Sie gleich.«

Ms. Washburn wirkte überrascht, obwohl mir nicht klar war, warum. Es war schließlich voraussehbar, dass der echte Name der Ehefrau seines verstorbenen Freundes uns zu ihm vordringen lassen würde, falls er ihn überhaupt kannte, und es gab nun keinen Grund mehr anzunehmen, dass er das nicht tat.

Die Rezeptionistin zeigte auf einen Korridor hinter ihr. »Dort gibt es einen Fahrstuhl. Dritter Stock. Seine Assistentin Maggie wird Sie dann abholen.« Sie reichte Ms. Washburn einen Besucherausweis, was ein bisschen ungewöhnlich, aber nicht unerhört war, und Ms. Washburn bedankte sich für die Hilfe. Wir gingen zum Fahrstuhl.

Dort angekommen, drückte Ms. Washburn auf den Knopf, und die Türen öffneten sich. Wir traten hinein und befanden uns zum ersten Mal außer Hörweite der Rezeptionistin. Ms. Washburn fragte mich: »Warum, glauben Sie, hat er sich bereit erklärt, uns zu empfangen, wenn er doch so beschäftigt ist?«

Die Türen schlossen sich, und wir fühlten, wie der Lift sich aufwärtsbewegte.

»Sein Terminplan war nicht so voll, wie er es uns glauben machen wollte«, erklärte ich. »Das ist bei solchen Leuten meistens der Fall. Die Rezeptionistin und die Assistentin von Mr. Siplowitz sind Torwächter, die ungebetene Gäste daran hindern sollen, zu ihm vorzudringen.«

»Das weiß ich schon«, sagte Ms. Washburn. »Ich frage mich nur, warum er dem Treffen nun doch zugestimmt hat.«

»Wir haben angedeutet, dass wir etwas über Cynthia Maholm wissen, was für die meisten Menschen nicht gilt. Mr. Siplowitz ist neugierig.«

Die Fahrt mit dem Lift dauerte nicht lange, dann öffneten sich die Türen wieder, und dahinter stand eine sehr modisch gekleidete Mittdreißigerin.

»Hi! Ich heiße Maggie«, sagte sie und streckte die Hand aus, die Ms. Washburn schnell für uns beide ergriff. »Ich bin die für Roger zuständige Assistentin der Geschäftsführung. Bitte, hier entlang.«

Es wäre interessant gewesen, Maggies liebsten Beatles-Song zu erfahren, denn es gibt einen, der »Maggie Mae« heißt (und den man nicht mit dem gleichnamigen Titel von Rod Stewart verwechseln sollte), aber für dieses Gespräch hatten wir leider keine Zeit.

Sie führte uns zu einer Tür, die nur knapp fünf Meter vom Fahrstuhl entfernt war. An ihr prangte ein schweres goldenes Schild, auf dem *Roger Siplowitz* eingraviert war. Maggie öffnete sie und führte uns hinein.

Es gab einen Wartebereich, in dem Maggies kleiner, aber aufgeräumter Schreibtisch stand – was man an dem darauf platzierten Schild mit dem Namen *Margaret Caruso* erkennen konnte –, doch sie ging, ohne anzuhalten, weiter zu einer unbeschrifteten Bürotür und klopfte.

»Kommen Sie herein«, ertönte eine männliche Stimme von drinnen.

Maggie machte die Tür auf, betrat das Büro selbst zwar nicht, gab uns jedoch ein Zeichen, eben das zu tun.

Als wir ihrer Aufforderung Folge leisteten, hörte ich, wie Ms. Washburn sehr leise sagte: »Der große und mächtige Oz.«

Roger Siplowitz war ein Mann Mitte dreißig. Die Haare hatten noch nicht begonnen, ihm auszufallen, aber nach dem Ölgemälde hinter seinem Schreibtisch zu schließen ließ das nicht mehr allzu lange auf sich warten. Es zeigte einen Mann, dessen Ähnlichkeit mit Roger nahelegte, dass es sich um einen Verwandten handelte. Roger war braun gebrannt und wirkte fit. Auch er streckte uns eine Hand entgegen, die Ms. Washburn abfing.

»Roger Siplowitz«, sagte er. Nach etlichen Erklärungen und einiger Übung habe ich akzeptiert, dass viele Menschen sich auf diese Weise vorstellen, obwohl es doch ein bisschen komisch ist. Die logische Annahme wäre, dass der Sprecher den Namen der Person nennt, der er gerade begegnet und die Hand schüttelt, aber das ist nicht der Fall.

»Angenehm. Ich bin Janet Washburn, und das ist Samuel Hoenig.«

Siplowitz ging anscheinend davon aus, dass Ms. Washburn einfach die Erste von uns war, die körperlich in Kontakt mit ihm treten wollte. Als Nächstes streckte er dann mir den Arm entgegen. Ms. Washburn warf mir einen besorgten Blick zu, doch ich verstehe die Prozedur ja und weiß, dass sie sich nicht immer vermeiden lässt. Ich gab mir Mühe, Siplowitz' schwitzige Handflächen nicht zu bemerken beziehungsweise sie nur als mögliches Zeichen seiner Nervosität zu betrachten.

»Darf ich mich vorstellen, mein Name ist Samuel Hoenig.«

»Freut mich, Ihre Bekanntschaft zu machen, Sam.« Siplowitz gestikulierte in Richtung eines Ledersofas, das an der Wand seinem Schreibtisch gegenüberstand, doch Ms. Washburn setzte sich auf einen passenden Lederstuhl vor Siplowitz' Arbeitsplatz und gab mir ein Zeichen, es ihr gleichzutun. Ich fügte mich und fragte mich zugleich, ob das irgendeine symbolische Bedeutung hatte. Später würde ich Ms. Washburn danach fragen müssen.

Weder Ms. Washburn noch ich selbst korrigierten Siplowitz allerdings meinen Namen betreffend. Eigentlich wollte ich es tun, befürchtete aber, gleich wieder als unhöflich betrachtet zu werden.

»Wie kann ich Ihnen beiden helfen?«, fragte er und setzte sich an seinen Schreibtisch auf eine größere Version des Stuhlmodells, auf dem Ms. Washburn und ich Platz genommen hatten. Seiner hatte Rollen. Ich korrigierte auch seine Grammatik nicht. Der Fehler, »dürfen«

durch »können« zu ersetzen, ist allzu verbreitet. Wenn man jedes Mal darauf hinweisen würde, würde es zu viel Zeit in Anspruch nehmen.

»Wir versuchen eine Frage bezüglich des Todes von Oliver Lewis zu beantworten«, sagte ich. »Soweit ich weiß, waren Sie mit ihm befreundet.«

Siplowitz schüttelte den Kopf. »Da wissen Sie etwas Falsches. Ich kannte Lewis, doch Freunde waren wir nicht. Ich habe ihn vor ein paar Jahren auf einer Veranstaltung der Anwaltskammer kennengelernt. Um ehrlich zu sein, war er nicht besonders interessant, aber die Frauen mochten ihn, und das machte ihn zu diesem Zeitpunkt zu jemandem, mit dem ich gern Zeit verbrachte.« Er lehnte sich in einer verschwörerischen Pose zu Ms. Washburn hinüber. »Verraten Sie meiner Frau nicht, dass ich das gesagt habe, in Ordnung?«

Das war noch etwas, was Ms. Washburn mir später würde erklären müssen.

»Sie waren also nicht befreundet, haben aber Zeit miteinander verbracht, ist das richtig?«, fragte ich nach.

»Ja. Eine Zeit lang. Dann machte ich Corrines Bekanntschaft, und plötzlich war es nicht mehr so wichtig, sich in der Nähe eines Typen aufzuhalten, auf den die Frauen standen.«

»Erzählen Sie uns etwas über Cynthia Maholm«, bat ich ihn. Um seine Antwort nicht zu beeinflussen, wollte ich mit dem, was ich selbst preisgab, so knapp wie möglich bleiben – es war wichtig zu sehen, was Siplowitz freiwillig von sich geben würde.

»Ich kenne keine Cynthia Maholm«, entgegnete er.

Ich gab ihm sieben Sekunden, aber er fügte dem keine weiteren Informationen hinzu. Es machte keinen Sinn, dass Siplowitz noch nie von Cynthia Maholm gehört haben sollte. Ms. Washburn wirkte weniger verwirrt als misstrauisch.

»Wenn Sie sie nicht kennen, warum hat die Erwähnung ihres Namens uns dann den Zugang zu Ihrem Privatbüro eingebracht?«, fragte sie.

»Weil die Frau, die ich kenne, Sheila McInerney heißt«, entgegnete Siplowitz. Während er das sagte, meinte ich den Hauch eines selbstgefälligen Grinsens bei ihm wahrzunehmen, aber vielleicht musste er auch nur aufstoßen und dachte, er sollte das in unserer Gegenwart besser nicht tun. Beide Varianten waren eine mögliche Erklärung.

»Ganz egal, wie der Name lautet, Sie waren auf der Hochzeit dieser Frau mit Oliver Lewis, richtig?«, fragte ich nach einer angemessenen Wartezeit von drei Sekunden, in denen ich außerdem bemerkt hatte, dass sich in Siplowitz' Büro ein Schlüssel der Ehrengesellschaft Phi Beta Kappa befand. Er wurde hinter Glas in einer Ecke neben einer Plakette aufbewahrt, auf der stand: *Howard J. Siplowitz, 1962.*

»Ja, ich war dort. Ich war auch auf der Party, auf der Ollie Sheila kennenlernte, also haben sie mich zu ihrer Hochzeit eingeladen. Ich habe mit meiner Frau darüber gesprochen, doch uns fiel keine glaubwürdige Ausrede ein, nicht zu gehen. Ich mag Connecticut sowieso ganz gern. Wir haben die Nacht in einer sehr gemütlichen Pension in Norwalk verbracht. Beim sonntäglichen Brunch gab es dort Crêpes.«

Bevor ich ihn das fragen konnte, was mich vor allem interessierte, wandte sich Ms. Washburn wieder an Siplowitz: »Aber Sie haben auf der Hochzeit Fotos gemacht, nicht wahr? Uns wurde gesagt, dass Sie gewissermaßen der inoffizielle Fotograf waren.«

Er machte eine lässige Handbewegung, die anzeigen sollte, dass sie etwas Dummes von sich gegeben hatte. »Wer hat Ihnen das denn erzählt? Sheila? Ist Ihnen noch nicht aufgefallen, dass Sie keinem Wort trauen können, das diese Frau von sich gibt?«

Erneut wollte ich die Frage stellen, die ich mir zurechtgelegt hatte, doch Ms. Washburn ließ sich beeindruckenderweise von Siplowitz nicht so einfach abwimmeln. »Haben Sie denn Bilder gemacht? Und falls ja, dürfen wir sie mal sehen?«

Das hier entwickelte sich zu einem interessanten und nützlichen Gespräch. Die Frage selbst war natürlich ziemlich direkt, aber sie hatte eine verräterische Wirkung auf unser Gegenüber: Siplowitz zog die Augenbrauen sehr tief herunter, lehnte sich auf seinem Stuhl nach vorn und spannte die Muskeln um seinen Mund herum an. Sein Gesichtsausdruck entsprach genau dem, an den ich mich aus meinem Sozialtraining erinnerte und der über dem Wort *verärgert* abgebildet gewesen war.

»Ich lasse hier nicht so mit mir reden«, knurrte er leise.

Für soziale Interaktionen bin ich ganz sicher kein Experte, aber es schien mir doch, dass die Reaktion des Anwalts völlig überzogen war. Ms. Washburn hatte ja nur nach möglicherweise existenten Fotografien von der Hochzeit zwischen Oliver Lewis und Cynthia Maholm gefragt und sich geweigert, dass Siplowitz sie wie ein dummes Kind abkanzelte, damit er der Frage ausweichen konnte. Er reagierte indes, als hätte sie ihm irgendeine unrechtmäßige Handlung unterstellt oder ihm gesagt, dass er außerordentlich unhöflich sei.

Ms. Washburn zuckte mit keiner Wimper. »Ich frage nur, ob es Fotos gibt. Ich glaube nicht, dass das, was ich gesagt habe …«

»Ich muss mir das nicht anhören«, fuhr der Anwalt fort. »Als Sie ohne Termin aufgetaucht sind, war ich so freundlich, meinen Tag zu unterbrechen, und nun bezichtigen Sie mich in meinem eigenen Büro der Lüge!«

»Niemand hat Sie der Lüge bezichtigt«, bemerkte ich. »Sofern ich es beurteilen kann, hat das niemand auch nur angedeutet. Sie, mein Herr, scheinen allerdings überzureagieren.«

Siplowitz stand abrupt auf und schlug mit beiden flachen Händen auf den Schreibtisch vor ihm. Weil dort keine Schreibtischunterlage, aber ein Mauspad lag, traf die eine Hand auf Holz und die andere auf ein anderes Material. Das Geräusch, das Siplowitz vermutlich hatte erzeugen wollen, wurde so teilweise zu einem scharfen Knall und teilweise zu einem Platschen.

»Das reicht«, verkündete er. »Sie haben eine Grenze überschritten. Bitte verlassen Sie sofort mein Büro, oder ich muss den Sicherheitsdienst rufen und Sie hinauswerfen lassen.«

Ms. Washburns Miene ließ darauf schließen, dass wir in einem Zimmer mit einem gefährlichen Irren gefangen waren. Sie erhob sich.

Ich tat das nicht. »In diesem Gebäude gibt es wahrscheinlich nur einen Sicherheitsangestellten, und ich bezweifle, dass er oder sie bewaffnet ist. Das wäre keine sehr glaubwürdige Drohung, selbst wenn wir gewalttätig oder in irgendeiner Weise gefährlich wären, was nicht der Fall ist. Wir haben nur nach Fotos gefragt. Haben Sie sie denn nun?«

»Raus!«, schrie er. »Maggie!«

Womöglich hielt er seine Sekretärin für die Sicherheitsperson, die er erwähnt hatte. »Ms. Caruso ist Ihre Assistentin«, erinnerte ich ihn deshalb.

Das schien Siplowitz völlig aus dem Konzept zu bringen. Er hielt inne, und sein Gesichtsausdruck änderte sich von wütend zu ungläubig.

»Das weiß ich«, entgegnete er.

Maggie erschien in der Tür und sah beunruhigt aus.

»Stimmt etwas nicht?«, fragte sie.

Siplowitz entschied sich offenbar, in seinen vor Wut rasenden Zustand zurückzukehren.

»Diese Leute bedrohen mich!«, rief er. »Rufen Sie die Sicherheit und lassen Sie sie hinauswerfen!«

Ich sah keinen Sinn in der Fortsetzung dieses Gesprächs. »Wir tun nichts dergleichen«, sagte ich an Maggie und an ihren Arbeitgeber gewandt. »Doch wenn unsere Anwesenheit Sie so sehr stört, werden wir nun selbstverständlich gehen. Ich habe nur eine letzte Frage an Sie, Mr. Siplowitz.«

Die Stimme des Anwalts senkte sich zu einem dumpfen Grollen. »Und welche?«

»Was hat die Pension zu den Crêpes gereicht?«

»Brombeeren«, antwortete Siplowitz. »Und sie waren köstlich.«

Dann gingen wir.

16

Inzwischen war es zu spät, um noch nach Darien, Connecticut, zu fahren, also entschuldigte sich Ms. Washburn, den zeitraubenden Umweg nach New Brunswick vorgeschlagen zu haben. Doch auf der Fahrt zu *Fragen Beantworten* erklärte ich ihr, dass die Entscheidung, Roger Siplowitz aufzusuchen, uns wahrscheinlich mehr Informationen geliefert hatte, als es die Fotos von Oliver Lewis' Hochzeit jemals gekonnt hätten.

»Wirklich? Ich habe keine Ahnung, welche Informationen wir von diesem aufgeblasenen Gockel bekommen haben.« Den Ausdruck, den sie verwendet hatte, kommentierte ich nicht, aber er war wie immer eine Quelle der Heiterkeit für mich. Ich stellte mir ein Brathähnchen vor, das groß wie ein Truthahn an Thanksgiving aufgeblasen war, aber statt der traditionellen Füllung nur heiße Luft enthielt. Es erinnerte mich an unser Thanksgiving-Essen, zu dem Mutter neben unserem kleinen Familienkreis immer noch eine oder zwei ihrer Freundinnen einlädt.

Vielleicht würde ich dieses Jahr Ms. Washburn und ihren Ehemann einladen. Es war allerdings möglich, dass Simon Taylor einem Besuch in meinem Haus nicht sehr zugeneigt wäre, da er ja der Auffassung war, Ms. Washburn solle lieber gar nicht für *Fragen Beantworten* arbeiten. Vielleicht hatten sie auch selbst an dem Feiertag irgendeine familiäre Verpflichtung. Es war schwer vorauszusehen, ob solch eine Einladung Ms. Washburn mehr Schwierigkeiten als Freude bereiten würde. Soziale Beziehungen stecken voller Schwierigkeiten.

»Samuel«, hörte ich sie sagen. »Sind Sie noch da?«

Ich konzentrierte meine Aufmerksamkeit wieder auf die vorliegende Aufgabe. »Verzeihung. Manchmal schweifen meine Gedanken ab.«

Sie nickte.

»Wir müssen uns darauf konzentrieren, Cynthia Maholm ausfindig zu machen«, meinte ich.

»Ich habe gefragt, warum wir aus Siplowitz mehr Informationen herausbekommen haben, als wir es aus den Hochzeitsfotos hätten tun können«, rief sie mir ins Gedächtnis.

»Das haben Sie. Tatsächlich zeigt unser abrupter Rauswurf durch Mr. Siplowitz, nachdem wir es gewagt haben, nach den Hochzeitsfotos zu fragen – vor allem nach denen, die er gemacht hatte –, dass er offenbar etwas zu verbergen hat und dass dieses Etwas vielleicht auf den offiziellen Fotos des Friedensrichters zu sehen sein wird. Andererseits weiß er, dass wir nach Darien fahren und sie uns besorgen können. Doch er war mehr darauf bedacht, uns daran zu hindern, dass wir die Fotos zu Gesicht bekommen, die er selbst geschossen hat.«

Ms. Washburns Mundwinkel zuckten, und zwar nicht unwillkürlich. Sie dachte nach. »Wie kriegen wir sie also zu Gesicht?«

»Diese Frage werden wir zu einem späteren Zeitpunkt wieder aufgreifen müssen, obwohl ich diesbezüglich schon ein paar Ideen habe. Zuerst müssen wir nun aber Cynthia Maholm finden.«

Wir kamen drei Minuten später bei *Fragen Beantworten* an. In einer gewöhnlichen Woche schließe ich die Tür schon ziemlich vorsichtig auf, doch nachdem eine Leiche auf meinem Fußboden abgelegt worden war, achtete ich sogar noch stärker darauf, dass das Büro sicher war. Ich sah, dass Ms. Washburn etwas zurückblieb und darauf wartete, dass ich die Tür öffnete. Sie zögerte trotzdem noch, bis ich das Licht angeschaltet und sichergestellt hatte, dass nichts manipuliert worden war.

»Es ist ziemlich sicher«, sagte ich, als wir hineingingen.

»Ich weiß.«

Da Ms. Washburn nun zu *Fragen Beantworten* zurückgekehrt war, hatte ich entschieden, dass sie zwar voller natürlicher Talente steckte, dass diese jedoch noch weiter zur Entfaltung gebracht werden könnten, indem sie meine eigenen Methoden beim Beantworten von Fragen verstand und anwandte. Sie war zwar auch so schon ein ziemlich wertvolles Mitglied des Teams, aber durch weiteres Training, so nahm ich an, könnte sie noch mehr tun, als mich einfach von Ort zu Ort zu fahren und einige der Schwächen auszugleichen, die mein Asperger-Syndrom mit sich bringt.

Während ich den Mac Pro anschaltete, fragte ich: »Was wäre Ihrer Meinung nach denn die beste Methode, um Ms. Maholm ausfindig zu machen?«

Ms. Washburn begann wie erwartet kein sinnloses Gespräch über die Gründe, warum ich sie nach einer Vorgehensweise fragte, wo ich doch ganz klar schon einen eigenen Plan hatte. Sie antwortete umgehend: »Es hat keinen Sinn, noch einmal in die Wohnung zu gehen, es war ja offensichtlich, dass sie dort ausgezogen ist. Und es hat auch keinen Sinn, beim Vermieter nachzufragen, ob sie eine Nachsendeadresse hinterlassen hat. Wahrscheinlich hat sie bis zum Monatsende bezahlt und dem Eigentümer nicht einmal mitgeteilt, dass sie bereits fort ist.«

Ich nickte. »Sehr gut. Also?«

»Wenn ich zu entscheiden hätte, würde ich nach einer Freundin oder einem Verwandten suchen, nach jemandem, der sie lange vor ihrer Heirat mit Oliver Lewis kannte, und bei ihm nachfragen, wohin sie verschwunden sein könnte. Entweder hat sie genug Geld, um unbegrenzt in Hotels zu leben, was allerdings eine Menge falscher Ausweisdokumente erfordern würde, oder sie hat jemanden, der ihr Unterschlupf gewährt.«

Dafür lobte ich sie. »Ausgezeichnet, Ms. Washburn. Wirklich. Sehr schlüssig.«

»Wo liegt also mein Fehler?«

Ihr Misstrauen verblüffte mich. »Warum denken Sie denn, dass Sie einen Fehler gemacht haben? Habe ich Ihnen etwa das Gefühl gegeben, dass Sie Ihre Aufgaben nicht gut erledigen?«

Ms. Washburn schüttelte den Kopf. »Nein, nie. Aber Sie sind einfach immer schlauer als ich.«

»Das ist nicht notwendigerweise der Fall. Doch selbst wenn ich es bin, sind Sie ohne jeden Zweifel in der Lage, eine Situation zu analysieren und Aspekte daran zu erkennen, die mir entgehen.« Der Mac Pro war raufgefahren, also begann ich mit meiner Suche.

»Habe ich die gerade jetzt auch erkannt?«

»Nein.«

Ms. Washburn setzte sich mit einem Gesichtsausdruck hin, den ich nicht zu deuten vermochte. Sie zog ihr Handy hervor und drückte auf ein paar Knöpfe.

Während Ms. Washburn bei ihrer Analyse tatsächlich einige relevante Punkte angesprochen hatte und teilweise auch zu den gleichen Folgerungen wie ich selbst gelangt war, als wir in Cynthia Maholms leerer Wohnung gestanden hatten, hatte sie sich nicht ganz auf die Lösung konzentriert, die nach meiner Auffassung bei unseren gegenwärtigen Schwierigkeiten am vielversprechendsten war.

»Ich versuche …«, setzte ich an.

Ms. Washburn legte einen Finger an die Lippen. »Pst.«

»Ms. Washburn, ich wollte es Ihnen erklären.«

Sie wiederholte die Geste und das Geräusch. Ich kam zu dem Schluss, dass es sich hierbei um etwas handelte, was ich nicht intuitiv verstand und was ich deshalb im Moment nicht analysieren konnte.

Ms. Washburn hatte recht: Egal, worin der Plan von Ms. Maholm auch bestanden haben mochte, ob sie etwas mit dem Tod von Oliver Lewis zu tun hatte oder nicht, sie hatte die Wohnung aufgegeben, die für wenigstens sechs Monate ihr Zuhause gewesen war, und benötigte nun – wenigstens vorübergehend – eine Bleibe.

Es war denkbar, dass bei diesem Zustand, was auch immer ihn verursacht haben mochte, eine gewaltige Geldsumme im Spiel war, obwohl es dafür im Moment keinen Beweis gab. Doch die Menschen machten solche hektischen Umbrüche in ihrem Leben eher selten, wenn sie dafür weder romantische noch finanzielle Gründe hatten, wobei letztere in den meisten Fällen wahrscheinlicher sind.

Wenn Cynthia nun also tatsächlich ihr Zuhause verlassen hatte, egal ob mit einem finanziellen Polster oder ohne, brauchte sie eine Unterkunft. Am wahrscheinlichsten war es, dass eine Frau ihres Alters – falls sie sich nicht gleich mit einem Mann eingelassen hatte, der die Stelle ihres verstorbenen Ehemanns einnahm – sich dafür auf ihre Familie verlassen würde.

Wenn ich sie wäre – ein völlig abwegiger Gedanke –, wüsste ich, an wen ich mich wenden würde. Also suchte ich nach ein paar Informationen über Cynthia Maholms Eltern.

Auf den gebräuchlichsten Suchmaschinen fand ich nur wenig über Cynthia. Wenn man ihrem Facebookprofil Glauben schenkte, hatte sie allerdings einen Abschluss von der Teaneck Highschool, also musste ihre Familie wenigstens für eine Weile in dieser Stadt gewohnt haben.

Ein Blick in verschiedene Online-Telefonbücher – manche sind gratis, die meisten allerdings nicht, daher muss man genau wissen, wo man nachsieht – ergab drei Treffer für Menschen mit dem Namen Maholm in Teaneck. Marcus Maholm war, wie ich nach einiger Recherche herausfand, ein dreiundneunzigjähriger pensionierter Collegeprofessor, der als Vater einer Mittdreißigerin nicht wirklich infrage kam. Tatsächlich hätte er Cynthias Großvater sein können, doch das war eine Spur, die ich erst verfolgen wollte, wenn sich kein anderer Kandidat finden ließ.

Ich fokussierte meine Recherche auf die anderen beiden Einträge unter dem Namen. Es dauerte nur kurze Zeit, bis ich den ersten ausschließen konnte, nämlich die Autowerkstatt Maholm. Selbst wenn ein Elternteil Cynthias der Besitzer war, war es sehr unwahrscheinlich, dass sie an diesem Ort wohnen würde.

Der nächste Treffer war hingegen vielversprechender, obwohl man sich da kaum sicher sein konnte. Der Eintrag lautete auf L. Maholm, Edgemont Terrace. Ich blickte kurz zu Ms. Washburn, die noch immer auf dem Display ihres Handys herumtippte, und suchte dann weiter nach der Adresse eines oder einer L. Maholm in Teaneck.

Natürlich hätte ich einfach die Nummer anrufen können, die neben diesem Namen aufgeführt war, doch das Telefon hält eine Fülle unangenehmer Nebenwirkungen für jemanden mit dem Asperger-Syndrom bereit, wenigstens war das bei mir so. Während es für mich schon eine große Herausforderung darstellt, Gesichtsausdrücke zu deuten, fällt es mir noch schwerer, den Tonfall ohne die Hilfe eines visuellen Anhaltspunktes zu interpretieren. Jemanden, den ich noch nie zuvor gesehen hatte, anzurufen und ihn zu fragen, ob Cynthia Maholm seine oder ihre Tochter sei, war nichts, worauf ich besonders erpicht war.

Vielleicht hätte ich Ms. Washburn darum bitten können, den Anruf zu tätigen, aber sie schien vollauf mit ihrem Handy beschäftigt zu sein. Also suchte ich einige vertrauenswürdige Webseiten auf, die auf der Basis der eigenen Kenntnisse noch weitere Informationen über Menschen bereitstellen. Aus datenschutzrechtlichen Gründen ist das etwas zweifelhaft, aber nicht so sehr, denn ich versuchte ja nicht, L. Maholms Einkaufsverhalten oder Browserverlauf herauszufinden (obwohl das sicher möglich gewesen wäre – das Internet ist wirklich kein sicherer Ort für diejenigen, die nicht ohne ihre Zustimmung Informationen über sich preisgeben wollen).

Es dauerte weitere zwanzig Minuten, doch ich hatte den Eindruck, dass ich mich dem oder der mysteriösen L. Maholm langsam, aber sicher näherte. Es war mir gelungen, den möglichen Vornamen der Person auf Landon Maholm, der zwar offenbar nicht in Teaneck, aber eine Zeit lang im benachbarten Leonia gelebt hatte, einzuschränken, sowie auf eine andere, wahrscheinlichere Kandidatin, nämlich …

»Louise Maholm«, sagte Ms. Washburn und starrte dabei noch immer auf das Display ihres Handys. »Sie ist zweiundfünfzig Jahre alt, geschieden und arbeitet in einer Filiale der Valley National Bank als Buchhalterin. Außerdem hat sie eine Tochter, deren Vorname mit C beginnt.«

Anerkennend nickte ich meiner Mitarbeiterin zu. »Sehr gut, Ms. Washburn. Ist die Tochter denn Cynthia Maholm?«

Ms. Washburn verzog das Gesicht, um anzuzeigen, dass sie sich nicht sicher war. »Ich habe Verweise auf eine gewisse Cyndee gefunden, ich nehme also an, dass sie es ist, aber wissen kann man das nicht.«

»Ausgezeichnete Arbeit. Wie haben Sie sie gefunden?«

»Über eine kleine Seite namens alums.com«, erwiderte sie. »Sie hilft Menschen dabei, Klassentreffen zu organisieren, und Louise hat ihr fünfunddreißigjähriges Ende letzten Jahres besucht.«

Ich sah auf die Uhr an meinem Mac Pro; es war schon nach fünf am Nachmittag. »Für einen Trip nach Teaneck ist es heute wohl zu spät, um dort weitere Informationen zu beschaffen.«

»Darauf können Sie wetten. Ich habe Simon versprochen, dass ich heute spätestens um sechs zu Hause bin, und ich habe vor, dieses Versprechen auch einzuhalten. Nachdem ich einen Teil des gestrigen Tages im Gefängnis und dann damit verbracht habe, Fragen bezüglich einer Leiche zu beantworten, möchte ich heute unbedingt pünktlich zum Abendessen sein.«

Aus Ms. Washburns Sicht war das alles sehr vernünftig, doch für mich war die Frage, um deren Beantwortung man uns gebeten hatte, alles, woran ich denken konnte. »Haben Sie noch Zeit für einen Anruf?«, fragte ich daher.

Ms. Washburn kniff die Augen zusammen. »Bei Louise Maholm?«

»Genau.«

»Das kann ich schon machen. Aber ist es denn klug, sie vorzuwarnen, dass wir dem Aufenthaltsort ihrer Tochter auf die Schliche gekommen sind, wenn wir das allerdings vor morgen nicht überprüfen können?«

Das war ein sehr logischer Gedankengang, doch ich war frustriert und ungeduldig. »Das würde ich nicht klug nennen, nein«, entgegnete ich durch unwillkürlich zusammengebissene Zähne.

»In Ordnung, Samuel«, sagte sie mit einem fröhlichen Tonfall. »Dann lassen Sie uns jetzt zu Ihnen fahren, damit ich dann auch nach Hause komme.«

Ich atmete aus. »Gehen Sie ruhig. Ich schreibe meinem Freund Mike, dem Taxifahrer, eine Mail, dass er mich um halb sieben abholt, wenn ich üblicherweise das Büro verlasse.«

Ms. Washburn zögerte einen Augenblick, nickte dann aber und erhob sich. »Okay, dann also einen schönen Abend, Samuel.« Sie ging mit einem Gesichtsausdruck, den ich nicht einzuordnen wusste. Ich fragte mich, ob es mir mit meinem eigenen gelänge, wenn ich jetzt in einen Spiegel schauen würde.

Die nächsten achtzig Minuten verbrachte ich damit, Jenny LeBlanc ausfindig zu machen, jene Freundin, die die falsche Ms. McInerney als Gastgeberin der Party genannt hatte, auf der sie angeblich Oliver Lewis kennengelernt hatte – eine Behauptung, von der wir inzwischen wussten, dass sie eine Lüge war. Obwohl sie leichter auffindbar war als Louise Maholm, war auch die Suche nach Jennys Kontaktdaten nicht ganz ohne, da sie in den vergangenen zwei Jahren offenbar mehrmals umgezogen war. Wenn die Information, die ich ausgegraben hatte, vertrauenswürdig war, lebte sie inzwischen in Fords, New Jersey, nicht weit von dem Ort entfernt, an dem ich gerade saß.

Ich setzte mich mit Mike, dem Taxifahrer, in Verbindung, der bald vorbeizukommen versprach, um mich dann nach Hause zu bringen. Ich schickte ihm eine Nachricht, dass ich ihm sehr dankbar, aber noch nicht ganz bereit sei heimzufahren. »Wenn es dir nichts ausmacht, würde ich vorher gern einen Abstecher nach Fords machen.«

Innerhalb von achtunddreißig Sekunden hatte ich die Antwort: »Wohin auch immer du willst, Samuel.«

Daraufhin rief ich bei Mutter an und teilte ihr mit, dass ich mich zum Abendessen ein wenig verspäten würde.

17

»Das hier sieht aber nicht aus wie das Haus eines Meisterverbrechers«, stellte Mike fest.

Mike ist ein großer Mann, der – so hat er mir erzählt – mit dem Taxifahren angefangen hat, nachdem er von seinem Militärdienst in Afghanistan zurückgekehrt war. »Mir geht es nicht gut, wenn ich den ganzen Tag am selben Ort verbringen muss«, hatte er mir an dem Tag erklärt, an dem wir uns das erste Mal begegnet waren. Mikes liebster Beatles-Song ist »Two Of Us«. Im Text dieses Liedes geht es um eine lange Fahrt und um die Freude, dabei die Gesellschaft einer anderen Person zu haben – eine Vorstellung, die zu verstehen mir immer schwergefallen ist. Ich fand es außerdem besonders interessant, da man eigentlich erwarten würde, dass der Lieblingssong eines Taxifahrers »Drive My Car« wäre.

Mike hatte ich vor zwei Jahren am Newark Liberty International Airport kennengelernt, nachdem ich Mutter dort für einen Flug nach Colorado Springs abgesetzt hatte, wo sie ihre Schwester, meine Tante Jane, besuchen wollte. Sie hatte darauf bestanden, dass ich sie zum Flughafen begleitete –trotz der Sicherheitsmaßnahmen, die es mir nicht erlaubten, sie auch nur in die Nähe ihres Abfluggates zu bringen. Ich hatte ihr vorgeschlagen, mich einfach anzurufen, wenn sie in Colorado Springs ankam, doch Mutter kann bei solchen Dingen manchmal unvernünftig sein.

Sie hatte mir einhundert Dollar in bar gegeben – das war vor zwei Jahren gewesen, bevor ich begonnen hatte, mit *Fragen Beantworten* mein eigenes Geld zu verdienen – und mir vorgeschlagen, mit dem Taxi zurück nach Piscataway zu fahren. (Wir hatten Mutters Wagen im günstigsten Parkhaus am Flughafen abgestellt, die Preise für Langzeitparker hatte ich vorher in Erfahrung gebracht.) Die Vorstellung hatte mir nicht sehr behagt, ich mag keine Taxis, wenigstens war das so, bevor ich Mike traf. Der Gedanke an all die Leute, die auf dem Rücksitz des Wagens gesessen hatten, auf dem nun ich Platz genommen hatte, bereitete mir ein starkes Unwohlsein.

Im dafür vorgesehenen Areal vor dem Terminal hatte ich in der Schlange auf ein Taxi gewartet und sechsmal Leute vorgelassen, als ich an der Reihe gewesen wäre einzusteigen. Jedes der Autos hatte so unglaublich *gebraucht* ausgesehen, dass ich körperlich nicht in der Lage gewesen war, eine der Türen zu öffnen.

Schließlich fuhr ein gelber Prius heran, auf dem ein Aufkleber mit dem Wort *Militärtransport* prangte. Es handelte sich dabei offenbar um einen Neuwagen; außen glänzte er, und meine Inspektion des Innenraums führte zu der Erkenntnis, dass er makellos war. Obwohl es gegen meinen Instinkt ging, stieg ich ein und schloss die Tür.

Dem Fahrer nannte ich meine Adresse, und er drehte sich zu mir um. Sein breites, ausdrucksstarkes Gesicht (und zwar in einem Ausmaß, dass ich nie Schwierigkeiten hatte, sein Mienenspiel zu deuten) wirkte besorgt. »Das wird aber nicht billig. Es kostet ungefähr sechzig Dollar.«

»Ich habe einhundert«, gab ich freiwillig Auskunft und zeigte ihm die fünf Zwanzigdollarnoten, um ihn von meiner Ehrlichkeit zu überzeugen.

Der Fahrer lachte. »Steck die mal weg, Mann. Und zeig besser nicht jedem, den du triffst, dein Geld.«

»Das habe ich nicht getan. Ich habe es nur Ihnen gezeigt. Können Sie mich nach Piscataway bringen?«

»Ja, kann ich. Ich bin Mike.«

»Darf ich mich vorstellen, mein Name ist Samuel Hoenig.«

Er lachte erneut. Mir war nicht bewusst, etwas Lustiges gesagt zu haben. »Schön, dich kennenzulernen, Samuel. Schnall dich an und genieß die Fahrt.«

Es war kaum zu vermuten, dass ich diese Erfahrung genießen würde, doch mir war klar, dass ich das besser unerwähnt ließ. Auf der Fahrt erzählte Mike mir, ich sei sein erster Fahrgast, womit sich die Sauberkeit des Taxis erklärte. Und dann erzählte er mir von seinen Erfahrungen beim Militär. Normalerweise finde ich solche Geschichten, die Menschen freiwillig zum Besten geben, mehr als uninteressant, aber Mike hatte eine sehr entspannte Art zu erzählen. Seit jenem Tag rief ich ihn immer dann an, wenn ich eine Mitfahrgelegenheit brauchte und Mutter oder Ms. Washburn gerade nicht zur Verfügung standen. Er kommt jedes Mal extra aus New Brunswick, um mir zu helfen. Mike achtet auch stets darauf, dass der Rücksitz fast so tadellos ist wie beim ersten Mal, als ich mich dorthin gesetzt hatte. Er ist ein überaus professioneller Taxifahrer.

Nun wirkte er wieder besorgt. »Bist du dir sicher, dass du einfach so bei jemandem reinplatzen willst?«

Das infrage kommende Haus, das (gemäß den Aufzeichnungen, die ich online gefunden hatte) einer Ms.

Jennifer E. LeBlanc gehörte, sah nicht sonderlich beeindruckend aus. Es war im Cape-Cod-Stil gebaut, mit verbreiterten Dachgauben im zweiten Stock, blauem Anstrich und einer Ziegelverkleidung an der unteren Hälfte der Fassade.

»Ich will ja nicht einbrechen«, versicherte ich ihm. »Ich werde an der Tür klingeln.«

»Klar, aber du hast nicht angerufen und deinen Besuch angekündigt«, rief Mike mir überflüssigerweise ins Gedächtnis.

»Ich wollte vermeiden, dass Ms. LeBlanc in Panik gerät und flieht, wenn sie tatsächlich ihrer Freundin Cynthia Maholm Unterschlupf gewährt.« Ich hatte Mike auf der Fahrt von der Frage erzählt, die ich gerade bearbeitete.

»Trotzdem ist es unhöflich.«

Das machte mir Sorgen, da ich oft nicht merke, wenn ich etwas tue, was als unhöflich empfunden wird. Über diesen Punkt denke ich häufig nach.

Es gab nun allerdings keine andere Möglichkeit mehr. Mike parkte das Auto gegenüber von Ms. LeBlancs Wohnhaus, und ich stieg aus.

»Soll ich dir den Rücken freihalten?«, fragte er mich durch sein Fenster, während ich vor dem Überqueren der Straße nach rechts und links sah.

»Meinen Rücken? Sollte ich nicht nach vorn gehen?«, fragte ich.

»Vergiss einfach, dass ich irgendwas gesagt habe.« Mike schüttelte ganz leicht den Kopf.

Meines Erachtens war es unwahrscheinlich, dass ich es vergessen würde, doch ich überquerte nichtsdestoweniger die Straße. Dort stieg ich die drei Stufen zur Eingangstür hinauf und klingelte, genau wie ich es Mike gesagt hatte.

Dann drehte ich mich um und sah, wie er mich vom Fahrersitz seines Taxis aus beobachtete.

Er wirkte besorgt.

Sechs Sekunden später ging das Licht auf der Veranda an, und ich hörte, wie sich der Bolzen im Schloss der Eingangstür bewegte. Eine groß gewachsene Frau mit roten Haaren, die Jeans, ein T-Shirt und einen gestrickten Schal über der Schulter trug, öffnete die Tür und sah mich an. »Bist du nicht ein wenig zu alt für die NJ PIRG?«, fragte sie und bezog sich damit auf die New Jersey Public Interest Research Group, ein Meinungsforschungsinstitut, das oft Studenten anstellt, um im Sommer Befragungen an Haustüren vorzunehmen.

Ich stellte mich vor und fragte sie, ob sie tatsächlich Ms. LeBlanc sei.

»Wer will das wissen?«, fragte sie zurück.

Das verwirrte mich, denn ich hatte mich ihr ja gerade erst vorgestellt. Ich entschied, dass sie wohl eine Erklärung für meine Frage wünschte. »Ich forsche in einer Angelegenheit nach, die mit einer Ms. Cynthia Maholm zu tun hat, die meines Wissens eine Ihrer Freundinnen ist.«

Der Gesichtsausdruck der Frau verhärtete sich, als ich den echten Namen meiner ehemaligen Klientin nannte. »Bist du ein Bulle?«

Ich wiederholte, dass ich der Inhaber von *Fragen Beantworten* sei und nicht etwa Mitglied irgendeiner Polizeieinheit. »Ich bin hier, weil Ms. Maholm ihre Wohnung offenbar überstürzt verlassen hat, und ich schulde ihr noch immer einen Bericht.«

»Und da dachtest du, sie ist hier?« Die Frau, von der ich annahm, dass sie Ms. LeBlanc war, sah mich misstrauisch an.

»Ja«, entgegnete ich.

»Nun, ist sie nicht.«

Das war keine sehr detaillierte Auskunft und klang auch nicht sehr aufrichtig. »Wenn sie nicht hier ist, können Sie mir dann vielleicht einen Hinweis geben, wo ich sie eventuell antreffen könnte?«

Obwohl ich ihm meine Aufmerksamkeit nicht direkt zuwandte, bemerkte ich – wie Mutter es ausdrückt – »aus dem Augenwinkel«, dass Mike mich beobachtete. Da Augen allerdings runde Organe sind, gibt es an ihnen keine Winkel. Mike war fast an der Grenze meines peripheren Sichtbereichs, also musste ich mich konzentrieren, um zu erkennen, was er tat. Er deutete rechts neben den Eingang, in dem Ms. LeBlanc und ich standen.

Ich bemühte mich, nicht zu offensichtlich in diese Richtung zu blicken, achtete sehr genau darauf, meinen Kopf nicht zu ruckartig zu drehen, und brach den Blickkontakt zu Ms. LeBlanc ab, was mir überhaupt keine Mühe bereitete, da sie gerade zu mir sagte: »Nein. Ich habe keine Ahnung, wo sie sein könnte. Tut mir leid.«

Während ich den Kopf senkte, als wäre ich enttäuscht, hatte ich die Gelegenheit, ihn in die Richtung zu drehen, in die Mike gezeigt hatte. Dort war am Fenster eines Raums, der von der Tür aus nicht einzusehen war, das Gesicht einer Frau hinter den Gardinen zu erahnen.

»Sie sind aber schon Jennifer LeBlanc, oder?«, fragte ich nach, und zwar nur deshalb, weil ich das Gespräch mit meiner Gastgeberin noch nicht beenden wollte.

Es entstand eine Pause. Die Frau hinter der Gardine wich vom Fenster zurück. Die Konturen ihres Gesichts konnte ich nicht klar erkennen, doch ich war mir beinahe sicher, dass es sich bei ihr nicht um Cynthia Maholm handelte.

»Hör zu, Freundchen«, sagte die Frau an der Tür. »Du schneist hier einfach so mitten in der Nacht in mein Haus und löcherst mich mit Fragen. Aber ich verrate dir nichts. Krieg das in deinen Kopf, okay?«

Mein Gehirn wurde gerade von so vielen Gedanken auf einmal geflutet, dass ich nicht wusste, mit welchem ich mich zuerst befassen sollte. Erstens war ich nicht in ihr Haus »geschneit« – tatsächlich stand ich noch immer davor, obwohl es langsam frisch auf der Veranda wurde. Zweitens kam es mir seltsam vor, dass Mike sich vor unserer Ankunft sehr ähnlich geäußert hatte, indem er sagte, dass ich in Ms. LeBlancs Haus »reinplatzen« wolle, was ja gar nicht in meiner Absicht lag. Drittens war es wirklich noch nicht mitten in der Nacht. Die Zeit vor sieben Uhr konnte man sogar nur schwerlich als späten Abend bezeichnen. Und außerdem war da noch das Bild, dass ich etwas in meinen Kopf kriegen sollte, was zwar eine gängige Ausdrucksweise ist, aber für mich immer sehr schmerzhaft klingt.

Doch vor allem machte ich mir Gedanken über die Frau, die mit Ms. LeBlanc zusammen im Haus war. Wer war sie, und was versuchte die Frau an der Tür zu verbergen?

Diplomatie ist bekanntlich nicht meine Stärke, aber ich musste wenigstens versuchen, die Kommunikation am Laufen zu halten.

»Entschuldigen Sie, Ms. LeBlanc«, sagte ich und wartete zwei Sekunden lang, damit sie Zeit hatte, mich zu korrigieren. Das tat sie nicht. »Es lag keinesfalls in meiner Absicht, Sie zu verärgern. Ich bin Träger einer neurologischen Besonderheit, die es mir erschwert, einen Vertrag oder eine Verpflichtung zu den Akten zu legen, bevor ich sie erfüllt habe. Ms. Maholm hat mit mir einen Vertrag über die Beantwortung einer Frage geschlossen, und bis ich das zu ihrer Zufriedenheit erledigt habe, bin ich gezwungen, ohne Rücksicht auf Schlaf oder Nahrungsaufnahme weiter nach ihr zu suchen.« Die meisten Leute, die wenig über das Asperger-Syndrom wissen – das ich nicht beim Namen genannt hatte –, verstehen seine »Symptome« nicht, die ich selbst lediglich als Charakterzüge begreife. Manchmal macht die Erwähnung so einer »Beeinträchtigung« die Menschen mir gegenüber weniger misstrauisch, das ist wenigstens meine Erfahrung.

Tatsächlich schien es auch jetzt der Fall zu sein. Ms. LeBlancs Mund stand leicht offen, und sie machte einen Schritt nach hinten. »Tut mir leid«, sagte sie. »Ich hatte ja keine Ahnung.«

Ich wies sie nicht darauf hin, dass es keinen Grund für sie gab, von irgendetwas eine Ahnung zu haben, vor allem nicht von etwas, was ich maßlos übertrieben dargestellt hatte. Es bereitete mir große Mühe, nicht wegen des positiven Effekts meiner List zu lächeln.

»Ist schon gut«, beruhigte ich sie. »Darf ich bitte nur eine Minute hereinkommen? Es wird hier draußen langsam ein bisschen kalt.«

Sie zog sich den Schal etwas enger um die Schultern. Auch das war ein gutes Zeichen. Der Blick über die Schulter – ein Zeichen dafür, dass sie sich wegen der anderen Frau in ihrem Haus Sorgen machte – war es allerdings nicht.

»Es passt gerade wirklich nicht so gut.«

»Ich möchte Ihnen keine Umstände machen, aber es wäre für mich eine große Hilfe, wenn ich Ihre Toilette benutzen dürfte.« Ich hatte nicht vor, in einem fremden

Haus auf die Toilette zu gehen, doch ich konnte das überzeugend vorgeben, wenn es mir den gewünschten Zutritt verschaffte.

Ms. LeBlancs Mund zuckte ein wenig. »Na ja, du kannst schon kurz reinkommen«, sagte sie mit lauterer Stimme, ohne Zweifel, um ihren heimlichen Gast zu warnen. »Bitte sehr. Zweite Tür links.« Sie trat einen Schritt beiseite, sodass ich eintreten konnte, sie aber gleichzeitig den Zugang zu dem Raum versperrte, in dem ich die Frau am Fenster gesehen hatte.

»Danke«, entgegnete ich. Ich versuchte nicht, mich an ihr vorbeizudrängen und ihre Kameradin zu entlarven, die sicherlich die Botschaft empfangen und sich entfernt hatte. Sie war in dem Raum, in dem ich sie vorher bemerkt hatte – dabei handelte es sich offenbar um ein Esszimmer –, nicht mehr zu sehen. »Ich brauche nicht lang.«

Ich ging zu der Tür, die sie mir gezeigt hatte, und betrat die Toilette, eigentlich mehr ein Gästebad, wenn man es im Immobilienmaklersprech hätte ausdrücken wollen. Ich linste noch einmal zu Ms. LeBlanc, dann schloss ich die Tür. Sie blickte nicht in meine Richtung, sondern in das Esszimmer hinein. Ihr anderer Gast war offenbar noch immer anwesend, jedoch außer Sichtweite.

Glücklicherweise war das Gästebad mit einem Ventilator ausgestattet. Ich zog mein Taschentuch hervor und legte den Schalter um, um ihn zu aktivieren. Auf diese Weise erzeugte ich etwas Lärm, der jedes Geräusch überdecken würde, das beim Ausarbeiten eines Plans eventuell entstehen konnte. Dann öffnete ich das Spiegelschränkchen, doch darin waren keine Medikamente enthalten, auf denen ich vielleicht einen bekannten oder unbekannten Namen hätte finden können. Dieses Bad war offenbar nicht dasjenige, das sie selbst benutzte. Und ich hatte keine Ahnung, ob Ms. LeBlanc allein lebte.

Ich überlegte, ob ich um ein Glas Wasser bitten könnte, wenn ich das Bad verließ, doch auf dem Waschbecken stand ein Plastikbecher. Noch beängstigender war die Vorstellung, dass meine Gastgeberin vielleicht ein schlechtes Gewissen hatte und mir tatsächlich Wasser aus einem ihrer Gläser anbieten würde. Dann wäre ich gezwungen, es zu trinken, aber dafür kannte ich Ms. LeBlanc nicht gut genug.

Offensichtlich war ein alternativer Plan vonnöten. Das einzig Vernünftige, was ich tun konnte, war, hartnäckig zu bleiben und mich zu weigern, wieder zu gehen, bis Ms. LeBlanc die andere Frau identifizierte, die in irgendeiner Verbindung zu Cynthia Maholm stehen musste. Sie müsste dann erklären, was sie wusste und wo ich eventuell die Frau finden konnte, die mich erst angeheuert, dann getäuscht und schließlich betrogen hatte. So unnatürlich sie für mich auch sein mochte, war die aggressive Herangehensweise die beste Möglichkeit, unter diesen Umständen voranzukommen.

Um die Spülung zu drücken, benutzte ich wieder mein Taschentuch, das nach dem heutigen Abend in die Wäsche müsste. Ich fühlte mich ein bisschen schuldig, das Wasser zu verschwenden, dann wusch ich mir tatsächlich die Hände und trocknete sie widerwillig an einem kleinen Handtuch ab, das auf dem Waschtisch lag. Auch das Licht und den Ventilator schaltete ich wieder aus und öffnete dann die Badezimmertür mit meiner neuen aggressiven Haltung.

Sie wurde allerdings gleich durch das Bild gedämpft, das sich mir bot, als ich das Bad wieder verließ: Kaum drei Meter entfernt stand in dem Flur, durch den ich hereingekommen war, die Frau, die ich für Jennifer LeBlanc hielt.

Von der aggressiven Herangehensweise nahm ich Abstand, weil sie mit einer Pistole auf mich zielte.

Mein erster Gedanke war: Ich bin wirklich froh, dass Ms. Washburn nicht hier ist.

18

»Und jetzt verrätst du mir, wer du wirklich bist.« Jennifer LeBlanc hielt die Pistole sehr ruhig in der linken Hand. Ihr Tonfall war vollkommen emotionslos, und von der anderen Frau, die ich gesehen hatte, gab es keine Spur.

»Ich bin genau der, als der ich mich Ihnen vorgestellt habe«, erwiderte ich. »Samuel Hoenig von *Fragen Beantworten,* und ich suche nach Ihrer Freundin Cynthia Maholm.«

»Nein, bist du nicht.« Sie machte einen Schritt auf mich zu, doch ich hob nicht die Hände, wie die Leute im Fernsehen oder in Filmen. Sie hatte mich nicht angewiesen, es zu tun, und ich wusste außerdem, dass ich keine versteckte Waffe bei mir trug.

»Du bist ein Bulle oder ein Detektiv oder so, und du glaubst, dass du Cindys Namen benutzen kannst, um hier reinzukommen. Also, denk noch mal scharf nach, denn ich frage dich jetzt zum letzten Mal: Wer bist du?«

»Ich bin Samuel Hoenig.« Es gab keine andere Antwort, denn ich bin ja wirklich Samuel Hoenig. »Ich verstehe nicht, warum Sie mich bedrohen.«

Hinter Ms. LeBlanc ertönte eine leisere, höhere Stimme. »Ich glaube ihm, Jen.«

Die Frau mit der Pistole zuckte zusammen, dann schien

sie sich daran zu erinnern, dass sie ja selbst die Angreiferin war, und nahm wieder ihre ursprüngliche Position ein, in der sie mir direkt auf den Bauch zielte. »Bleib einfach da stehen«, sagte sie langsam.

Lauter und an ihren Gast gewandt, fügte sie hinzu: »Komm hier nicht rein, ich will nicht, dass er dich sieht.«

»Ich habe sie bereits gesehen«, stellte ich fest. »Am Fenster.« Kurz darauf wurde mir klar, dass das vielleicht nicht die klügste Strategie gewesen war. Falls Ms. LeBlanc nicht wollte, dass ich ihren Gast sah, und mich dabei mit einer Waffe bedrohte, konnte sie die Aussage, dass ich sie bereits gesehen hatte, wütend machen. Es gelingt mir nicht immer, die Reaktionen anderer Menschen zuverlässig vorauszusehen.

Zum Glück reagierte sie nicht wütend. Sie sah mir nur in die Augen. Blickkontakt zu halten habe ich lange geübt, denn man hat mir gesagt, dass es schwieriger ist, einen Menschen zu verletzen, wenn man ihn dabei direkt ansieht (obwohl mir nicht klar ist, warum das einen Unterschied machen sollte). Dann sagte sie: »Also suchst du nach ihr.«

»Nein, ich suche nach Cynthia Maholm. Wenn sie nicht Cynthia Maholm ist, suche ich auch nicht nach Ihrer Freundin.«

»Dann ist ja alles in Ordnung.« Die Frau aus dem anderen Raum trat in den Flur hinter Ms. LeBlanc. Sie war jünger – vielleicht Ende zwanzig – und kleiner, trug ein Sommerkleid und sprach in einem unschuldigen Ton. »Er sucht nicht nach mir.«

Erneut schien Ms. LeBlanc aufgrund der Weigerung ihres Gastes, mich wie einen gefährlichen Eindringling zu behandeln, verärgert zu sein. Sie drehte sich zu der anderen Frau um, während sie die Waffe weiter auf mich gerichtet hielt.

»Tu das nicht!«, schrie sie. »Du setzt alles aufs Spiel!« Dann wandte sie ihre Aufmerksamkeit wieder mir zu.

Mir wurde klar, dass Ms. LeBlanc, hätte sie das wirklich gewollt, mich inzwischen erschossen hätte. Ich näherte mich ihr zwar nicht, denn das hätte sie als Bedrohung auslegen können, aber ich atmete aus.

»Ms. LeBlanc, Sie haben keinen Grund, mir nicht zu glauben. Offenbar gibt es irgendetwas zwischen Ihnen und Ihrer Freundin, das Sie vor den Behörden geheim halten möchten. Ich stehe nicht in Verbindung mit irgendeiner Regierungsorganisation oder einer Strafvollzugsbehörde, und ich suche wirklich nach niemandem außer nach meiner Klientin Cynthia Maholm. Können wir also bitte das Schauspiel sein lassen, dass Sie mich gleich erschießen wollen?«

Vielleicht war das die falsche Strategie. Ms. LeBlancs Mund verzog sich zu einer Grimasse, und sie schien meinen Körper nach der richtigen Einschussstelle abzusuchen. »Ich kann es nicht riskieren«, fügte sie hinzu.

Und dann zog sie den Hahn an der Pistole zurück.

»Doch, das können Sie«, ertönte eine Stimme hinter ihnen. Während sich die beiden Frauen umdrehten, trat Mike aus dem Vorraum in den Flur. Er hielt die Pumpgun in den Händen, die er in seinem Taxi immer bei sich hat, »falls es Ärger gibt«. »Wenn Samuel sagt, dass er keine Gefahr für Sie darstellt, dann stimmt das auch.«

Ms. LeBlanc bewegte sich ganz leicht in seine Richtung.

»Sie werden Ihre Waffe jetzt mal schön hinlegen«, warnte Mike sie. »Ich habe Übung mit diesem Ding, früher war ich mal Scharfschütze bei der Army. Sie sollten mich also wirklich nicht mit einer Pistole bedrohen.«

»Ich kann es nicht riskieren«, wiederholte Ms. LeBlanc.

Bevor sie sich noch weiter in Mikes Schusslinie drehen konnte, trat ich vor und stellte mich zwischen die beiden, sodass ich jede Person, die eine Waffe hatte, daran hinderte, diese zu benutzen, ohne gleichzeitig mich zu treffen.

»Samuel!«, rief Mike. Selbstverständlich war er derjenige, der größere Schwierigkeiten damit gehabt hätte, in meine Richtung zu schießen.

»Ich glaube, ich kann die Situation entschärfen, ohne dass jemand verletzt wird«, sagte ich, obwohl sich gerade erst eine Idee in meinem Kopf zu formen begann. Dann wandte ich mich an die jüngere Frau und fragte sie: »Gibt es irgendetwas, das ich tun kann, um Ihnen zu helfen?«

»Ich verstecke mich hier vor meinem Exmann«, entgegnete sie. »Er darf mich nicht finden, bevor mein Baby auf der Welt ist.«

»Amy!«, rief Ms. LeBlanc. »Was machst du da?«

»Sie verrät mir ihr Problem«, antwortete ich, bevor die junge Frau, die nach Ms. LeBlancs wütenden Worten etwas verwirrt aussah, es tun konnte. »Wenn ich noch mehr erfahre, kann ich Ihnen vielleicht helfen.«

»Sie tun gar nichts«, beharrte Ms. LeBlanc. »Sie arbeiten für ihn, oder nicht?«

»Ich arbeite für Cynthia Maholm«, sagte ich, was im Grunde genommen auch stimmte, da Ms. Maholm unseren Vertrag ja nie aufgelöst hatte. Ich hielt es für klüger, Detective Dickinson nicht zu erwähnen, immerhin bestand die sehr unwahrscheinliche Möglichkeit, dass er der Exmann war, den Amy erwähnt hatte. Wenn ich also wirklich für ihn arbeitete, wäre es besser, es weiterhin plausibel abstreiten zu können. Dann fügte ich hinzu: »Aber ich kann Ihnen beiden in dieser Situation sicher beistehen, wenn jeder hier willens ist, sich in Ruhe darüber zu unterhalten.«

»Samuel, ich will, dass du dich jetzt sofort duckst«, sagte Mike, der mit seiner Pumpgun noch immer über meine Schulter hinweg in Ms. LeBlancs Richtung zielte. »Ich möchte sie nicht verletzen, aber ich werde nicht zu deiner Mutter heimfahren und ihr sagen, ich hätte zugelassen, dass man dich erschießt.«

»Oh …«, warf Amy ein. »Er hat eine Mutter.«

Das schien sie nicht ironisch zu meinen, obwohl jeder Mensch wenigstens zu Beginn seines Lebens eine Mutter hat. Die Tatsache, dass meine immer noch vorhanden war, worauf sie offenbar anspielte, erschien mir irrelevant.

»Ich werde mich nicht ducken«, erklärte ich Mike, »denn Ms. LeBlanc wird mich nicht erschießen. Oder, Ms. LeBlanc?«

Jennifer LeBlanc sah zu Amy, nicht zu mir. Sie wandte sich mir erst zu, als sie ihren Namen hörte, und schien nach ihrem Gesichtsausdruck zu schließen beinahe überrascht, bei ihren Gedanken unterbrochen zu werden. »Nein«, gab sie zu, und ihre Stimme klang nach meinem Dafürhalten wirklich ein bisschen traurig, als hätte sie sich darauf gefreut, auf mich zu schießen, und könnte das nun nicht mehr tun. Sie senkte die Pistole. »Also los. Tu, was du nicht lassen kannst.«

Ich nickte Mike zu. »Danke für die Hilfe. Jetzt werde ich mich mit den beiden Damen ein bisschen unterhalten. Möchtest du lieber bleiben oder im Taxi warten?«

Mike senkte seine Pumpgun ebenfalls, hielt sie jedoch

weiter griffbereit. »Ich denke, ich bleibe und höre mir an, was alle zu sagen haben. Das Taxameter ist ausgeschaltet.«

Wir gingen in die Küche, wo die beiden Frauen sich laut Ms. LeBlanc vor meiner Ankunft aufgehalten hatten. Tatsächlich standen dort zwei Gläser auf dem Tisch, in denen sich anscheinend Rotwein befand. Es war ein mittelgroßer Raum mit einem kleinen Tisch auf der einen und einer ziemlich neuen Einbauküche auf der anderen Seite. Die Küche war nicht der letzte Schrei, aber ohne Zweifel zweckdienlich.

»Möchten Sie Wein?«, fragte Amy. »Ich trinke nur Traubensaft, denn ich bin ja schwanger, aber Sie können auch richtigen haben.«

Jennifer LeBlanc sah ihre Freundin mit einer Mischung aus Zuneigung und Verzweiflung an. »Sie wollen uns umbringen, Amy«, sagte sie mit heiserer Stimme. »Du musst ihnen davor nicht auch noch einen Drink anbieten.«

»Wir wollen niemanden umbringen«, widersprach ich und wollte dabei verbindlich klingen, ein Versuch, der nach meinem Eindruck scheiterte. »Wir sind hier, um die Situation zu begreifen. Danach werden Mike und ich wieder gehen, und Sie beide können mit Ihrer Abendgestaltung fortfahren. Von unserer Seite aus gab es niemals eine gewalttätige Absicht, bevor Sie Ihre Pistole gezückt haben.«

»Hab ich dir doch gesagt«, tadelte Amy Ms. LeBlanc.

Ihre Gastgeberin ließ sich schwer auf ihren Stuhl fallen und nahm einen Schluck aus ihrem Glas, das offenbar keinen Traubensaft enthielt.

»Was willst du?«, fragte sie erschöpft.

Mike lehnte sich gegen den Tresen links neben dem

Herd, seine Hand lag auf der Pumpgun, die er ihrerseits auf die Arbeitsplatte gelegt hatte. Er umfasste sie nicht, hielt aber Kontakt für den Fall, dass er die Waffe benötigen sollte. Zusätzlich zu der Tatsache, dass er ein offenherziger Taxifahrer ist, ist er außerdem ein guter Zuhörer, ich konnte mich also darauf verlassen, dass er sich später an Details erinnern würde, die mir eventuell entgingen.

»Wie schon gesagt bin ich hier, um den Aufenthaltsort von Cynthia Maholm herauszufinden. Aber ich habe es ernst gemeint, dass ich, sofern es in meiner Macht steht, gern bei jedem Problem behilflich bin, in das Sie und Amy verwickelt sind. Wissen Sie denn, wo Cynthia sich aufhält?«

Beide Frauen schüttelten die Köpfe. »Ich habe von Cindy seit wenigstens zwei Monaten nichts mehr gehört«, erklärte Ms. LeBlanc. »Wir stehen uns nicht wirklich nahe oder so. Wir halten uns nur gegenseitig auf dem Laufenden, wenn sich in unserem Leben etwas Grundlegendes ändert. Als ich Amy kennengelernt habe, war das wirklich eine grundlegende Veränderung. Nach ein paar Wochen habe ich mich also mit Cindy in Verbindung gesetzt. Doch wie schon gesagt, das ist jetzt eine Weile her.«

Amy, die sich in der Rolle der stillen Beobachterin zu gefallen schien, nickte einfach nur zustimmend.

»Kennen Sie Cynthia denn schon lange?«, fragte ich. Vielleicht hatte Ms. LeBlanc ja Informationen über andere alte Freunde, die regelmäßigeren Kontakt mit meiner ehemaligen Klientin pflegten als sie.

»Nein, noch nicht mal ein Jahr«, erwiderte sie. »Ich habe Cindy erst kurz vor ihrer Heirat kennengelernt. Doch es war zu spät, ihr die noch auszureden.«

Das musste Mikes Interesse geweckt haben, denn er richtete sich ein wenig auf und fragte: »Sie haben versucht, sie von ihrer Hochzeit abzubringen?«

Beide Frauen lachten, offensichtlich vor Überraschung. »Natürlich!«, entgegnete Ms. LeBlanc. »Wenn du jemanden siehst, selbst wenn du ihn kaum kennst, und er fährt mit voller Geschwindigkeit verkehrt herum in eine Einbahnstraße, versuchst du ihn zu warnen, oder etwa nicht?«

Ich hatte das Gefühl, dass mir irgendetwas entging, also sah ich zu Mike. Er zuckte mit den Achseln. Mein Asperger-Syndrom war also nicht dafür verantwortlich, dass diese Situation mir verwirrend erschien.

»Ich verstehe nicht ganz. Bitte erzählen Sie von Anfang an. Sie sagten, dass Sie sich erst vor zwei Monaten das erste Mal begegnet sind?« Amy und Ms. LeBlanc wirkten in meinen Augen wie ein eingespieltes Team.

»Vielleicht ist es auch schon ein bisschen länger her«, meldete Amy sich zu Wort. Mike blickte rasch zu ihr, ich glaube, er hatte vergessen, dass sie überhaupt anwesend war. »Ich hatte gerade das mit dem Baby herausgefunden, und da habe ich Jenny getroffen. Sie war großartig zu mir, hat mich beschützt und mich hier bei sich einziehen lassen.«

»Sie wohnen hier?«, fragte ich.

»Oh ja. Jetzt schon seit ungefähr vier, fünf Wochen. Jenny meinte, das sei das Sicherste.«

Ms. LeBlancs Miene wurde wieder streng. »Das war, bevor ihr zwei aufgetaucht seid.«

»Wir stellen keine Gefahr für Sie dar, das versichere ich Ihnen.«

»Selbst wenn ihr das nicht absichtlich tut, wird es doch

so sein«, widersprach Ms. LeBlanc. »Wahrscheinlich folgt euch jemand.«

Ihre absichtliche Vagheit ging mir auf die Nerven. »Worin besteht denn diese Gefahr? Wer sollte Sie verfolgen und warum?«

Ms. LeBlanc blickte zu Amy, die nickte. »Ollie Lewis«, erwiderte sie. »Er ist ohne jeden Zweifel auf der Suche nach Amy, und wenn ihr über Cynthia Kontakt mit ihm hattet, lässt er euch wahrscheinlich durch jemanden beschatten. Da ihr nun also auf meiner Türschwelle aufgekreuzt seid, wird er wohl der Nächste sein. Ihr habt gesagt, dass ihr Amy nicht gesucht habt, doch ihr habt sie gefunden, und das ist es, was er will.«

»Ich kann Ihnen versichern, dass Ollie Lewis mir ganz sicher nicht folgt«, erklärte ich. »Er ist tot.«

In diesem Moment beobachtete ich sehr genau Jennifer LeBlancs Reaktion. Falls sie nur vorgab, von Oliver Lewis' Tod nichts zu wissen, wäre es schwer für sie, dieses Wissen nun zu verbergen. Ich war allerdings kein Fachmann, und manche Leute sind besser darin, etwas vorzutäuschen, als andere. Aus diesem Grund werden einige auch Schauspieler.

Ein Problem ergab sich daraus, dass ich Ms. LeBlanc und Amy nicht gleichzeitig beobachten konnte, denn wenngleich Ms. LeBlancs Reaktion wahrscheinlich die relevantere war, wäre Amys vermutlich authentischer. Amy schien mir sehr wenig Talent zur Täuschung zu besitzen.

Zugegebenermaßen war Ms. LeBlancs Reaktion für sich genommen allerdings schon aussagekräftig genug. Sie tat etwas, was ich unter keinen Umständen erwartet hätte.

Sie lachte.

»Du machst Witze«, sagte sie nach einem Augenblick, in dem sie sich wieder zu sammeln schien.

»Ich versichere Ihnen, dass das nicht der Fall ist. Ich war eine der Personen, die seine Leiche gefunden haben. Er ist ohne jede Frage tot.«

Ms. LeBlanc sah zu Amy, also wanderte auch mein Blick zu der jüngeren Frau. Amy lachte nicht, sie sah erschüttert aus. Ihr Gesicht war blass, die Augen weit aufgerissen, und ihr Mund stand offen, es drang aber kein Laut daraus hervor.

»Ach, Liebes«, sagte Jennifer LeBlanc. »Du kannst doch wegen diesem Typ nicht so fertig sein. Er verdient deine Tränen nicht.« Sie stand auf und ging zu Amy, legte der Jüngeren die Arme um die Schultern und tätschelte sie. Sie bebten ein wenig, obwohl Amy nicht zu weinen schien. »Wenn es wahr ist, macht es unser Leben sehr viel leichter.«

Kurz sah ich in Mikes Richtung. Er schien sich nicht gerührt zu haben und betrachtete die Szene mit einer Miene, die mir keinerlei Emotion verriet. Es war, als blicke ich in die Linse einer Kamera. In diesem Moment wünschte ich mir ein Handy, mit dem ich Ms. Washburn hätte anrufen und sie darum bitten können, für mich die Situation zu bewerten. Mike hatte sicherlich eine Meinung zu all dem, die er mir kundtun würde, sobald er mich heimfuhr, das wusste ich; aber sie wäre in Bezug auf solche Angelegenheiten wohl weniger aufschlussreich als die meiner Mitarbeiterin.

»Ich ... ich hatte einfach Angst vor Ollie«, sagte Amy zu Ms. LeBlanc. »Ich habe ihn nicht gehasst. Ich habe ihm nicht den Tod gewünscht. Was ist denn passiert?«

Ich konnte ihr nicht ins Gesicht sehen, da Ms. LeBlancs Umarmung es vor meinem Blick verbarg, aber ich nahm an, dass die Frage an mich gerichtet war.

»Er wurde ermordet«, erwiderte ich, und plötzlich konnte ich Amy wieder sehen, denn Jennifer LeBlanc hatte sich vor Überraschung versteift und aufgerichtet.

Sie drehte sich um und sah mich an. »Du machst Witze«, wiederholte sie. Diesmal lachte sie nicht.

Warum sie glaubte, ich könnte so einen makabren Humor haben, verstand ich nicht, doch sie hatte mir nun bereits zum zweiten Mal unterstellt, dass mein Bericht von Oliver Lewis' Tod ein Witz sei.

»Das tue ich ganz sicher nicht«, antwortete ich.

»Redensart«, murmelte Mike von seiner Ecke der Küche her. Das hatte ich wohl verstanden, aber die Redensart selbst ergab nur wenig Sinn. Es ist lächerlich, jemandem zu sagen, er oder sie mache Witze; die angesprochene Person würde auf jeden Fall wissen, ob die Äußerungen zum Ziel hatten, ihr Gegenüber zu amüsieren.

»Wer hat das getan?«, fragte Ms. LeBlanc.

»Keine Ahnung. Doch man hat mich damit beauftragt, diese Frage zu beantworten.«

»Cindy Maholm hat Sie damit beauftragt herauszufinden, wer Ollie getötet hat?«, entgegnete Ms. LeBlanc. »Das sieht ihr nicht ähnlich.«

»Sie war es auch nicht«, erklärte ich. »Ein Dritter hat mich gebeten, mich mit dieser Frage zu beschäftigen.«

Immerhin hakte Ms. LeBlanc nicht nach, wer mein zweiter Klient war. »Als du hereinkamst, hast du aber etwas anderes erzählt. Du hast behauptet, dass Cindy dich beauftragt hat, eine Frage zu beantworten.«

»Das hat sie auch«, versicherte ich ihr. »Aber es handelte sich dabei nicht um diese Frage. Ich habe Ms. Maholm nach Mr. Lewis' Tod gar nicht mehr gesehen.«

»Oh mein Gott«, sagte Amy anscheinend zu Ms. LeBlanc. »Glaubst du, dass Cindy ihn umgebracht hat?«

Ich gab keine Antwort, denn die Frage war nicht an mich gerichtet. Sie eröffnete jedoch einige interessante Möglichkeiten und stellte eine Verbindung her, von deren Existenz ich vorher noch nichts gewusst hatte.

»Kennen Sie Cynthia Maholm denn ebenfalls?«, fragte ich Amy.

»Oh ja«, antwortete sie. »Sie ist auch fravol.«

Ich sah zu Mike, um zu prüfen, ob das vielleicht auch eine Redensart war, die ich hätte kennen sollen, er zuckte jedoch mit den Achseln und schüttelte den Kopf.

»Fravol?«, wiederholte ich.

Jennifer LeBlanc blickte ziemlich streng zu Amy, doch die Jüngere bemerkte es nicht oder ignorierte den Gesichtsausdruck absichtlich. »Fra-v-OL«, sagte sie, als sei es ganz offensichtlich und als könne sie meine Verwirrung überhaupt nicht begreifen. »Eine Frau von Oliver Lewis. Genau wie Jenny und ich.«

19

Wir brauchten ziemlich lange – siebenundfünfzig Minuten –, um die ganze Geschichte zu entwirren. Offenbar war Hazel Montrose weder genau noch ehrlich bei ihrer Aufzählung von Oliver Lewis' Ehefrauen gewesen. Außer ihr und Cynthia Maholm hatte es noch drei weitere Frauen gegeben, die den Toten geheiratet und sich dann wieder von ihm hatten scheiden lassen.

»Wir kannten uns alle«, sagte Amy Stanhope, nachdem Jennifer LeBlanc sie zurechtgewiesen hatte, weil sie »Geheimwissen« ausplaudere. Ms. Stanhope hatte ihr widersprochen und die Meinung geäußert, dass es nun, da Mr. Lewis tot war, niemandem mehr schaden könne, die Identität der Frauen zu enthüllen, die zu dem exklusiven Klub der »Fravolen« gehörten. »Jenny hat angefangen. Sie versuchte mit Rachel Kontakt aufzunehmen – mit Rachel Vandross, Ollies zweiter Frau –, um sie vor ihm zu warnen. Doch Rachel war bereits mit Ollie verheiratet, dann folgte Hazel, als Nächste kam ich, und dann war da Cindy … Nun, Sie wissen ja, wie das gelaufen ist. Wir haben uns alle gelegentlich getroffen. Um dazuzugehören, musste man von Ollie schon geschieden sein. Cindy war noch mit ihm verheiratet, also konnte sie keine Zeit mit uns verbringen.« Sie hielt inne und dachte nach. »Ich nehme an, dass sie es jetzt kann. Zählt eine Witwe denn, Jenny?«

Jennifer LeBlanc winkte schicksalsergeben ab. »Na, was soll's. Vielleicht hat Cindy den Bastard ja um die Ecke gebracht und uns allen damit einen Gefallen getan. Klar, sie kann kommen und kriegt auch ein Glas Wein.«

Mike hatte in den vergangenen drei Minuten immer mal wieder geblinzelt, offenbar vor lauter Erstaunen. Er sah erst mich an, dann Ms. LeBlanc, Ms. Stanhope und wieder mich. »Sie waren zu fünft? Sie haben alle denselben Typen geheiratet und sich dann wieder von ihm scheiden lassen?«

»Cindy nicht«, rief ihm Ms. Stanhope ins Gedächtnis.

Ms. LeBlanc ignorierte Mikes Verwirrung und fuhr fort: »Genau so eine Art Mensch ist ... *war* Ollie. Man brauchte wirklich eine Selbsthilfegruppe, nachdem er mit einem fertig war. Erst hat er dir das Gefühl gegeben, das Zentrum der Welt zu sein, und dann ließ er dich am Straßenrand stehen, ohne dir auch nur eine Zahnbürste mitzugeben.«

Die Informationen prasselten zu schnell auf mich ein. »Warum sollte er Ihnen keine Zahnbürste gönnen?«

»Das habe ich doch nicht wörtlich gemeint.« Ich musste dennoch mehrere Augenblicke lang über die Idee einer metaphorischen Zahnbürste nachdenken.

Als ich mich wieder konzentrieren konnte, sagte Ms. Stanhope gerade: »Es war nichts Regelmäßiges; es gab keine fravolen Treffen oder so. Wir haben nur den Kontakt aufrechterhalten und uns von Zeit zu Zeit auf einen Drink oder einen Kaffee getroffen. Und niemals alle auf einmal, glaube ich. Einfach nur diejenigen, die gerade da waren und ein bisschen Aufmunterung oder so vertragen konnten, wissen Sie?«

»Wann haben Sie Oliver Lewis zuletzt gesehen?«, fragte ich.

Dass die beiden Frauen sich ansahen, bevor sie etwas erwiderten, war von Bedeutung. In diesem Moment fragte ich mich, ob es für sie notwendig war, ihre Antworten aufeinander abzustimmen, um ihre Geschichte zu erzählen. Doch das sagte ich nicht laut, denn es hätte zweifelsohne zu einem Streit über die Möglichkeit einer falschen Antwort geführt, und das wäre keine sehr zielführende Strategie gewesen.

»Das ist mindestens ein Jahr her«, erklärte Ms. LeBlanc, »wahrscheinlich noch länger. Wenn er mit dir fertig ist, ist er fertig mit dir.«

»Ja, mindestens«, stimmte Ms. Stanhope zu.

Wir alle starrten sie kurz an. »Sind Sie denn nicht von Mr. Lewis schwanger?«, fragte ich.

Ms. Stanhope sah auf und neigte den Kopf – sie dachte nach. »Ach ja. Vor vier Monaten habe ich mich noch einmal mit ihm getroffen. Aber das war das letzte Mal.«

An diesem Punkt musste ich eine Entscheidung treffen. Ms. Stanhope auf ihre offensichtliche Lüge hinzuweisen konnte dazu führen, dass sie die Wahrheit gestand, doch wenn Ms. Washburn hier gewesen wäre, hätte sie wahrscheinlich darauf hingewiesen, dass der Preis dafür wohl Ms. LeBlancs Verstimmung wäre. Die Bemerkung jedoch einfach so durchgehen zu lassen, ohne meiner Skepsis Ausdruck zu verleihen, würde die beiden Frauen eventuell zu dem Schluss führen, dass ich leichtgläubig und einfach zu beeinflussen wäre.

Diese Entscheidung ohne Ms. Washburns Rat zu treffen fiel mir schwer.

»Unter welchen Umständen haben Sie Ihren Mann

denn vor vier Monaten noch einmal getroffen?«, fragte ich schließlich Ms. Stanhope. Die Frage transportierte keinerlei Zweifel an ihrer Aussage, und ich gab mir große Mühe, sie mit so wenig Stimmfärbung wie möglich zu äußern. Ich weiß nicht immer genau, wann mein Tonfall unwillkürlich eine Gefühlslage durchscheinen lässt.

Wieder sah Ms. Stanhope zu Ms. LeBlanc, offenbar hoffte sie, dass diese ihr ein Zeichen geben würde, das zu einer möglichen Antwort führen konnte, doch ihre Mitstreiterin blickte mich an und hätte ihre Gedanken wohl ohnehin nicht übertragen können.

»Ähm ... wir haben miteinander geschlafen«, sagte Ms. Stanhope.

Mike unterdrückte ein Lachen.

»Haben Sie sich denn öfter zu diesem Zweck getroffen?«, fragte ich weiter.

Ihr Gesichtsausdruck wirkte angespannt. »Nein. Nur dieses eine Mal.«

»Ihr Exmann – von dessen Neigung, häufig Frauen zu heiraten und sich ihrer wieder zu entledigen, sobald er ihrer überdrüssig war – hat Sie also verlassen, doch zu einem bestimmten Zeitpunkt haben Sie sich noch einmal getroffen, um Geschlechtsverkehr zu haben?« Ich gebe zu, dass ich die Frage gern anders beendet hätte, aber mir wollte in diesem Moment einfach kein anderer Begriff einfallen. Hätte ich ein paar Minuten länger Zeit gehabt, hätte ich es vielleicht »eine intime Begegnung« genannt.

»Ich denke, das reicht«, ging Ms. LeBlanc dazwischen, als Ms. Stanhope sie mit Blicken darum anflehte. »Wir haben dir alles verraten, was du hier erfahren kannst. Mehr wissen wir nicht. Wir hatten keine Ahnung, dass Ollie tot ist, also können wir dir dabei auch nicht weiterhelfen. Ich werde dich nicht erschießen, und dein Kumpel hier wird uns im Gegenzug auch nicht erschießen. Was hältst du also davon, wenn wir es damit gut sein lassen?«

»Ja«, stimmte Ms. Stanhope ihr zu. »Gehen Sie nach Hause zu Ihrer Mutter.«

Bei der Erwähnung meiner Mutter sah ich instinktiv zu Mike, der genau wusste, was ich dachte. »Es ist fast neun Uhr.«

»Ich muss mich auf den Weg machen«, erklärte ich den Frauen. »Ich bin schon zu spät zum Abendessen.«

»Na dann«, ermunterte mich Ms. LeBlanc.

Mutter war nicht verärgert, als ich durch die Hintertür in unsere Küche kam. »Ich wusste doch, dass du mit Mike unterwegs bist. Da war ich sicher, dass nichts Schlimmes passieren würde.«

Mike hatte mich, wie er es immer tat, in der Einfahrt rausgelassen und war dann selbst nach Hause gefahren. Er bedankte sich bei mir für einen »interessanten Abend«, grinste und schüttelte den Kopf, als er rückwärts wieder aus der Einfahrt fuhr. Ich hatte keine Gelegenheit, ihn zu fragen, warum er das tat.

Mutter öffnete die Tür des Backofens und fasste mit einem Topflappen hinein. »Der Teller ist sehr heiß, sei also vorsichtig«, sagte sie und nahm einen schweren, länglichen Keramikteller heraus, auf dem einige Scheiben Truthahnbrust streng getrennt von einer gebackenen Kartoffel und grünen Bohnen lagen. »Du musst am Verhungern sein.«

Ich weiß, sie wollte damit nicht zum Ausdruck bringen, dass mein Körper versuchte, sich von seinem eigenen Gewebe zu ernähren, also verbesserte ich sie nicht. Außerdem war ich wirklich ziemlich hungrig und setzte mich zum Essen an den Tisch.

»Janet hat zweimal angerufen, während du unterwegs warst«, berichtete Mutter. »Ich frage mich langsam, ob es so schlecht wäre, wenn du dir wieder ein Handy zulegen würdest.«

Vor drei Jahren hatte ich gegen meinen natürlichen Instinkt gehandelt und ein Handy gekauft, weil Mutter krank war und ich die ganze Zeit für sie erreichbar sein wollte. Zwei Tage später hatte ich das Telefon jedoch schon wieder verloren und es daraufhin nicht mehr ersetzt, da ich mir sicher war, dass mir dasselbe erneut passieren würde. Ich achte einfach nicht auf Gegenstände, wenn ich ganz in einer Frage versinke, und habe dann die Tendenz, sie zu verlegen.

Daher beschloss ich, auf Mutters Kommentar nicht zu reagieren, denn allein die Vorstellung, einen Gegenstand mit mir herumzutragen, den man derart leicht verlieren konnte, bereitete mir ein sehr ungutes Gefühl.

»Was wollte Ms. Washburn denn?«, fragte ich stattdessen.

»Detective Dickinson hat sich bei ihr gemeldet. Irgendwas über Oliver Lewis' Ehefrauen.«

Mutter war üblicherweise sehr viel gründlicher, also schloss ich aus ihren Worten, dass ich Ms. Washburn zurückrufen sollte, allerdings war ich mir nicht sicher, ob das eine gute Idee war.

»Es ist schon fast zehn. Glaubst du nicht, dass ich sie vielleicht störe?«

»Obwohl ich viel älter bin als sie, liege ich trotzdem noch nicht im Bett«, erklärte Mutter, wenngleich ich keinen Zusammenhang zwischen dem Alter und der Zubettgehzeit erkennen konnte. Daraus schloss ich, dass es etwas war, was Mutter stillschweigend voraussetzte, und dass es nicht der Mühe wert wäre, es im Augenblick weiter zu hinterfragen.

Ich ging zum Wandtelefon, das in der Küche angebracht ist, und wählte Ms. Washburns Nummer, die ich auswendig kannte. Ich kenne die Telefonnummer jeder einzelnen Person auswendig, mit der ich jemals telefoniert habe, mit Ausnahme einiger Unternehmen, die manchmal bei *Fragen Beantworten* anrufen und mir auf Band die Frage hinterlassen, ob ich ein volljähriger Bürger bin, der eine Versicherung benötigt, oder eine junge Mutter, die Bedarf an einem Windelservice hat. Ich rufe sie dann zurück und bitte nachdrücklich darum, von ihrer Liste möglicher Kunden gestrichen zu werden.

Ms. Washburn hob beim zweiten Klingeln ab, versicherte mir, dass es die richtige Entscheidung gewesen sei, sie anzurufen, und dass ich sie bei keiner wichtigen häuslichen Tätigkeit unterbrochen hätte. Simon Taylor konnte ich gar nicht hören, also nahm ich an, dass er nicht mit ihr im Zimmer war, da er seiner Frau sonst vielleicht noch einmal gesagt hätte, was für eine schlechte Entscheidung sie getroffen habe, wieder mit mir zusammenzuarbeiten. Simon Taylor schüchterte mich ein bisschen ein, wobei wir uns noch nie persönlich begegnet waren.

»Detective Dickinson hat angerufen und nach unseren Fortschritten gefragt«, berichtete Ms. Washburn nun.

»Wir haben doch erst vor ein paar Stunden das letzte Mal miteinander gesprochen«, erwiderte ich. »Dem Detective muss diese Frage ungewöhnlich große Sorgen bereiten.«

»So ist es wohl. Als ich ihm erzählte, dass ich Sie nach

unseren Gesprächen mit Hazel und Roger Siplowitz allein gelassen hätte, fragte er nach Oliver Lewis' weiteren Ehefrauen. Wussten Sie, dass es noch weitere Ehefrauen gibt?«

»Ja. Insgesamt fünf, soweit ich weiß. Ich komme gerade von einem Treffen mit zweien von ihnen in einem Haus in Fords.«

Am anderen Ende der Leitung entstand eine Pause von vier Sekunden.

»Sie haben sich mit jemandem in Fords getroffen? Wie sind Sie dahin gekommen?«

»Mein Freund Mike, der Taxifahrer, hat mich hingebracht. Er war außerdem eine sehr nützliche Verstärkung, als eine von Mr. Lewis' Exfrauen mich mit einer Pistole bedrohte.«

Mutters Kopf schoss plötzlich zu mir herum, und sie und Ms. Washburn riefen im Chor: »Samuel!«

»Es gab keinen Schusswechsel«, beruhigte ich sie und berichtete dann Ms. Washburn – und dadurch auch Mutter – die ganze Geschichte von meinem Besuch bei Jennifer LeBlanc und Amy Stanhope. Ich ließ kein Detail aus, wobei dasjenige, das Mutter (und offenbar auch Ms. Washburn) am meisten aufregte, ohnehin das war, was ich zuerst preisgegeben hatte.

»Was hat der Detective denn noch gesagt, außer seinem Hinweis auf Mr. Lewis' eher schillernde Ehevergangenheit?«, fragte ich Ms. Washburn, nachdem ich meinen Bericht beendet hatte.

»Er hat vor allem darüber gemurrt, dass er in diesem Fall mehr Arbeit erledigt als wir – seine Worte, Samuel, nicht meine. Es kommt mir sehr komisch vor, dass er uns zur Beantwortung dieser Frage überhaupt angeheuert hat, wenn er doch offenbar genau dasselbe tut, was wir tun. Warum sollte er uns dafür bezahlen, wenn er es selbst erledigen kann?«

»Das ist nur einer von zahlreichen Widersprüchen und eines von vielen Rätseln, die diesen Fall umgeben«, stimmte ich zu. »Ich frage mich, ob Detective Esteban in dem Fall noch immer für die Polizei von Piscataway ermittelt und ob unser Kunde einfach nur wiederholt, was sie herausgefunden hat, als wären es die Früchte seiner eigenen Anstrengungen.«

»Gute Frage«, warf Mutter ein. Ich hatte das Abendessen vergessen, dass sie für mich aufgetischt hatte, blickte auf den Teller und bemerkte, wie hungrig ich immer noch war.

»Also, danke für den Bericht«, sagte ich zu Ms. Washburn. »Ich glaube, ich werde jetzt etwas Truthahn essen.«

»Moment, Samuel. Es gab noch eine Sache, die der Detective erwähnt hat und von der ich denke, dass Sie sie wissen sollten.«

»Und welche ist das?« Ich konzentrierte mich schon aufs Essen und musste mich dazu zwingen, der Stimme am Telefon weiter Beachtung zu schenken, die mir nun noch viel körperloser erschien, weil meine Gedanken ganz woanders waren.

»Er sagte, der vorläufige Bericht des Gerichtsmediziners habe ergeben, dass der Schnitt durch Oliver Lewis' Kehle offenbar nicht die Todesursache war. Offenbar wurde Oliver Lewis mit einer Substanz namens Metoclopramid oder Reglan vergiftet. Außerdem ist er mit einem kleineren scharfen Objekt – vielleicht mit einer Schere oder einer Nagelfeile – zwischen die Rippen gestochen und wahrscheinlich zusätzlich noch erstickt worden.«

Das stoppte meine Gedanken an den Truthahn für einen Augenblick. »Vier Todesursachen?«, sagte ich und dachte damit vor allem laut nach.

»Im eigentlichen Sinn hat ihn das Gift umgebracht. Sie haben es in seinem Magen gefunden, nicht nur in seiner Speiseröhre, was anzeigt, dass es geschluckt worden und bis in seinen Blutkreislauf gelangt ist. Die anderen Verletzungen sind ihm erst zugefügt worden, nachdem er vergiftet worden war, oder vielleicht hat ihm irgendwer auch unmittelbar vor seinem Tod noch die Kehle durchgeschnitten. Das könnte der Grund für die relativ kleine Menge an Blut sein, die man am Tatort gefunden hat.«

»In der Tat. Wer auch immer Mr. Lewis umgebracht hat, ist dabei sehr gründlich vorgegangen.«

Mutter warf mir einen fragenden Blick zu, sagte aber nichts. Sie hält es für unhöflich, mit jemandem zu sprechen, während er oder sie telefoniert, und sie wusste, dass ich ihr von meinen Erkenntnissen erzählen würde – oder in diesem Fall von Ms. Washburns Bericht über die Erkenntnisse, die entweder Detective Dickinson oder (in meinen Augen die wahrscheinlichere Variante) Detective Esteban gewonnen hatte.

»Hat der Detective Ihnen gesagt, was Reglan ist?«, fragte ich. Ich hatte gerade keinen Zugang zu meinem Mac Pro, also konnte ich es ad hoc nicht selbst recherchieren.

»Das Medikament wird bei Übelkeit verordnet«, erklärte Ms. Washburn. »Das ist ironisch, oder?«

Ich hatte keine Ahnung, ob das ironisch war, Ironie bereitet mir große Schwierigkeiten. »Übelkeit. Ist es ein verschreibungspflichtiges Medikament?«

»Ja. Es wird bei Sodbrennen, bei manchen Arten von

Diabetes und einer Reihe weiterer Beschwerden angewandt. Wie kann das tödlich sein?«

»Beinahe jedes Medikament kann in Überdosis tödlich wirken, Ms. Washburn.« Mein Abendessen war jetzt alles, woran ich noch denken konnte. Meine Aufmerksamkeit erlahmte.

»Was sollen wir Ihrer Meinung nach als Nächstes tun?«, fragte Ms. Washburn.

»Ich muss jetzt etwas Truthahn essen«, gab ich zur Antwort. »Und ich glaube, Sie sollten schlafen gehen. Morgen früh werden wir unsere Anstrengungen, Cynthia Maholm ausfindig zu machen, verdoppeln, und ich glaube, ich weiß schon, wo wir damit anfangen.«

»Wo denn?«

»Wir müssen die Adresse herausfinden, an der Oliver Lewis gewohnt hat, bevor er Ms. Maholm heiratete. Gute Nacht, Ms. Washburn.«

»Gute Nacht, Samuel.«

20

»Ich kann nicht fassen, dass wir daran nicht früher gedacht haben«, sagte Ms. Washburn.

Der nächste Vormittag war angebrochen, wir standen im Verwaltungsamt von Middlesex County und fragten nach irgendwelchen öffentlichen Unterlagen, die mit dem verstorbenen Oliver Lewis zu tun hatten. Die Frau hinter dem Schalter, die uns mitgeteilt hatte, dass sie Janice hieß (und dass ihr Lieblingssong von den Beatles »I'm Down« war), war losgezogen, um herauszusuchen, was es über ihn gab – was aber, so versicherte sie uns, »nicht viel« sein werde. »Informationsfreiheit hat ihre Grenzen. Der Freedom of Information Act bedeutet nicht, dass Sie einfach alles, was Sie wollen, über jeden rausfinden können.«

Und weg war sie.

»Nein«, sagte Ms. Washburn leise. »Das überlassen wir schön der NSA.«

Auf diesen Kommentar antwortete ich nichts, doch schließlich meinte ich: »Es ist ja nicht so, dass wir nicht darüber nachgedacht hätten. Der Punkt ist, dass das, was wir herausgefunden haben, uns noch nicht hierhergeführt hatte. So eine Recherche entwickelt sich, und jeder Schritt ist für diese Entwicklung notwendig.«

Ms. Washburn nickte. »Was hat uns also jetzt hierhergeführt? Sie sind mir ein paar Schritte voraus.«

Janice war immer noch nirgends in Sicht, also hatte ich Zeit zu antworten: »Wir gehen inzwischen davon aus, dass es vier Exfrauen und eine aktuelle Ehefrau gab, als Mr. Lewis ermordet wurde. Die Wohnung, die wir für das Zuhause von Ms. Maholm und ihrem Ehemann halten sollten, war ganz offensichtlich nur eine Kulisse. Vor dem Hintergrund, dass er vorher schon so oft geheiratet und wahrscheinlich nicht jedes Mal eine neue Bleibe angemietet hatte, war der Schluss naheliegend, dass Mr. Lewis für jede Ehe seine eigene Wohnung benutzt haben musste.«

Ms. Washburn runzelte die Stirn. »Warum haben Sie nicht einfach Jennifer oder Ms. Stanhope gefragt, wo sie lebten, als sie mit ihm verheiratet waren?«

Ich brach den Blickkontakt ab, was ich ziemlich schnell tue, wenn mir etwas peinlich ist. »Die Atmosphäre war nicht besonders gastfreundlich.«

»Tut mir leid, dass ich nicht da war.«

Das überraschte mich, doch ich musterte Ms. Washburn nicht eingehender. Ich vertraute meiner Fähigkeit, ihren Tonfall zu deuten, in ausreichendem Maß, um zu wissen, dass sie es nicht ironisch meinte. »Das muss Ihnen nicht leidtun. Sie wussten schließlich nicht, dass ich zu Ms. LeBlanc nach Hause fahren würde.«

»Trotzdem. Ich könnte sie jetzt anrufen und nachfragen, wenn Sie das wollen. Haben Sie ihre Telefonnummer?«

Zwar hatte ich mir Ms. LeBlancs Telefonnummer gemerkt, als ich sie im Internet gefunden hatte, doch ich teilte sie Ms. Washburn nicht mit. »Wir sind hier ja nicht nur, um die Adresse herauszufinden.«

Janice kam in diesem Augenblick zum Tresen zurück, also hatte Ms. Washburn keine Gelegenheit mehr nachzuhaken. Das war mir recht so, denn ich hatte den Eindruck, ein wenig ihrer Achtung verloren zu haben, obwohl sie dieses Gefühl nicht direkt zum Ausdruck gebracht hatte; also war ich froh, das Gespräch nicht weiter fortsetzen zu müssen.

»Das hier können Sie bekommen«, sagte Janice. »Gegen eine Gebühr.« Sie legte einen ziemlich dicken Umschlag auf den Tresen.

Ms. Washburn zahlte die Gebühr, denn sie wusste, dass sie die Auslagen mit ihrem Gehalt wiederbekommen würde. Ich ziehe es vor, mit Geld möglichst nicht in Berührung zu kommen – außer wenn es unbedingt notwendig ist –, und ich habe auch Bedenken, Bank- oder Kreditkarten zu benutzen, da sie von skrupellosen Individuen nachverfolgt werden können, die sich auf diese Weise Zugang zu persönlichen und finanziellen Daten verschaffen. Und damit meine ich nicht die Art öffentlich zugänglicher Daten, die wir uns gerade über Oliver Lewis verschafften.

Ms. Washburn und ich verließen das Empfangsbüro des Verwaltungsamts und gingen in den Flur, wo ein paar Bänke standen. Wir setzten uns hin, und sie öffnete den Umschlag, den wir gerade erstanden hatten.

»Sind Sie sicher, dass wir das nicht lieber mit zu *Fragen Beantworten* nehmen sollten?«, fragte sie und zog Kopien zahlreicher öffentlicher Dokumente hervor.

»Falls uns die Unterlagen zu einer Adresse führen – und ich glaube, dass dies der Fall sein wird –, würden wir nur wertvolle Zeit verschwenden, wenn wir erst ins Büro zurückfahren. Was ist da alles drin?«

Ms. Washburn, die keine Bedenken hatte, die Dokumente anzufassen, blätterte die obersten durch. »Hier ist ein Antrag beim Bezirk auf Eröffnung eines Gewerbes.«

»Ausgezeichnet. Darauf sollten alle persönlichen Daten zu finden sein, die wir benötigen, außerdem noch Informationen über das Gewerbe selbst. Was für eine Art von Firma wollte Mr. Lewis denn eintragen lassen?«

»Moment. Ich habe schon die Hälfte der Beschreibung durchgelesen, aber immer noch keine Ahnung.« Ms. Washburn überflog das einseitige Dokument. »Es sind nur zwei Zeilen vorgesehen, um das Gewerbe zu beschreiben, doch Lewis hat sechs gebraucht. Daher ist die Schrift wirklich klein.«

»Lesen Sie es bitte vor«, sagte ich und achtete darauf, das *bitte* nicht zu vergessen.

Sie las: »OLimited wird seine Kundschaft bei finanziellen und lebenspraktischen Entscheidungen beraten und Produkte verschiedener Anbieter zur Verfügung stellen, die das Vermögen vermehren, ein Einkommen fürs Alter generieren und langfristig gegen Krankheit versichern sollen.«

»Das ist wirklich ein verschachtelter Satz, aber …«

»Abwarten, es geht noch weiter. ›Die Kunden werden zu Beginn einen Kapitalstock bereitstellen, mit dem die Chancen vermehrt werden, sowohl durch konservativere als auch durch risikoreichere Investitionen, treuhänderisch verwaltete Produkte und versicherungstechnische Optionen das Portfolio breiter aufzustellen und so eine sichere Zukunft zu garantieren.‹ Was, denken Sie, soll das heißen?«

»Dass er versucht hat, alte Leute zu betrügen«, erklärte ich. »Gibt es denn eine Firmenadresse?«

»Ja, in Milltown.«

»Nicht weit entfernt von *Fragen Beantworten.* Sehr praktisch.«

Innerhalb weniger Minuten fuhren wir in Ms. Washburns Wagen zu der auf den Unterlagen verzeichneten Adresse von Oliver Lewis' Firma. Wie üblich konzentrierte sich Ms. Washburn voll und ganz auf den Verkehr, doch wir fuhren unterdessen mit unseren Spekulationen auf Grundlage der Informationen in Lewis' Akte fort (etwas, was ich normalerweise vermeide, was mir aber bisweilen erlaubt, die vorhandenen Fakten in einem neuen, gewinnbringenden Licht zu betrachten).

»Er hat eine Privat- und eine Firmenadresse angegeben«, rief mir Ms. Washburn ins Gedächtnis. »Warum fahren wir zuerst zur Firmenadresse?«

»Wenn ich mit meinen Vermutungen richtigliege, ist es sinnvoller, zuerst zu Mr. Lewis' Firmenadresse zu fahren, weil das der wahrscheinlichste Ort ist, an dem er getötet wurde. Ich halte die Wohnung, in die wir von Ms. Maholm gebracht wurden, ja nur für eine Kulisse, in der weder Mr. Lewis noch Ms. Maholm sich wirklich dauerhaft aufhielten, selbst nachdem sie verheiratet waren. Es ist also sehr wahrscheinlich, dass sie in Mr. Lewis' Wohnung lebten.«

»Ja, aber warum denken Sie, dass er nicht bei sich zu Hause ermordet wurde?« Wir waren noch vier Minuten von unserem Ziel entfernt, das sich über einer Pizzeria auf der Main Street von Milltown befand.

»Weil ich glaube, dass Ms. Maholm noch immer dort wohnt, und es scheint ja so, obwohl wir das nicht mit Sicherheit sagen können, als wäre sie in den Mord verwickelt. Sie würde in ihrem Zuhause keine Beweise hinterlassen wollen, denn die könnte man leicht mit ihr in Verbindung bringen.«

»Wenn Oliver Lewis in seinem Büro ermordet wurde, hätte dann nicht dort jemand etwas bemerken müssen? Kollegen, Sekretärinnen, Putzleute, irgendwer?« Ms. Washburn machte denselben Denkprozess durch, der mich zu meinen Schlüssen geführt hatte. Sie ist sehr intelligent.

»Nicht wenn es die Art von Büro ist, von der ich ausgehe.«

Das Gebäude war ein zweistöckiges Bürohaus, an dem im Erdgeschoss das weithin sichtbare Schild einer klassischen italienischen Pizzeria hing. Dort war im Augenblick ziemlicher Betrieb. Ms. Washburn parkte auf der gegenüberliegenden Straßenseite, und wir gingen zum Eingang hinüber.

»Das hier ist nicht Olivers Büro«, stellte Ms. Washburn fest. »Es sollte im oberen Stockwerk sein. Irgendwo muss es noch eine Tür geben.«

Wir umrundeten das Haus und fanden auf der Rückseite tatsächlich eine hölzerne Tür mit einem eingelassenen Fenster und einen Briefkasten, auf dem ITALIANO'S/OLIMITED stand. Ich sah zu Ms. Washburn, die mit den Schultern zuckte.

»Sie haben doch nicht erwartet, dass es luxuriös sein würde, oder?«

»Ganz im Gegenteil. Das hier ist genau das, was ich vorausgesehen habe. Ich habe nur darauf gewartet, dass Sie die Tür öffnen.« Ich hatte kein Paar Latexhandschuhe dabei.

Ms. Washburn tat, worum ich sie gebeten hatte, wir betraten den Flur, und dann, da auf dem Formular, das wir gelesen hatten, verzeichnet war, dass sich das Büro im zweiten Stock befand, stiegen wir eine dem Anschein nach etwas baufällige Treppe empor. Wir schafften es heil bis nach oben und standen vor der einzigen Tür auf diesem Stockwerk.

Sie war nicht gekennzeichnet. Ich zögerte einen Moment, dann nickte ich Ms. Washburn zu, die viermal klopfte. Nichts rührte sich, also nickte ich wieder, und sie klopfte erneut. Immer noch keine Antwort.

Ms. Washburn fragte nicht weiter nach; sie griff einfach nach dem Türknauf und drehte ihn. Die Tür schwang auf.

Der Raum dahinter war der Inbegriff der Leere. Es wäre das Gleiche gewesen wie in Ms. Maholms Wohnung, nachdem alles entfernt worden war, nur lag in diesem Raum, der offensichtlich als Büro angelegt war, auf allem zusätzlich eine dicke Staubschicht. Ich blieb zögernd stehen.

»Es ist nur Staub, Samuel«, sagte Ms. Washburn. »Sie wissen, dass wir da reinmüssen.«

Ich nickte. Der Gedanke daran war mir nicht geheuer, doch es war notwendig. Ich ließ Ms. Washburn den Vortritt und folgte ihr dann in die verlassenen Räumlichkeiten.

»Ob Oliver Lewis hier wohl jemals sein Büro hatte?«, fragte Ms. Washburn. »So lange ist er ja noch nicht tot, und es sieht so aus, als wäre hier eine ganze Weile keiner mehr gewesen.«

»Nein«, stimmte ich zu. »Da haben Sie ganz recht. Dieser Raum war nie als wirkliches Büro für Mr. Lewis oder sonst wen gedacht. Es war eine Adresse, die er angeben konnte, um das Büro von der Steuer abzusetzen, zur Feststellung eines Gerichtsstands und falls ein möglicher Kunde nach ihr fragen würde. Ich garantiere Ihnen, dass Mr. Lewis, wenn jemand wirklich Interesse an den ›Dienstleistungen‹ zeigte, die er anbot, es so einrichtete, die Kundschaft in ihrem eigenen Zuhause oder Büro zu besuchen. Er hat hier nie jemanden hergebracht.«

Wir durchschritten den Raum, betrachteten den Staub und die Dielen – das war auch fast alles, was man in diesem Raum betrachten konnte. Die Fenster waren seit Langem nicht mehr geputzt worden, falls das überhaupt jemals geschehen war. Die Wände waren zuletzt in einem anderen Jahrzehnt gestrichen worden, und es war wahrscheinlich nicht das vergangene. An diesem Ort herrschte der stille und modrige Geruch eines Raumes, der schon seit einiger Zeit vernachlässigt worden war. Als wir zu einer Tür mit der Aufschrift TOILETTE kamen, musste ich mich für genau siebzehn Sekunden sammeln.

»Ich werde Sie nicht darum bitten, dort hineinzusehen«, sagte ich zu Ms. Washburn. »Das würde die Grenzen der professionellen Beziehung, die wir miteinander etabliert haben, überschreiten. Aber lassen Sie mir genug Zeit, um …«

Ms. Washburns Lippen kräuselten sich leicht, dann öffnete sie die Tür zur Toilette. Sie testete den Schalter und schien leicht überrascht davon zu sein, als das Licht über dem Waschbecken tatsächlich aufflackerte.

»Er musste die Versorgungsgesellschaft zahlen, um behaupten zu können, hier eine Firma zu unterhalten – andernfalls hätte man Verdacht geschöpft«, erklärte ich. »Ich bin mir sicher, dass auch das Wasser hier funktioniert.« Doch ich starrte weiter auf die Lampe, um zu vermeiden, irgendetwas anderes in dem kleinen Raum anschauen zu müssen.

»Hier ist nichts Schlimmes, Samuel«, versicherte mir Ms. Washburn. »Es sieht zwar nicht sehr hübsch aus, aber ich sehe nichts, was darauf schließen ließe, dass hier ein Akt der Gewalt stattgefunden hätte.«

Sie hatte meinen Ekel fälschlicherweise als Furcht interpretiert, aber ich entschloss mich, das nicht weiter zu erklären. »Denken Sie daran, dass Mr. Lewis wahrscheinlich an dem Gift gestorben ist, wenn unsere Information stimmt«, wandte ich ein. »Es gibt hier vielleicht kein geronnenes Blut, wie man es erwarten würde.«

»Aber die Messerwunde«, erinnerte sie mich.

»Wahrscheinlich erst post mortem ausgeführt. Durch seine Adern ist zu diesem Zeitpunkt schon nicht mehr sehr viel Blut geflossen.«

»Es stellt sich die Frage, warum sie sich dann überhaupt die Mühe gemacht haben«, merkte Ms. Washburn an. »Sehen Sie, hier ist nichts.« Sie trat aus der Toilette, und wir wandten unsere Aufmerksamkeit – zum Glück – wieder dem eigentlichen Büroraum zu. »Hier ist aber auch nichts.«

Ich suchte den Raum erneut ab, um einen Verdacht zu erhärten, der mir schon vorher gedämmert hatte. »Ich glaube, das könnte eine vorschnelle Folgerung sein. Sehen Sie in diese Ecke hinauf.« Ohne darauf zu zeigen, lenkte ich ihren Blick auf die Ecke, wo die Wand hinter der offenen Tür an die Decke grenzte. »Doch passen Sie auf, das nicht zu offensichtlich zu tun.«

Ms. Washburn kniff die Augen zusammen. Sie hielt den Kopf gesenkt, drehte jedoch ihren Körper, als wollte sie mich direkter ansehen. Indem sie zugleich ihren Kopf etwas neigte, schien es dadurch so, als stellte sie mir eine Frage. »Oh«, sagte sie dann.

An der Decke war eine Überwachungskamera montiert – eine von dreien, die mir aufgefallen waren, als ich mich im Zimmer umgesehen hatte. »Das rote Licht ist an«, fügte ich noch hinzu.

»Nun, er hat ja den Strom nicht abstellen lassen.«

»Das stimmt zwar, ist aber nicht der Punkt. Die Kamera hat sich bewegt, als Sie aus der Toilette gekommen sind, vielleicht durch einen Bewegungsmelder, doch das glaube ich nicht. Ich vermute, dass wir in diesem Augenblick beobachtet werden.«

Ms. Washburn gab einen seltsam kehligen Laut von sich. »Denken Sie, dass Oliver Lewis noch am Leben ist?«, fragte sie leise.

»Auf keinen Fall. Sie haben die Leiche ja gesehen, und er war es ganz ohne Zweifel. Irgendwer überwacht jedoch noch immer sein Büro.«

»Warum sollte jemand das tun? Hier ist doch nichts.«

»Das ist eine ausgezeichnete Frage. Ich habe im Moment keine angemessene Antwort darauf.«

»Nun, dann kommt hier die nächste Frage: Was sollen wir jetzt tun?«

»Ich denke, wir gehen.«

Wir rannten zwar nicht zur Tür, aber wir ließen uns auch nicht besonders viel Zeit. Als wir wieder in Ms. Washburns Auto saßen, sagte ich ihr, sie solle in ihr Navi Oliver Lewis' Privatadresse eingeben, die auf dem Formular des Middlesex County stand. Eine Minute und zwölf Sekunden später waren wir unterwegs.

Ms. Washburn verhielt sich während der Fahrt ungewöhnlich unruhig; sie rutschte ein wenig auf ihrem Sitz hin und her, und ihr Mund zuckte jedes Mal, wenn sie nach links abbog. Sie drehte mir nicht den Kopf zu, doch sie begann ein Gespräch, was nicht typisch für sie war. »Wenn Oliver wirklich alte Leute um ihr Geld gebracht hat, wie Sie sagen, wäre es dann nicht möglich, dass einer von denen ihn umgebracht hat?«

»Möglich schon. Fast alles ist möglich. Aber es ist unwahrscheinlich. Mr. Lewis ist vergiftet worden, seine Kehle wurde durchtrennt, er wurde erstochen, und die Sauerstoffzufuhr wurde unterbrochen, jedenfalls sagt das die Gerichtsmedizin. Wenn diese Dinge der Wahrheit entsprechen, ist es nicht plausibel, dass ein älterer Mensch einem gesunden Mann Mitte dreißig all diese vier Dinge zugefügt haben soll. Und selbst wenn das der Fall wäre, schließt die Tatsache, dass der Mörder es offenbar für nötig hielt, die Leiche in unserem Büro abzuladen, alle Personen aus, die *Fragen Beantworten* nicht kannten.«

Ms. Washburn schien über meine Argumente nachzudenken, dann nickte sie knapp. »Gemäß dieser Logik ist die einzig wahrscheinliche Verdächtige Cynthia Maholm. Sie ist die einzige Person, die einen Grund hatte, auf Oliver Lewis böse zu sein, und die zugleich *Fragen Beantworten* kannte. Sie ist diejenige, die sich so große Mühe gegeben hat, uns in die fingierte Wohnung zu locken, und die uns dann aufhalten konnte, während die Leiche ins Büro gebracht wurde. Sie muss also die Schuldige sein.«

Ich klatschte zweimal in die Hände. »Wirklich sehr gut! Ausgezeichnete Beweisführung! Doch es gibt noch weitere Verdächtige.«

Sie blinzelte. »Wen denn?«

»Im Grunde jede einzelne seiner vielen Ehefrauen. Denken Sie daran, dass wir alle Informationen über jede von ihnen, sogar über Hazel Montrose, nur aus ihren eigenen Aussagen kennen. Aus meiner Sicht war es deutlich – und Mike stimmte mir da zu –, dass Ms. LeBlanc und Ms.

Stanhope wenigstens über einige Details bezüglich ihrer Ehen mit Mr. Lewis gelogen haben.«

»Ich war nicht dabei, also weiß ich das nicht«, erwiderte Ms. Washburn leise.

Darauf entgegnete ich nichts, da ich nicht wusste, warum diese Information relevant sein sollte. »Wir haben uns noch immer nicht mit Rachel Vandross getroffen, diejenige seiner Exfrauen, über die wir bisher am wenigsten gehört haben. Und dann ist da noch Terry Lambroux, die Person, die offenbar all diese Frauen mit Oliver Lewis bekannt gemacht hat, ohne dass irgendeine von ihnen ihn oder sie jemals zu Gesicht bekommen hätte. Roger Siplowitz scheint kein Motiv zu haben, Mr. Lewis zu töten, doch er hat ganz zweifellos großen Aufwand betrieben, um uns von der Frage abzubringen, und uns aus seinem Büro geworfen, als er bemerkte, dass er dieses Ziel nicht würde erreichen können.«

»Das macht sieben Verdächtige«, rechnete Ms. Washburn vor.

»Mindestens. Und es könnte sein, dass wir unsere Liste um wenigstens noch zwei weitere Personen erweitern müssen.«

Ms. Washburn runzelte die Stirn und zog die Augenbrauen zusammen. »Wen denn noch?«

»Zwei Männer sitzen in dem schwarzen SUV hinter Ihrem Auto. Sie folgen uns, seit wir Mr. Lewis' Büro verlassen haben.«

21

Hätte ich bei Mike, dem Taxifahrer, im Auto gesessen, dann hätte ich ihm vorschlagen können, den SUV, einen Ford Escape Baujahr 2012, abzuhängen, sobald ich bemerkt hatte, dass er uns bei jeder Abzweigung folgte, indem er den Blinker immer kurz nach Ms. Washburn setzte. Das geht, weil Mike ein professioneller Fahrer und ein Veteran ist und einige Techniken gelernt hat, die, wie er sagt, unter solchen Umständen von Nutzen sein können.

Bis zu diesem Tag hatte noch nie die Gelegenheit bestanden, so eine Aktion in die Tat umzusetzen, doch unglücklicherweise saß Mike ausgerechnet jetzt nicht am Steuer.

Ms. Washburns Stimme klang rau. »Wie bitte?«

»Wir werden verfolgt. Ohne Zweifel von den Leuten, die uns dabei beobachtet haben, wie wir Mr. Lewis' Büro durchsuchten. Bitte achten Sie auf den Verkehr.«

Ms. Washburn unterließ es daraufhin, angestrengt in den Rückspiegel zu starren. »Ist das Ihr Ernst? Zwei Männer verfolgen uns, und Sie wollen, dass ich einfach auf den Verkehr achte und weiterfahre?«

»Das ist die beste Strategie, um herauszufinden, wer sie sind und was sie wollen. Vielleicht sollten wir jedoch woandershin fahren. Es ist nicht sinnvoll, sie zu Ms. Maholm zu führen, wenn sie sich tatsächlich dort aufhält, wo wir es vermuten. Denken Sie, es wäre riskant, jetzt zu *Fragen Beantworten* zurückzukehren? Sollten wir vielleicht lieber unterwegs irgendwo anhalten, um eine Flasche Quellwasser zu kaufen? Und eine kalorienreduzierte Limonade für Sie?« Ich wusste, dass sie die am liebsten trank.

»Das ist jetzt kaum der Moment, um sich über Getränke den Kopf zu zerbrechen, Samuel! Wir werden verfolgt! Wenn wir einfach anhalten und sie zu uns aufschließen lassen, woher wissen wir, dass sie nicht Pistolen oder so was bei sich haben?«

Das war ein valider Punkt. »Sie sind wahrscheinlich schon bewaffnet. Aber ich bezweifle, dass sie uns etwas Böses wollen, wenigstens nicht sofort. Sie folgen uns, um Informationen zu sammeln. Wenn sie uns einfach verletzen oder auf der Straße erschießen, können wir ihnen diese Informationen nicht liefern.«

»Sie beruhigen mich nicht gerade.«

Da es nicht meine Absicht gewesen war, Ms. Washburn ihre Angst zu nehmen, wunderte mich das nicht. Nun, da sie es angesprochen hatte, fragte ich mich jedoch, ob ich nicht etwas einfühlsamer mit ihren Sorgen umgehen sollte. Was konnte ich jetzt noch sagen, um dieses Ziel zu erreichen?

»Vielleicht können sie uns ja etwas erzählen, was uns nützt.«

»Wie stehen die Chancen?«

Wahrscheinlich erwartete sie nicht wirklich eine Antwort auf diese Frage, aber ich berechnete nichtsdestoweniger die Wahrscheinlichkeit und stellte fest, dass die

Männer im Wagen hinter uns eher nicht vorhätten, uns bei der Beantwortung der Frage bezüglich Mr. Lewis' Tod behilflich zu sein.

In diesem Moment dämmerte mir, dass es Ms. Washburn in erhebliche Gefahr bringen könnte, wenn wir mit den beiden Männern in dem Ford Escape in direkten Kontakt träten. Da ich mein Ehrenwort gegeben hatte, solche Situationen zu vermeiden, während sie für *Fragen Beantworten* arbeitete, musste ich meinen Plan, mich unseren Verfolgern zu stellen, fallen lassen oder Ms. Washburn irgendwie aus der Schusslinie bringen.

Aber ich konnte mich nicht entscheiden, worin die beste Strategie bestand.

Ms. Washburn blickte noch einmal rasch in den Rückspiegel. »Was glauben Sie denn, das die zu erfahren hoffen?«

»Es gibt keine Fakten, auf die ich eine Hypothese gründen könnte. Doch das einzig Logische, nach dem sie suchen könnten, wäre der Aufenthaltsort von Ms. Maholm.«

Sie biss sich auf die Unterlippe. »Glauben Sie, es sind Polizisten?«

Diese Möglichkeit hatte ich gar nicht in Erwägung gezogen. »Das bezweifle ich«, erwiderte ich nach kurzem Nachdenken. »Polizisten könnten uns bei dem Verdacht, wir kennten den Aufenthaltsort der Gesuchten, einfach anhalten und befragen. Tatsächlich kennen wir den im Moment ja noch nicht, also hätten wir keine stichhaltige Information, die wir ihnen weitergeben könnten.«

»Das wissen sie aber nicht.«

Während ich unsere Möglichkeiten abwog und eventuelle Ergebnisse evaluierte, schwieg ich für drei Minuten.

»Wohin soll ich denn nun fahren?«, fragte Ms. Washburn erneut.

Vielleicht gab es einen Weg, um meine beiden Ziele zu erreichen. »Ich denke, die beste Lösung ist, dass wir uns ins nächstgelegene Café begeben. Es gibt eins drei Straßen südlich von hier, an der hinteren rechten Ecke.«

»Sind Sie sicher?«

»Natürlich. Ich habe es auf dem Hinweg gesehen.«

Ms. Washburns Miene zeigte an, dass ich ihre Frage vielleicht missverstanden hatte, doch im Moment gab es keine Notwendigkeit, sich weiter mit ihrer Reaktion zu beschäftigen. Sie schien fieberhaft nachzudenken, fuhr dann aber zu dem Café, von dem ich gesprochen hatte. Der Ford Escape folgte Ms. Washburns Kia Spectra – wie der Fahrer wohl glaubte – in unauffälligem Abstand.

Das Café mit dem Schild, auf dem *Viva Java!* stand, lag in einer kleinen Ladenzeile aus vier Geschäften, die derjenigen von *Fragen Beantworten* nicht unähnlich war. Ms. Washburn stellte den Wagen auf einem Parkplatz in der Nähe, aber nicht direkt vor dem Café ab.

»Wie lautet der Plan?«

»Es ist ganz einfach. Ich gehe in das Café hinein, kaufe eine Flasche Quellwasser und setze mich an einen der Tische. Wenn wir Glück haben, werden mir die beiden Männer aus dem Ford Escape folgen, bemerken, dass ich *weiß,* seit wann sie uns hinterhergefahren sind, und sich zu mir setzen, um sich zu unterhalten. Wenn wir Pech haben, ist die wahrscheinlichste Variante, dass sie in ihrem Auto sitzen bleiben und warten, bis ich wieder herauskomme. In diesem Fall werde ich mich ihnen dann direkt nähern und sie nach ihren Absichten fragen müssen. In beiden Fällen spielt sich das Treffen in der Öffentlichkeit ab, weitab von irgendwelchen Örtlichkeiten, an denen sie mich ungestörter bedrohen könnten.«

Sie wartete drei Sekunden, was in einem Gespräch als länger als üblich gilt. »Und was mache ich in der ganzen Zeit?«

»Sie haben die Wahl. Entweder strecken Sie sich auf dem Vordersitz Ihres Wagens aus, oder Sie begleiten mich in das Café und warten in der Toilette, bis ich von außen viermal klopfe.«

Ms. Washburn kniff die Augen zusammen. »Samuel, ich weiß, dass Sie Sinn für Humor haben, aber das ist nicht der Moment für Scherze.«

»Ich scherze nicht. Das sind die beiden Möglichkeiten, mit denen Sie sicherstellen können, dass Ihnen während des gesamten Treffens keinerlei Gefahr droht. Welche würden Sie bevorzugen? Wir haben nur sehr wenig Zeit.« Der Ford Escape hielt am Straßenrand in Sichtweite des Parkplatzes vor der Ladenzeile, jedoch nicht auf dem Parkplatz selbst. Der Fahrer war klug, wenn auch nicht der allersubtilste Verfolger.

»Ich habe die Stelle bei Ihnen nicht angenommen, um mich in der Damentoilette zu verrammeln, Samuel. Was kann ich tun, um dabei zu helfen, die Frage zu beantworten?«

»Tatsächlich gibt es etwas sehr Wichtiges, was Sie tun könnten, während Sie sich in der Damentoilette verrammeln. Rufen Sie Detective Esteban von Ihrem Handy aus an, und fragen Sie sie, ob es zum Zeitpunkt von Oliver Lewis' Tod irgendwelche Anzeigen gegen ihn gab.«

»Das kann ich auch vom Café aus machen.«

»Ja, aber dann bin ich abgelenkt und kann nicht mit höchster Leistungsfähigkeit agieren, wenn die beiden

Männer aus dem Ford Escape hereinkommen. Bitte. Tun Sie es einfach.« Ich veränderte die Position des Außenspiegels an Ms. Washburns Kia so, dass ich den Standort des Ford Escape sehen konnte. Die beiden Männer saßen noch immer im Wagen.

»In Ordnung«, seufzte Ms. Washburn. »Aber bitten Sie mich nie wieder um so etwas.« Sie stieg aus und ging, ohne sich noch einmal nach mir umzublicken, ins *Viva Java!* hinein.

Wie ich vor wenigen Augenblicken entschieden hatte, blieb ich im Spectra sitzen. Ich sah Ms. Washburn im Café verschwinden und wandte meine Aufmerksamkeit dann sofort dem Außenspiegel zu.

Die beiden Männer stiegen aus ihrem Auto aus und näherten sich dem Café.

Bevor sie noch den Eingang erreichten, stieg ich ebenfalls aus und stellte mich ihnen in den Weg. »Meine Herren«, sagte ich.

Äußerlich wirkte ich meiner Ansicht nach selbstsicher, doch innerlich hatte ich so ziemlich das gegenteilige Gefühl. Mehr als zu dem Zeitpunkt, als Jennifer LeBlanc mit einer Pistole auf mich zielte, verspürte ich nun eine Bedrohung, als die beiden Männer innehielten und sich mir zuwandten.

Einer von ihnen war groß und dünn und trug Röhrenjeans und ein graues T-Shirt. Der andere war kleiner, aber ebenfalls in körperlich guter Verfassung. Er trug eine dunkle Hose und ein blaues Poloshirt. Beide hatten die gleichen Laufschuhe von New Balance an. Ich fragte mich, ob sie ihre Schuhe wohl gemeinsam kauften.

»Wir sind in Eile«, sagte der kleinere von beiden. »Gehen Sie uns aus dem Weg.«

Ich suchte beide nach Anzeichen versteckter Waffen ab. Es gab keine Ausbuchtungen unter ihren Achseln, wo ein Schulterholster umgeschnallt sein könnte, oder an ihren Hüften. Ich entschied, dass, falls sie tatsächlich Waffen bei sich trugen, diese entweder in den Schuhen steckten, von den Hosenbeinen verborgen wurden oder Messer sein mussten.

»Ich glaube, ich bin die Person, nach der Sie suchen.« Die beiden Männer starrten einen Moment lang mich und dann einander an.

Der Größere sah wieder zu mir. »Sind Sie denn Janet Washburn?«

22

Nun war es an mir, verwirrt zu sein. »Sie sollen Janet Washburn beschatten?«, fragte ich die beiden Männer.

»Das geht Sie nichts an«, sagte der kleinere der beiden und versuchte, sich an mir vorbeizudrängen.

»Ganz im Gegenteil, das geht mich sehr wohl etwas an. Ich bin ihr Arbeitgeber«, widersprach ich.

Der Kleinere hielt inne. »Sie sind ihr Boss?«

Das Gespräch schien einen redundanten Verlauf zu nehmen. »Bitte sagen Sie mir, warum man sie beauftragt hat, meiner Mitarbeiterin zu folgen, oder ich sehe mich gezwungen, die Polizei zu verständigen.« Die Tatsache, dass Ms. Washburn, wenn sie meinen Anweisungen Folge leistete, genau das in diesem Moment tat, schien mir etwas zu sein, was ich besser nicht erwähnte.

»Ach, machen Sie schon, rufen Sie die Bullen«, sagte der Kleinere. »Das möchte ich sehen.«

»Wir müssen Ihnen gar nichts sagen«, meinte der Größere. Mir war klar, dass er nicht unbedingt ausdrücken wollte, dass er mir trotzdem etwas verraten würde, doch ich gab mir Mühe, ihn nicht darauf hinzuweisen.

»Ich muss auch nicht *nicht* die Polizei rufen«, entgegnete ich. »Wenn Sie tun, was Sie nicht tun müssen, werde ich das nicht tun, was ich nicht tun muss.«

Der Größere kniff die Augen zusammen. »Was?«

Der Kleinere aber hatte meine Erklärung verstanden. »Okay. Sagen Sie mir, warum ich Sie nicht einfach zur Seite schieben und mit Ihrer Freundin reden soll, und vielleicht kommen wir ins Geschäft.«

Die Unterstellung, dass Ms. Washburn und mich irgendeine romantische Beziehung miteinander verbände, verlangsamte meinen Denkprozess, bis mir auffiel, dass Ms. Washburn, wäre sie hier gewesen, mir erklärt hätte, dass der Mann nur symbolisch sprach.

»Wenn Ihr Geschäft irgendetwas mit Oliver Lewis oder einer seiner Exfrauen zu tun hat, dann bin ich derjenige, mit dem Sie reden sollten. Wenn Ihr Geschäft mit Ms. Washburns persönlichem Leben zu tun hat, kann ich Ihnen versichern, dass ich nichts darüber weiß, dass ich aber alles in meiner Macht Stehende tun werde, um Sie daran zu hindern, sich in ihr Privatleben einzumischen. Das schließt die Möglichkeit ein, die Polizei zu rufen und Sie anzuzeigen. Wenn Ihr Geschäft andererseits darin besteht, Ms. Washburn zu helfen, werde ich Ihnen gern beistehen. Ist das klar genug?«

»Das geht Sie nichts …«, fing der Größere an.

»Außerdem besitze ich einen schwarzen Gürtel zweiten Grades in Taekwondo, und mich ›zur Seite zu schieben‹ könnte deshalb deutlich anstrengender für Sie sein, als Sie es sich vielleicht vorgestellt haben. Falls Sie eine versteckte Waffe bei sich tragen und versuchen sollten, sie zu gebrauchen, bin ich darauf trainiert, Sie zu überwältigen, und die Liste der Dinge, wegen der ich Sie anzeigen könnte, würde nur noch verlängert. Und nun verraten Sie mir bitte: Warum hat man Sie damit beauftragt, meine Mitarbeiterin zu beschatten?«

»Es geht um eine Inkassoangelegenheit«, sagte der Kleinere.

»Das bezweifle ich stark. Mich anzulügen ist übrigens extrem schwer. Ich bin Träger einer neurologischen Besonderheit, die mir dabei hilft zu bemerken, wenn jemand die Unwahrheit sagt.« Das war selbstverständlich eine Lüge. Das Asperger-Syndrom (oder Störung autistischer Art) hilft niemals dabei, Wahrheit und Lüge voneinander zu unterscheiden. Wenn das so wäre, hätte ich niemals der Frau, die sich mir als Sheila McInerney vorgestellt hatte, mein Vertrauen geschenkt. »Bitte verschwenden Sie also nicht weiter meine Zeit.«

Der Größere sah zu dem Kleineren, der bei dieser Angelegenheit das Sagen zu haben schien. Dieser holte einmal tief Luft und ließ sie dann langsam wieder ausströmen. »In Ordnung. Lassen Sie uns reingehen und uns hinsetzen.«

Solange Ms. Washburn in der Toilette blieb, schien das kein unvernünftiger Vorschlag zu sein. Ich achtete darauf, die beiden Männer vorangehen zu lassen, damit ich ihnen nicht den Rücken zuwenden musste.

Drinnen wählten wir einen Tisch auf der rechten Seite des Raumes. Der Größere setzte sich auf die Seite mir gegenüber, während der Kleinere darauf bestand, außen neben mir auf der Bank Platz zu nehmen. Ich setzte mich also zuerst, und er rückte links neben mich.

»Wir sind von jemandem beauftragt worden – und ich sage Ihnen nicht, um wen es sich handelt, also geben Sie sich erst gar keine Mühe –, ein Auge auf das Büro zu werfen, das Sie gerade verlassen haben. Bis jetzt war das ein ziemlich einfacher Job, denn niemand ist jemals dort aufgetaucht. Wir haben also unser Honorar fürs Rumsitzen,

Donutessen und Kaffeetrinken bekommen.« Der Kleinere verlagerte das Gewicht, was mir unangenehm war.

»Das erklärt nicht, warum Sie Ms. Washburn gefolgt sind«, merkte ich an.

Der Größere richtete sich auf, als wäre er stolz darauf, eine Frage ganz ohne fremde Hilfe beantworten zu können. »Ihr Name ist aufgetaucht, als wir wegen des Autokennzeichens recherchiert haben. Es ist leichter, Sachen über Leute rauszufinden, wenn wir ihren Namen kennen. Wir hatten keine Ahnung, wer Sie sind.«

Das verriet mir viel mehr, als wahrscheinlich in der Absicht des Mannes gelegen hatte. »Und was wollten Sie sie fragen?«

»Vor allem wollten wir wissen, was Sie beide in dem Büro getrieben haben, warum Sie überhaupt dorthin gekommen sind und was Sie glaubten, da zu finden«, erklärte der Kleinere. »Warum verraten Sie uns das nicht?«

»Wir hatten einige Fragen an den ehemaligen Besitzer dieses Büros. Wir hatten keine Ahnung, dass das Büro verlassen war.«

»Verlassen«, wiederholte der Größere der beiden, als wäre es besonders lustig. Das half mir dabei, meinen Verdacht zu erhärten, dass Oliver Lewis' Firma niemals ein ernsthaft betriebenes Gewerbe gewesen war. Wenn ich den Größeren dazu bringen könnte, mir weitere zehn Minuten lang »gar nichts« zu erzählen, wäre ich vielleicht ohne großen Aufwand in der Lage, die Frage zu beantworten.

»Wie heißen Sie?«, fragte ich den Kleineren.

»Ich habe keinen Grund, Ihnen das zu verraten. Und Sie haben auch noch keine der Fragen, die ich Ihnen gestellt habe, wirklich beantwortet. Das hier sollte ein Austausch sein. Also lassen Sie uns damit anfangen.«

»Wie Sie wollen. Ms. Washburn hat mich, weil ich sie darum gebeten habe, zum vermeintlichen Firmensitz von OLimited gefahren. Wir haben das Büro betreten, es verwaist und vernachlässigt vorgefunden und sind wieder weggefahren, um uns anderweitig um unsere Angelegenheiten zu kümmern. Mehr kann ich Ihnen nicht sagen.«

»Das wussten wir alles schon«, warf der Größere ein.

»Mehr Informationen habe ich nicht. Wenn Sie umfassendere Erklärungen erwartet hatten, muss ich mich bei Ihnen entschuldigen.«

Die beiden Männer wechselten einen unzufriedenen Blick. Dann legte der Kleinere die Hände flach auf den Tisch und stemmte sich hoch. »Das hier hat für keinen von uns irgendeinen Sinn.«

»Ganz im Gegenteil. Sie haben mir eine ganze Menge verraten. Sie sind zwei Polizeibeamte außer Dienst, die von einer von Oliver Lewis' Exfrauen angeheuert wurden, um mehr über seine geschäftlichen Aktivitäten herauszufinden, vielleicht um einen günstigeren Deal bei der Scheidung aushandeln zu können. Ich kenne Ihre Namen nicht, doch das spielt kaum eine Rolle, da Ihr Interesse an Ms. Washburn nur aufgrund ihres Nummernschildes besteht, also habe ich nichts von Ihnen zu befürchten. Ich bedauere sehr, dass ich Ihnen keine weitergehenden Informationen geben kann, aber das ist leider der Fall. Vielen Dank, meine Herren. Sie können nun gern zu Ihrer Überwachung des OLimited-Büros zurückkehren, Ms. Washburn und ich werden Sie dort nicht mehr stören.«

»Woher wissen Sie …?«, fragte der Größere. Der Kleinere presste die Lippen aufeinander und hatte seine aufrechte Position nicht verändert.

»Polizisten haben Zugang zu Informationen über

Kraftfahrzeuge, wie zum Beispiel Kennzeichen«, erklärte ich. »Und als ich damit gedroht habe, die Polizei zu rufen, schienen Sie das amüsant zu finden. Sie glaubten, bei solch einem Zusammentreffen einen Vorteil zu haben, da Sie selbst Mitglieder der Bruderschaft sind, oder? Sie sind offenbar nicht im Dienst, sonst wären Sie nicht in Ihrem Privatwagen unterwegs – und ich weiß genug über die Funktionsweise der Behörden, um Zeichen- und Nummernkombinationen von Kommune, County oder Bundesstaat zu erkennen. Außerdem tragen Sie Zivilkleidung. Es liegt zudem nahe, dass eine Person, die Mr. Lewis' Büro beobachten soll, mit einer oder mehreren seiner Exfrauen zu tun hat. Auf seinen Gewerbeformularen war kein Geschäftspartner notiert, also wären seine Exfrauen die einzigen Menschen, die von seinen Geschäften profitieren würden. Und Ihr mangelndes Interesse an Ms. Washburn wird dadurch bewiesen, dass Sie keine Notiz von ihr genommen haben, als sie vor drei Minuten an Ihnen vorbeigegangen ist und dieses Café verlassen hat.«

Beide Männer drehten sich nun um und blickten zur Tür, was voraussehbar, aber sinnlos war, da Ms. Washburn selbstverständlich zu ihrem Auto zurückgekehrt war und nun zweifellos dort saß und auf meine Rückkehr wartete.

Der Kleinere der beiden schien jetzt mit den Zähnen zu knirschen, wohl ein Zeichen dafür, dass er es nicht schätzte, vor seinem Kollegen auf seine Fehler hingewiesen zu werden; wahrscheinlich hätte er das auch unter keinen anderen Umständen besonders gemocht.

»Rechnen Sie damit, dass sich unsere Wege noch einmal kreuzen, Sherlock«, sagte er.

Bevor ich ihn darauf aufmerksam machen konnte,

dass der fiktionale Mr. Holmes wahrscheinlich eine ganze Menge mehr aus der Erscheinung und den Gewohnheiten der beiden Männer geschlossen hätte als ich, hatten beide den Tisch verlassen und waren zur Tür gegangen.

Ich steckte zwei neue Dollarscheine in das Glas für das Trinkgeld, bevor ich den beiden nach draußen folgte. Die junge Frau hinter dem Tresen, die zweifelsohne wusste, dass wir gar nichts bestellt hatten, sah mit einem überraschten Gesichtsausdruck zu mir auf.

»Dafür, dass wir Ihren Tisch benutzen durften.«

Sie nickte zum Dank, wirkte dabei immer noch ein bisschen verwirrt, und ich verließ das Café.

Ms. Washburn saß tatsächlich hinter dem Steuer ihres Wagens, dessen Motor lief. Die beiden Männer waren nirgends mehr zu sehen, und auch ihr SUV war verschwunden. Ich öffnete die Tür von Ms. Washburns Spectra und setzte mich auf den Beifahrersitz.

»Detective Esteban war erstaunt, von mir zu hören«, berichtete sie, bevor ich ihr von meiner Begegnung mit den beiden Polizisten erzählen konnte. »Sie sagte, sie habe gedacht, dass wir die Frage beantwortet und die Angelegenheit damit abgeschlossen hätten.«

»Ganz offensichtlich wäre es peinlich und ein Bruch der Gepflogenheiten, wenn Detective Dickinson ihr mitteilen würde, dass er uns beauftragt hat«, sagte ich und nickte. »Es ist plausibel, dass er es ihr gegenüber nicht erwähnt. Hat sie Ihnen trotzdem etwas über Oliver Lewis' Kriminalakte verraten?«

Ms. Washburn wusste, dass es mich gestört hätte, wenn sie mitten im Gespräch losgefahren wäre (denn das Reden hätte sie sehr wahrscheinlich vom Verkehr abgelenkt), und ließ das Auto auf dem Parkplatz stehen. Es wäre das

Beste, diese Unterhaltung so kurz wie möglich zu gestalten, um die überbeanspruchte Klimaanlage des Kia bald zu entlasten.

»Ja«, erwiderte Ms. Washburn. »Ich weiß allerdings nicht, warum. Sie war einfach nur hilfsbereit. Sie sagte, es hätte eine Untersuchung von Lewis' Geschäften durch die Staatsanwaltschaft gegeben, doch man fand keine ausreichenden Beweise für eine Anklage vor dem Strafgericht. Es waren jedoch Zivilklagen von Jennifer LeBlanc und Terry Lambroux anhängig.«

Das war eine Überraschung. »Wirklich!«, rief ich. »Um welche Vorwürfe ging es in diesen Verfahren denn?«

»Das wissen wir genauer, wenn wir uns die Dokumente angesehen haben, die Detective Esteban Ihnen per Mail schickt. Die Klage von Lambroux war interessant, so viel hat sie mir schon verraten.«

»Inwiefern interessant?«

»Es war eine Anklage, die wegen des Bruchs eines Versprechens angestrengt wurde«, erwiderte Ms. Washburn mit einem listigen Grinsen im Gesicht. Sie hatte darauf gewartet, mir diese spezifische Information mitteilen zu können. »Offenbar war Oliver Lewis mit Terry Lambroux verlobt, hat die Verlobung aber noch vor der Hochzeit wieder gelöst.«

23

Nach unseren heutigen Ausflügen fühlte sich das Büro von *Fragen Beantworten* für mich einladend und friedlich an. Ms. Washburn, die sich zweifellos immer noch sehr bewusst war, dass wir Oliver Lewis' Leiche in diesem Raum gefunden hatten, schien sich bei unserer Rückkehr nicht gar so wohl zu fühlen.

»Das heißt dann wohl, dass Terry Lambroux eine Frau ist«, sagte Ms. Washburn, während ich mich auf meinen Platz hinter dem Schreibtisch setzte und sie sich eine Flasche kalorienreduzierte Limonade aus dem Getränkeautomaten zog.

»Nicht unbedingt«, stellte ich fest. »In New Jersey gibt es inzwischen die Möglichkeit der Eheschließung für alle. Es ist jedoch anzunehmen, dass Terry eine Frau ist, denn das ist, soweit wir wissen, immer Oliver Lewis' Orientierung gewesen.«

Wir hatten uns nach einiger Diskussion dazu entschieden, nicht an der letzten uns bekannten Adresse ihres Ehemannes Oliver Lewis nach Cynthia Maholm zu suchen. Ms. Washburn hatte zu bedenken gegeben – und ich musste ihr da zustimmen –, dass die beiden Männer im Ford Escape uns vielleicht noch mit etwas mehr Umsicht verfolgen und versuchen könnten, auf diese Weise

Ms. Maholm ausfindig zu machen. Und sie zu ihr zu führen wäre nicht der beste Weg, die Frage zu beantworten.

»Davon können wir wohl ausgehen«, stimmte Ms. Washburn zu. »Wir wissen, dass er wenigstens fünfmal verheiratet war, jedes Mal mit einer Frau.«

Im Grunde hatte ich gerade genau dasselbe gesagt, doch ich wusste, dass Ms. Washburn lediglich ihre Zustimmung zum Ausdruck bringen wollte. Ich wandte meine Aufmerksamkeit dem Computerbildschirm zu, wo auch ausführliche Internetrecherchen noch immer keine brauchbaren Informationen oder Bilder von Terry Lambroux zutage gefördert hatten.

»Wir müssen meines Erachtens wenigstens in Erwägung ziehen, dass es sich bei Terry Lambroux um ein Alias handelt«, bemerkte ich. »Bei einem Mitglied unserer Gesellschaft ist es sehr selten, dass es bezüglich desselben keinerlei Aufzeichnungen im Internet gibt.«

Ms. Washburn setzte sich auf ihren angestammten Platz rechts von mir und vor meinem Schreibtisch. »Was können wir also tun, um ihren richtigen Namen herauszufinden, wenn es von ihr nirgends irgendwelche Daten gibt?« Sie nahm einen Schluck von ihrer Limonade und trank dabei direkt aus der Flasche. Zwar tue ich dasselbe mit meinem Quellwasser, doch ich säubere zuvor den Flaschenhals mit einem Papiertuch. Ms. Washburn hat ein paar Angewohnheiten, die sie mit sehr vielen Menschen teilt und die ich nicht beachten darf, wenn ich außerhalb meines Zimmers funktionieren will, sagt Mutter immer.

»Unter diesen Umständen haben wir nicht allzu viele Optionen«, dachte ich laut nach. »Wir müssen das Problem aus der Perspektive unserer Zielperson angehen.«

Ms. Washburn lächelte, aber ich konnte aus ihrer Mimik keine Rückschlüsse darauf ziehen, was sie sich dabei dachte. Ich entschied mich dafür, nicht weiter nachzufragen, doch ich merkte es mir. Neue Gesichtsausdrücke sind für mich immer interessant, denn Wissen über sie könnte sich zu einem späteren Zeitpunkt als nützlich erweisen. Eine Person zu fragen, der ich vertraue – wie Mutter oder Ms. Washburn –, kann mir die Notwendigkeit ersparen, das bei einem Fremden tun zu müssen.

»Unserer Zielperson?«, fragte Ms. Washburn.

»Terry Lambroux. Da es uns nicht gelingt, Ms. Maholm ausfindig zu machen, sollten wir uns ganz auf Terry konzentrieren.«

»Warum? Warum nicht eine der Ehefrauen oder Roger Siplowitz? Woher wissen wir, dass Terry der Schlüssel ist?«

»Das tun wir nicht«, räumte ich ein. »Wir haben jedoch alle Exfrauen außer Rachel Vandross kennengelernt, und diese Lücke werden wir auch bald füllen. Die Tatsache, dass Terry Lambroux sich dazu entschließt – nein: sich außerordentliche Mühe gibt –, unsichtbar zu bleiben, erregt mein Misstrauen. Würden Sie bitte, während ich etwas weiter zu Terry recherchiere, Ihr Telefon benutzen, um die Adresse von Rachel Vandross zu ermitteln?«

Ms. Washburn nickte und zog das Gerät aus der beschichteten Leinentasche, die sie stets bei sich trug. Sie tippte bereits auf dem Display herum, bevor ich meine Aufmerksamkeit wieder meiner eigenen Arbeit widmen konnte.

Der Trick war, einen Spalt in der Rüstung Terry Lambroux' zu finden, dieser schwer fassbaren Person, die Oliver Lewis irgendwie all seinen fünf Ehefrauen vorgestellt hatte. Suchen nach Teresa, Theresa und Terrence Lambroux hatten sich zuvor als fruchtlos erwiesen. Es war also möglich, dass Terry ein zweiter Vorname war. Doch die Eingabe sämtlicher Buchstaben als erstes Initial – »A. Theresa Lambroux«, »B. Theresa Lambroux« und so weiter – hatte bei allen möglichen Schreibweisen und Varianten des Namens ebenso wenig ergeben.

Das Problem bestand darin, dass wir überhaupt keine Informationen über Terry Lambroux hatten. Obwohl wir davon ausgehen konnten, dass es sich bei ihr um eine Frau handelte, ließ sich diese Tatsache nicht bestätigen. Wir kannten weder ihren Beruf noch ihren Geburtsort, weder ihr Alter noch eine äußerliche Beschreibung. Die Suche nach Heiratsurkunden einer Person mit dem Namen Lambroux hatte ein einziges Ergebnis geliefert, und das stammte aus Alabama aus dem Jahr 1958.

Es war zwar eine unwahrscheinliche Spur, doch ich notierte mir die Information, um ihr am Abend, wenn ich mehr Zeit hätte, zu Hause weiter auf den Grund zu gehen. Heute war kein Baseballspiel der New York Yankees angesetzt, des Teams, dessen Spiele ich mir immer anschaue.

Da ich inzwischen davon ausging, dass es sich bei »Terry Lambroux« um ein Alias handelte, war es sinnvoll, es gedanklich zurückzuverfolgen, das heißt darüber nachzudenken, wie jemand auf diesen Namen kommen konnte, wenn er vorhatte, sich eine falsche Identität für sich selbst zu entwerfen. Vielleicht war die Schreibweise der Schlüssel. Es gab mehr Menschen mit dem Namen »Lambreaux« als »Lambroux«. Auf dieser Grundlage suchte ich weiter.

»Ich habe etwas«, meldete sich Ms. Washburn. »Es gibt

eine Rachel Vandross in Metuchen, und ihr Beziehungsstatus bei Facebook lautet: ›Es ist kompliziert‹.«

»Ausgezeichnete Arbeit«, lobte ich, stand auf und ging um den Schreibtisch herum. Ich stellte mich hinter Ms. Washburn und sah über ihre Schulter hinweg auf das Display ihres Telefons. Ich musste mich vornüberbeugen, um etwas zu erkennen, obwohl sie es senkrecht vor ihre eigenen Augen hielt. »Haben Sie eine Adresse?«

»Noch nicht. Ich habe sie bisher nur auf Facebook gefunden, und da bekommt man keine Adresse angezeigt, wenn die betreffende Person das nicht will. Ich bin mit Rachel nicht befreundet, also habe ich nicht so viele Informationen über sie.«

Mir erschien die Idee, dass Menschen Freundschaften einzig und allein auf Grundlage von sozialen Medien schlossen, ziemlich komisch, doch solche Netzwerke können dabei helfen, mehr über eine Person zu erfahren, wenn man eine Frage zu beantworten versucht. Aus Gründen, die ich nicht begreife, teilen manche Menschen freiwillig alle möglichen persönlichen Daten durch eine ziemlich öffentliche Einstellung, nur um Fotos ihrer Haustiere herumzuzeigen.

»Aber Sie können sehen, wer mit ihr befreundet ist, oder?« Ich selbst habe kein Facebookprofil, doch ich habe die Seite schon manches Mal zu Recherchezwecken besucht.

»Ja. Ich rufe mal die Liste auf.«

Sie klickte sich durch Rachel Vandross' Facebookseite, bis sie bei der Freundesliste angekommen war. »Das ist ja lustig.«

Ich hatte die ganze Seite noch nicht genau studieren können, denn ich stand ja etwas von dem kleinen Bildschirm entfernt, doch mir war darauf bisher noch nichts Amüsantes aufgefallen. Ich wartete auf eine Erklärung und wurde nicht enttäuscht.

»Rachel Vandross hat nur drei Facebookfreundinnen«, erklärte Ms. Washburn.

Da ich selbst weniger als drei Menschen ernsthaft als Freunde betrachte, verstand ich immer noch nicht, was sie meinte. »Warum ist das denn lustig?«

Ms. Washburn sah mich kurz an, um zu überprüfen, ob ich die Frage ernst meinte, und bemerkte, dass das offensichtlich der Fall war. »Das ist nur so ein Ausdruck, Samuel. Es heißt nicht, dass man darüber lachen muss oder so, es bedeutet, dass eine Sache seltsam oder unerwartet ist.«

»Was ist denn seltsam oder unerwartet daran, dass Rachel drei Freundinnen hat?«

»Nun, erst mal ist das eine sehr kleine Anzahl, vor allem auf Facebook, wo man ja mit Leuten befreundet sein kann, die man gar nicht kennt.« Ms. Washburn blickte zu mir hoch, und ich beschloss, das Konzept von Freundschaften mit Leuten, die man gar nicht kennt, nicht zu hinterfragen, obwohl es keinen Sinn ergibt. Wichtiger war, dass sie erläuterte, was daran seltsam war. »Ich zum Beispiel habe zweihundertachtunddreißig Facebookfreunde.«

»Drei sind also eine sehr geringe Anzahl. Ich verstehe nicht, was an dieser Information uns in irgendeiner Weise nutzen könnte.«

»Die drei Freundinnen sind allesamt Exfrauen von Oliver Lewis.«

Das war wirklich ungewöhnlich, doch als sie es sagte, dämmerte mir, dass es nicht vollkommen unerwartet kam. »Es gibt also eine fravole Facebookseite?«

»Nicht wirklich, nein. Sie haben keine eigene Gruppe. Aber wahrscheinlich kommunizieren sie über Facebook. Ich habe langsam das Gefühl, dass sich diese Damen besser kennen, als sie es uns gegenüber zugegeben haben.« Ms. Washburn scrollte durch den Browser auf ihrem Telefon. »Lassen Sie mich mal sehen, ob ich nicht Rachels Adresse rausfinden kann.«

Fünfzehn Minuten später, in denen ich ein paar vergebliche Versuche machte, mehr über Terry Lambreaux herauszufinden, saßen wir in Ms. Washburns Auto und waren auf dem Weg nach Metuchen, das nicht weit entfernt lag. Dort wollten wir Rachel Vandross treffen, die zweite Frau des verstorbenen Oliver Lewis. Die Fahrt dauerte nur sieben Minuten. Während dieser Zeit wirkte Ms. Washburn unaufmerksam, jedoch nicht so sehr, dass ich mir um unsere Sicherheit Sorgen gemacht hätte. Sie zog dreimal die Nase kraus, sodass ich überlegte, ob etwas in der Umgebung unappetitlich roch (ich habe keinen sehr ausgeprägten Geruchssinn), ich fragte aber nicht nach. Wir kamen bei Rachels Zuhause an, bevor sich irgendein bedeutsameres Gespräch zwischen uns entspinnen konnte.

Ich achtete besonders darauf, dass uns die beiden Polizisten außer Dienst nicht zu Rachels Haus folgten. Das taten sie nicht.

Das Haus war klein, nicht neu, aber in gutem Zustand. Das Dach war erst kürzlich erneuert worden, zu einer Seite der Auffahrt waren noch immer einige lose Schindeln aufgestapelt. Die Eingangstür war dunkelbraun gestrichen, die Verkleidung aus Kunststoff war hellbraun, und die Fenster standen offen. Es wirkte nicht wie das Zuhause einer besonders wohlhabenden Person, doch sie hatte offenbar einen festen Job und konnte gut von ihren Einkünften leben.

Ms. Washburn parkte ihren Wagen auf einem Stellplatz zwei Häuser östlich von Rachels Haus, und wir gingen zur Eingangstür. Da ich mich an den Empfang erinnerte, der mir bei Jennifer LeBlanc bereitet worden war, absolvierte ich im Geiste noch einmal kurz einige Taekwondo-Übungen. Und ich achtete darauf, einen Extrameter Abstand von der Tür zu halten, nachdem Ms. Washburn geläutet hatte.

Nach siebenundzwanzig Sekunden wurde die Tür geöffnet, und die Frau, die dahinter auftauchte, war nicht das, was ich erwartete, nachdem ich Oliver Lewis' andere vier Frauen kennengelernt hatte.

Sie war etwa zweiundfünfzig Jahre alt, schlank und klein, doch sie wirkte selbstbewusst, hielt den Kopf hoch und den Rücken durchgestreckt. Ich hätte darauf wetten können, dass ihr liebster Beatles-Song »Sgt. Pepper's Lonely Hearts Club Band« war. Alles Militärische passte jedenfalls gut zu dieser Frau.

»Kann ich Ihnen helfen?«, fragte sie. Es war in diesem Fall die richtige Frage. Sie hatte tatsächlich keine Ahnung, ob sie irgendetwas für uns tun konnte. Normalerweise meinen die Leute aber »*Darf* ich Ihnen helfen«, was eher den Beginn eines Prozesses beschreibt.

»Um das herauszufinden, sind wir hier«, erwiderte ich. Ich stellte Ms. Washburn und mich vor und fragte sie dann, ob sie Rachel Vandross sei. Sie nickte und wirkte dabei noch immer entweder skeptisch oder neugierig. Ich eröffnete ihr, dass wir Nachforschungen über ihren Exmann Oliver Lewis anstellten.

»Ja, ich habe von Olivers Tod gehört«, sagte Rachel.

»Ich wünschte, ich könnte behaupten, dass mich das aufgewühlt hat, aber das ist nicht der Fall.«

Ms. Washburn kennt meine Vorlieben und fragte, ob wir reinkommen dürften. Auch wenn Rachel Vandross daraufhin beiseitetrat und uns mit einer Geste hereinbat, während sie sich für ihre – wie sie es nannte – schlechten Manieren entschuldigte, war deutlich zu erkennen, dass sie nicht glücklich darüber war, jemanden in ihrem Haus zu empfangen.

Sie führte uns in ihr Wohnzimmer, das spartanisch eingerichtet war – weder Filme noch Tonträger waren auf den Einbauregalen zu sehen. Die wenigen Bücher schienen sich entweder um Militärgeschichte oder Architektur zu drehen. An einer Wand hing ein Säbel, und ein Gewehr, das ein Original aus dem Amerikanischen Bürgerkrieg zu sein schien, schmückte eine andere.

Rachel setzte sich auf einen Sessel neben der Eingangstür, während Ms. Washburn sich Rachel gegenüber niederließ. Ich selbst nahm auf einem kleinen Sofa Platz, von dem aus ich die Gesichter beider Frauen sehen konnte, wenn auch nicht gleichzeitig.

»Warum hat Sie der Tod Ihres Exmannes nicht aufgewühlt?«, fragte ich, sobald wir alle saßen.

An Rachel – der militärische Habitus war ganz intakt – regte sich bis auf eine hochgezogene Augenbraue nichts. »Das Wort *Exmann* in dieser Frage sollte Ihnen eigentlich alles verraten, was Sie wissen müssen. Es gibt Gründe, aus denen Menschen sich scheiden lassen.«

»Was war Ihr Grund?«, hakte ich nach.

Ms. Washburn zuckte bei dieser Frage kaum wahrnehmbar zusammen. Ich fragte mich, ob mein Tonfall wohl zu konfrontativ gewesen war.

Rachel Vandross schien jedoch keinen Anstoß daran zu nehmen. »Er hat mich unter Vorspiegelung falscher Tatsachen geheiratet und mich danach jeden Tag angelogen, bis ich die Unterlagen einreichte.«

Ich nahm an, dass die Unterlagen, auf die sie sich bezog, der Scheidungsantrag war. Ms. Washburn zog ihren Notizblock hervor und begann mitzuschreiben.

»Was meinen Sie, wenn Sie sagen, dass Oliver Lewis Sie unter Vorspiegelung falscher Tatsachen geheiratet hat?«, fragte ich. Es war etwas, das keine andere der Exfrauen behauptet hatte (abgesehen von Cynthia Maholm, die mir erzählt hatte, dass sie den Mann, den sie geheiratet hatte, überhaupt nicht kannte, was sich allerdings seinerseits als Falschaussage herausgestellt hatte).

»Er sagte, dass er mich liebe und dass ich die einzige Frau sei, die er jemals geliebt habe«, antwortete Rachel. »Er sagte, dass er niemals zuvor verheiratet gewesen sei, und auch das war eine Lüge. So ziemlich alles, was er mir jemals erzählt hat, ist eine Lüge gewesen.«

Bei dieser Aussage musste ich nachhaken. »Sie wollen damit aber nicht sagen, dass Mr. Lewis Ihnen gegenüber behauptete, jemand zu sein, der er nicht war, oder Sie geheiratet hat, während die Ehe mit Hazel Montrose noch in Kraft war, oder?«

Sie sah mich verwirrt an. »Wer ist Hazel Montrose?«

Ms. Washburn sah überrascht auf und schrieb dann etwas auf ihren Block. Sie tauschte einen Blick mit mir und zeigte mir dann, was sie geschrieben hatte. Dort stand: *NOCH EINE?*

»Sind Sie denn kein Mitglied der informellen Gruppe, die sich als ›fravol‹ bezeichnet?«, fragte ich Rachel. »Jennifer LeBlanc hat Sie als eines der Mitglieder benannt.«

»Sicher, ich kenne Jenny und Amy und Cindy und Slim«, entgegnete sie. »Aber wer ist Hazel Montrose?«

»Wer ist Slim?«, fragte Ms. Washburn.

Rachels Gesichtsausdruck zeigte an, dass sie uns beide für verrückt hielt. »Slim McInerney«, erwiderte sie, als wäre das vollkommen glasklar und als hätten wir das die ganze Zeit schon wissen müssen. Dann schüttelte sie den Kopf und lachte kurz. »Das ist ihr Spitzname. Ihr wirklicher Name lautet Sheila.«

Das ergab keinen Sinn. Sheila McInerney war das Alias, das Cynthia Maholm verwendet hatte, als sie zu *Fragen Beantworten* gekommen war und mich damit beauftragt hatte, einen Beweis für die Eheschließung mit Oliver Lewis zu finden. Doch Rachel hatte Cynthia genannt, als sie die fravolen Mitglieder aufgezählt hatte. Dann hatte sie Sheila McInerney hinzugefügt, als handele es sich um zwei eigenständige Personen.

»Wer ist denn jetzt Hazel Montrose?«, fragte sie erneut.

Ms. Washburn und ich erklärten ihr, was wir bisher auf der Grundlage dessen, was man uns erzählt hatte, davon ausgegangen waren, dass Hazel Montrose Oliver Lewis' erste Frau gewesen sei, sie selbst die zweite, gefolgt von Jennifer LeBlanc, Amy Stanhope und schließlich Cynthia Maholm, die sich mir gegenüber als Sheila McInerney ausgegeben hatte.

Rachel schüttelte den Kopf. »Nein. Es stimmt, dass ich seine zweite Frau war und dass Jenny und Amy mir folgten, aber Cindy war unter ihrem eigenen Namen die letzte. Seine erste Frau war Slim, das heißt Sheila. Ich weiß, dass sie die Erste war, weil Ollie mir immer vorwarf, dass ich keine so gute Ehefrau wie sie sei, woraufhin ich ihn fragte, warum er sich dann von ihr habe scheiden lassen, wenn sie doch so großartig gewesen sei. Das war einer der Punkte, die uns auseinandergebracht haben.«

Ich musste mich so sehr auf die naheliegende Frage konzentrieren, dass ich nicht auf meinen körperlichen Zustand achtete. Meine Hände bewegten sich schnell, wenn auch nur leicht, an meiner Seite. Diese sogenannte »Selbststimulation« war früher einmal sehr ausgeprägt gewesen, doch nun war sie nicht mehr so einfach auszumachen, selbst wenn sie mir vollkommen unwillkürlich unterlief. Rachel reagierte nicht darauf, aber Ms. Washburn berührte leicht ihre Wange, eine visuelle Erinnerung für mich. Ich nickte und stoppte die Bewegung, indem ich die Hände in den Schoß fallen ließ.

»Haben Sie Sheila McInerney denn schon einmal persönlich getroffen?«, fragte ich. »Über Ihre fravolen Genossinnen oder anderweitig privat?«

»Sicher. Ich bin mit Slim ein-, zweimal was trinken gewesen. Und nachdem ich mich von ihm hatte scheiden lassen, sind wir so was wie Freundinnen geworden. Veteraninnen desselben Kriegs, aber aus unterschiedlichen Truppenzügen, verstehen Sie?«

Die militärische Metapher war nicht sehr komplex, also nickte ich. »Können Sie mir Sheila McInerney beschreiben?«

»Nun, ihr Spitzname lautet ›Slim‹, und das ist nicht ironisch gemeint«, erwiderte Rachel. Sie ist ungefähr eins fünfundsiebzig groß und wirklich schlank – nicht mager, aber fast ein bisschen knochig. Es ist das Erste, was einem an ihr auffällt. Sie hat dunkle Haare und blaue Augen, doch es könnten auch farbige Kontaktlinsen sein, das weiß ich nicht. Und sie hat sehr lange Beine, was sie bei den Männern beliebt macht. Wahrscheinlich war das auch der Grund, warum Ollie ihr hinterhergestiegen ist, womit dieser ganze Ringelpiez begonnen hat.« Sie lachte freudlos.

Mir war nicht nach Lachen zumute, denn ich hatte das Gefühl, dass Sheila McInerney mich noch einmal mit einer falschen Geschichte drangekriegt hatte. Was ich von Rachel erfahren hatte, steigerte meine Frustration und weckte Zweifel in mir in Bezug auf meine Befähigung, Fragen professionell zu beantworten.

Die Frau, die sie uns beschrieben hatte, war mit Sicherheit diejenige, die sich Ms. Washburn und mir als Hazel Montrose vorgestellt hatte.

24

»Sie haben doch Hazels Nummer«, sagte Ms. Washburn. »Rufen Sie sie an, und verabreden Sie sich mit ihr. Wenn sie dann auftaucht, können Sie sie entweder mit Ihren Erkenntnissen konfrontieren oder versuchen, sie in eine Diskussion über Oliver Lewis zu verwickeln. Irgendwo wird sie sich schon verhaspeln.«

Erneut waren wir im Büro von *Fragen Beantworten.* Ms. Washburn würde sich in ein paar Minuten aufmachen; ich hatte ihr gesagt, dass ich Mike bitten würde, mich heimzufahren, wie ich es auch am vorangegangenen Abend getan hatte. Heute Abend musste sie zurück zu ihrem Mann, denn ich hatte den Eindruck, dass sie unter einer Spannung stand, die ein Ehepartner zu lösen imstande sein sollte. Und wenn mir das aufgefallen war, musste es ziemlich offensichtlich sein.

»Ich habe nicht die Absicht, mit Hazel Montrose oder Sheila McInerney auszugehen«, erklärte ich, nicht zum ersten Mal. Diese Diskussion hatte ich mit ihr seit unserer Rückfahrt nach Piscataway geführt. Wir hatten aus dem Auto Detective Dickinson angerufen – das heißt, Ms. Washburn hatte angerufen, und ich hatte mit ihm über die Freisprecheinrichtung geredet – und ihn über das informiert, was ich nicht ernsthaft als »unseren Fortschritt«

bezeichnen konnte. Es gab seiner Auskunft nach keine Aufzeichnungen über eine Sheila McInerney, die den Namen Hazel Montrose, sondern nur über Cynthia Maholm, die den Namen Sheila McInerney verwendet hatte, und zwar nach ihrer Hochzeit mit Oliver Lewis. Der Nebel aus Namen in dieser Angelegenheit wurde langsam ziemlich dicht und schwer zu durchdringen.

»Ich habe keine Ahnung, was ich bis jetzt als Gegenleistung für mein Geld bekomme«, hatte Dickinson angemerkt, obwohl er *Fragen Beantworten* bisher noch überhaupt kein Geld gezahlt hatte. »Sie rufen mich die ganze Zeit nur an und bitten um Informationen, die ich selbst ermittelt habe.«

Bei einer anständigen Geschäftspraxis, das hat mir Mutter erklärt, gehört es sich nicht, mit dem Kunden zu streiten, vor allem nicht über den Wert der erbrachten Dienstleistung. Doch da ich den Eindruck hatte, dass die Information verlässlicher wäre, wenn sie aus einer bestimmten von zwei möglichen Quellen gekommen war, erschien es mir vernünftig nachzuhaken: »Haben Sie die Informationen ermittelt, oder war es Detective Esteban?«

Ms. Washburn zuckte leicht zusammen, was mir zeigte, dass ich sie nicht in der von mir gewünschten Weise kommuniziert hatte. Als Detective Dickinson dann über den Lautsprecher antwortete, war seine Stimme auch tiefer und hatte einen leicht angerauten Ton angenommen. »Es sind offizielle Ergebnisse polizeilicher Ermittlungsarbeit, die ich eigentlich überhaupt nicht mit Ihnen teilen dürfte, Hoenig. Merken Sie sich das.«

Nun hatte ich ein Problem: Dickinsons Ton hatte mir gezeigt, dass ich etwas Falsches gesagt hatte, doch meine Frage hatte er auch nicht zufriedenstellend beantwortet. Weiter auf diesem Punkt zu beharren würde er wahrscheinlich als unhöflich betrachten, aber ich musste wissen, ob Detective Esteban die Quelle der Information war – in diesem Fall wäre sie als glaubwürdig einzustufen – oder ob sie von Detective Dickinson stammte, was mir ihre Genauigkeit und Tiefe wenigstens zweifelhaft erscheinen ließe.

Ich sah zu Ms. Washburn, die fuhr und deshalb für einen Blickkontakt nicht zur Verfügung stand. Zwar hätte ich den Anruf stummschalten können, doch das hätte verlangt, das Telefon zu berühren. Außerdem handelte es sich um ein Modell, mit dem ich nicht besonders vertraut war, daher war ich mir nicht sicher, welcher Knopf überhaupt der richtige für diese Funktion war. Ms. Washburn warf mir einen sehr kurzen Blick zu, und ich glaube, sie schüttelte den Kopf, um mir nahezulegen, nicht weiter nachzubohren.

»Das weiß ich zu schätzen, Detective«, sagte ich daraufhin. Ms. Washburn nickte knapp und zustimmend. »Doch ich muss wissen, wem ich für dieses Privileg zu Dank verpflichtet bin.«

Es erschien mir als schmeichelhafte Herangehensweise an die Frage, und ich habe mit der Zeit gelernt, dass die Menschen es gern hören, wenn man ihnen Anerkennung für etwas schuldet, selbst wenn sie nicht viel damit zu tun hatten.

»Danken Sie einfach mir, und ich gebe es dann weiter«, knurrte Dickinson, und damit hatte ich die Antwort, die ich benötigte. Die Informationen über Hazel Montrose stammten von Detective Esteban und konnten daher als zuverlässig betrachtet werden. Das war gut, denn die Information war nützlich, doch es war auch beunruhigend, denn es bewies, dass Hazel uns angelogen hatte. Und ihr Auftauchen bei *Fragen Beantworten* erschien nun noch weniger als ein Zufall, sondern mehr als etwas, worüber man sich Sorgen machen musste.

»Ich sage ja nicht, dass Sie sie heiraten sollen«, fuhr Ms. Washburn jetzt wieder im Büro von *Fragen Beantworten* fort. »Aber Sie könnten ja mal mit ihr ausgehen. Sie schien an Ihnen interessiert zu sein, und Sie waren ganz offenbar auch an ihr interessiert. Und selbst wenn Sie nichts herausfinden, haben Sie vielleicht einen schönen Abend. Ist das etwas Schlechtes?«

Mir fiel eine ganze Menge ein, was man daran als schlecht betrachten konnte, aber immerhin bestand die Möglichkeit, dass eine Person in einer entspannten Umgebung gelöster wäre und vielleicht nützlichere Informationen preisgab, weil sie ihre Worte weniger sorgfältig abwog. Dennoch erschien es mir irgendwie unehrlich, eine vorgeblich private Einladung dazu zu nutzen, um eine bestimmte Person wegen einer Frage zu vernehmen. Es war ein Dilemma.

In solchen Angelegenheiten verlasse ich mich üblicherweise auf Ms. Washburns oder Mutters Urteil. Da Ms. Washburn diejenige war, die diese Idee so vehement vorantrieb, entschied ich mich, Mutter zu fragen, sobald ich zu Hause wäre.

»Ich denke darüber nach«, teilte ich Ms. Washburn mit, bevor sie das Büro verließ. Bei diesen Worten sah sie mich seltsam an, und ich interpretierte den Blick als eine Mischung aus Skepsis und Enttäuschung. Mit dieser Miene war ich nicht vertraut und wusste, dass ich sie Mutter beim Abendessen nicht in angemessener Weise würde beschreiben können. Es war eine vertane Chance.

Als Ms. Washburn fort war, setzte ich mich noch einmal hin, um mich endlich auf die so schwer zu fassende Terry Lambroux zu konzentrieren. Die vielen Variationen des Namens hatten sich als Sackgasse herausgestellt, doch ich hatte den Eindruck, mit einer angemessenen Konzentrationsbemühung möglicherweise einen losen Faden zu finden, an dem ich ziehen konnte – um eine bei Ermittlungen gängige Ausdrucksweise zu verwenden –, wodurch ich irgendwann das Geheimnis um diese Person lüften würde, falls Terry Lambroux denn tatsächlich existierte.

Bei meiner letzten Suche hatte ich mir die Frage gestellt, welche Art Mensch einen Namen wie Terry Lambroux als Alias erfinden würde. Da es keine Anhaltspunkte dafür gab, dass irgendjemand, der diesen Namen nutzte, irgendwann einmal verhaftet worden war, war es keiner, der nur in krimineller Absicht angenommen worden war, oder die Kriminelle, die ihn angenommen hatte, war geschickt genug, um niemals erwischt worden zu sein.

Es war kein typischer, unauffälliger Name. Es wäre leicht, mit einem Pseudonym wie Robert Mason oder Susan Wells unterzutauchen. Eine Person, die den Namen Terry Lambroux nutzte, wünschte sich einen unverwechselbaren Klang, einen Namen, der durch die Verwendung der Endsilbe »oux« auf die Cajun oder kreolischen Regionen Louisianas verwies. Das wäre vielleicht ein Anfang.

Nach einer ziemlich gründlichen Suche stellte sich allerdings heraus, dass der Name »Lambrou« seinen Ursprung vor allem in Großbritannien und Australien hatte. Wenn Terry versuchte, ihre britischen Wurzeln zu verschleiern, hätte sie vielleicht die Schreibweise ihres Nachnamens in einer Weise verändert, die eher an die amerikanischen Südstaaten erinnerte.

Dann überlegte ich, dass der Name eventuell ein Anagramm sein könnte. Ich habe kein besonderes Talent für Anagramme, also konsultierte ich eine sehr nützliche Quelle, die zu einem wesentlich unethischeren Gebrauch entworfen worden ist: eine Internetseite, die Leute dazu nutzen, um beim Scrabble und ähnlichen Spielen zu schummeln. Die Adresse werde ich hier nicht offenlegen, allerdings erwies sie sich bei meinen Bemühungen oft als unschätzbare Hilfe.

Doch sogar mit ihrem Beistand war das Beste, worauf ich kam, MORTUARY LERX. Das war nicht sehr hilfreich. Es schien mir ohnehin so, dass Kriminelle wohl selten versuchen, ihre falsche Identität zu personalisieren, indem sie diese aus den Buchstaben ihres richtigen Namens zusammensetzen. Das hatte eine kontraproduktive Note.

Das undurchsichtige Rätsel steigerte meine Frustration, was nichts furchtbar Ungewöhnliches für diejenigen ist, deren Verhalten einem Teil des autistischen Spektrums zugeordnet wird. Die Begleitumstände dieser Frage schienen in alle nur erdenklichen Richtungen zu verweisen, zeigten kein erkennbares Muster und legten daher auch keinen logischen Weg nahe, der zu einer zufriedenstellenden Lösung des Rätsels hätte führen können.

Oliver Lewis war erstickt, erstochen und vergiftet, seine Kehle war durchtrennt worden. Seine Leiche war in meinem Büro abgelegt worden, ich war derjenige gewesen, der sie hatte finden sollen. Schon die oberflächlichsten Nachforschungen über den Toten hatten ergeben, dass er wenigstens fünfmal verheiratet war, niemals sehr lange und stets mit Frauen, die ihn zunächst charmant, nachdem er sie dann geheiratet hatte, aber kalt fanden, da er offenbar die Umgarnung seiner Beute interessanter fand als das Ergebnis einer erfolgreichen Verführung.

Er hatte ein Gewerbe betrieben, scheinbar von einem leeren Raum über einer Pizzeria aus (die meinem Büro nicht unähnlich war). Das Ziel von OLimited war offenbar gewesen, Leute dazu zu bringen, in nicht existente Unternehmen zu investieren, die ihrerseits Versicherungspolicen anboten, welche im Fall des Todes ihrer Besitzer nicht ausbezahlt wurden.

Zwei Männer in einem Ford Escape waren Ms. Washburn und mir von Lewis' Büro aus zu einem Café gefolgt. Sie hatten behauptet, für die Überwachung des Büros von OLimited engagiert worden zu sein, jedoch keine Erklärung dafür geliefert, warum es nötig war, einen leeren Raum zu überwachen, geschweige denn, wer sie für ihre Dienstleistung bezahlte.

Von den vier Exfrauen, die Oliver Lewis zum Zeitpunkt seines Todes gehabt hatte (Cynthia Maholm, die meine Dienste in Anspruch genommen und sich dabei Sheila McInerney genannt hatte, war ja eine Witwe, keine Exfrau), war eine – Hazel Montrose – einer anderen unbekannt und hieß offenbar Sheila (sie wurde manchmal auch »Slim« genannt) McInerney, womit sich, wie Mutter sagen würde, der Kreis zu meinen Gedanken über die vielen Widersprüche in dieser Frage schloss.

Und zu allem Überfluss war Terry Lambroux weder persönlich noch online irgendwo ausfindig zu machen.

Die Schlüssel, weil sie so rätselhaft waren, schienen Lambroux – wer auch immer sie war – und Cynthia Maholm zu sein, die mich zunächst engagiert hatte und dann fast im selben Moment verschwand, in dem Oliver Lewis ermordet worden war.

Und nun schlug Ms. Washburn mir vor, die Tatortreinigerin Hazel Montrose anzurufen und mit ihr auszugehen. Das war vielleicht der nervenaufreibendste Teil dieser gesamten Angelegenheit.

Ich entschloss mich, mich von Terry Lambroux nicht übertölpeln zu lassen. Mike wusste, dass ich mich melden würde, wenn ich bereit war, aber es war noch Zeit, bevor Mutter mich als zum Abendessen verspätet empfinden würde, etwas, das ich unter allen Umständen zu vermeiden versuche. Es ist Mutter gegenüber unhöflich und regt auch mich auf, denn meinen Routinen nicht zu folgen ist etwas, was mir gar keinen Spaß bereitet. Dabei drohen zu viele Überraschungen, was ich nur im absoluten Notfall zulasse.

Das Einzige, was ich noch tun konnte, war mein Wissen über die Gesuchte zu ordnen und von da ausgehend auf dessen Ursprung zu schließen. Terry Lambroux war wahrscheinlich eine Frau, obwohl eine Bestätigung dieser Tatsache noch immer ausstand. Doch wenn ich von dieser Annahme ausging, war ihre Klage wegen eines gebrochenen Eheversprechens gegen den Verstorbenen besonders verwirrend. Zunächst einmal erschien der Gedanke ziemlich altmodisch – eine Frau, die vor Gericht zog, weil der Mann, den sie heiraten wollte, die Hochzeit abblies. Außerdem brach dieses Verhalten mit Oliver Lewis' üblichem Muster, verstärktes Interesse an einer Frau zu zeigen, bis sie ihn tatsächlich heiratete. Erst danach hatte er meiner Erkenntnis nach mit der Suche seines nächsten Objekts der Begierde begonnen.

Detective Esteban hatte die betreffenden Verfahrensakten an *Fragen Beantworten* gemailt, ich wusste also, dass sie in meinem Postfach sein mussten. Ich suchte sie heraus und benötigte sechs Minuten, um sie durchzulesen.

Die Klage gründete, soweit ich das aus dem Rechtschinesisch schließen konnte, darauf, dass Oliver Lewis, nachdem zwischen den beiden Parteien ein Ehevertrag geschlossen worden war, die geplante Hochzeit drei Tage vor dem angesetzten Termin abgesagt hatte. Terry Lambroux (und die Gerichtsunterlagen verzeichneten sie als »Terry« und nicht mit irgendeiner längeren Form des Namens) hatte behauptet, dass ihr auch ohne die Hochzeit die Geldsumme zustand, die ihr laut Ehevertrag im Fall einer Scheidung ausgezahlt werden sollte.

Das erschien eigenartig; es gab nämlich keinen unterschriebenen Vertrag, der die beiden aneinander gebunden hätte, außer einem Dokument, das beider Interessen für die Zeit nach der Hochzeit regelte, zu der es dann ja aber gar nicht gekommen war. Ich bin kein Anwalt, denn ich habe nie das Juraexamen für New Jersey abgelegt, doch selbst bruchstückhafte Kenntnisse des Gesetzes legten nahe, dass Terry Lambroux nichts in der Hand gehabt hatte – sie konnte kein Geld für eine Scheidung verlangen, wenn es nie eine Heirat gegeben hatte.

Dennoch war das Verfahren am Zivilgericht von New Brunswick bis zum Vortag der Hochzeit von Oliver Lewis und Hazel Montrose anhängig gewesen, an dem die Klage schließlich zurückgezogen worden war.

Was das Dokument allerdings interessanter und relevanter für Detective Dickinsons Frage machte, war gar nicht so sehr die seltsame Anklage selbst. Zwei Punkte waren unmittelbar von Interesse: Zunächst einmal war in dem Ehevertrag, der den Unterlagen als Beweisstück beigefügt war, festgehalten, dass Terry Lambroux, sollten sie und Oliver Lewis sich scheiden lassen, sechzig Prozent seines gesamten Besitzes zustanden. Das war für sich genommen bereits auffällig, da mir der Prozentsatz für so eine Übereinkunft vergleichsweise hoch zu sein schien, doch es war noch nicht in absurder Weise seltsam.

Der geschätzte Wert des Vermögens verdiente größere Aufmerksamkeit: Der Mann mit dem leeren Büro, in dem es keinen Telefonanschluss gab, in dem keine Angestellten saßen und keine Kunden bedient wurden, hatte in einem rechtsgültigen Dokument angegeben, Beteiligungen im Wert von siebzehn Millionen Dollar zu halten.

Das war überraschend genug, doch um einer bereits verwirrenden Frage noch eine weitere rätselhafte Dimension hinzuzufügen, war der Anwalt, der Terry Lambroux vertreten hatte, kein anderer als Roger Siplowitz, der angebliche Freund des Toten.

Die Bürotür öffnete sich, und Mike kam herein, die Hände in die Hüften gestemmt. »Ich hupe schon fünf Minuten lang. Womit bist du denn so sehr beschäftigt, dass du alles andere vergisst?«

»Tut mir leid, ich habe dich nicht gehört«, erwiderte ich, obwohl ich nicht wusste, wie ich das Problem hätte vermeiden können, da ich seine Huperei ja nicht absichtlich ignoriert hatte. »Ich habe darüber nachgedacht, wie ich eine Person ausfindig machen kann, deren einzige bekannte Adresse aus einer über zwei Jahre alten Anklageschrift stammt. Ich habe sie überprüft, und die Adresse ist falsch – an dieser Stelle befindet sich laut Google Earth eine Filiale von Dairy Queen.«

»Oh nein, Samuel«, sagte Mike. Ich hatte keine Ahnung, worauf er damit anspielte. »Ich fahre dich heute nur heim, sonst nirgendwohin.«

Ich winkte ab, um ihm mitzuteilen, dass es darum nicht

ging. »Ich habe nicht vor, irgendwo anders hinzufahren. Doch das Problem hat mich sehr beschäftigt.«

»Wie findet man denn eine Person, die nicht gefunden werden will?« Mike lehnte sich in den Türrahmen und kreuzte die Beine, es war der Inbegriff der Entspanntheit.

»Normalerweise hinterlässt jede Person eine Spur. Dokumente, Zahlungen, Heiraten, Geburten, Todesfälle. Diese Person aber, Terry Lambroux, hat, soweit ich das beurteilen kann, nichts von alldem hinterlassen.«

Wir kamen überein, dass Mike mich heimfahren, mir aber auf der Fahrt zuhören würde. Er ist ein so guter Fahrer, dass ich mit ihm von der Rückbank seines Taxis aus ein Gespräch führen kann, ohne durch Gedanken an Autounfälle abgelenkt zu werden. Ich schloss die Bürotür ab, stieg in das Taxi und schnallte mich an. Mike ließ den Wagen an und machte sich auf den Weg zu Mutters Haus und damit zu mir nach Hause (Mutter gehört das Haus, und ich wohne dort).

Ist dieser Terry ein Mann oder eine Frau?«, fragte Mike und bog nach rechts auf die Stelton Road ab.

»Laut den Gerichtsunterlagen ist sie weiblich.«

Mike nickte, als ergebe das nach seiner Einschätzung Sinn, was ich nicht verstand.

»Und die Polizei kann sie nicht finden?«, fragte er weiter.

»Bis jetzt noch nicht.«

»Nun, kannst du nicht ihre Freunde fragen? Irgendwer muss doch irgendwann einmal bei ihr zu Hause gewesen sein.«

Ich hatte bereits die einzigen mir bekannten Freundinnen von Terry Lambroux gefragt. Die fravolen Exfrauen. »Sie haben alle angegeben, ihr nur auf einer Party begegnet zu sein, und die meisten von ihnen kannten sie nur dem Namen nach, hatten sie nie persönlich getroffen und konnten daher nicht einmal ihr Geschlecht bestätigen.«

»Es handelt sich offenbar um jemanden, der sich sehr große Mühe gibt, nicht gefunden zu werden«, stellte Mike fest.

»Das stimmt.«

»Es scheint mir also die beste Idee zu sein, sie dazu zu bringen, dass sie nach dir sucht.«

Das war tatsächlich die beste Idee, die ich den ganzen Tag über gehört hatte. Das Erste, was ich bei meiner Ankunft zu Hause tat, war – selbstverständlich nachdem ich Mutter begrüßt und die Mahlzeit zu mir genommen hatte, die sie für mich zubereitet hatte –, Hazel Montrose anzurufen und mich für den nächsten Abend mit ihr zum Essen zu verabreden.

Sie nahm die Einladung an.

25

»Sie haben meinen Ratschlag beherzigt«, sagte Ms. Washburn und klang überrascht.

Wir saßen in ihrem Auto und waren bei einem, wie ich fürchtete, sinnlosen Versuch, Cynthia Maholm zu finden, auf dem Weg zu Oliver Lewis' letzter uns bekannter Adresse. Ich achtete sehr darauf, ob uns der schwarze Ford Escape mit den beiden Polizisten folgte, doch bis jetzt tat er das ganz sicher nicht.

»Ihre Ratschläge beherzige ich oft«, rief ich ihr ins Gedächtnis. »Ich halte sie für unschätzbar. Warum finden Sie das in diesem Fall so ungewöhnlich?«

»Weil ich Ihnen geraten habe, etwas zu tun, was Sie wirklich nicht tun wollten«, antwortete sie. Ihr Navi zeigte an, dass wir noch weitere vierzehn Minuten Fahrt vor uns hatten. »Und dann sind Sie einfach losgegangen und haben sich mit Hazel Montrose verabredet. Ich weiß, dass das sehr angsteinflößend für Sie ist, also überrascht es mich, dass Sie es trotzdem getan haben.«

»Mikes Bemerkung, dass wir Terry Lambroux dazu bringen müssen, zu uns zu kommen, weil es uns noch nicht gelungen ist, sie zu finden, hat mich davon überzeugt.«

»Mike ist der Taxifahrer, stimmt's?«

»Ja.«

»Wie lautet sein Nachname?«

»Das weiß ich nicht.«

Ms. Washburns Augenbrauen zuckten ein wenig. »Das wissen Sie nicht? Dieser Typ holt Sie ab und fährt Sie ein paarmal die Woche heim, und Sie kennen nicht mal seinen Nachnamen? Das sieht Ihnen aber nicht sehr ähnlich, Samuel.«

»Mike hat mir niemals einen Grund gegeben, ihm zu misstrauen. Er kommt immer, wenn ich ihn anrufe, und er fährt mich überallhin, wo ich hinmuss. Mehr als das brauche ich nicht zu wissen.«

»Sie haben selbst einen gültigen Führerschein«, erinnerte mich Ms. Washburn.

»Um mich auszuweisen und für außergewöhnliche Notfälle. Ich habe ihn deshalb, weil Mutter sich um ihre Gesundheit Sorgen macht und dachte, dass ich in der Lage sein müsste zu fahren, falls ihr etwas zustößt, was ihr das Fahren verunmöglicht. Dieser Logik habe ich zugestimmt und mich ihrem Wunsch gefügt. Aber ich benutze den Führerschein nie. Das wissen Sie doch.«

»Sie sollten in Übung bleiben, falls Sie ihn einmal brauchen. Vielleicht sollte ich Sie einmal die Woche oder so fahren lassen.«

Allein dieser Gedanke führte dazu, dass sich an meinem hinteren Haaransatz Schweißperlen bildeten. »Lieber nicht.«

Dann saßen wir schweigend einundvierzig Sekunden lang da. »Wie soll das gehen?«, fragte Ms. Washburn dann.

»Wie soll was gehen?«, echote ich.

»Wie stellt Ihr Kumpel sich vor, dass Sie Terry Lambroux dazu bringen, mit uns in Verbindung zu treten, indem Sie mit Hazel Montrose ausgehen?«

»Ah! Das ist der interessante Teil.« Ms. Washburn fuhr auf die Route 22, bekanntlich eine der gefährlichsten Straßen in ganz New Jersey, und ich sah davon ab, weiter mit ihr zu sprechen, um sie nicht abzulenken. Sie bat mich in den sieben Minuten und acht Sekunden, die wir auf der Straße blieben, nicht, mich weiter zu erklären, da sie meine Besorgnis verstand.

Als sie dann abfuhr, nahm ich meinen Gedanken wieder auf.

»Da Terry Lambroux so sehr darauf geachtet hat, anonym zu bleiben, war es klar, dass sie etwas mit dem Tod von Oliver Lewis zu tun haben muss – oder mit sonst einer Angelegenheit, deren Entdeckung sie lieber vermeiden möchte. ›Sie auszuräuchern‹, wie Mike es ausdrücken würde, ist schwierig. Und da die Person, die uns die beiden Männer im Ford Escape hinterhergeschickt hat, nicht identifiziert werden wollte, können wir Terry auch dafür auf die Liste der potenziell Verdächtigen setzen.«

»Das erklärt noch nicht Ihr Date mit Hazel«, bemerkte Ms. Washburn.

»Noch nicht, aber denken Sie über Folgendes nach: Wenn wir annehmen, dass Terry uns die beiden Männer geschickt hat – oder wenigstens diejenige, die Oliver Lewis' Geschäft überwachen lässt –, ist der einzige, wenn auch indirekte Kontakt, den wir zu ihr haben, durch sie gegeben.«

Ms. Washburn erwiderte nichts. Manchmal bedeutet das in einem Gespräch, dass der andere darauf wartet, ob man selbst weiterredet. Mir fiel auf, dass ich die Verbindung zu Hazel noch nicht erklärt hatte. Sie war zwar noch undeutlich, aber dennoch unbestreitbar.

»Bedenken Sie zudem, dass Hazel die einzige Fravole ist, die Rachel nicht kennt und von deren Existenz Rachel offenbar nichts weiß. Laut Rachel gibt es keine Person namens Hazel Montrose, doch es gibt Sheila McInerney. Hazel ist ganz offensichtlich der Dreh- und Angelpunkt dieses gesamten Täuschungsmanövers, auch wenn sie selbst sich dessen vielleicht gar nicht bewusst ist.«

»Das habe ich Ihnen vorher doch auch schon erklärt«, erinnerte mich Ms. Washburn, während sie ihren Wagen in einer Vorortstraße in Manville abstellte, bei der Adresse, die Oliver Lewis zuletzt als Wohnort angegeben hatte.

»Ja, aber jetzt ist das alles Teil unserer Bemühungen, Terry Lambroux zu finden«, erwiderte ich. »Wenn ich Hazel an einem öffentlichen Ort treffe, bin ich mir sicher, dass wenigstens ein weiteres fravoles Mitglied davon erfährt, und das – davon können wir ausgehen – wird dazu führen, dass bald alle davon erfahren. Ich denke, wir können ebenfalls davon ausgehen, dass sich unsere beiden Stalker aus dem Ford Escape in der Gegend aufhalten werden. Wenn ich es so aussehen lasse, dass ich von Hazel neue Informationen bekomme, wird Terry Lambroux dazu gezwungen, sich zu erkennen zu geben, und wir erreichen dadurch einen wirklichen Fortschritt bei der Beantwortung von Detective Dickinsons Frage.«

Nachdem sie den Motor abgestellt und die Handbremse angezogen hatte, löste Ms. Washburn den Sicherheitsgurt, wandte sich mir zu und stellte sicher, dass ich ihr direkt ins Gesicht sah. »Sie wollten mit Hazel Montrose ausgehen. Warum geben Sie nicht einfach zu, dass das der wirkliche Grund für Ihr Handeln ist?«

Das machte mich ratlos. Sie hatte doch dabei zugehört, wie ich die Gründe für meine Vorgehensweise erläutert hatte, und dennoch nahm sie an, dass ein ganz anderes Motiv für den Plan verantwortlich war. »Ich versichere Ihnen, dass ein Interesse an Hazel nur im Rahmen der Beantwortung der Frage besteht.«

Es dauerte einen Moment, dann öffnete Ms. Washburn die Fahrertür. »Okay. Lassen Sie uns jetzt mit Cindy Maholm sprechen.«

Zwar hielt ich es für sehr unwahrscheinlich, dass das passieren würde, aber es war schließlich der Grund für unseren Besuch, also stieg ich ebenfalls aus und folgte Ms. Washburn zu dem Haus.

Es war im Ranchstil erbaut, nur ein Stockwerk, von der Architektur her schien es aus den 1960ern zu stammen. Das Haus war instand gehalten, aber nicht wirklich renoviert worden, sodass die Flügelfenster und die ursprüngliche – vermutlich asbesthaltige – Verkleidung noch intakt waren. Einen Augenblick zögerte ich, dachte über die Gefahr nach, in der Nähe dieses Hauses Luft zu holen, doch tatsächlich ist Asbest wohl am gefährlichsten, wenn es entfernt wird, und außerdem hatten wir einen Grund, hier zu sein. Ich wartete darauf, dass Ms. Washburn den Klingelknopf drückte, aber das tat sie nicht.

»Machen Sie schon«, sagte sie und zeigte auf den Knopf. »Drücken Sie drauf.«

Ich verstand nicht. »Warum?«

»Weil ich manchmal nicht da sein werde und Sie es dann selbst tun müssen. Machen Sie schon, Samuel. Ihnen wird nichts Schlimmes passieren.« Erneut zeigte sie auf den Knopf.

»Um ehrlich zu sein, würde ich das lieber nicht tun.« Der Gedanke an das, was auf diesem Klingelknopf so alles leben könnte, reichte für mich aus, den gesamten Trip infrage zu stellen. Ich bin nicht krankhaft reinlich, aber ich beschränke meinen Kontakt zu Krankheitserregern doch gern auf ein Minimum. Ich bin nicht gern krank, und Mutter behauptet, ich sei ein besonders unangenehmer Patient.

»Es geht nicht darum, was Ihnen lieber ist. Es geht darum, dass Sie wissen müssen, was Sie tun können.« Sie verschränkte die Arme. Dies ist ein Zeichen dafür, dass eine Person auf den eigenen Überzeugungen beharrt und nicht willens ist, sich in einem bestimmten Punkt zu beugen.

Am Ende war es eine Wahl des kleineren Übels: einen Knopf zu drücken oder mich länger einer Asbestbelastung auszusetzen. Ich griff in meine Hosentasche, zog ein Taschentuch hervor und legte es über meine Finger, bevor ich den Klingelknopf drückte, woraufhin ein Ton im Haus erklang.

Ms. Washburn lächelte nicht selbstzufrieden, und das rechnete ich ihr hoch an.

Wir warteten siebenunddreißig Sekunden lang, in denen Ms. Washburn sagte: »Ich bin froh, dass Sie das getan haben, Samuel. Wenn ich nicht da bin, wissen Sie jetzt, dass Sie es schaffen können.«

Ich antwortete nicht, doch im Geiste rasten mögliche Szenarien an mir vorüber, unter denen Ms. Washburn nicht anwesend sein könnte. Das offensichtlichste davon war natürlich, dass sie sich entschied, nicht mehr für *Fragen Beantworten* zu arbeiten, weil ihr Ehemann, Simon Taylor, das nicht wollte. In Filmen und Fernsehsendungen reden Leute manchmal dann von Situationen, in denen sie vielleicht nicht mehr anwesend sind, wenn sie wissen, dass sie nur noch kurze Zeit zu leben haben. Diese Möglichkeit wollte ich in Bezug auf Ms. Washburn gar nicht in Erwägung ziehen.

Bevor ich allerdings hätte nachfragen können, sah sie mich an und sagte: »Es ist wohl niemand zu Hause.«

»Jedenfalls niemand, der uns hereinlassen möchte«, stimmte ich zu. »Würden Sie prüfen, ob abgeschlossen ist, bitte?«

Ms. Washburn schien über die Frage nachzudenken und nickte dann. »Für diesmal«, sagte sie leise. Doch als sie versuchte, den Türknopf zu drehen, bewegte er sich nicht. »Abgeschlossen.«

»Vielleicht gibt es eine Hintertür.« Ich ging links um das Haus herum, wo sich die Einfahrt von der Straße zum Hinterhof erstreckte. Ms. Washburn, die meinen Wunsch nach Gründlichkeit kannte, ging rechts um das Haus herum über den Rasen.

Ich stieß auf keine vielversprechenden Hinweise und auch auf keine Hintertür, doch es gab eine Tür an der Seite des Hauses, wo Ms. Washburn und ich uns wieder begegneten. Auch diese war abgeschlossen, und Ms. Washburn erklärte mir, dass sich auf der anderen Hausseite keine weitere Tür befand. Offenbar waren die Vordertür und diese hier die einzigen Eingänge.

»Sie wissen vermutlich nicht, wie man ein Schloss knackt«, sagte ich. Es war als Witz gemeint. Ich würde nie darauf kommen, jemandes Haus ohne dessen Einwilligung zu betreten – das ist der Inbegriff der Unhöflichkeit.

Ms. Washburn, die offenbar dachte, ich meinte das ernst (etwas, was mir recht oft passiert, wenn ich witzig sein will), schüttelte den Kopf. »Nein. Tut mir leid.«

Es wäre sinnlos und vielleicht sogar beleidigend gewesen, wenn ich ihr gesagt hätte, dass ich es nicht ernst gemeint hatte, also sah ich einfach am Haus empor. »Vielleicht sollten wir noch einmal klingeln.«

»Ja, oder vielleicht könnten wir auch das tun.« Ms. Washburn stellte sich links neben die Tür und griff nach dem Fenster, das sich nicht sehr weit über dem Boden befand. Sie hob das Fliegengitter an, das davor angebracht war, und hievte sich von der Betonstufe auf das Fensterbrett, bevor ich noch protestieren konnte. Dann öffnete sie das Fenster, stieg in den Vorraum direkt hinter dem Eingang, der eine Art Loggia oder überdachte Veranda zu sein schien, und verschwand darin.

Ich war wie vom Donner gerührt. Es gelang mir nicht einmal, ihren Namen zu rufen, aus Angst davor, entdeckt zu werden. Ich bemerkte, dass sich meine Hand meiner Nase näherte. Wie konnte ich nach drinnen kommen und Ms. Washburn vor jeglicher Gefahr beschützen, die sie dort vielleicht erwartete? Was wäre, wenn ihr in diesem Moment etwas zustieße? Sollte ich ihr durch das Fenster hinterherklettern? Wäre das nicht ein ernster Verstoß gegen soziale Gepflogenheiten, ganz zu schweigen von der Tatsache, dass es illegal war?

Gelähmt vor Unentschlossenheit herumzustehen war keine Antwort darauf. Ich machte einen Schritt auf das Fenster zu und redete mir ein, dass ich das nur tat, um es genauer zu betrachten und herauszufinden, ob Ms. Washburn sicher drinnen angekommen war. Doch ich hatte keine Zeit, weiter darüber nachzudenken oder überhaupt irgendetwas anderes zu unternehmen.

Ms. Washburn öffnete nämlich in diesem Moment die Seitentür von innen und winkte mich herbei.

»Kommen Sie«, sagte sie im Flüsterton. Zwar hatte ich keinen Lautstärkemesser, aber es war ganz sicher weniger laut, als sie gewöhnlich aus dieser Entfernung mit mir gesprochen hätte. »Alles in Ordnung.«

Ich ging zur Tür und schüttelte dabei den Kopf. »Das war eine sehr leichtsinnige Aktion. Wir sollten beide gehen, bevor die Polizei kommt und uns wegen Einbruchs festnimmt.«

»Wir haben ja nichts kaputt gemacht. Ich habe sogar das Fliegengitter wieder heruntergelassen. Und Sie haben die Schwelle noch nicht einmal übertreten. Aber auf diese Weise könnten Sie herausfinden, ob in Oliver Lewis' Haus irgendetwas nicht mit rechten Dingen zugeht.« Sie machte kehrt und ging ins Haus hinein, dann hielt sie an und drehte sich noch einmal zu mir um. »Na? Kommen Sie schon! Oliver wird Sie sicher nicht anzeigen, und jeder, der sich sonst hier drin aufhält, ist genauso schuldig wie wir.« Dann ging sie weiter, ohne sich noch einmal umzudrehen.

Ms. Washburn hatte ein paar stichhaltige Punkte benannt, doch es blieb ein Fakt, dass es illegal war, einfach in das Haus hineinzugehen. Die eigentliche Frage war daher, ob die so zu erlangenden Informationen wertvoll genug wären, um das Risiko zu rechtfertigen. Und es gab keine Möglichkeit, das im Vorhinein zu wissen.

Kurzum, ich betrat das Haus und folgte Ms. Washburn, vor allem um mein Versprechen zu halten, sie vor allen möglichen Gefahren zu beschützen.

Unter ähnlichen Umständen hätte Mutter vielleicht gesagt, dass das meine Version der Geschichte sei und ich mich nur an ihr festhielt – obwohl man sich nicht wirklich an einer Geschichte festhalten kann, da sie ja kein Gegenstand ist.

Ms. Washburn wartete in der Loggia auf mich, die auf der einen Seite von Fenstern gesäumt war, welche isoliert werden konnten, um den Raum im Winter nutzbar zu machen. Nun waren sie alle mit heruntergezogenen Fliegengittern versehen. Sie waren außerdem – mit Ausnahme desjenigen, durch das Ms. Washburn eingestiegen war – geschlossen, sodass es in dem Raum stickig und warm war. Die anderen drei Wände waren nackt, mit Ausnahme eines Bücherregals, auf dem nichts außer sechs CDs standen – alle nicht von den Beatles.

»Mir ist hier drin nichts Wichtiges aufgefallen, aber vielleicht finden Sie ja etwas«, sagte sie, sobald ich nah genug heran war, um sie hören zu können. Das war, so viel kapierte ich, Ms. Washburns Art, das Gespräch einzuleiten und mich nicht damit aufzuziehen, dass ich hereingekommen war, obwohl ich es doch für falsch hielt.

Bis auf die Tatsache, dass hier recht wenige Möbel standen, wirkte der Raum eher unauffällig. Falls Oliver Lewis wirklich hier gelebt hatte, hatte er es entweder nicht lange getan, oder er hatte diesen Raum nicht sehr ausgiebig genutzt. In ihm standen ein altes, ziemlich fadenscheiniges Sofa unter der Reihe von Fenstern, daneben eine Stehlampe und ihr gegenüber eine staubbedeckte Stereoanlage. Es war wirklich nicht die Art von Wohnung, die man von einem Menschen mit siebzehn Millionen Dollar auf dem Konto erwartete.

»Das ist ganz offenbar nicht der Lebensmittelpunkt

eines Mannes, der hier noch vor Kurzem gewohnt haben soll«, sagte ich vor allem zu mir selbst. Ms. Washburn hatte ihr Notizbuch hervorgezogen und schrieb sich etwas auf. »Vielleicht hat Oliver Lewis diese Wohnung nicht genutzt, aber er lebte auch nicht in der Wohnung in Edison, in der Cynthia Maholm uns seine Flucht vorgespielt hat. Diese Wohnung hat keiner von beiden jemals genutzt.« Ich ging im Raum umher und betrachtete ihn aus jedem Blickwinkel, obwohl ich wusste, dass Ms. Washburn, bevor sie meine Mitarbeiterin geworden war, als professionelle Fotografin gearbeitet hatte und daher stets eine kleine Digitalkamera bei sich trug. Mit ihr machte sie Bilder von diesem Ort, genau wie wir ihn vorgefunden hatten. Sie vertraut Handykameras nicht, wie sie mir einmal sagte. »Etwas, was nicht hergestellt wurde, um Bilder damit zu machen, macht auch keine sehr guten Bilder, Samuel.« Das erschien mir logisch.

Ähnlich karg wie in der Loggia sah es in dem kleinen Esszimmer aus, in dem kein Tisch stand, aber ein Kronleuchter hing, in der Küche, in der fünf von sechs Schränken vollkommen leer waren (im sechsten standen drei Müslischalen, ein Teller, zwei Biergläser und eine Packung Kellog's Frosties), sowie in dem Wohnzimmer, in dem sich ein irgendwie unpassender riesiger HD-Fernseher inklusive beeindruckender Dolby-Surround-Boxen, ein Sessel mit umklappbarer Lehne, Teppichboden, der offenbar vor Kurzem noch gesaugt worden war, und ein Foto auf dem Kaminsims befanden, das Oliver Lewis und Cynthia Maholm anscheinend bei ihrer Hochzeit zeigte.

Auf dem Foto lächelte Oliver Lewis in die Kamera. Er trug einen dunkelblauen Anzug mit roter Krawatte und weißem Hemd. »Er sieht aus wie eine wandelnde amerikanische Fahne«, bemerkte Ms. Washburn. Ich war nicht dieser Meinung, denn Fahnen sind platt, und auf dem Anzug waren weder Sterne noch Streifen zu sehen, doch ich begriff, dass sie es sarkastisch meinte.

Die Cynthia Maholm auf dem Foto war die Sheila McInerney, die ganz zu Anfang zu *Fragen Beantworten* gekommen war. Sie wirkte betäubt, die Augen waren etwas gerötet und trübe, als stünde sie unter Drogen. Sie hätte leicht nichts von ihrer Umgebung oder den Dingen, die um sie herum vor sich gingen, mitkriegen können.

»Trotz all der Dinge, die sich seit unserem ersten Treffen ereignet haben, würde ich dieser Frau ihre Geschichte darüber abnehmen, dass sie einen ihr unbekannten Mann geheiratet hat, möglicherweise auch gegen ihren Willen«, sagte ich zu meiner Mitarbeiterin.

»Ich weiß, was Sie meinen. Möchten Sie weiter nach hinten gehen?« Ms. Washburn zeigte auf einen Durchgang am anderen Ende der Küche, der ohne Zweifel zu den Schlafzimmern führte, da wir bis zu diesem Zeitpunkt noch keines gesehen hatten.

Ich nickte, und Ms. Washburn ging voran. Der Gang war vertäfelt, sodass er dem Äußeren des Hauses ähnelte und aus der Mitte des zwanzigsten Jahrhunderts zu stammen schien. Nach meinem Dafürhalten war das nicht sehr hübsch.

Als wir durch die Küche zur Hausrückseite und damit zu den Schlafzimmern gingen, entdeckten wir auf der linken Seite drei Türen. Das Haus, so viel hatte ich festgestellt, seit wir eingetreten waren, lag seltsam still da – stiller, als man es sogar von einem leeren Wohnhaus erwartet hätte.

Das erste Schlafzimmer, auf das wir stießen, war offensichtlich nie als solches benutzt worden. Auf einem Ständer in der Ecke sahen wir eine Akustikgitarre sowie zwei Verstärker auf der gegenüberliegenden Seite des Zimmers. An der hinteren Wand unter dem Fenster standen noch einige Gerätschaften zum Abmischen von Musik. Es gab weder Stühle noch ein Bett noch irgendwelche anderen Instrumente.

»Vielleicht wurde das Zimmer als Tonstudio verwendet?«, mutmaßte Ms. Washburn. »War Oliver Lewis denn Musiker?«

Ich schüttelte den Kopf. »Das hier wäre auch ein sehr armseliger Raum für ein Tonstudio. Es gibt zwei Fenster, die den Klang aufhellen und durch die Geräusche von draußen hereindringen, außerdem existiert keine Schallisolierung an den Wänden. Tatsächlich ist der Raum der schallundichteste, den wir bisher gesehen haben. Der Teppich ist der am wenigsten schalldichte Bodenbelag im gesamten Haus.«

Ms. Washburn machte einige Fotos, dann gingen wir wieder in den Flur und zur nächsten Tür, die anders als diejenige zu diesem Zimmer geschlossen war. Ms. Washburn wartete auf mich und sah dann wortlos auf den Türknauf. Mithilfe meines Taschentuchs drehte ich ihn und achtete dabei darauf, dass ihn dieselbe Seite des Tuchs berührte wie zuvor beim Klingelknopf.

Als die Tür aufging, keuchte Ms. Washburn auf.

Das hier war ohne Zweifel irgendjemandes Schlafplatz; an der hinteren Wand stand ein großes Bett mit Nachttischchen auf jeder Seite. Auf dem von uns aus gesehen weiter entfernten Nachttisch lag ein aufgeschlagenes Krimitaschenbuch mit dem Rücken nach oben, wohl um die Seite zu markieren. Auf dem anderen Nachttisch erkannte ich ein verschlossenes Medizinfläschchen, eine Plastikflasche mit Mineralwasser der Marke Poland Spring, ein schmales Armband und ein Handy. An der Wand rechts vom Eingang stand eine Kommode mit vier Schubladen, die alle geschlossen waren.

Auf dem Bett lag Cynthia Maholm, und sie war tot.

26

»Wie sind Sie denn ins Haus gekommen?«, fragte Detective Arthur Eastbrook von der Polizei von Manville, wobei er das linke Auge etwas weiter öffnete als das rechte.

Das war eine knifflige Frage. Wir hatten die Polizei sofort verständigt, nachdem wir Cynthia Maholm auf dem Bett gefunden hatten, mit weit geöffneten Augen, ebensolchem Mund und einer fahlen, kalten Haut. Es hatte sechs Minuten gedauert, um zu dem zuständigen Fahrdienstleiter in Manville durchgestellt zu werden, danach aber nur noch vier weitere, bis die erste Polizeistreife eingetroffen war.

Tatsache war jedoch, dass wir uns unrechtmäßig Zutritt zum Haus verschafft hatten. Ms. Washburn war ja durch ein Seitenfenster geklettert und hatte mich zur seitlichen Tür hereingelassen. Falls es zu einem Mordprozess kam und wir vor Gericht als Zeugen aussagen mussten, wäre wegen unserer vorschriftswidrigen Methode des Einstiegs möglicherweise alles, was wir zu Protokoll gaben, als Beweismittel unzulässig.

Es war außerdem denkbar, dass man uns auf der Stelle wegen Einbruchs anklagen und ins Gefängnis stecken würde, wo wir im Zuge der Beantwortung dieser Frage schon einmal gelandet waren. Ich war mir sicher, dass keiner von uns Lust darauf hatte, erneut in diese Lage zu geraten.

»Die Tür war offen«, sagte Ms. Washburn. »Wir sind hergekommen, um nach Cindy Maholm zu suchen, und nachdem wir vergeblich gerufen und geläutet hatten, stellten wir fest, dass die Seitentür nicht abgeschlossen war. Beim Eintreten haben wir sie genau so vorgefunden.«

Das war natürlich gelogen, doch ich sah im Moment keine Veranlassung dafür, Ms. Washburns Aussage zu widersprechen. Detective Eastbrook hielt ein batteriebetriebenes Aufzeichnungsgerät in der Hand und nickte kurz.

»Und was haben Sie in diesem Raum alles angefasst?«

»Nichts«, konnte ich wahrheitsgemäß antworten. »Ich habe ein Taschentuch benutzt, um die Tür zu öffnen, und nachdem wir Ms. Maholms Leiche einmal auf dem Bett entdeckt hatten, haben wir hier nichts mehr berührt.«

Der Detective zog die Augenbrauen in der Mitte seiner Stirn zusammen. »Warum haben Sie denn ein Taschentuch benutzt, um die Tür zu öffnen?«

»Mr. Hoenig hat das Asperger-Syndrom«, erklärte Ms. Washburn sofort. »Eine der Auswirkungen ist, dass er nur ... widerwillig Gegenstände berührt, die auch andere Menschen bereits berührt haben.« Ich fand, das war eine ausgezeichnete Weise, um meine Gefühle zu beschreiben, also fügte ich dem nichts hinzu.

Detective Eastbrook schien sich damit nicht zufriedenzugeben. »Aha«, sagte er, während Ms. Maholms Leiche hinter uns aus dem Zimmer gerollt wurde. Ms. Washburn entschied sich, nicht hinzusehen; ich tat das schon, gewann daraus aber keine weitere nützliche Information. »Sie haben also nach Cindy gesucht und sie einfach so vorgefunden?« Für Polizisten ist es nicht ungewöhnlich, dieselbe Frage in verschiedenen Varianten zu stellen, um so etwas anderes als eine gleichförmige Antwort zu erhalten.

»Richtig«, sagte ich. »Sie war in genau diesem Zustand, als wir ankamen. Wie lange, glauben Sie, ist sie schon tot?«

»Ungefähr sechs Stunden«, antwortete einer der Medizintechniker hinter mir, vielleicht weil er glaubte, ich wäre Teil des Ermittlungsteams. »Ich kann es nicht mit hundertprozentiger Sicherheit sagen, aber nicht länger als zwölf. Darauf verwette ich meinen Job.«

Detective Eastbrook wirkte verärgert, möglicherweise weil der Mann mir und nicht ihm geantwortet hatte. »Das haben Sie gerade getan«, warf er ein. Der Mediziner stutzte, runzelte die Stirn und verließ den Flur, in dem wir standen, wahrscheinlich ging er zur Vordertür zu seinem Auto.

»Glauben Sie denn wirklich, Detective, dass wir hierhergekommen sind, Ms. Maholm ermordet haben und aus unerfindlichen Gründen zwölf Stunden im Haus geblieben sind, um dann die Polizei zu rufen?«

»Ehrlich? Ich weiß nicht, was ich glauben soll, doch ich wette, die Tür war nicht offen, als Sie hierhergekommen sind«, erwiderte Eastbrook. Er sah zu Ms. Washburn, die ihren Blick beharrlich abwandte. »Es gibt Fußabdrücke in der Erde neben dem Seitenfenster, und das Fliegengitter an diesem Fenster ist ein bisschen schief, als hätte es jemand eilig wieder heruntergezogen.«

»In Ordnung. Wir haben uns durch dieses Fenster Zutritt verschafft«, gab ich zu.

Ms. Washburn sah mich an. »Ich will mit meinem Anwalt sprechen«, sagte sie dann zu dem Detective.

»Damit müssen Sie warten, bis ich Sie verhafte«, entgegnete Eastbrook, »das werde ich aber nicht tun. Ihr Freund hier hat recht. Es wäre dumm von Ihnen, Cindy zu töten und uns dann anzurufen, damit wir Sie schnappen. Das habe ich zwar schon erlebt, aber Sie beide sind nicht die Typen dafür. Sie sind wahrscheinlich einfach nur neugierig und wollten herausfinden, was vor sich geht. Sie haben es herausgefunden und uns dann verständigt. In den nächsten Tagen werden wir noch weitere Fragen haben, doch für den Augenblick können Sie gehen.«

Ms. Washburn wandte sich um, aber ich blieb stehen und bemühte mich, Eastbrook in die Augen zu sehen. »Haben Sie irgendeinen Verdacht bezüglich der Todesursache?«

Er lächelte ein bisschen. »Ja, habe ich.« Doch mehr sagte er nicht.

Ms. Washburn nahm mich sanft am Arm, und wir verließen das Haus. »Ich weiß nicht, ob es eine kluge Idee war, ihm zu gestehen, dass wir eingebrochen sind«, sagte sie beim Gehen leise.

»Es war die Wahrheit.«

»Wir könnten dafür im Gefängnis landen.«

»Das bezweifle ich. Wenn das etwas mit Ihrem Mann zu tun hat …«

Ms. Washburn hielt an und hob die Hand, um mir Einhalt zu gebieten. »Meine Ehe ist kein angemessenes Gesprächsthema zwischen uns, Samuel. Habe ich mich da verständlich ausgedrückt?«

Ich muss eine Weile stumm dagestanden haben, denn ihre offensichtlich verärgerte Aussage hatte mich ganz unerwartet erwischt. »Ja«, erwiderte ich schließlich, nachdem ich eine Reihe alternativer Antworten durchdacht hatte.

»Gut.«

Der Mediziner, der mir die Frage zu Ms. Maholms Todeszeitpunkt beantwortet hatte, verstaute nicht weit von uns seine Ausrüstung in einem schwarzen Kombi. Als er uns bemerkte, trat er zu uns heran.

»Steht mein Job bei dieser Sache wirklich auf dem Spiel?«

Schnell dachte ich darüber nach, wie ich ihm eine ehrliche Antwort geben konnte, ohne ihm zugleich zu verraten, dass ich nicht für die Polizei von Manville arbeitete. »Der Detective hat wohl nur seine Verärgerung zum Ausdruck gebracht, und ich wäre sehr überrascht, wenn Ihr Job wirklich in Gefahr wäre.«

Ms. Washburn deutete ein Lächeln an. Offenbar machte ich das gut.

»Das ist wirklich eine Erleichterung«, sagte der Mann. »Ich weiß nicht, was ihn so aufgeregt hat.«

»Es ist ein rätselhafter Fall«, sagte ich. »Haben Sie denn eine Vermutung bezüglich der Todesursache?«

Er zögerte. »Ich will mir nicht noch weitere Schwierigkeiten einhandeln.«

Ms. Washburn legte eine Hand vor den Mund, vielleicht unterdrückte sie so ein kleines Lachen.

»Ich verspreche Ihnen«, erwiderte ich, »dass alles, was Sie sagen, unter uns bleiben wird. Detective Eastbrook gegenüber werde ich es nicht erwähnen.«

Das schien den jungen Mann zu beruhigen. »Wenn ich vermuten müsste, würde ich auf eine Überdosis tippen. Was es auch immer war, es traf sie ziemlich schnell und ziemlich hart. Ihre Augen waren geöffnet, und sie wirkte überrascht. Es gibt da nur eine Sache.«

Eine solche Wendung lässt immer auf etwas Wichtiges schließen. »Was?«, fragte Ms. Washburn.

»Das Medizinfläschchen auf ihrem Nachttisch hatte eine Füllmenge von dreißig Tabletten, und es waren noch achtundzwanzig darin. Daher rührte die Überdosis also nicht.«

»Es könnte demnach etwas anderes gewesen sein«, vermutete ich.

»Es könnte praktisch alles gewesen sein.«

»Was ist ihr liebster Beatles-Song?«, fragte ich ihn.

Er zögerte nicht, was ein Zeichen für eine Person war, die sich nicht leicht von einer unerwarteten Frage aus der Bahn werfen ließ. »Dr. Robert«, antwortete er.

Workaholic.

»Das macht es viel schwieriger, die Frage zu beantworten«, sagte ich zu Ms. Washburn, während wir zu *Fragen Beantworten* zurückfuhren.

»Dass sie tot ist? Lässt sich daraus denn kein Muster ablesen? Etwas, was uns bei den Ermittlungen, wer Oliver Lewis getötet hat, in irgendeiner Weise weiterbringen kann?«

»Daraus lässt sich eine ganze Reihe von Möglichkeiten ablesen«, entgegnete ich. »Ich wollte sagen, Ms. Maholms Tod macht es viel schwerer, ihre eigene Frage über Oliver Lewis zu beantworten.«

»Dieser Zug ist wohl sowieso abgefahren, Samuel.« Das war eine Metapher. Sie bezog sich nicht auf einen wirklichen Zug. Ich hatte diesen Ausdruck vorher schon gehört, und Mutter hatte mir seine Bedeutung erklärt – dass es für manche Dinge zu spät ist, um sie noch zu ändern. Der Tod hat einen solchen Effekt.

»Da haben Sie wohl recht«, entgegnete ich also. »Wir sollten uns daher ganz auf Detective Dickinsons Frage konzentrieren.«

»Sie haben gesagt, dass sich aus Cindy Maholms Tod eine ganze Reihe von Möglichkeiten ablesen lässt«, nahm sie diesen Gedanken wieder auf.

Das stimmte. Das hatte ich gesagt. Doch Ms. Washburn erwartete anscheinend irgendeine Art von Erwiderung. Sieben Sekunden später fügte sie hinzu: »Was für Möglichkeiten sind das?«

»Zwei Dinge erscheinen mir klar zu sein«, antwortete ich und war dankbar dafür, dass sie meinen Gedankengang erspürt und verstanden hatte. »Zuerst scheinen Oliver Lewis' Ehen und seine geschäftlichen Interessen auf irgendeine Art miteinander verbunden gewesen zu sein. Beide waren ohne Zweifel unkonventionell und lieferten irgendwem Motive für seine Ermordung. Zweitens muss Cynthia Maholm, die sich mir als Sheila McInerney vorgestellt hat, dem Zentrum des ganzen Ränkespiels nähergestanden haben als die anderen Exfrauen, da sie diejenige von ihnen ist, die von irgendjemandem umgebracht wurde.«

»Halten Sie es denn für möglich, dass die anderen Exfrauen auch in Gefahr sind?«

»In der Tat. Und das ist einer der Gründe, warum ich glücklich darüber bin, später noch Hazel Montrose zu treffen.«

Ms. Washburns Lächeln war sogar noch in ihrem Profil zu erkennen.

Als wir bei *Fragen Beantworten* ankamen, wartete Detective Dickinson auf dem Parkplatz. Als er uns kommen sah, stieg er aus seinem Wagen und näherte sich, während ich die Bürotür aufschloss.

»Ich habe den Bericht aus Manville gesehen«, sagte er. »Warum habe ich von Ihnen noch nichts davon gehört?«

»Wir sind von Detective Eastbrook verhört worden«, erklärte ich, während wir das Büro betraten. »Der Fall liegt außerhalb Ihres Zuständigkeitsbereichs, Detective. Was hätte Ihnen diese Information denn verraten?«

»Die Information hat offensichtlich etwas mit Oliver Lewis' Tod zu tun, meinen Sie nicht?«, erwiderte Detective Dickinson. Seine Stimme hatte einen aggressiven Tonfall angenommen, der mir in den Ohren schmerzte. Ich musste dem Impuls widerstehen, die Hände auf die Ohren zu pressen, um das Geräusch zu dämpfen.

Ms. Washburn schien mein Zusammenzucken bemerkt zu haben. »Ich bin sicher, dass Mr. Hoenig Ihnen da zustimmt. Aber Sie haben vom Einsatzleiter doch sicherlich alles erfahren, was Sie auch von uns erfahren hätten. Gern können wir Ihnen persönlich Bericht erstatten, wenn Sie das wünschen, aber wir haben noch keine Antwort auf Ihre Frage.« Sie machte eine einladende Geste in Richtung des Besucherstuhls, aber Detective Dickinson dachte gar nicht daran, sich zu beruhigen.

»Eine der wichtigsten Zeuginnen, eine Frau, nach der wir suchen, seitdem die Leiche auf Ihrem Boden aufgetaucht ist, ist gerade gestorben, wahrscheinlich wurde sie ermordet, und Sie wollen mir Bericht erstatten, haben aber noch keine Antwort?«, bellte er. Das ertrug ich nicht länger und legte die linke Hand auf mein Ohr. »Es dauert jetzt schon *tagelang!*«

»Könnten Sie bitte leiser sprechen, Detective«, bat ich ihn, während ich damit begann, im Büro meine Runden zu drehen. Heute hatte ich mich noch nicht ausreichend bewegt, und es hatte den angenehmen Nebeneffekt, dass ich mich auf diese Weise weiter von Dickinson entfernen konnte, da ich die gesamte Fläche des Raumes ausnutzte.

»Was machen Sie da?«, fragte er. Dabei reduzierte er die Lautstärke ungefähr um ein Drittel.

»Ich bewege mich, um bei guter Gesundheit zu bleiben«, erklärte ich ihm. »Wir wissen Folgendes: Oliver Lewis war ein serieller Monogamist, der Frauen verführte, möglicherweise auch mithilfe von K.-o.-Tropfen, sie heiratete und sie dann so lange ignorierte, bis sie die Scheidung einreichten. Er könnte der Vater von Amy Stanhopes Kind sein, doch dafür haben wir noch keinen Beweis. Nachdem sie sich als Sheila McInerney ausgegeben und mich damit beauftragt hatte herauszufinden, wer der Mann wirklich war, der sich als ihr Ehemann ausgab, behauptete Cynthia Maholm, von ihm bedroht zu werden, schusterte für mich und Ms. Washburn eine seltsame Kulisse zusammen und ließ uns dann verhaften, da wir angeblich widerrechtlich bei ihr eingedrungen waren. Daraufhin verschwand sie und ist nun tot in Oliver Lewis' Wohnung aufgefunden worden. Es wirkt wie eine Überdosis, obwohl es sich sehr wahrscheinlich weder um eine versehentliche Überdosierung noch um einen erfolgreichen Selbstmordversuch handelt.«

»Es war ganz sicher Mord?«, fragte Detective Dickinson. »Das stand nicht in dem Einsatzbericht.«

»Es ist zwar noch nicht bestätigt, doch es ist wahrscheinlich. Und die naheliegendste Person, die man darauf ansprechen sollte, ist Terry Lambroux oder die echte Sheila McInerney, die wir beide bisher noch nicht ausfindig machen konnten.«

»Das ist aber kein so toller Bericht«, nörgelte Dickinson. »Ich habe in der letzten Minute nur eine einzige neue

Information erhalten, nämlich dass Cindy Maholm wahrscheinlich ermordet wurde, sich der Tathergang aber von dem Mord an Lewis unterscheidet. Keine Ahnung, was ich damit anfangen soll.«

»Das geht uns genauso«, erwiderte Ms. Washburn.

»Keine Sorge«, sagte ich zu beiden. »Wir sollten schon morgen früh mehr wissen.«

»Haben Sie denn einen Plan?«, fragte Dickinson.

»Nein. Ich habe ein Date.«

27

»Warum haben Sie gerade dieses Restaurant ausgewählt?«, fragte mich Hazel Montrose.

Wir saßen an einem Tisch bei Applebee's auf der Centennial Avenue in Piscataway, nicht weit entfernt vom Supermarkt, dem Bagel-Laden und dem Nagelstudio. Der Kellner war ein Mann Anfang zwanzig (wahrscheinlich ein Student von der nahe gelegenen Rutgers University), der sich als Tyler vorstellte und uns sagte, dass er sich heute Abend um uns kümmern werde – eine eher seltsame Aussage, die ich mich nicht zu hinterfragen entschied. Er hatte unsere Bestellung aufgenommen und sich dann in die Küche zurückgezogen.

»Es gehört zu einer Kette, also ist das Essen voraussehbar und in jeder Filiale von gleicher Qualität«, erklärte ich. »Die Speisekarte steht online, und man kann sie lesen, bevor man von zu Hause aufbricht, also gibt es keine Überraschungen außer denen auf der Tageskarte, die man ja vermeiden kann. Für mich macht das einen großen Unterschied.«

Hazel, die ein blaues Oberteil zu einem weißen Rock trug, nickte verständnisvoll. Ich hatte ihr nichts von meinem Asperger-Syndrom erzählt, denn das Wort »Syndrom« hat meiner Meinung nach den Effekt, Menschen zu der unkorrekten Annahme zu verleiten, ich wäre irgendwie krank oder hätte einen anderweitigen Schaden. Das trifft aber nicht zu. Meine Persönlichkeit umfasst Merkmale, die nicht der anerkannten Definition von »Normalität« entsprechen, und es gibt genug Menschen mit dieser Abweichung, damit der Umstand eine eigene Bezeichnung verdient hat. Hazels Nicken war also sehr wahrscheinlich eine Anerkennung der Tatsache, dass ihr ein paar »Eigenheiten« aufgefallen waren.

»Voraussehbarkeit kann manchmal ganz tröstlich sein«, entgegnete sie. »Man kann sich gedanklich auf andere Dinge konzentrieren.«

Den Tod Cynthia Maholms hatte ich noch nicht erwähnt. Als ich Ms. Washburn mitgeteilt hatte, dass ich das Thema aussparen würde – es sei denn, Hazel würde es anschneiden –, hatte sie gelächelt und geantwortet, dass ich wohl den Moment nicht verderben wolle. Ich hatte erwidert, dass ich einfach herausfinden wolle, ob Hazel die Neuigkeit schon kannte; Ms. Washburn hatte gelächelt und entgegnet: »Natürlich.« Daraufhin hatte ich das Gespräch nicht weiter fortgeführt.

Als ich Mutter von meiner Absicht berichtet hatte, mit Hazel zu Abend zu essen, hatte sie zuerst eine praktische Frage gestellt: »Wie kommst du da hin?« Hazel hatte bereits angeboten zu fahren und mich bei *Fragen Beantworten* aufzulesen; sie war ja bereits einmal im Büro gewesen und wusste daher, wo es sich befand.

Dann hatte Mutter mich gefragt, ob es sich um ein privates Abendessen handele oder eines, das mit der Arbeit zu tun habe, aber diese Frage konnte ich überhaupt nicht beantworten. »Es geht um die Arbeit«, hatte ich schließlich gesagt, »doch vorgeblich ist es ein privates Treffen.«

Mutters Stimme hatte einen leicht tadelnden Tonfall angenommen. »Führst du die junge Frau etwa an der Nase herum, Samuel?«

Ich war nicht sicher, was diese Redensart bedeutete. Physisch führte ich Hazel aber sicherlich nirgends hin (schon gar nicht an der Nase), denn sie war ja diejenige, die fuhr. »Wohin sollte ich sie denn führen?«

Mutters Ton war etwas sanfter geworden, wie es oft geschieht, wenn sie mir eine Redewendung erklären muss. Manchmal vergisst sie, dass ich solche Ausdrücke beim ersten Hören wörtlich nehme. »Es bedeutet, jemandem vorzutäuschen, man hätte ein romantisches Interesse an ihm, wobei die wirklichen Absichten … nicht in diesem Bereich liegen.«

Das war ganz einfach absurd. »Dann führe ich Hazel Montrose ganz sicher nicht ›an der Nase herum‹«, hatte ich ihr über das Telefon mitgeteilt. Ich hatte im Büro gesessen, und Mutter war zu Hause gewesen, wahrscheinlich in der Küche, denn sie ist nicht davon abzubringen, dass der Empfang auf dem Wandtelefon der beste im ganzen Haus ist, obwohl das Signal logisch betrachtet bei jedem Anschluss gleich gut sein muss. »Ich esse mit ihr zu Abend, um sie zu Oliver Lewis und Terry Lambroux zu befragen.«

»Normalerweise geht man mit Leuten nicht essen, nur um sie zu befragen«, hatte Mutter festgestellt. »Fragen kann man ja auch einfach so stellen.«

»Es soll Hazel entspannen, damit sie ehrlicher antwortet«, hatte ich erklärt.

»Du wirst sie aber nicht abfüllen«, hatte Mutter mich ermahnt. Als sie bemerkt hatte, dass mein Geist wieder fieberhaft zu arbeiten begann, hatte sie sich zusammengenommen. »Das bedeutet, ihr so lange Getränke zu spendieren, bis sie ein wenig die Kontrolle über ihr Urteilsvermögen und ihr Verhalten verliert.«

»Hat Oliver Lewis Sie abgefüllt?«, fragte ich Hazel, als Tyler wieder fort war.

Sie lachte auf, offenbar überrascht. »Sie kommen ja gleich zur Sache, nicht wahr, Samuel?«

»Ich frage das nur, weil einige der anderen Exfrauen von Oliver Lewis ausgesagt haben, er könne sie dazu gebracht haben ihn zu heiraten, indem er sie verführte, mehr zu trinken, als sie es von sich aus getan hätten, oder dass er ihnen vielleicht sogar mit Drogen versetzte Cocktails angeboten habe.«

»Nein, Samuel. Soweit ich weiß, war ich vollkommen nüchtern und zurechnungsfähig, als ich Ollie geheiratet habe. Genauso war es, als ich mich von ihm wieder scheiden ließ.« In diesem Moment kehrte Tyler mit einem Glas Wasser (ohne Zitrone) für mich und mit einem Martini für Hazel zurück. Dann zog er sich sofort wieder zurück und kündigte an, dass unser Abendessen »sehr bald« kommen werde.

»Ich bin froh, das zu hören«, sagte ich, sobald Tyler wieder fort war. »Es hätte mir nicht gefallen, wenn Sie mit einem Mann verheiratet gewesen wären, den Sie eigentlich gar nicht heiraten wollten.«

»Nein, ich wollte Ollie ganz sicher heiraten, als wir einander kennenlernten«, sagte Hazel, nachdem sie einen Schluck von ihrem Martini getrunken hatte, den sie als »trocken« beschrieb. Das Konzept einer »trockenen« Flüssigkeit bereitet mir noch immer Verständnisschwierigkeiten. Ich habe hingegen begriffen, dass es so etwas wie trockene Reinigungsflüssigkeit gibt, als ich einmal Recherchen zu einer Frage anstellte, die sich um einen Prozess namens »Martinizing« drehte.

»Am Anfang gab Ollie mir das Gefühl, eine Prinzessin zu sein, etwas, von dem ich niemals geglaubt hätte, dass es mir gefallen könnte, aber es war fantastisch. Seine Aufmerksamkeit war einzig und allein auf mich gerichtet. Ich fühlte mich umsorgt und wichtig und geliebt.«

»Doch dann haben Sie sich trotzdem von ihm scheiden lassen«, merkte ich an. Ich verspürte in Bezug auf Oliver Lewis, einen Mann, den ich nur ein einziges Mal getroffen hatte, ein seltsames Missfallen. Dieses Gefühl konnte ich mir nicht erklären.

»Das stimmt. Nachdem er mich geheiratet hatte, wurde ich zu einem Accessoire. Er stellte mich seinen Geschäftspartnern vor, vermutlich um damit anzugeben, dass er verheiratet war. Manchen von ihnen waren traditionelle familiäre Werte wirklich wichtig, sodass ihnen zwei unverheiratete Menschen, die einfach nur zusammenlebten, bestimmt nicht sehr gefallen hätten. Ollie wollte daher schnell heiraten. Bevor wir beim Friedensrichter in Darien, Connecticut, waren, kannte ich ihn erst ein paar Monate und gelobte alle möglichen Dinge, über die ich niemals richtig nachgedacht hatte.« Sie schüttelte den Kopf, anscheinend konnte sie nicht glauben, wie naiv sie gewesen war, dann nahm sie einen größeren Schluck von ihrem Drink.

»Hat er darum auch all die anderen geheiratet?«, fragte ich. Ich versuchte mich in unserem Gespräch zu Terry Lambroux und zu der echten Sheila McInerney voranzutasten, aber dabei musste ich behutsam vorgehen. Hazel Montrose abzuschrecken würde mich bei der Recherche zu Detective Dickinsons Frage empfindlich zurückwerfen.

Hazel zuckte mit den Schultern. »Ich kann Ihnen nicht

sagen, warum er die anderen geheiratet hat. Ich kann Ihnen nicht einmal wirklich sagen, warum er mich geheiratet hat.« Noch ein Schluck. Es schien keine Notwendigkeit meinerseits zu bestehen, Hazel abzufüllen; das besorgte sie ganz allein.

»Nun, was ist mit Sheila McInerney? Haben Sie sie kennengelernt?«

Hazel schüttelte den Kopf. »Ich hatte zu keiner der anderen Frauen wirklich freundschaftliche Beziehungen. Ich weiß, dass Jenny LeBlanc gern so tut, als gäbe es diesen Fünferklub, zu dem wir alle gehören, doch ich habe zu keiner von ihnen wirklich Kontakt gehalten. Ich glaube, sie veranstalten Treffen oder so, aber ich bin nie hingegangen.« Sie sah auf und suchte Tylers Blick, dann zeigte sie auf ihr leeres Martiniglas und nickte, als er ihre Bestellung aufgenommen hatte.

»Sie sind also nicht fravol?«

Hazel antwortete mit einem hervorgeprusteten Lachen, das zum Teil Erheiterung, zum Teil Überraschung und zum Teil Abscheu zum Ausdruck brachte. »Nein«, sagte sie bestimmt. »Es gibt keinen monatlichen Newsletter oder so, wissen Sie? Und es liegt auch nicht in meiner Natur, mich auf diese Weise in der Vergangenheit zu suhlen. Ich habe Ollie geheiratet, ich habe mich von ihm scheiden lassen. Als die Papiere einmal unterschrieben waren, war es vorbei. Das Leben geht ja weiter.«

»Was für einen Vergleich hat es bei Ihrer Scheidung denn gegeben?«, fragte ich.

Hazel blinzelte. »Wie bitte?«

Nun war ich in Sorge, dass ich irgendeine gesellschaftliche Konvention nicht beachtet hatte. »Entschuldigung«, sagte ich also. »War das eine unangemessene Frage?«

»Samuel, es wird als unhöflich betrachtet, Menschen nach ihren Finanzen zu befragen, also ja, das war unangemessen.«

»Verzeihung.« Aber wie sollte ich an die Information gelangen, wenn eine direkte Frage nicht gestattet war? »Ich dachte nur, Sie wären vielleicht reich geworden, wenn Ihnen nun ein Teil von OLimited gehört.« Diese Frage war dazu gedacht, sowohl Hazels Vergleich vor dem Scheidungsgericht als auch den Erfolg von Oliver Lewis' Firma einzuschätzen.

Sie schüttelte den Kopf. »Reich bin ich nicht. Vermutlich ist niemand durch Oliver Lewis reich geworden.« Sie sah auf, als Tyler ihr den zweiten Martini an den Tisch brachte. »Oh, danke.« Sie nippte daran und sah dann wieder zu mir. »Könnten wir über etwas anderes sprechen?«

Ich versuchte, auf ein anderes Gesprächsthema zu kommen. »Wussten Sie, dass der Originaltitel von ›Yesterday‹ eigentlich ›Scrambled Eggs‹ war? Rührei?« Diese Information halte ich für Allgemeinwissen, also verrät es mir etwas über mein Gegenüber, wenn ihm das nicht bekannt ist.

Unglücklicherweise bekam ich darauf keine Antwort, denn eine junge Frau, die im selben Stil wie Tyler gekleidet war, erschien aus der Küche und trug ein Tablett bei sich, auf dem unser Abendessen stand. Sie klappte einen Ständer dafür aus, stellte das Tablett darauf ab und servierte uns unsere Bestellungen. Sie verriet uns weder ihren Namen, noch kündigte sie an, sich heute um uns zu kümmern.

Hazel trank noch einen Schluck von ihrem Martini, bevor sie ihr Abendessen in Angriff nahm. Ich sah mir meins an, erkannte, dass es nicht ganz durch war, und winkte die junge Frau heran. Ich erläuterte ihr meine Bedenken, sie entschuldigte sich (obwohl ich bezweifelte, dass sie in irgendeiner Weise dafür verantwortlich war), nahm den Teller wieder mit und sagte, dass ich mein Essen im gewünschten Zustand so schnell wie möglich bekommen würde.

Auf Hazels Gesicht bemerkte ich einen verschlossenen, taxierenden Blick, sobald ich ihr wieder meine Aufmerksamkeit zuwandte. »Bei manchen Sachen sind Sie sehr eigenwillig. Viele Männer hätten das einfach durchgehen lassen.«

Mir war nicht recht klar, was ich darauf antworten sollte; in diesem Moment wollte ich das Thema Autismus nicht aufbringen. »Es gibt ein paar Dinge, bei denen es mir nicht leichtfällt, sie einfach so durchgehen zu lassen. Essen ist eins davon.« Das war die Wahrheit.

Sie nickte. »Das verstehe ich. Ich kann das Haus nicht ohne Ohrringe verlassen.« Was diese Äußerung mit dem zu tun hatte, was ich gerade gesagt hatte, begriff ich zwar nicht, doch ich vermutete, Hazel wollte eine Analogie zwischen meinen Vorlieben, was Nahrung betraf, und ihrem Drang herstellen, sich die Ohrläppchen zu schmücken. Es wäre wohl das Beste, sich nicht zu sehr damit aufzuhalten.

Die junge Frau kehrte mit meiner Bestellung zurück, die nun zu meiner Zufriedenheit zubereitet war. Ich bedankte mich, und sie entschuldigte sich erneut, obwohl ich immer noch keine Veranlassung dafür sah. Es folgte eine Gesprächspause, in der sowohl Hazel als auch ich unseren Appetit stillten. Mir fiel auf, dass sie auch dem zweiten Martini noch immer fleißig zusprach. Wenn sie sich dazu entschloss, einen dritten zu bestellen, würde ich in Erwägung ziehen, Mike anzurufen, damit er uns beide nach Hause brachte, doch dafür musste ich erst ein öffentliches Telefon finden; in unseren Handyzeiten sind sie nur noch spärlich vorhanden.

»Die Wahrheit ist«, sagte Hazel plötzlich, »dass Oliver kein wirklicher Geschäftsmann war.« Bei dem *s* in *Geschäftsmann* klang ihre Aussprache schon etwas nachlässig. »Er versuchte alte Leute um ihr Geld zu bringen, ohne ihnen dafür irgendeine Gegenleistung zu bieten.«

Vielleicht gab es ja doch einen Vorteil an dieser Idee, jemanden abzufüllen. »Wie ist das gelaufen?«, fragte ich und versuchte dabei, meine Stimme gleichgültig klingen zu lassen. Manche Leute finden, dass ich immer so klinge.

»Das war einfach«, erwiderte Hazel nach einem weiteren Schluck. »Ollie beschaffte sich die Namen von Menschen, die gerade ihre Ehepartner verloren hatten. Damit sie für ihn infrage kamen, mussten sie außerdem die siebzig bereits überschritten haben. Dann rief er sie an und fragte nach ihrer Versicherung. Er überzeugte sie davon, dass sich eine herkömmliche Lebensversicherung für eine alleinstehende Person ihres Alters nicht lohne. Und dann sagte er, dass sie, wenn sie wirklich für ihre Kinder und Enkel sorgen wollten, die klugen Investitionsstrategien nutzen sollten, die seine Firma OLimited für sie bereitstellte.«

»Es ist nicht ungewöhnlich, dass Leute in Fonds und Aktien investieren«, warf ich ein. »Wie hat Mr. Lewis denn damit Geld verdient, und zwar mehr, als jeder beliebige Investmentberater das hätte tun können?«

Hazel deutete mit dem Messer auf mich, was mich einen kurzen Augenblick lang alarmierte. »Das ist es ja:

Es gab niemals irgendwelche Investitionen. Ollie brachte diese Leute dazu, Verträge zu unterzeichnen, durch die sie ihm im Grunde ihr gesamtes Geld überschrieben, mit dem er dann anstellen konnte, was er wollte. Darin stand, dass er das Geld investieren konnte, wenn er das wollte, dass dies aber in jedem Fall auf seinen Namen geschah. Also investierte er in Ollie Lewis, das war seine Investitionsstrategie.«

»Als seine Frau müssen Sie doch von seinen offenbar illegalen und jedenfalls irreführenden Geschäften profitiert haben.«

Hazel nahm einen Bissen und kaute beim Sprechen, woraufhin ich den Blick auf mein eigenes Essen richtete. Es wirkte nun weniger appetitlich, als bevor ich Hazel hatte kauen sehen.

»Ich habe niemals auch nur einen Dime davon gesehen«, entgegnete sie. Sie trank noch einen Schluck. Ihr Glas war schon wieder fast leer. »Alles in allem hat Ollie niemals wirklich viel mit dieser Betrügerei verdient. Er hat die alten Leutchen unterschätzt. Die meisten von ihnen sind nicht so dumm – sie haben sich den Vertrag durchgelesen und ihn in hohem Bogen rausgeworfen. Nur ein paar von ihnen fielen auf seine Masche herein, und die hatten nicht allzu viel, was er hätte abrippen können, also sprang am Ende sehr wenig für ihn raus.«

Ich ignorierte den Gebrauch des Wortes *abrippen,* das sie mit falscher Grammatik gebrauchte, und bohrte weiter, während die Martinis Hazels Gedanken lockerten und ihre Auskunftsfreude erhöhten.

»Aber er hatte doch ein Millionenvermögen. War das Unternehmen denn seine einzige Einkommensquelle?«

Hazels Lippen vibrierten, und sie gab einen abschätzigen Laut von sich. »Nein. Ollie hatte immer einen Plan. Nur niemals einen guten.«

»Was ist mit Sheila McInerney und Terry Lambroux?« Ich startete einen Versuch ins Blaue hinein, was ich für gewöhnlich nicht tue. Ich bin kein Freund von Mutmaßungen, doch in dieser Frage gab es so wenig von Substanz, was ich nutzen konnte, dass ich einen Reiz setzte und ihre Reaktion abwartete.

»Ich habe Ihnen schon gesagt, dass es keine Terry Lambroux gibt. Und über Sheila weiß ich nichts.«

Ich hatte den Eindruck, dass sie ihrer Aussage gerade noch etwas hinzufügen wollte, als eine Bewegung am Fenster vor unserem Tisch sie ablenkte. »Was ist das?«, fragte sie, und ihre Schultern schienen sich zu versteifen.

»Mir ist nichts Ungewöhnliches aufgefallen.«

»Sie haben mich gefunden!« Hazel schnappte sich ihre Handtasche, die auf dem Sitz neben ihr lag. »Wir müssen gehen!«

»Ich verstehe nicht ganz«, sagte ich zu ihr, versuchte ihrem Blick standzuhalten und fragte mich, ob ich Tyler für das Abendessen bezahlen oder ob Hazel und ich uns die Rechnung teilen und jeder die Hälfte zahlen sollte. Tatsächlich hatte Tyler uns ja noch gar keine Rechnung gebracht, für den Augenblick war dieser Punkt irrelevant. »Wer hat Sie gefunden? Und warum regen Sie sich so auf? Wir sind doch noch gar nicht fertig mit …«

Hazel stand auf und schien von einer Sekunde auf die nächste vollkommen nüchtern zu sein. Ihre Augen waren ununterbrochen auf den Eingang des Restaurants gerichtet, wo eine junge Frau namens Tasha (so stand es jedenfalls auf ihrem Namensschild) uns die Tür geöffnet und uns begrüßt hatte, als wir angekommen waren.

»Dafür haben wir jetzt keine Zeit, Samuel! Wir müssen hier weg!«

Ich gab Tyler ein Zeichen, der Hazel zweifelsohne hatte aufspringen sehen und sich uns bereits näherte. Er gab mir die Rechnung, und ich zahlte, wobei ich zwanzig Prozent Trinkgeld gab, denn Kellner haben einen sehr schwierigen Job. Später würde ich mich mit Hazel über ihre Hälfte verständigen, entschied ich, denn sie schien es sehr eilig zu haben, sofort von hier wegzukommen, und war schon auf dem Weg zur Tür.

Während ich ihr nacheilte, warf ich noch einen Blick zurück auf den Tisch und erkannte, dass ihr Martiniglas inzwischen leer war.

Kurz erwog ich, Mike anzurufen, aber es gab in der Nähe kein öffentliches Telefon, und Hazel war mir schon ein paar Schritte voraus und hatte offenbar nicht die Absicht, anzuhalten und auf ein Taxi zu warten. Mir fiel auf, dass der weiße Rock, den sie trug, sehr gut an ihr aussah, doch das schien im Augenblick nicht von Bedeutung zu sein. Vielleicht sollte ich sie wegfahren lassen und dann einen Weg suchen, um mich mit Mike oder Ms. Washburn oder Mutter in Verbindung zu setzen.

»Kommen Sie schon«, drängte Hazel und setzte sich hinter das Steuer ihres Wagens. Ich beschleunigte meine Schritte, um ihr zu zeigen, dass ich ihre Behauptung ernst nahm, wir befänden uns in irgendeiner Art von Gefahr, hielt jedoch an der Fahrerseite an. Hazel ließ die Scheibe herunter.

»Soll ich fahren?«, fragte ich. »Ich habe einen gültigen Führerschein.« Ich hielt es für das Beste, nicht zu erwähnen, dass sie Alkohol getrunken hatte und eventuell drauf und dran war, die Gesetze von New Jersey zu verletzen.

»Steigen Sie ein!«, rief sie, ohne mir das Steuer ihres Wagens zu überlassen.

Es war eine schwierige Entscheidung, doch in Ermangelung eines anderen Transportmittels heimwärts setzte ich mich tatsächlich auf den Beifahrersitz und schnallte mich umgehend an.

Hazel ließ den Motor an und parkte in einer waghalsigen Geschwindigkeit rückwärts aus. Ich bin mir nicht sicher, ob mir dabei nicht unwillkürlich ein Schrei entfuhr. Dann näherte sie sich sehr schnell der Ausfahrt.

»Ich glaube, Sie überschreiten das Tempolimit«, bemerkte ich.

»Na, dann passen Sie mal auf«, erwiderte sie. Ich brauchte einen Augenblick, um den Zusammenhang zu begreifen, doch als ich das schließlich tat, fühlte ich, wie meine Hand meine Nase berührte.

Das Auto schleuderte aus dem Parkplatz heraus auf die Centennial Avenue, jedoch ohne dass die Reifen quietschten und durchdrehten, wie es oft in Verfolgungsjagden im Fernsehen oder in Filmen der Fall ist. Ich konnte den Tacho vom Beifahrersitz aus erkennen – er bestand aus einer großen Leuchtanzeige auf dem Armaturenbrett –, und die Botschaft, die er mir sandte, war außerordentlich beunruhigend.

Ich musste die Wörter hervorpressen und fühlte, wie mein Kopf zu zittern begann. »Warum fahren wir so schnell?«

Hazel löste tatsächlich den Blick von der Straße (bei dieser Geschwindigkeit!) und sah mich abschätzig an. »Damit sie uns nicht erwischen, natürlich«, spuckte sie aus.

Ich wagte es nicht, mich umzudrehen und durch die

Heckscheibe hinauszusehen, ich konnte mich kaum dazu zwingen, den Blick zum Seitenspiegel zu wenden, in dem ich den schwarzen Ford Escape bei einer wilden Verfolgungsjagd zu erkennen erwartete. Hinter uns war aber kein offensichtlicher Verfolger. Der Escape war nicht da, und alle anderen Fahrzeuge taten ihr Bestes, um Hazel nicht in die Quere zu kommen.

»Wer?«, fragte ich, sobald ich wieder sprechen konnte. Der Tacho zeigte inzwischen schon acht Stundenkilometer mehr an.

»Na die!«, schrie sie, als wäre das eine angemessene Antwort.

Sie bog rechts auf die Stelton Street ab, entfernte sich also in sehr hoher Geschwindigkeit vom Büro von *Fragen Beantworten*. Aus Angst, das Auto würde aus der Kurve geworfen, und wir würden verletzt oder getötet werden, hielt ich die Luft an. Allerdings kamen wir heil um die Kurve, und Hazel schien das als Zeichen dafür zu betrachten, dass sie noch weiter beschleunigen konnte. Ein ersticktes Geräusch ertönte hinten in meiner Kehle.

»Wir müssen weg!«, beharrte Hazel.

»Bitte lassen Sie mich hier raus. Ich finde schon jemanden, der mich heimbringt«, presste ich hervor.

»Ich kann nicht anhalten! Dann erwischen sie uns!«

Es war keine Rettung in Sicht. Eigentlich hätte ich erwartet, dass eine Streife der Polizei von Piscataway Hazels Wagen inzwischen gestoppt hätte, doch es war keiner in Sicht. Das war nicht sehr tröstlich, aber ich konnte mich nur auf mich selbst verlassen.

Meine Hände flatterten, meine Stirn war schweißbedeckt, mein Kopf wackelte auf dem Hals, und meine Stimme geriet außer Kontrolle. Ich konnte mich selbst undefinierbare Töne ausstoßen hören. Es klang wie: »Aaaaaaaaaaaaaaaaaahhhhhh …«

»Hören Sie damit auf«, sagte Hazel. »Sie helfen denen, uns zu finden.«

Ich hatte keine Wahl. Ms. Washburn war nicht hier, um meine Gedanken wieder auf Kurs zu bringen. Ich musste es also selbst tun. Ich schloss die Augen und versuchte, das immer höhere Jammern des beschleunigenden Motors zu ignorieren.

»Hazel«, sagte ich, »uns verfolgt aber gar keiner.«

Sie zuckte zusammen, als wäre sie schockiert. »Nicht?«

»Nein, es würde mir auffallen. Und nein, niemand ist so clever, dass ich nicht bemerken würde, wie er diesem Auto folgt, vor allem bei der Geschwindigkeit, die Sie vorlegen. Bitte. Glauben Sie mir und drosseln Sie das Tempo.«

Mit weit aufgerissenen Augen schaute Hazel in den Rückspiegel, dann in den Außenspiegel auf der Fahrerseite. Sie bewegte sich krampfartig, schnell, die zuckenden Bewegungen ihres Kopfes ließen sie auf seltsame Weise Elsa Lanchester in *Frankensteins Braut* ähneln, einem Filmklassiker aus dem Jahr 1935. In ihm spielten außerdem Colin Clive, Boris Karloff und Ernest Thesiger mit. James Whale führte bei diesem Film Regie, und Universal übernahm den Verleih.

Mutter behauptet, dass ich manchmal zu viele Informationen zu einem Thema beisteuere.

Das Auto wurde langsamer, während Hazel nun weniger aufgeregt und eher besorgt aussah. »Ich war mir so sicher«, murmelte sie, während der Tacho nur noch eine für diese Gegend leicht erhöhte Geschwindigkeit anzeigte.

Normalerweise wäre ich schon besorgt, in einem Fahrzeug mit nur gering erhöhtem Tempo zu sitzen. Doch im Augenblick fühlte ich mich erleichtert.

»Warum haben Sie denn geglaubt, dass Sie jemand verfolgt?«, fragte ich, sobald Hazel anscheinend wieder normal atmete.

»Irgendwer verfolgt mich schon seit Tagen. Zwei Männer in einem schwarzen …«

»Einem schwarzen Ford Escape?«, fragte ich.

Sie sah zu mir herüber, was dazu führte, dass meine rechte Hand ein wenig zu flattern begann, aber dann wandte sie die Aufmerksamkeit wieder dem Verkehr zu. »Woher haben Sie das gewusst?«

»Sie sind auch mir und Ms. Washburn gefolgt. Ich glaube, sie arbeiten für jemanden, der sich für Oliver Lewis' Geschäfte interessiert, vielleicht Terry Lambroux.« Ich suchte auf ihrem Gesicht nach irgendeiner Reaktion, und die bekam ich auch.

Hazel lachte höhnisch und machte eine wegwerfende Handbewegung. »Ich glaube nicht, dass es eine Person namens Terry Lambroux wirklich gibt. Man hört immer mal von ihm, doch niemand hat ihn jemals zu Gesicht bekommen.«

»Terry Lambroux ist ein Mann?«

Hazel zuckte mit den Schultern. »Soweit ich weiß. Jeder sagt immer »er«, wenn der Name aufkommt. Aber ich glaube nicht, dass es ihn wirklich gibt.«

In genau diesem Augenblick erspähte ich den schwarzen Ford Escape hinter uns, was zu einer Debatte mit mir selbst führte: Sollte ich Hazel darauf hinweisen, sodass sie wieder wild und gefährlich fahren würde, oder sollte ich den Mund halten und riskieren, dass wir beide in Gefahr gerieten?

Dann erinnerte ich mich an die Männer in dem Escape. Also sagte ich zu Hazel: »Würden Sie bitte an dem Parkplatz dort drüben anhalten? Mir ist durch die Aufregung ein bisschen schwindlig geworden.«

Hazel presste die Lippen aufeinander, tat dann jedoch, worum ich sie bat, und nach dreiundvierzig Sekunden standen wir sicher auf dem Parkplatz vor einem Dunkin' Donuts. Ich sagte zu Hazel, dass ich ein wenig frische Luft schnappen wolle, und stieg aus.

Der Escape hielt mit gelöschten Scheinwerfern am anderen Ende des Parkplatzes.

Ich beugte mich ein bisschen vor und tat so, als würde ich nach Luft schnappen. Hazel ließ das Fenster auf ihrer Seite herunter und fragte, ob ich in Ordnung sei. Ich nickte, sagte aber, dass ich gern ein bisschen gehen würde. Sie solle hierbleiben, ich sei gleich zurück.

Noch in leicht gebückter Haltung wartete ich die Antwort gar nicht ab, sondern ging auf einem etwas indirekteren Weg zu dem Escape. Erst steuerte ich auf die Tür des Dunkin' Donuts zu, obwohl ich gar keinen Donut kaufen wollte. Dann hielt ich an, tat so, als wäre mir etwas eingefallen, entfernte mich von der Tür und ging auf den Escape zu.

Als ich neben dem Ford angekommen war, winkte ich zum Gruß und trat an die Fahrerseite. »Gentlemen. So sehen wir uns wieder.«

»Hoenig«, sagte der Größere. »Was machen Sie denn hier?«

»Er war mit Montrose im Applebee's«, antwortete der Kleinere leicht verärgert. »Passt du eigentlich nie auf?«

»Ich frage mich, warum Sie jetzt Hazel Montrose folgen, wenn Sie doch behauptet haben, kein Interesse an dem Mord an Oliver Lewis zu haben«, sagte ich und ignorierte ihr Gekabbel. »Könnte es sein, dass Sie mir gegenüber nicht ganz ehrlich waren?«

Das war Ironie. Es war mir nicht leichtgefallen, aber sobald ich das Konzept einmal begriffen hatte, war ich in der Lage, sie beinahe spontan anzuwenden.

Der Kleinere atmete hörbar aus, was anzeigte, dass das hier anstrengender war, als er es sich wünschte und vorausgesehen hatte. »Was wollen Sie, Hoenig?«

»Ich will wissen, wer Sie damit beauftragt hat, Hazel Montrose zu folgen, und warum.«

»Und warum sollte ich Ihnen irgendetwas verraten?«

»Weil ich Ihnen so lange auf die Nerven gehen werde, bis Sie es tun. Auf diese Weise können Sie sich sehr viel Ärger ersparen. Ich habe das Asperger-Syndrom, Sir. Glauben Sie mir, ich kann Ihnen in einem Ausmaß auf die Nerven gehen, wie Sie es sich bisher noch nicht einmal vorstellen konnten.« Was das bedeuten sollte, wusste ich selbst nicht genau, doch ich wettete, der Mann im Escape wusste es auch nicht.

Das war offenbar wirklich der Fall. »In Ordnung. Es schadet ja nichts. Zunächst einmal ist es absolut ausgeschlossen, dass ich Ihnen verrate, wer uns beauftragt hat. Aber man hat uns gefragt, wohin Montrose unterwegs ist, denn jemand glaubt, dass sie etwas mit, Sie wissen schon, Oliver Lewis' Tod zu tun haben könnte.«

Abgesehen davon verriet mir der Mann im Escape sehr wenig. Sein Auftraggeber, sagte er, sei aus »geschäftlichen Gründen« daran interessiert zu erfahren, was Oliver Lewis zugestoßen sei, und falls Hazel in den Mord verwickelt wäre, deutete er an, dass man damit Geld verdienen könne.

»Sie war diejenige seiner Frauen, die ihn am meisten hasste, aber sie war auch diejenige, die am engsten in die Betrügereien verstrickt war.«

»Was wissen Sie über Terry Lambroux?«, fragte ich. Und bevor ich noch irgendeine andere Frage stellen konnte, hatte er die Scheibe seines Wagens wieder geschlossen, den Motor angelassen und war davongefahren.

Ich ging zu Hazels Auto zurück, wo sie sich im Radio ein mir unbekanntes Lied anhörte. Als ich mich wieder auf den Beifahrersitz setzte, stellte sie die Musik ab. »Geht es Ihnen besser?«

»Ja.« Ich nickte. »Danke.« Ich weiß, es gehört sich, jemandem in so einem Moment zu danken, aber ich bin mir nicht sicher, wofür. Bringt man damit Wohlwollen darüber zum Ausdruck, dass das Gegenüber hofft, es ginge einem besser – obwohl es nicht ausdrücklich gesagt worden ist –, oder bedankt man sich einfach nur für das Stellen der Frage selbst, was mir seltsam erscheint, da die Frage in der Situation ja naheliegt. Niemand bedankt sich bei mir, wenn ich als Teil meiner Recherchen Fragen stelle. Wie viele soziale Gepflogenheiten sind auch diese nicht logisch.

Hazel legte den Rückwärtsgang ein und parkte aus. Sie sah starr geradeaus, als sie wieder auf die Stelton Road abbog.

»Was hat der Typ im schwarzen Escape Ihnen denn verraten?«, fragte sie dann. Sie sah mich nicht an, um eine Reaktion abschätzen zu können.

»Er behauptet, von jemandem beauftragt worden zu sein, der Sie für die Hauptverdächtige im Mordfall Oliver Lewis hält«, erwiderte ich. Es hatte keinen Sinn, Hazel bezüglich der Unterhaltung zu belügen. Sie hatte bereits herausgefunden, dass ich mit dem Mann gesprochen hatte, und ich hätte keine glaubhafte Geschichte erfinden können, die diese sachdienlichen Informationen ausgespart hätte. Außerdem behauptet Mutter oft, es sei einfacher, die Wahrheit zu sagen, weil man sich auf diese Weise die Lüge nicht merken muss.

Hazel schien die Information unbeeindruckt aufzunehmen. »Er hat nicht gesagt, wer?«

»Nein, er hat sich jetzt schon zu ein paar Gelegenheiten geweigert, den Namen seines Auftraggebers zu nennen. Außerdem gibt er mir keine Antwort, wenn ich Terry Lambroux erwähne.«

Hazel schüttelte leicht den Kopf. »Ich habe Ihnen schon gesagt, ich glaube nicht, dass es einen Terry Lambroux gibt.«

»Irgendwer hat Oliver Lewis aber wegen eines gebrochenen Versprechens verklagt«, gab ich zu bedenken. »Wer auch immer das war, verwendete dafür den Namen Terry – nicht Terrence oder Theresa – Lambroux. Können Sie mir das erklären?«

»Nein. Aber es ist doch verrückt, dass niemand diese Person jemals zu Gesicht bekommen hat.«

»Da gebe ich Ihnen recht. Aber die Tatsache, dass eine Person seltsame Begleitumstände umranken, bedeutet nicht automatisch, dass es diese Person nicht gibt.«

Darüber schien Hazel nachzudenken. »Sie müssen mich für verrückt gehalten haben, als ich so losgerast bin. Fühlen Sie sich jetzt, wo Sie wissen, dass wir wirklich verfolgt worden sind, besser?«

»Nein.«

Sie lachte. »Das nehme ich Ihnen nicht übel. Wahrscheinlich will ich auch eher wissen, ob Sie mich immer noch für verrückt halten.«

Ich holte einmal tief Luft; dieser Moment ist stets unangenehm für mich. »Ich habe das Asperger-Syndrom, Hazel. Ich halte *jeden* für verrückt.«

Sie lachte noch lauter, machte aber keine Anstalten, den Wagen zu stoppen, was mich ein bisschen nervös machte. Es gelang ihr jedoch, nach elf Sekunden wieder sicher zu fahren und sich zusammenzureißen.

»Wahrscheinlich liegen Sie damit richtig.«

Drei Minuten später ließ sie mich bei mir zu Hause aussteigen, ohne dass wir unser Gespräch fortgesetzt hätten. Ich öffnete die Wagentür, und Hazel sagte: »Das war nett, Samuel. Wir sollten es irgendwann wiederholen.«

Der Gedanke, mit jemandem zu Abend zu essen, wild durch die Nacht zu fahren und von zwielichtigen Typen verfolgt zu werden, war keine Erfahrung, die ich gern wiederholen wollte. Ich brauchte also ein bisschen, bis ich begriff, dass Hazel damit meinte, wir sollten uns vielleicht mal wieder privat treffen.

Was sagen Männer in solchen Momenten? »Ja. Ich lege großen Wert darauf, Sie wieder einmal anzurufen.« Es war eine Variation von Sätzen, die ich in Filmen oder im Fernsehen gehört hatte.

Dann betrat ich das Haus und rief nach Mutter, die es sich vor dem Fernseher gemütlich gemacht hatte. Sie kam in die Küche, wo ich gerade einen Krug Wasser aus dem Kühlschrank holte (zu Hause verwende ich keine Plastikflaschen, und ich habe darüber nachgedacht, im Büro einen Wasserspender aufzustellen; es wäre jedoch unmöglich, für Ms. Washburn einen Spender mit kalorienreduzierter Limonade zu installieren). Mutter verlor keine Zeit. »Und?«

»Ich glaube nicht, dass Dates unbedingt meine starke

Seite sind. Aber ich habe ein paar nützliche Informationen zur Beantwortung der Fragen gewonnen.«

»Fragen? Gibt es denn mehr als eine?«

Ich schenkte mir etwas Wasser ein und setzte mich an den Tisch, nachdem ich den Krug in den Kühlschrank zurückgestellt hatte. Sobald ich etwas getrunken hatte, nickte ich, danach fühlte ich mich besser. »Natürlich. Es gibt Detective Dickinsons Frage über den Tod von Oliver Lewis und Cynthia Maholms Frage über ihren Ehemann.«

»Aber Cynthia ist doch tot, das arme Ding«, erinnerte mich Mutter.

»Das entbindet mich nicht von meiner Verpflichtung. Sie hat mir eine Frage gestellt, die ich beantworten muss, selbst wenn sie nicht mehr am Leben ist, um sich die Antwort anzuhören.«

Mutter setzte sich mir gegenüber hin und musterte mich, als suche sie nach der Lösung eines seltsamen Rätsels. »Was für Informationen hast du denn heute Abend gesammelt?«

Ich erzählte ihr von meinem Abendessen mit Hazel, und wie es durch ihr seltsames Beharren darauf, uns zu beeilen, weil sie von Mördern verfolgt werde, abgekürzt wurde. Und ich erzählte ihr, dass ich die Männer im schwarzen Escape erst entdeckt und mich dann mit ihnen unterhalten hatte, wobei der eine mehr als der andere zu wissen schien.

»Ich glaube, dass ich der Antwort auf Detective Dickinsons Frage sehr nahe bin«, erklärte ich Mutter, nachdem ich ihr versichert hatte, dass es mir sehr gut ging und dass ich vermutlich – abgesehen von Hazels unvorhersehbarer Fahrweise – niemals wirklich in irgendeiner Gefahr geschwebt hatte. »Hazels wiederholte Äußerung, dass es keine Person namens Terry Lambroux gebe, weist darauf hin, dass diese Person wirklich existieren muss. Alle anderen, die mit der Frage in Verbindung stehen, beharren darauf, dass es diese Person gibt, obwohl niemand Lambroux beschreiben oder letztgültig Auskunft darüber geben kann, ob es sich dabei um einen Mann oder eine Frau handelt. Niemand sonst hat einen Grund, deswegen zu lügen, also muss ich annehmen, dass Hazel mich in dieser Angelegenheit täuschen will.«

»Was, denkst du, ist der Grund dafür?«

»Der offensichtlichste Grund wäre, dass es sich bei Hazel und Terry Lambroux um dieselbe Person handelt.«

28

»Mann, da treffen Sie sich einmal mit einer Frau zu einem Date, und dann beschuldigen Sie sie gleich aller möglichen Sorten von Täuschung.« Ms. Washburn machte ohne Zweifel Witze, aber ich verstand den Humor nicht. Es lohnte sich nicht, das jetzt zu klären, aber ich merkte es mir und fuhr fort.

»Wir haben keinen handfesten Beweis«, räumte ich ein. »Das war von Anfang an das Problem mit dieser Frage – es ist unmöglich, etwas nachzuprüfen, also müssen wir auf die Aussagen der beteiligten Parteien vertrauen. Das sorgt bei dieser Frage für wesentlich mehr Frust als bei den meisten anderen.«

Wir saßen in Ms. Washburns Auto vor der Polizeistation von Piscataway, die sich auf der Hoes Lane im Gebäude der Stadtverwaltung befindet, und warteten darauf, die Person zu erspähen, mit der wir sprechen wollten. Auf Ms. Washburns Vorschlag hin hatten wir den Motor (und damit die Klimaanlage) abgestellt und die Fenster geöffnet. Das mag ich zwar nicht so gern, doch ich verstehe die Notwendigkeit, weniger Benzin zu verbrauchen, um das Ökosystem des Planeten zu schonen. Allerdings bemerkte ich deshalb eine leichte Schweißbildung und ein Jucken an meinem rechten Trizeps.

»Wenn es keinen Beweis gibt, wie kommen Sie dann zu Ihrer Theorie?«, fragte Ms. Washburn.

»Ich habe keine Theorie. Es sind nur eine Reihe von Annahmen. Wenn sie korrekt sind, sind wir auf einem guten Weg, die Fragen zu beantworten. Wenn sie falsch sind, könnten wir unverantwortlich und übereilt handeln. Doch ich muss zugeben, dass ich im Moment keine andere Idee habe und mir gern einen alternativen Plan anhöre, wenn Ihnen einer einfällt.«

»Tut mir leid, Samuel.« In Ms. Washburns Stimme schwang ein leicht beleidigter Ton mit, also dachte ich über meine Worte nach, um herauszufinden, ob sie vielleicht missverständlich waren. Das war denkbar.

Es blieb jedoch keine Zeit für eine Entschuldigung und Erklärungen meinerseits. Detective Esteban verließ die Polizeidienststelle, und es war einer der ersten Glücksfälle, die mir widerfahren waren, seit diese Frage zum ersten Mal gestellt worden war: Sie war allein.

»Erinnern Sie mich daran, dass ich Ihnen später noch etwas sage«, bat ich Ms. Washburn, während wir ausstiegen und uns der Polizistin näherten. Wir schlossen neben dem Gebäude zu ihr auf, noch bevor sie bei ihrem Wagen angelangt war. Ms. Washburn rief ihren Namen, und Detective Esteban drehte sich um. Sie wirkte überrascht, als sie uns erkannte.

»Hören Sie, ich bin nicht dazu da, um Ihre Fragen zu beantworten«, sagte sie.

»Ich schon«, entgegnete ich. »Aber ich erwarte nicht, dass Sie die ganze Recherchearbeit für uns erledigen. Ich muss Sie nur zwei Dinge fragen, und ich glaube, dass sie sehr leicht für Sie zu beantworten sein werden. Es dauert nicht lange.«

Detective Esteban zog die Augenbrauen leicht nach unten. Dieser Gesichtsausdruck war für mich nicht zu deuten, doch sie sagte: »Wie lautet die erste Frage?«

»Wie heißen Sie mit Vornamen?«

Sie zögerte nicht, wie es sonst viele tun, wenn ich ihnen eine unerwartete Frage stelle. »Maria. Was wollen Sie sonst noch wissen?«

»Was ist Ihr liebster Beatles-Song?« Ich sah nicht zu Ms. Washburn, denn wir hatten uns nicht abgesprochen. Ich hatte diese Frage ganz spontan gestellt.

»›Let It Be‹«, erwiderte sie, wieder ohne auch nur einen Moment darüber nachzudenken, was ich vielleicht hören wollte, vielmehr als wäre es ihre ehrliche Antwort. *Stabile Werte. Glaubt, dass sich alles zum Guten wendet.* »Ist das alles?« Sie drehte sich um und wollte zu ihrem Auto gehen.

»Nein, Detective«, entgegnete ich.

»Sie haben aber gesagt, dass Sie nur zwei Fragen hätten.« Detective Esteban drehte sich nicht wieder zu mir um, doch immerhin blieb sie stehen.

»Das war leider eine Fehleinschätzung meinerseits. Es gäbe da noch eine Sache. Aber könnten Sie zuerst noch einmal nach drinnen gehen und einen Gegenstand aus der Asservatenkammer holen?«

»Warum Sie sich damit nicht an Dickinson gewandt haben, verstehe ich immer noch nicht«, sagte Detective Esteban. »Er ist für diesen Fall zuständig.« Sie wusste demnach wirklich nichts von meiner Verbindung zu ihrem Partner, der auf Geheimhaltung bestanden hatte und dem gegenüber wir dieses Versprechen auch hielten.

»Ich will ganz ehrlich zu Ihnen sein, Detective«, erwiderte ich. »Ich vertraue Ihren Fähigkeiten mehr als denen von Detective Dickinson.«

Ms. Washburn sah von der Tafel weg, auf der die Speisekarte stand. Der Bagel Bazaar war nicht besonders chic, doch er war gerade weit genug von der Polizeidienststelle entfernt, dass Detective Esteban weder von ihrem Partner noch von ihren Kollegen entdeckt werden konnte, außerdem hatte sie Mittagspause. Ms. Washburns Miene zeigte mir an, dass meine Aussage offenherziger war, als sie es erwartet hatte.

»Dickinson hat einfach gerade einen Durchhänger«, entgegnete seine Partnerin. »Das passiert jedem mal.«

»Das kann ich nicht in Zweifel ziehen, denn ich habe nie als Polizist gearbeitet«, antwortete ich, »aber ich habe noch nie einen Durchhänger gehabt. Ich verstehe nicht, wie man nicht in der Lage sein kann, eine Frage zu beantworten, und diese hier verblüfft mich besonders. Wahrscheinlich können Sie mir mit ein paar Informationen aushelfen, die Sie noch nicht einmal nachschlagen müssen.«

»Ich warte auf einen mit Putenbrust belegten Siebenkornbagel«, sagte Detective Esteban. »Sie meinten, Sie hätten noch eine Frage. Stellen Sie sie lieber sofort, denn wenn der Bagel kommt, nehme ich ihn mit an meinen Schreibtisch, und unsere Unterredung hier ist beendet. *Comprende?*«

Ich verstand nicht, warum wir nun plötzlich Spanisch sprechen sollten, doch Detective Esteban ließ es dabei bewenden. »Verstehe«, entgegnete ich. »Hier ist meine Frage: Hat der vorläufige Bericht der Gerichtsmedizin ergeben, dass es eine Einstichstelle – wie etwa infolge einer Injektion – an Cynthia Maholms Leiche gab?«

»Ja. Woher wissen Sie …«

»Jemand hat ihr Reglan gespritzt. Halten Sie es für möglich, dass Hazel Montrose, Terry Lambroux und Sheila McInerney alle dieselbe Person sind?«

Während Ms. Washburn einen Pumpernickelbagel mit Schinken bestellte, beobachtete sie Detective Esteban aufmerksam. Ich hatte nichts bestellt, denn Mutter erwartete mich in fünfundvierzig Minuten zum Mittagessen. Doch auch ich betrachtete das Gesicht der Polizistin eindringlich.

Ihre Reaktion war genau die, die ich mir erhofft hatte: Sie wirkte verärgert.

»Woher wussten Sie das?«, fragte sie.

Nach einer kurzen Diskussion konnte ich Detective Esteban davon überzeugen, dass ich weder ihren Computer gehackt hatte (obwohl ich das wahrscheinlich hätte tun können, hatte ich nicht den leisesten Wunsch dazu) noch mit anderen Mitgliedern der Polizei von Piscataway in Kontakt getreten war. Sie erwiderte, dass das ohnehin nichts gebracht hätte, da noch nicht einmal ihr Partner Detective Dickinson bisher über ihre Erkenntnisse Bescheid wüsste.

»Die Spuren führten alle immer wieder zu diesen drei Namen, aber keiner von ihnen schien eine vollständige Person zu bezeichnen«, sagte sie und bestätigte damit die Informationen, die ich bereits durch meine Internetrecherchen gesammelt hatte. »Hazel Montrose ist diejenige, die einem vollständigen Datensatz am nächsten kommt; sie hat eine Adresse, eine Sozialversicherungsnummer und verschiedene Kreditkarten, die auf diesen Namen laufen. Es scheint jedoch keine Geburtsurkunde von ihr zu existieren, sie macht keine Steuererklärung, da ihr Einkommen vermutlich zu gering ist, und auf ihren Konten befindet sich praktisch kein Geld.«

»Wie ist sie denn an eine Heiratsurkunde mit Oliver Lewis gekommen?«, fragte Ms. Washburn. Es war die nächste Frage, die auch ich der Polizistin gestellt hätte.

»Man braucht für eine Heirat in Connecticut keine Geburtsurkunde. Ein Führerschein genügt. Und den hat sie.«

Dann fragte ich, ob sie den von mir gewünschten Gegenstand aus der Asservatenkammer geholt hatte, und sie bejahte.

Detective Esteban griff in ihre Tasche und zog eine kleine Plastiktüte hervor. Darin befand sich ein Handy. Sie nahm es vorsichtig heraus und legte es neben mich auf den Tresen. »Wofür brauchen Sie das? Ich habe es zur Analyse von der Polizei in Manville bekommen, wegen der möglichen Verbindung zum Mordfall Lewis.«

»Ich nehme an, es ist untersucht worden und wird bis jetzt nicht als Beweismittel benötigt.«

Sie nickte. »Stimmt. Sonst hätte ich es auch nicht geholt. Warum sollte ich es Ihnen überlassen?«

»Sie sollen es mir gar nicht überlassen. Wenn Sie sich dafür entscheiden, leihen Sie es mir nur, denn ich glaube, dass es dabei helfen kann, den Mord an Oliver Lewis und vielleicht auch den an Cynthia Maholm aufzuklären.«

Detective Esteban kniff die Augen zusammen. »Meinen Sie, dass es uns zu Terry Lambroux führen kann?«

Ich schüttelte den Kopf. »Wie haben Sie es geschafft, den Namen Terry Lambroux mit den anderen beiden in Verbindung zu bringen?«

»Das war wirklich sehr interessant«, gab Detective Esteban zu. »Es schien nirgends irgendwelche Aufzeichnungen über eine Person namens Terry Lambroux, Terrence

Lambroux oder Theresa Lambroux zu geben, und das ist heutzutage einfach nicht möglich.«

»Sehr richtig«, sagte ich. »Wie ist es Ihnen gelungen, eine Verbindung herzustellen, obwohl mir das nicht gelungen ist?« Gleich darauf hörte ich in meinem Kopf Mutters Stimme, die in liebevollem, aber ironischem Ton zu mir sagte: »Es geht immer um dich, nicht wahr, Samuel?«

»Sie haben keinen Zugang zu polizeilichen Unterlagen«, erwiderte Detective Esteban. »Es ist nicht öffentlich einzusehen, wenn ein Jugendlicher in ein Verbrechen verwickelt ist, vor allem wenn der Eintrag aus dem Strafregister getilgt wird, nachdem der Schuldige seine Zeit verbüßt hat oder auf Bewährung wieder draußen ist. Machen Sie sich also nichts daraus, Mr. Hoenig – nur eine Polizistin konnte das herausfinden.«

Da stimmte ich ihr nicht ganz zu, aber die Leute hören es nicht gern, wenn man ihnen sagt, dass sie unrecht haben, selbst wenn das ganz offensichtlich der Fall ist.

Ms. Washburn überbrückte das Schweigen (das ohnehin nur fünf Sekunden angedauert hatte): »Terry Lambroux hat also eine kriminelle Vergangenheit, doch irgendwer mit ein bisschen Einfluss hat sie löschen lassen?«

»Es war ein ziemlich kleines Vergehen, wenn auch ein interessantes«, erwiderte Detective Esteban und nickte. »Worum es im Einzelnen ging, darf ich Ihnen nicht sagen, aber es genügt wohl, dass es sich nicht um ein Gewaltverbrechen handelte, sondern darum, dass sie im Alter von nur zwölf Jahren Leute um Geld betrogen hat.«

Das war jedoch nicht der interessante Teil von Detective Estebans Neuigkeiten.

»Wer hat denn die Einträge aus dem Register tilgen lassen?«, fragte ich.

Esteban gestattete sich ein winziges Lächeln. »Ihr Vater, Richter Henry T. McInerney.«

»Und das ist die Verbindung zu Sheila«, stellte ich fest.

Sie nickte erneut. »Es ist wahrscheinlich ihr Geburtsname. Doch sie hat ihn schon mit elf Jahren ändern lassen, als ihre Mutter einen Mann namens Lambroux heiratete. ›Terry‹ folgte später als ein Alias in den Akten, es war ein Name, den sie nur für ihre Betrügereien verwendete.«

»Also handelt es sich tatsächlich um ein und dieselbe Person«, warf Ms. Washburn ein und schüttelte verblüfft den Kopf. »Aber bringt uns das irgendwie weiter? Ich meine, ja, sie ist gerissen, aber folgt daraus notwendigerweise, dass sie ihren Exmann ermordet hat?«

Ms. Washburn bekam ihren Bagel, und wir gingen vom Tresen zu einem Tisch auf der anderen Seite des Restaurants. Detective Esteban wählte den der Tür abgewandten Platz, um ihre Anwesenheit besser verbergen zu können, falls doch einer ihrer Kollegen hereinkommen sollte.

»Nicht mit Bestimmtheit«, antwortete sie nun auf Ms. Washburns Frage. »Aber wenn es viel Rauch gibt, muss irgendwo auch ein Feuer sein.«

Ich hatte den Ausdruck »Wo Rauch ist, ist auch Feuer« vorher schon gehört und ihn mir erklären lassen, aber das hier war ein neuer Kontext. Bevor ich die Bedeutung begriff, musste ich kurz darüber nachdenken, dann nickte ich. »Es ist immer ein Fehler, wenn man Zufälle nicht beachtet«, erklärte ich Ms. Washburn. »Sie sind nur selten das, was sie zu sein scheinen. Der Gedanke, dass Hazel drei Identitäten hat, ist jedenfalls besorgniserregend.«

»Wie haben Sie das herausgefunden, Samuel?«

»Gestern Abend hat Hazel sich wie jemand verhalten, der etwas zu befürchten hat. Es war ganz offensichtlich nur geschauspielert, doch sie fing damit genau in dem Moment an, in dem ich sie über Oliver Lewis' etwas zweifelhaftes Geschäftsgebaren befragen wollte und über den Nutzen, den sie als seine Exfrau vielleicht daraus gezogen hatte. Die Frage war vor dem Hintergrund, dass es noch weitere Exfrauen sowie eine Exverlobte gab, eher unschuldig, aber sie schien Hazel trotzdem zu beunruhigen. Zuerst nahm ich an, dass ich mich irgendeinem finanziellen Betrug genähert haben könnte, den sie gemeinsam mit Mr. Lewis ausgeheckt hatte, aber das hatte ich ja schon vorher gefragt. In dem Moment, als ich die Namen Sheila McInerney und Terry Lambroux miteinander in Verbindung brachte, fühlte sie sich offenbar stark bedroht und begann mit dem Melodrama, das dann folgte.«

»Das ist eine ziemlich weitreichende Folgerung«, gab Detective Esteban zu bedenken. »Sie erwähnen zwei Namen und gehen dann davon aus, dass sie zusätzlich zu ihrem eigenen auch noch diese beiden verwendet?«

»Es kam hinzu, dass zwar niemand die erfundene Terry Lambroux jemals gesehen hatte, der Name Sheila McInerney den anderen fravolen Exfrauen aber anscheinend geläufig war, da Cynthia Maholm ihn selbst als Tarnung verwendet hatte. Ab diesem Zeitpunkt hatten all die Ereignisse ihren Lauf genommen – ein Zeichen dafür, dass der Name für irgendwen ein wunder Punkt war. Wahrscheinlich hat Cynthia dasselbe getan, was ich dann auch tat – sie hat den Namen Sheila McInerney als Köder benutzt.« Ich lehnte mich zurück. »Vermutlich hat es geklappt und irgendwie zu Oliver Lewis' Ermordung geführt.«

»Und zu der von Cindy Maholm«, warf Detective Esteban ein. »In Manville.« Sie klang eigenartig bedrückt darüber, dass sich das Verbrechen nicht in ihrem Zuständigkeitsbereich ereignet hatte.

»Ja. Das wiederum lässt darauf schließen, dass Ms. Maholm irgendwie aus der Reihe tanzte. Sie war diejenige, die zu mir gekommen ist und dann die komplizierte Scharade in der Wohnung in Edison arrangierte. Sie gab sich große Mühe, um Ms. Washburn und mich fernzuhalten, während Oliver Lewis wahrscheinlich in seinem Büro ermordet und dann in meins gebracht wurde. Dennoch ist es ein ziemlich irrer Zufall, dass Hazel Teil des Tatortreinigungsteams war. Detective, können Sie herausfinden, ob sie tatsächlich bei diesem Unternehmen angestellt ist?«

Ich sah auf die Uhr – Ms. Washburn müsste mich in fünf Minuten heimfahren, wenn ich rechtzeitig zum Mittagessen bei meiner Mutter sein wollte.

»Ich erkundige mich, doch ich hätte auch gerne einen Durchsuchungsbeschluss für ihren Kastenwagen, um dort Beweise sicherzustellen. Das Problem wird sein, einen Richter zu überzeugen«, sagte Detective Esteban. »Alles, was wir haben, sind Vermutungen und Schlussfolgerungen.«

»Das stimmt zwar, aber es hat ja tatsächlich zwei Morde gegeben, und es ist sehr wahrscheinlich, dass eins der Opfer in dem Kastenwagen oder Hazel Montroses Kofferraum transportiert worden ist.«

Ms. Washburn blickte von ihrem Bagel auf, den sie mittlerweile beinahe aufgegessen hatte. »Gibt es eine Möglichkeit, ohne einen Durchsuchungsbefehl einen Blick in das Auto und den Kastenwagen zu werfen?«

»Nur mit Zustimmung des Halters«, erwiderte Detective Esteban.

»Nun, der Kastenwagen gehört Hazel ja nicht, das Unternehmen könnte Ihnen also die Erlaubnis erteilen«, bemerkte Ms. Washburn. »Und Hazel könnte Sie in ihren Wagen lassen, entweder weil sie es nicht getan hat, also weil sie Oliver nicht in ihrem Wagen transportiert hat, oder weil sie sich durch die Weigerung nicht verdächtig machen möchte.«

»Das ist eine außerordentlich konzise Logik«, lobte ich meine Mitarbeiterin. »Großartige Arbeit.«

»Ich habe doch schon zugestimmt, bei Ihrer Firma zu bleiben, Samuel«, erinnerte sie mich. »Sie müssen mir nicht dauernd Honig um den Bart schmieren.« Diese Ausdrucksweise erzeugte in mir so ein unappetitliches Bild, dass ich mich dazu entschloss, sofort über den nächsten Punkt nachzudenken. »Es ist einen Versuch wert, Detective.«

»Mag sein.« Detective Esteban stand auf. »Ich muss jetzt zurück. Dickinson wird mich fragen, wo ich so lange gewesen bin, und Sie scheinen nicht erpicht darauf zu sein, dass er von Ihrem Gespräch mit mir erfährt. Und ich möchte ganz sicher nicht, dass er weiß, wie Sie mich auf ein paar Ideen in diesem Fall gebracht haben.«

Ich nickte. »Es ist in unser beider Interesse, jede Beratung zwischen uns vorerst für uns zu behalten. Danke für Ihre Hilfe, Detective Esteban.«

Sie nickte knapp. »Danke, Mr. Hoenig. Ms. Washburn.« Und damit machte sie auf dem Absatz kehrt und verließ das Gebäude.

Ms. Washburn sah auf die Uhr an ihrem Handy. »Wir müssen Sie jetzt nach Hause zum Essen bringen«, sagte sie und nahm ihre Handtasche.

Ich folgte ihr und ließ ein Trinkgeld auf dem Tisch zurück.

»War das jetzt eine große Hilfe?«, fragte mich Ms. Washburn beim Aufbruch.

»Es war sicher ein Schritt in die richtige Richtung. Wir kommen der Antwort auf die Frage immer näher.«

»Schon, aber Detective Dickinson ist unser Kunde«, erinnerte sie mich. Wir gingen zu ihrem Kia Spectra. »Ist das nicht ein bisschen unaufrichtig, das so hinter seinem Rücken zu machen?«

»Unser Klient hat sehr deutlich gemacht, dass er die Nachforschungen nicht selbst anstellen möchte. Wir gewinnen also Informationen, ohne ihn danach zu fragen, ganz so, wie er es sich gewünscht hat.«

»Ich weiß nicht recht, ob ich gerne für ihn arbeite, Samuel.«

»Sie arbeiten doch gar nicht für ihn. Sie arbeiten für mich.«

Ich stieg auf der Beifahrerseite ein, während Ms. Washburn sich auf ihren Platz hinters Steuer setzte. »Damit meine ich, dass ich mich nicht gut dabei fühle, für Dickinson den Schuldigen zu suchen, wenn seine Partnerin unterdessen die ganze Arbeit erledigt«, erläuterte sie und ließ den Motor an.

»Das wäre wirklich unschön«, gab ich zu.

»Was machen wir also als Nächstes?«

»Ich denke, wir sollten ein Treffen der fravolen Exfrauen einberufen.«

29

Das war nicht so einfach, wie es klang.

Um alle überlebenden Exfrauen Oliver Lewis' in einem Raum zu versammeln, war ein sorgfältiger Plan notwendig. Soweit wir wussten, hatte nie zuvor ein Treffen sämtlicher Exfrauen stattgefunden, und dass die Einladung dazu nun von außerhalb der Gruppe kam, würde von derjenigen, die wir zu entlarven versuchten, leicht als suspekt betrachtet werden.

»Es gibt eine ganze Menge Verdächtige in diesem Fall, und wir müssen sie alle überprüfen.«, erklärte ich Mutter und Ms. Washburn. Mutter hatte für sich und mich Truthahnsandwiches gemacht und ihrem Missfallen Ausdruck verliehen, dass Ms. Washburn für ihr Mittagessen bezahlt hatte, wo sie doch mit uns gemeinsam hätte essen können. (»Fühl dich bitte einfach jeden Tag eingeladen, Janet.«) So saß Ms. Washburn nun mit uns am Küchentisch und sah Mutter und mir einfach beim Essen zu.

»Ja«, erwiderte sie. »Und die meisten von ihnen sind Hazel Montrose.«

Mutter blickte besorgt. »Ist das nicht die junge Frau, mit der du gestern Abend ausgegangen bist, Samuel?«

»Es war ein Geschäftsessen, Mutter«, erklärte ich. Erneut.

Ich ließ den letzten Satz absichtlich so klingen, als wäre ich ein wenig entrüstet, aber das sollte nur ein Witz sein. Ich war nicht böse auf meine Mutter.

»Dennoch sind die fravolen Exfrauen nur ein Teil derer, die etwas mit dem Mord an Oliver Lewis zu tun haben könnten«, sagte ich und versuchte so, das Thema zu wechseln. »Es gibt immer noch Roger Siplowitz, der zwar behauptet, Mr. Lewis nur flüchtig gekannt zu haben, dessen Name aber auf den Unterlagen des Zivilprozesses zwischen Terry Lambroux und Mr. Lewis auftaucht. Er hat ganz offensichtlich etwas zu verbergen.«

Wir hatten erneut in Siplowitz' Büro angerufen, zweimal sogar, waren jedoch nicht zu ihm durchgestellt worden. Ein weiterer Besuch hätte ganz unzweifelhaft zu demselben Ergebnis geführt und nur wertvolle Zeit vergeudet.

»Und wenn Terry Lambroux wirklich Hazel Montrose ist, könnte er etwas über dieses ganze verrückte Schmierentheater wissen«, ergänzte Ms. Washburn. »Ich verstehe, worauf Sie hinauswollen, Samuel.«

»Es ist vielleicht gar nicht nötig, Mr. Siplowitz für dieses Treffen in denselben Raum wie die Frauen zu bekommen«, überlegte ich. »Das würde auch als ein zu großer Zufall erscheinen; vielleicht sollten wir ihn alleine aufsuchen, nachdem wir die fravolen Exfrauen getroffen haben.«

»Das ist wirklich ein blöder Name für einen Klub«, warf Mutter ein.

»Sie haben sich niemals zuvor alle gleichzeitig getroffen«, rief mir Ms. Washburn ins Gedächtnis. »Wie bringen wir sie alle dazu zu kommen, ohne dass sie misstrauisch werden?«

»Wir müssen uns nur wegen einer von ihnen Sorgen machen. Hazel Montrose.«

»Das sind drei von ihnen«, merkte Ms. Washburn an.

Darauf gab es keine vernünftige Entgegnung, also fuhr ich fort: »Obwohl es keinen stichhaltigen Beweis gibt, der Hazel mit einem der Morde in Verbindung bringt, ist sie die Einzige der Exfrauen, die ausgesagt hat, niemals eine der anderen persönlich getroffen zu haben.«

»Glaubst du ihr denn?«, fragte Mutter.

»Ich habe nicht ausreichend Beweise, um mir eine Meinung zu bilden, aber sie hat sicherlich eine reich dokumentierte Geschichte, um uns anzulügen, ich bin bei ihr also wachsam. Doch es gibt noch immer so manchen Grund, um die Exfrauen erneut zu befragen.«

Nachdem ich mein Sandwich aufgegessen hatte, sagte ich zu Mutter, dass ich den Tisch abräumen würde. Sie hatte ein paar Knieprobleme und schon das Essen zubereitet, also fand ich, es war das Mindeste, ihr die Zeit und Mühe des Aufräumens zu ersparen.

Ms. Washburn bot mir ihre Hilfe an, aber da sie nicht mitgegessen hatte, erschien es mir unfair, das anzunehmen.

»Haben Frauen denn das Bedürfnis – natürlich nicht alle Frauen, doch genug, dass man es als typisch charakterisieren könnte – nach einem Beschützer, einem Mann, der aufpassen oder sich um etwaige Gefahren kümmern soll?«, fragte ich sie dann.

Mutter und Ms. Washburn warfen sich einen Blick zu, den ich nicht entschlüsseln konnte. »Es ist eine althergebrachte Angewohnheit«, sagte Ms. Washburn nach einer kurzen Pause (zwei Sekunden). »Die Klischeevorstellung ist, dass Frauen körperlich hilflos sind und Männer als …

ich vermute als Puffer gegen drohende Gefahren benötigen. Diese Sichtweise ändert sich, doch sie ist noch immer verbreitet. Wie sind wir denn jetzt darauf gekommen?«

»Sowohl Cynthia Maholm als auch Hazel Montrose haben nach meinem Eindruck versucht, mich als männlichen Beschützer zu gewinnen; und ich glaube, ich habe in beiden Fällen in dieser Beziehung versagt.« Mir fiel auf, dass Ms. Washburn die Teller in die Geschirrspülmaschine geräumt hatte, entschied jedoch, das nicht anzusprechen, denn ich konnte davon ausgehen, dass sie meine Ablehnung ihres Angebots nicht vergessen hatte, sondern vielmehr das tat, was sie tun wollte. Ms. Washburn verhält sich oft auf eine Weise, die ich vom Verstand her nicht begreife, die sich mir allerdings auf einer beinahe instinktiven Ebene dennoch erschließt. »Vielleicht ist es ein Versuch gewesen, mich von den Tatsachen abzulenken, die mit unserer Frage in Verbindung stehen.«

»Dich ablenken?«, warf Mutter ein. »Als du mich aus dem Gefängnis anriefst, hatte ich den Eindruck, dass du die ganze List für ein Mittel gehalten hast, damit du den Tätern nicht in die Quere kamst.«

Ich begann damit, den Tisch mit einem antibakteriellen Tuch abzuwischen. »Ja. Und vielleicht war Hazels Absicht auch gestern Abend nur, dass wir das Applebee's verließen, doch eigentlich glaube ich, dass ich mich als ihren Helden, ihren Beschützer fühlen und sie deshalb in den Mordfällen nicht als Verdächtige in Betracht ziehen sollte.«

Ms. Washburn sah mich an und atmete aus. »Sie haben sie in ein Applebee's ausgeführt?«

»Möglicherweise gehört Dating nicht zu meinen Stärken.«

»Das wird schon noch, wenn du die richtige Frau triffst«, mischte sich Mutter ein. Sie ist eine ziemliche Optimistin, wenn es um mich geht.

»Wie dem auch sei, unser Hauptaugenmerk sollte nun darauf liegen, die fravolen Exfrauen zu versammeln, ohne dass sie ahnen, was wir vorhaben.« Ich zog Cynthia Maholms Handy aus der Tasche, was mir ein wissendes Lächeln von Ms. Washburn einbrachte. »Vielleicht kann uns Ms. Maholm dabei helfen. Bitte zeigen Sie mir, wie man mit diesem Telefon eine Nachricht schickt.«

Ms. Washburn nahm mir das Gerät mit spitzen Fingern ab, als hätte sie Angst, es zu beschädigen oder seine Funktionstüchtigkeit als Beweisstück zu beeinträchtigen. »Sind Sie sich sicher, dass es schon auf Fingerabdrücke und so untersucht worden ist?«

»Ziemlich sicher. Machen Sie sich keine Sorgen.« Ich gestikulierte in Richtung des Telefons. »Wie funktioniert es?«

»Es ist wirklich einfach.« Ms. Washburn zeigte mir den korrekten Ablauf, mit dem man den Empfänger der Nachricht auswählte, dann, wie man sie eintippte und abschickte. Die Technologie war, wie sie es gesagt hatte, ziemlich einfach. »Ich könnte es auch für Sie tun.«

»Vielleicht sollte ich lernen, diese Dinge selbst zu erledigen«, erwiderte ich und sah, dass sich Jennifer LeBlancs Handynummer unter Cynthias Kontakten befand. Ich begann, eine Nachricht zu tippen.

»Du hast doch schon die Telefonnummern«, merkte Mutter an. »Könntest du die Nachricht nicht von Janets Telefon aus schicken?«

»Die Nachricht macht meines Erachtens mehr Eindruck, wenn sie von einer Toten kommt.«

Die erste Nachricht schickte ich an Ms. LeBlanc, dann machte ich mich an eine für Amy Stanhope. Ms. Washburn saß neben mir am Tisch und sah mir ratlos zu.

»Warum schicken Sie sie nicht alle auf einmal?«

Ich hielt im Tippen inne. »Wie macht man das denn?«

Es dauerte nur zwei Minuten, bis Ms. Washburn mir beigebracht hatte, wie man eine Kontaktliste erstellte und dann gesammelt allen dieselbe Nachricht schickte, doch diese Zeit hatte bereits für eine Erwiderung Jennifer LeBlancs genügt.

WER SIND SIE?

Ms. Washburn lächelte. »Ihr Plan funktioniert. Sollten Sie ihr nicht antworten?«

»Gleich. Lassen Sie mich erst die Nachricht an die anderen Frauen schicken. Ms. LeBlanc kann sich noch ein bisschen weiter wundern.«

»Das erscheint mir irgendwie grausam«, wandte Mutter ein.

»Soll ich aufhören?«

»Nein.«

Amy Stanhope, Hazel Montrose und Rachel Vandross erhielten alle meine Nachricht. Sie lautete:

DRINGENDES FRAVOL-TREFFEN. HEUTE ABEND UM 6. IM OLIMITED BÜRO.

Und bevor die anderen noch antworten konnten, schickte ich eine zweite Nachricht an alle, nachdem ich Jennifer LeBlancs Handynummer der Liste hinzugefügt hatte. In der zweiten Nachricht stand: ICH BIN NICHT TOT.

Das war die Wahrheit, denn ich war ja nicht tot. Doch die Nachricht sollte so wirken, als käme sie von Cynthia Maholm.

Innerhalb weniger Sekunden begann Cynthias Handy zu klingeln, aber Ms. Washburn und ich waren übereingekommen, dass wir nicht rangehen würden, denn das hätte sofort die ganze Illusion zerstört. Wir würden auf SMS antworten, wenn das einer Entscheidung, an dem Treffen teilzunehmen, förderlich wäre. Falls es sich nur um eine Frage nach dem Absender handelte, würden wir auf die Nachricht nicht antworten.

Mutter hatte recht, es war wirklich grausam. Zugegebenermaßen bereitete es mir eine gewisse Befriedigung, denn eine dieser Frauen war wahrscheinlich dafür verantwortlich, dass die Frage von Anfang an so viele Schwierigkeiten gemacht hatte, und wohl auch für mindestens einen Toten. Die anderen mussten zu meinem Leidwesen als – wie es beim Militär heißt – »Kollateralschaden« verbucht werden.

WARUM IM BÜRO?, schrieb Ms. Stanhope zurück, nachdem wir eine Reihe von Bitten, der Absender möge sich identifizieren, ignoriert hatten.

Das schien eine vernünftige Frage zu sein, außerdem eine, die dabei helfen konnte, sie an den Ort zu locken, wenn das nötig wäre, also schickte ich auf Ms. Washburns Vorschlag hin folgende Nachricht zurück: TATORT.

Wir konnten nicht sicher wissen, ob Oliver Lewis wirklich in seinem Büro ermordet worden war; tatsächlich hatte unsere Untersuchung der Räumlichkeiten keinerlei Beweise dafür ergeben. Doch das würde nur die Mörderin wissen, und Ms. Stanhope war nicht die Erste auf meiner Verdächtigenliste, obwohl ich sie auch noch nicht vollständig davon streichen konnte.

ICH HABE EINEN TERMIN.

Das kam von Jennifer LeBlanc. Nach erneuter Konsultation mit den beiden Frauen, die sich mit mir im Zimmer befanden, erhielt sie die (wahrscheinlich unbefriedigende) Antwort: SAG IHN AB.

Rachel war die unsichtbarste der fravolen Frauen und antwortete auf keine der Nachrichten, obwohl einer der unbeantworteten Anrufe auf Cynthias Handy von ihrer Nummer stammte. Hazel Montrose hingegen antwortete, und ihre Nachricht war für mich die wohl verstörendste.

ICH WEISS, WER DU BIST.

»Sie hat Ihren Namen nicht genannt«, bemerkte Ms. Washburn. »Sie blufft.«

Diesen Ausdruck kenne ich, er stammt vom Poker, einem Spiel, mit dem ich nur sehr oberflächlich vertraut bin. Allerdings war ich nicht sicher, ob Ms. Washburn recht hatte. »Und was, wenn sie doch Bescheid weiß?«

»Spielt das denn eine Rolle?«, meldete sich Mutter zu Wort. »Das Wichtigste ist, sie alle dorthin zu locken.«

Das stimmte zwar, war aber nicht der Grund für meine Sorge. »Wenn Hazel tatsächlich die Mörderin ist und weiß, dass ich der Absender der Nachrichten bin, ist sie außerdem im Besitz einer entscheidenden Information: Sie weiß, wo ich wohne.« Ich beschloss, nicht länger auf weitere Nachrichten zu antworten, und steckte Cynthia Maholms Handy in die rechte Tasche. Ich wollte alle paar Minuten nachsehen, ob es noch da war, um sicherzugehen, dass ich es nicht verlor. Ich hatte Detective Esteban versprochen, dass sie es unbeschädigt zurückbekommen würde.

Ms. Washburn und Mutter sahen sich für neun Sekunden an. Das ist ein relativ langer Blickkontakt.

»Ich glaube nicht, dass du dir Sorgen machen musst,

Samuel«, beschwichtigte Mutter. »Sie wusste schon vorher, dass du dich mit den Morden beschäftigst, und es ist ja nichts weiter passiert.«

»Es sind nur noch drei Stunden bis zum Treffen. Ms. Washburn und ich sollten frühzeitig dort sein, also müssen wir in weniger als zwei Stunden aufbrechen. Es ist mir nicht wohl dabei, dich hier allein zurückzulassen, Mutter.«

»Ich könnte ja mitkommen.«

Darüber dachte ich nach und schüttelte schließlich den Kopf. »In einem Raum, in dem sich sehr wahrscheinlich eine Mörderin befindet, wäre es eine gefährliche Ablenkung für mich, wenn ich mir sowohl um deine als auch um Ms. Washburns Sicherheit Gedanken machen müsste. Das haben wir doch schon erlebt.« Mutters Leben war einmal wegen einer von mir untersuchten Frage bedroht gewesen, und diese Erfahrung war zu schrecklich gewesen, als dass ich sie ein weiteres Mal machen wollte.

»Sie könnten Ihren Kumpel Mike anrufen«, schlug Ms. Washburn vor.

Darüber musste ich nicht allzu lang nachdenken. »Das ist eine großartige Idee«, erwiderte ich, stand auf und trat zum Wandtelefon. Nachdem ich die ganze Zeit Cynthia Maholms Handy benutzt hatte, war es zugleich seltsam und tröstlich, es wieder mit einem Festnetzanschluss zu tun zu haben.

Mike willigte ein, mit Mutter zu Hause zu warten, bis Ms. Washburn und ich zurück wären. Kurzzeitig erwog ich, ihn darum zu bitten, mich anstelle von Ms. Washburn zu begleiten, doch der Gedanke, sowohl sie als auch Mutter aus den Augen zu lassen, während eine Gefahr lauerte, war inakzeptabel. Ich konnte besser für Ms. Washburns

Sicherheit sorgen, wenn ich sie sah und mir nicht zugleich Sorgen über Mutter machen musste – Mike stimmte zu und versprach, dass er in einer Stunde bei mir zu Hause sein würde.

Er hielt sein Versprechen, und ich entspannte mich, als er hereinkam, Mutter umarmte und zu mir sagte, dass er vorsichtig sein werde – was meines Wissens bedeutete, dass er für den Notfall bewaffnet war. Dann stellte ich Mike Ms. Washburn vor, die ihn interessant zu finden schien. Sie befragte ihn über seine Arbeit als Taxifahrer und über seinen militärischen Hintergrund. Mike lächelte und beantwortete die Fragen, und ich nahm mir vor, ihn daran zu erinnern, dass Ms. Washburn – wie Mutter sich ausdrückte – »die Frau eines anderen Mannes« war.

Kurz danach brachen wir in Ms. Washburns Kia Spectra auf. Mike hatte mir vorher noch eine Schusswaffe angeboten, die als Reserve in seinem Taxi liegt, doch ich lehnte ab. Ich habe keinen Waffenschein, und ich möchte von keiner Waffe falschen Gebrauch machen und auf diese Weise mich oder andere gefährden.

Die Fahrt verlief ungewöhnlich schweigsam; offenbar waren sowohl Ms. Washburn als auch ich mit den Gedanken bezüglich der bevorstehenden Begegnung vollauf beschäftigt. Über meine wollte ich mich nicht mit ihr austauschen – nicht, weil ich Ms. Washburn nicht mögen würde, sondern weil das nicht zielführend gewesen wäre –, und sie schien das zu spüren. Die einzigen Worte, die im Auto gesprochen wurden, betrafen die Richtungsanweisungen des Navis (obwohl wir schon vorher in Oliver Lewis' Büro gewesen waren) und die Zeit, die unsere Fahrt in Anspruch nähme.

Ich hatte zwei große Rollen mit Isolierband und eine

Sprühdose mit schwarzer Farbe dabei, doch ich hatte keine Brechstange oder etwas in der Art, folglich stellte es ein kleines Problem dar, als Ms. Washburn und ich entdeckten, dass die Tür zum OLimited-Büro – anders als bei unserem letzten Besuch in diesem Gebäude – verschlossen war.

»Und jetzt?«, fragte sie. »Sie werden in etwas über einer Stunde hier sein, vorausgesetzt, sie kommen nicht zu früh.«

»Die einzig mögliche Vorgehensweise ist, über das Dach zu gehen. Zum Glück ist das hier nur ein zweistöckiges Haus.« Ich kletterte die Leiter hinauf, die zur Luke im Dach der Pizzeria beziehungsweise des Bürogebäudes führte.

»Moment. Was?« Ms. Washburn war vier Sekunden hinter mir.

Wir kamen oben an – der Zugang musste aus feuerschutzrechtlichen Gründen unverriegelt bleiben – und standen kurz darauf auf der flachen Teerpappe.

»Ich verstehe nicht, wie uns das weiterhilft«, wandte Ms. Washburn ein. »Wenn Sie nicht in Wirklichkeit Spiderman sind und sich zum richtigen Fenster hinunterlassen können, sitzen wir hier doch noch fester als vorher.«

Spiderman ist natürlich eine erfundene Comicfigur, aber ich begriff die Anspielung. »Superkräfte werden nicht nötig sein«, versicherte ich ihr. »Es ist jedoch hilfreich, dass wir genug Zeit zur Vorbereitung haben.«

Sie sah mich durch zusammengekniffene Augen an, und zwar nicht wegen des unmittelbar bevorstehenden Sonnenuntergangs, der in ihrem Rücken stattfand. »Worauf denn vorbereiten?«, fragte sie in einem Tonfall, der meiner Ansicht nach Misstrauen zum Ausdruck brachte.

Es dauerte elf Minuten, um aus dem Isolierband eine dreilagige, fünf Meter lange Verlängerung zu basteln, die wir so zusammendrehten, dass sie mehr Gewicht tragen konnte, als das der Fall gewesen wäre, hätten wir die Streifen nur flach übereinandergelegt. Ein Ende befestigten wir ganz in der Nähe der Kante an einem Gebäudeteil des Dachs, das früher ganz zweifellos einmal einen Feuerlöscher oder andere Gegenstände für den Notfall enthalten hatte. An seiner Tür war ein hakenartiger Griff angebracht, der ziemlich genau der Breite unserer Bastelei aus Isolierband entsprach.

»Das andere Ende werde ich nun an meiner Hüfte und meinen Beinen befestigen und mich dann zum nächsten erreichbaren Fenster hinablassen«, erklärte ich Ms. Washburn.

Sie wirkte nicht so, als flöße ihr dieser Plan furchtbar viel Vertrauen ein. »Habe ich bereits erwähnt, dass das unglaublich gefährlich ist und Sie es nicht tun sollten?«

»Ja. Siebenmal, einschließlich dieser Erwähnung.« Mit dem »Seil« aus Isolierband sicher um mich geschlungen, näherte ich mich vorsichtig der Dachkante.

»Samuel!«, rief Ms. Washburn, was mich zusammenzucken und zu ihr umdrehen ließ. »Vielleicht … vielleicht sollte ich das tun. Ich wiege weniger als Sie; das Band wird mich viel wahrscheinlicher tragen.«

»Ich werde Ihre Sicherheit nicht aufs Spiel setzen. Die Stärke des Bandes sollte mehr als ausreichen, um mich für den kurzen Fall zu halten, das habe ich alles physikalisch berechnet. Ich bin vorsichtig. Glauben Sie mir, Ms. Washburn, ich möchte nicht abstürzen, doch selbst wenn ich es tun würde, wäre die Fallhöhe wohl nicht lebensbedrohlich.«

»Sie können sich nicht vorstellen, wie wenig mich das beruhigt.«

Darauf fiel mir keine Erwiderung ein, also winkte ich ihr zu, und Ms. Washburn kam sofort zu mir. Sie sah auf. »Samuel?«

»Ja.«

»Was wollen Sie mir sagen?«

Ich wusste nicht, was sie damit meinen könnte, also antwortete ich aufrichtig. »Bitte passen Sie auf den Punkt auf, an dem das Isolierband hier auf den Steinen reibt.« Ich zeigte auf die Stelle, welche die größte Belastung aushalten musste, sobald ich einmal vom Dach hinabhing. »Geben Sie mir Bescheid, falls es zu reißen droht.«

Ms. Washburns Augen schienen sich auf eine unbekannte Weise zu bewegen. Sie gewannen eher an Breite als an Höhe, obwohl das physisch unmöglich ist. »Könnten wir nicht einfach die Leute in der Pizzeria nach einem Schlüssel fragen?«

Ich lächelte. »Ich kann mir nicht vorstellen, dass sie sich bereit erklären würden, jemanden im Büro über ihnen einbrechen zu lassen. Bitte machen Sie sich keine Sorgen.« Ich streckte mein rechtes Bein über die Kante, und zwar an der Seite, über einem Durchgang zwischen zwei Geschäftsgebäuden. So konnte man mich von der Straße aus wahrscheinlich nicht sehen.

»Das ist keine gute Idee«, sagte Ms. Washburn.

»Zweifelsohne.« Ich hielt mich mit beiden Händen am Gemäuer fest und ließ zunächst mein linkes Bein seitlich hinabhängen.

Ms. Washburn gab ein Geräusch von sich, das ich nicht als Kommunikation einstufte.

Als meine Beine dann beide baumelten, fiel es mir

schwer, nach unten zu sehen und den Abstand zwischen meinen Füßen und dem Sims im zweiten Stock zu bestimmen. Zuvor hatte ich ihn auf knapp anderthalb Meter geschätzt. Wenn ich die Ziegel über mir einmal losließ, würde ich exakt so weit fallen. Das Entscheidende wäre, das Gleichgewicht zu halten, sobald meine Füße auf dem Sims auftrafen, und nicht weiter abzustürzen, weil dies das Isolierband vermutlich zu sehr belasten würde und mich auf das Straßenpflaster knallen ließe.

»Lassen Sie nicht los«, beschwor mich Ms. Washburn. »Ziehen Sie sich wieder hoch.«

Meine Stimme klang angespannt, als ich entgegnete: »Ich glaube, Sie überschätzen die Kraft, die ich im Oberkörper habe.«

»Ich habe Angst«, erwiderte sie leise.

Die hatte ich auch, aber es gab nun mal keine andere Lösung. Ich streckte mich so weit wie möglich zu meiner vollen Länge aus und überschlug im Kopf erneut den Abstand zum Sims. Dann atmete ich einmal tief durch und ließ los.

30

Ich hatte das seltsame Gefühl, keine Gewalt mehr über die Lage meines Körpers zu haben, doch nur für einen sehr kurzen Moment, viel weniger als eine Sekunde lang. Meine Füße trafen auf das Sims, und weil ich mich bewusst angestrengt hatte, meine Beine zu entspannen, rutschte ich nicht ab. Mein Kopf wurde nach hinten geschleudert, und ich hatte das schreckliche Gefühl, hintenüberzukippen, was sich selbst aus dieser relativ geringen Höhe als fatal hätte erweisen können. Diese Bewegung hatte ich jedoch vorausgesehen, sodass ich die Hände nach vorn schob. Ich sah das Fenster vor mir, und meine Finger fanden die Innenkanten des Rahmens. Ich packte zu und klammerte mich fest.

»Samuel!«, rief Ms. Washburn vom Dach herunter. Ich sah nicht nach oben. Es schien gerade wichtiger zu sein, mein Gleichgewicht wiederzuerlangen.

»Ja?«

Die Antwort kam nach einer kurzen Pause, deren genaue Dauer ich nicht ausrechnete. »Ist alles in Ordnung?«

Es schien ein seltsamer Moment zu sein, um mir diese Frage zu stellen. Dass man unter Stress seine gesamten Erfahrungen beurteilt, findet in dem Volksglauben seinen Ausdruck, dass im Angesicht des Todes das ganze Leben an einem vorüberzieht (was physisch unmöglich ist). Bisher hatte ich das noch nicht erlebt und deshalb auch in der Zeit, in der ich die anderthalb Meter auf das Sims hinuntergefallen war und mich dort festgehalten hatte, noch nicht über jeden Aspekt meines Lebens nachgedacht.

»Ich bin nicht verletzt«, erwiderte ich, denn ich vermutete, dass das eigentlich war, was Ms. Washburn wissen wollte. Ich zog leicht an meiner Vertäuung aus Isolierband; sie war intakt. »Ist das Band oben sehr gedehnt?«

»Nein. Es sieht ziemlich sicher aus.«

»Gut. Warten Sie zwei Minuten und gehen Sie dann die Treppe hinunter zur Bürotür von OLimited. Dann lasse ich Sie rein.«

»Warum erst in zwei Minuten?«, fragte Ms. Washburn.

»Falls ich irgendwelche Schwierigkeiten habe hineinzukommen, etwa indem ich von dem Sims abrutsche.«

Ihre Stimme klang viel leiser, als sie darauf antwortete: »Oh.«

Doch ich traf auf kein Hindernis. Ich fasste nach unten und öffnete das Fenster des OLimited-Büros von außen, dann hatte ich kaum genug Spiel an meinem provisorischen Seil, um nach drinnen zu gelangen, wo ich mich meines Gurtes sicher entledigte und zur Bürotür ging. Nichts schien hier seit meinem letzten Besuch verändert worden zu sein.

Ich öffnete die Tür, und Ms. Washburn stand im Flur. Als sie mich sah, beugte sie sich vor und umarmte mich fest und stürmisch. Normalerweise vermeide ich einen derartigen Kontakt mit anderen Menschen – er ist mir unangenehm und unterliegt einer großen Anzahl unausgesprochener Regeln, bei denen ich nicht weiß, was angemessen ist und was nicht –, doch unter diesen Umständen gewährte ich Ms. Washburn so viel Zeit, wie sie brauchte (sechs Sekunden), um ihre Gefühle wieder unter Kontrolle zu bringen.

»Ich habe mir große Sorgen gemacht«, brachte sie hervor. Ich glaube, sie wischte sich sogar ihr rechtes Auge ab, als sie die Arme wieder entspannte und wir uns voneinander lösten.

»Es bestand kein Grund zur Sorge. Der Plan hat wie vorgesehen funktioniert. Wir können uns wirklich sehr freuen, wenn dasselbe auch für unsere anderen Pläne heute Abend gilt.«

Ms. Washburn rang sich zu einem halben Lächeln durch. »Natürlich.«

Ich begann damit, meine Vorkehrungen zu treffen, indem ich Ms. Washburn bat, mir die Spraydose mit Farbe zu reichen, die sie in der Tasche verstaut hatte. In schneller Folge sprühte ich Farbe über die Linse aller Überwachungskameras, die in den Büroräumlichkeiten installiert waren. Dabei achtete ich darauf, dass die Linsen wirklich ganz bedeckt waren und die schwarze Farbe dick genug aufgetragen war, um jedes Bild zu blockieren, das die Kameras von diesem Moment an hätten aufzeichnen können.

»Das sollte die beiden Männer im Ford Escape daran hindern, irgendetwas von dem zu sehen, was sich heute Abend hier abspielt«, erklärte ich, sobald ich fertig war.

»Aber sie wissen doch, dass wir hier sind«, gab Ms. Washburn zu bedenken. »Werden sie dann nicht herkommen, um nachzusehen, was vor sich geht?«

»Damit rechne ich fest.« Um ihn im Hinblick auf das einzuschätzen, wovon ich annahm, dass es sich in Kürze hier abspielen würde, sah ich mich in dem leeren Raum um. »Es ist zu schade, dass wir nicht ein paar Klappstühle mitgebracht haben«, bemerkte ich. »Wir werden die ganze Zeit über stehen müssen.«

»Das ist ja wohl die geringste unserer Sorgen.«

»Es ist jetzt fünf Uhr zweiunddreißig. Wir können die fravolen Frauen also jeden Moment erwarten. Würden Sie gern nach unten gehen, um etwas zu essen zu holen?«

Ms. Washburn taxierte mich mit einem Blick, der ausdrückte, dass ich einen seltsamen Vorschlag gemacht hatte. »Das hier ist die Zusammenkunft von Mordverdächtigen, Samuel. Ich glaube nicht, dass ein Catering nötig sein wird.«

»Ich wollte auch nur fragen, ob Sie selbst etwas wollen.«

Sie lächelte. »Im Moment bin ich ein bisschen zu nervös, um etwas zu essen. Aber es ist nett, dass Sie an mich denken.« Ich hatte eigentlich vorgehabt, Ms. Washburn darum zu bitten, mir eine Flasche Quellwasser mitzubringen, doch die Umstände waren wohl kaum so, dass ich in Ruhe würde essen können.

Wir setzten uns auf den Boden, nachdem ich einen Besen gefunden und mit ihm eine ausreichend große Fläche sauber gefegt hatte. Dann warteten wir.

Ich ging noch einmal die Liste der Verdächtigen in den Mordfällen Oliver Lewis und Cynthia Maholm durch und kam durch die Beobachtungen, die ich beim Treffen mit jeder einzelnen von ihnen gemacht hatte, zu der Erkenntnis, dass Rachel Vandross als Dritte hier auftauchen würde. Die Ersten wären vermutlich Jennifer LeBlanc und Amy Stanhope, die gemeinsam hier eintreffen würden, weil sie ja im selben Haus wohnten.

Die Letzte, die das Büro betreten würde, wäre Hazel

Montrose, denn ich ging davon aus, dass Hazel in diesem Augenblick den Eingang bewachte und allen anderen beim Betreten des Hauses zusah, um auf diese Weise sicherzugehen, dass sie erst dann die Szene betrat, wenn die Übrigen bereits anwesend waren.

Um fünf Uhr zweiundfünfzig hörte ich Schritte auf der Treppe vor dem Büro. Wie wir es vorher abgesprochen hatten, standen Ms. Washburn und ich auf und gingen in die Bürotoilette, die wir – um der Wahrheit die Ehre zu geben, war es vor allem Ms. Washburn – vorher so geputzt hatten, dass ich mich darin aufhalten konnte.

Wir hatten die Bürotür unverschlossen gelassen. Es wäre unmöglich, das fravole Treffen zu belauschen, wenn die betreffenden Frauen nicht in der Lage wären, den Raum zu betreten. Ob irgendeine von ihnen einen Schlüssel zu den Büroräumen von OLimited besaß, wusste ich nicht, doch ganz offenbar existierte einer. Die Tür war bei unserem ersten Besuch unverschlossen, heute jedoch verriegelt gewesen.

Ms. Washburn schloss leise die Toilettentür. Die Wände waren dünn genug, dass es keine Probleme bereiten würde, jedes Wort zu verstehen. Unsere Anwesenheit zu verheimlichen wäre vielleicht die größere Herausforderung, da die Wände löchrig waren und es nur sehr wenig Platz gab, um sich in der winzigen Toilette zu bewegen. In diesem alten Gebäude wäre es vonnöten, sehr still zu stehen, um sich nicht aus Versehen zu stark auf ein loses, knarzendes Dielenbrett zu lehnen.

Ich stützte mich auf das Waschbecken, ein Taschentuch zwischen meinen Handflächen und der Oberfläche. Ms. Washburn war sichtlich weniger gestresst von unserer Umgebung und setzte sich auf den Toilettendeckel. Wir waren so bewegungs- und lautlos, wie es unter den gegebenen Umständen eben möglich wäre.

Wie erwartet war die erste Stimme, die ich nach dem Quietschen der Bürotür vernahm, diejenige von Jennifer LeBlanc: »... kann nicht Siplowitz sein. Er würde einfach anrufen, wenn er mit einer von uns sprechen wollte, und außerdem würde er uns nicht alle zur selben Zeit am selben Ort zusammentrommeln. Es muss die Polizei sein.«

Amy Stanhope, die offenbar zusammen mit Jenny angekommen war, antwortete in einem maßvollen, ruhigen Ton: »Würde uns die Polizei nicht einfach festnehmen, wenn sie uns irgendwie verdächtigte?«

»So läuft das nicht.«

»Wie läuft es denn?«

Ms. Washburn sah mich mit einem fragenden Ausdruck an. Ich zuckte mit den Achseln, vor allem weil ich weder wusste, was sie meinte, noch sprechen konnte. Vermutlich wunderte sie sich über die Naivität der Jüngeren, sie war Amy ja nie zuvor begegnet.

»Sie müssen Beweise haben, bevor sie irgendwas unternehmen können. Soweit ich weiß, haben sie keine Beweise, also können sie nicht einfach irgendwen verhaften.« Jenny sprach mit Amy wie mit einem Kind, und nach meiner Erfahrung sprach sie sonst mit niemandem auf diese Weise. Amy lud zu diesem Verhalten ihr gegenüber ein. Doch auch mit mir haben manche schon wegen meines Asperger-Syndroms so geredet, und ich weiß, wie es sich anfühlt. Ich selbst würde so mit niemandem sprechen, auch nicht mit einem Kind.

»Na, das ist gut«, erwiderte Amy. »Ich hätte es nicht gern, dass irgendwer verhaftet wird.«

»Ich auch nicht.« Weitere Schritte, diesmal in hochhackigen Schuhen, wenn ich das Geräusch richtig deutete, waren nun aus dem Zimmer zu hören, und die dazugehörige Stimme war die von Rachel Vandross.

»Hallo Jenny, Amy.« Auch sie sprach mit der jüngeren Frau wie mit einem Kind, indem sie das »A« in ihrem Namen in die Länge zog.

Sie hatten sich also vorher schon einmal getroffen, genau wie ich erwartet hatte.

»Rachel!« Amys Stimme stieg um drei ganze Töne, und es gab ein Schlurfen von Füßen, ohne Zweifel ein Anzeichen für eine Umarmung zwischen den beiden Frauen. »Entschuldige meinen Bauch. Ich werde langsam dick.«

»Ja, das wirst du wirklich, hm?«

Ms. Washburn machte mit ihrem rechten Zeigefinger eine kreisende Bewegung, um dem Wunsch Ausdruck zu verleihen, dass die Damen zu einem relevanteren Gesprächsthema übergingen.

»Hallo Rachel«, sagte Jenny in hörbar weniger fröhlichem Ton. »Möchtest du auch mitraten, wer uns diese ganzen mysteriösen Nachrichten schickt?«

»Ich dachte, es ist Terry Lambroux«, entgegnete Rachel. »Das würde diesem geheimniskrämerischen Miststück ähnlich sehen.«

Ms. Washburn legte den Kopf leicht schräg – also wusste Rachel wirklich nicht, wer Terry Lambroux war! Mir war nicht ganz klar, ob diese Information relevant war, sie erschien mir allerdings so. Hoffentlich würde der Fortgang des Gesprächs alles noch weiter aufklären.

»Oh, Rachel.« Amy kicherte. »Wie böse.«

Vielleicht würde das weitere Gespräch doch nicht so erhellend werden, wie ich es mir erhoffte.

»Es ist eigentlich gar nicht so wichtig, wer dieses Treffen einberufen hat, als vielmehr warum«, warf Jenny ein. »Versucht irgendwer eine von uns zu erpressen?«

Ich nickte; das wäre tatsächlich eine logische Annahme gewesen, hätte ich nicht bereits gewusst, wer diese Frauen hergerufen hatte und warum. Ms. LeBlanc gehörte offenbar zu den intelligenteren Mitgliedern der Gruppe.

Doch die intelligenteste – und möglicherweise gefährlichste – von ihnen allen betrat in diesem Moment den Raum.

»Erpressung?«, sagte Hazel Montrose. Ich hörte, wie sie die Bürotür hinter sich schloss, und sah, wie sich Ms. Washburns Schultern ganz leicht anspannten. »Keine Ahnung, womit uns jemand erpressen sollte, wenn es keinen Beweis für ein Verbrechen gibt.«

»Hi«, sagte Rachel.

»Vielleicht gibt es ja doch einen Beweis«, mutmaßte Ms. LeBlanc. »Vielleicht hat irgendwer irgendwas gefunden. Vielleicht war es ein Fehler, dass es jetzt zwei Leichen statt einer einzigen gibt.«

Dieser Punkt – der Gedanke, dass sie untereinander die Möglichkeit besprachen, es sei ein taktischer Fehler gewesen, Cynthia Maholm zu töten – sandte mir einen Schauder über den Rücken. Ohne darüber nachzudenken, fasste ich mir an die Nase. Diese Möglichkeit hatte ich nicht in Betracht gezogen, aber mir wurde nun bewusst, dass es sich dabei um einen Rechenfehler handelte, der meinen Plan behinderte. Tatsächlich hatte ich einen schwerwiegenden Fehler begangen.

Meine Hände begannen an meinen Seiten zu flattern. Ms. Washburns Gesichtsausdruck wurde besorgt, doch sie konnte ja weder etwas sagen, um mich zu beruhigen, noch konnte sie mehr als minimale Gesten vollführen, ohne Aufmerksamkeit zu erregen. Sehr schnell wurde ich zu einer Bürde.

Mein Kopf begann zu zittern, genauer gesagt vibrierte er. Verzweifelt versuchte ich, die Wut und die Enttäuschung über mich selbst zu beherrschen, Ms. Washburn wegen eines einfachen Rechenfehlers in eine derart gefährliche Situation gebracht zu haben. Und ich verschärfte das Problem noch, weil ich unseren Aufenthaltsort zu verraten und uns so in eine furchtbare Lage zu manövrieren drohte.

»Zwei Leichen?«, fragte Amy. »Was meinst du mit ›zwei Leichen‹?«

Das war eine interessante Antwort. Wenn ich in meinen herkömmlichen Mustern und nicht in wachsender Panik gedacht hätte, hätte ich sie rückblickend schneller verarbeitet.

»Ollie und Cindy«, erklärte Hazel ihr. »Das macht zwei.«

»Cindy ist tot?« Amy klang schockiert. »Was ist passiert?«

»Sie hat eine Überdosis Reglan genommen«, erwiderte Hazel. »Kannst du dir das vorstellen? Ihr muss *wirklich* übel gewesen sein.« Dann lachte sie kurz.

Ich zitterte nun von Kopf bis Fuß und war wütend auf mich selbst, die Gefahr für Ms. Washburn erhöht zu haben und zu wissen, dass ich auf dem besten Weg war, den Frauen vor der Tür unser Versteck in der Toilette zu enthüllen. Ms. Washburn sah zu mir herüber und machte eine Geste, bei der sie die flachen Hände dem Boden näherte, was mich beruhigen sollte. Doch dafür war es zu spät.

»Hazel!«, schimpfte Amy. »Wie kannst du so was nur sagen?«

Die Informationen trafen mich nun in schneller Folge, und ich war mir bewusst, dass ich in meinem derzeitigen Zustand nicht in der Lage war, sie schnell genug zu verarbeiten, um auf sie zu reagieren. Das verstärkte noch mein Gefühl des Versagens und der Frustration, was dazu führte, dass ich die Zähne stark zusammenbiss und noch heftiger zu zittern begann. Ich konnte meine Bewegungen nicht mehr kontrollieren, vor allem nicht die meiner Hände, die in der engen Toilette wild an meinen Seiten pendelten. Ms. Washburns Blick schnellte von einer Seite zur anderen; sie suchte nach einem Weg, um mich wieder zur Vernunft zu bringen. Und soweit ich das beurteilen konnte, fiel ihr keine nützliche Taktik ein, die sie hätte anwenden können.

Ich versuchte das Zittern zu stoppen, indem ich die Hände in die Hosentaschen steckte. Es half nicht. Ich zog die linke Hand wieder heraus und sah sie an; vielleicht würde mir diese Konzentrationsübung die nötige innere Ruhe verschaffen. Das tat sie nicht. Die rechte Hand war meine letzte Chance. Ich steckte sie in die Tasche.

»Hazel?«, fragte Rachel. »Wer ist Hazel?«

»Der eigentliche Punkt ist doch«, unterbrach Hazel sie, »dass Samuel Hoenig uns alle hierher beordert hat. Warum, glaubt ihr, tut er das?«

Ich fühlte, wie meine Knie weich wurden. Wenn ich zu Boden fiel, würde unser Plan enthüllt werden, und Ms. Washburn würde einer Gefahr ausgesetzt sein, die größer als alles war, was ich mir vorgestellt hatte. Ich hätte diesen Auftrag niemals übernehmen dürfen. Vielleicht hätte ich Ms. Washburn nie dazu drängen sollen, zu *Fragen Beantworten* zurückzukehren.

Ich hätte diese Firma nie eröffnen sollen. Ich war ein Versager.

»Warum glaubst du, dass es der Zurückgebliebene war?«, fragte Jenny. »Mit dem Typen ist doch irgendwas nicht in Ordnung.«

Hazel schnaubte. »Er ist der Einzige, der auf die Idee kommen konnte, uns alle zusammen in einen Raum zu bringen, damit eine von uns gesteht. Nun, ich werde das nicht tun.«

Ein Schrei verfing sich in meiner Kehle. Ich konnte meine Glieder nicht mehr kontrollieren. In meinem Kopf herrschte ein Druck, der sich anfühlte, als würde jeden Moment ein Gefäß platzen. Ich konnte keine weitere Sekunde von all dem mehr ertragen.

»Er könnte aber nur ein Geständnis bekommen, wenn er hier wäre«, bemerkte Rachel. »Ist er aber nicht. Doch ich würde gern wissen, warum Amy dich Hazel genannt hat.«

»Ich bin mir da nicht so sicher«, sagte Hazel. »Ich wette, dass Hoenig irgendein Aufzeichnungsgerät in diesem Raum versteckt hat. Also passt auf, was ihr sagt. Er ist zwar zurückgeblieben, aber schlau.«

Das war der Moment, in dem ich den Kampf verlor. Meine Knie gaben nach, und ich fiel auf den schmutzigen Toilettenboden. Stücke der Linoleumfliesen stoben zur Seite. Ich hörte, wie ein Schrei aus meiner Kehle drang, doch ich konnte meine Stimme nicht mehr kontrollieren. Mein Kopf streifte das Waschbecken – hart genug für eine Beule, aber nicht so hart, dass ich geblutet hätte. Ich bemerkte, dass sich Ms. Washburn in der Toilette umblickte, mich fallen sah und ein Kantholz aufhob, das irgendwer in diesem Raum vergessen hatte.

»Samuel«, sagte sie ruhig. »Bleiben Sie unten.«

Sekunden später flog die Tür auf, doch ich war zu verzweifelt, um sie genau zu zählen. Zuerst sah ich nur Füße. Nachdem ich wieder klarer denken konnte und entfernt Ms. Washburns Stimme unablässig »Bleiben Sie unten, bleiben Sie unten« wiederholen hörte, merkte ich, wie der Schrei verebbte. Ich atmete schwer. Und ich sah drei Paar Frauenfüße bei der Tür.

Als ich wieder dazu in der Lage war, blickte ich aufwärts. Dort sah ich Jennifer LeBlanc, Rachel Vandross und Hazel Montrose, die mich von der Tür aus ansahen. Ich wusste, dass Ms. Washburn hinter mir stand und mit dem Kantholz bewaffnet war.

Doch Hazel hatte eine Pistole.

»Das ist nicht gut«, bemerkte Ms. Washburn, und ich hörte, wie das Kantholz klappernd auf dem Toilettenboden aufschlug.

31

Es gefiel mir nicht, gefesselt zu werden.

Hazel überwachte, während sie Ms. Washburn und mich mit der Pistole bedrohte, wie Jenny mit der zweiten Rolle Isolierband, die ich mitgebracht hatte, mir die Hände auf den Rücken band und mich so an eine Säule in der Mitte des OLimited-Büros fesselte. Das Band fühlte sich sehr unangenehm an, es klebte an meiner Haut, und der Winkel, in dem ich meine Arme halten musste, verlangte eine Dehnbarkeit, die selbst meine siebenundzwanzig Trainingseinheiten pro Tag meinem Schultergürtel nicht verschafft hatten.

»Das tut weh«, sagte ich zu niemand Bestimmtem.

Rachel fesselte Ms. Washburn an eine ähnliche Säule, die weniger als zwei Meter entfernt war. Ms. Washburn blickte wütend, sprach kein Wort, und ich konnte nur vermuten, dass sich ihre Wut auf mich richtete, weil ich sie in diese Frage mit hineingezogen hatte. Ich konnte ihr das nicht verdenken.

»Schnauze, oder wir kleben euch auch noch die Münder zu«, sagte Hazel. »Ich würde das lieber nicht tun, aber ich habe kein Problem damit, wenn ich muss.«

Amy stand auf der einen Seite des Raums, hielt sich ihren schwangeren Bauch und hatte den linken Daumen auffällig nah an den Mund geführt. Vor meinem geistigen Auge sah ich, wie sie einen roten Luftballon hielt. Sie sagte nichts, und ihr Gesicht war ausdruckslos.

»Wie können Sie sie nur alle decken?«, fragte Ms. Washburn. »Sehen Sie doch, was sie getan hat. Sehen Sie, was sie immer noch tut. Sie hat eine von Ihnen getötet. Wie können Sie da so unbeteiligt bleiben?«

Ich schüttelte den Kopf. »Diese Taktik wird nichts nützen, Ms. Washburn. Es hat keinen Sinn. Keine dieser Frauen wird sich jemals gegen eine der anderen stellen, und sie haben guten Grund dazu.«

»Habe ich Ihnen nicht gesagt, Sie sollen die Schnauze halten?«, sagte Hazel.

»Verzeihung, Hazel«, erwiderte ich. »Oder soll ich Sie Sheila nennen? Oder Terry? Wie entscheiden Sie sich nur, welchen Namen Sie an welchem Tag benutzen?«

»Das reicht«, sagte Hazel. Sie sah zu Jenny. »Kleb ihm den Mund zu.«

Aber Jenny gehorchte nicht. »Du bist Terry?«, fragte sie. Sie wirkte ehrlich erstaunt. »Ich dachte, Terry gibt es nicht.«

»Sie ist nicht Hazel?«, fragte Amy im selben Moment. »Jetzt bin ich durcheinander.«

Die einzige der Frauen, die kein bisschen beunruhigt wirkte, war Rachel. »Warum fesseln wir sie?«, fragte sie. »Wozu? Sie haben uns reden hören. Na und? Das ist doch egal.«

Wenn meine Hand frei beweglich gewesen wäre, hätte sie nun ohne Zweifel wieder zu flattern begonnen. Wäre ich nicht so »vorsichtig« gewesen, die Überwachungskameras zuzusprühen, würden die beiden Männer aus dem Ford Escape in diesem Augenblick vielleicht schon die

Treppen zum OLimited-Büro heraufstürmen. Tatsächlich war es ziemlich seltsam, dass sie es nicht taten, denn sie mussten mir beim Übermalen der Kameralinsen zugesehen haben.

»Das wirst du gleich kapieren.« Als Hazel sah, dass Ms. Washburn und ich außer Gefecht gesetzt waren, senkte sie die Waffe und ging zu Rachel hinüber. »Behalt einfach den Spast im Auge.« Sie gab Jenny die Pistole. »Benutzt sie, wenn ihr müsst.«

Meine vergeblichen Versuche, die Selbstkontrolle in der Toilette wiederzugewinnen, hatten mich entmutigt. Meine Stirn schmerzte. Ich verspürte den Drang, mit den Armen zu wedeln, und meine Kiefer waren aufeinandergepresst. Dasselbe passierte also noch einmal, nur war ich diesmal an eine Säule gefesselt und einer Frau ausgeliefert, die ohne Zweifel vorher schon einmal getötet hatte.

Ms. Washburn starrte Hazel mit ernster, zorniger Miene an. »Sie sind gestern Abend mit ihm ausgegangen. Haben Sie denn nicht begriffen, mit wem Sie da zusammen waren?«

Rachel sah erst zu Ms. Washburn, dann zu mir und grinste. »Du bist mit *ihm* auf ein Date gegangen?«

»Es war kein Date«, widersprach Hazel vom anderen Ende des Raums her. Ich konnte mich nicht weit genug umdrehen, um sie zu sehen, doch ich konnte ihre Stimme hören. Die Wut in meinem Bauch schwoll an, und mein Kopf begann zu zittern. Meine Oberlippe verzog sich zu einem unwillkürlichen Grinsen. »Es war ein Versuch, den Idioten aus der Spur zu bringen – und es hat funktioniert.«

Mein Versagen erwies sich als vollständig. Ich hatte das Treffen dazu nutzen wollen, sie auszuhorchen, aber sie hatte es so gedreht, dass sie mich erfolgreich manipulieren konnte. Nun würde Ms. Washburn verletzt oder getötet werden, weil ich geblendet gewesen war von … was eigentlich? Einer Anziehung gegenüber Hazel Montrose? War es das gewesen? Ich wollte vor Wut losschreien, doch ich wusste, dass das mit höhnischem Lachen quittiert würde, und das konnte ich nicht zulassen.

Allerdings änderte sich Ms. Washburns Gesichtsausdruck zu einem von süffisanter Zufriedenheit. »Das denken *Sie.*«

Hazel erschien wieder in meinem Blickfeld. Sie hielt ein paar staubige Zeitungen in der Hand, die sie irgendwo im Büro aufgelesen haben musste. »Was soll das denn heißen?«, fragte sie und bemühte sich, dabei lässig zu klingen, was ihr so sehr misslang, dass sogar ich ihren eigentlichen Gemütszustand leicht erkennen konnte.

»Das heißt, dass Samuel alles weiß. Er weiß, wer Oliver Lewis und wer Cindy Maholm getötet hat, und er weiß es deshalb, weil Sie nicht annähernd so schlau vorgegangen sind, wie Sie dachten.« Ms. Washburn lächelte Hazel wissend an. »Vielleicht ist der *Spast* ja schlauer als Sie.«

Hazel sah sie mit einer Miene an, die etwas anderes als vollkommene Selbstgewissheit zum Ausdruck brachte. Das verschaffte mir den Moment, den ich brauchte, um meine Gedanken zu ordnen. Ms. Washburn war im entscheidenden Augenblick eingesprungen und hatte einen Weg gefunden, mich zu beruhigen; ich hätte wissen müssen, dass sie das tun würde. Es klärte meine Gedanken. Meine Hände hörten auf zu schlenkern. Meine Atmung wurde wieder ruhig und gleichmäßig. Mein Kiefer entspannte sich. Ich wusste, was jetzt zu tun war.

Erst musste ich Zeit gewinnen, und zwar gar nicht viel. Ein paar Minuten würden ausreichen. Zum Glück standen mir genug korrekte und unwiderlegbare Informationen zur Verfügung, um die Zeit zu überbrücken.

»Das glaube ich wirklich nicht«, sagte Hazel.

Amy, die von der Geschwindigkeit, in der sich die Ereignisse vor ihr abspielten, noch immer durcheinander zu sein schien, kniff die Augen zusammen, als würde sie aus weiter Ferne zu uns herüberblicken. Sie sagte nichts, sah aber abwechselnd zu Hazel und mir. Sie schien sich darüber klar werden zu wollen, wem von uns beiden sie Glauben schenken sollte.

Jenny trat mit unglücklichem Gesichtsausdruck zu Hazel. »Das hat doch keinen Sinn. Wir sollten sie losschneiden und von hier verschwinden.«

»Das war nicht der Plan«, wies Hazel sie zurecht.

»Es gab gar keinen Plan«, erwiderte Jenny.

»Jetzt gibt es einen.«

Hazel machte sich daran, einzelne Bögen der trockenen, vergilbten Zeitung zu nehmen, sie zusammenzuknüllen und sie dann auf den Boden fallen zu lassen. In diesem Moment wusste ich, was sie vorhatte. Ich kämpfte die Angst nieder, die in mir aufstieg, und platzte heraus: »Sie alle vier gemeinsam haben Oliver Lewis getötet.«

Jenny wandte sich mit kalkweißem Gesicht in einer ruckartigen Bewegung zu mir um. Rachel, die gerade auf dem Weg zum Fenster war, hielt abrupt inne. Amy öffnete und schloss dreimal hintereinander den Mund.

Hazel reagierte überhaupt nicht, sondern ließ weiter zusammengeknülltes Zeitungspapier zu Boden fallen. Das nächste Stück landete fünfundvierzig Zentimeter von meiner rechten Hand entfernt.

»Haben Sie?«, fragte Ms. Washburn. Sie sah tatsächlich ziemlich überrascht aus.

»Ja. Ich hätte das früher erkennen sollen, doch ich habe falsch gezählt. Es gab vier Weisen, auf die Mr. Lewis' Leiche Schaden zugefügt worden war: der Schnitt durch die Kehle, der Messerstich zwischen die Rippen, das Ersticken und die Vergiftung.«

»Das beweist gar nichts«, sagte Jenny.

»Sie sind zu viert, und es gibt vier unterschiedliche Todesarten, selbst wenn das Gift Mr. Lewis im engen Sinn umgebracht hat. Wenn ich wegen Cynthia Maholm und der schwer fassbaren Sheila McInerney nicht sechs betrogene Frauen gezählt hätte, hätte ich bemerkt, dass jede von Ihnen einen typischen Modus Operandi hat. Ohne Zweifel hat Hazel ihm mit der Rasierklinge die Kehle durchgeschnitten. Ich vermute, dass Amy das Messer führte, denn es war eine sehr oberflächliche Wunde. Ms. LeBlanc hat ihm wahrscheinlich die Plastiktüte über den Kopf gestülpt, um ihn zu ersticken. Damit bleibt Rachel Vandross, die Mr. Lewis das Gift einflößte, das ihn schlussendlich getötet hat.«

»Ha«, sagte Hazel. Sonst nichts.

Amy schlug sich die Hand vor den Mund. Sie wirkte mehr und mehr wie ein schwangerer Teenager. Und da wusste ich, dass ich zwei der Täterinnen vertauscht hatte, doch ich korrigierte mich nicht.

In Filmen und Fernsehserien finden die Helden, die an einen Stuhl oder etwas anderes festgebunden sind, immer einen Weg, um ihre Fesseln zu lösen, oder einen scharfkantigen Gegenstand, mit dem sie sie in einer offenbar sehr unbequemen Bewegung durchscheuern. Ich konnte meine Hände nicht weit genug bewegen, um das Isolierband zu lockern, noch standen mir eine gezackte Glasscherbe oder ein Taschenmesser zur Verfügung, mit dem ich es hätte durchschneiden können. Ganz offensichtlich war ich kein Held, und das störte mich. Aber ich sah Lücken in den Rüstungen der Frauen, und wenn ich sie dazu bringen konnte, lange genug zu reden, konnte ich den Sieg davontragen.

Leider war das unwahrscheinlich.

Hazel hatte alle Zeitungsseiten, die sie in der Hand gehalten hatte, inzwischen fallen lassen, und der Großteil der Fetzen war nun nahe bei mir und Ms. Washburn auf dem Boden verteilt. Vor dem Hintergrund, dass das Büro von OLimited (außer von mir) seit Monaten (eine grobe Schätzung) von niemandem gefegt, geschweige denn geputzt worden war, war es nicht schwer, ihr Vorhaben zu erraten, und es war kein angenehmes.

»Alle raus«, kommandierte sie. »Ihr werdet das jetzt nicht mit ansehen wollen.«

Sie zog ein Streichholzbriefchen aus der Handtasche.

Ms. Washburn keuchte auf.

»Wollen Sie nicht wenigstens erklären, warum Cynthia Maholm sterben musste?«, versuchte ich Zeit zu gewinnen. »Das ist der einzige Teil, den ich selbst nicht habe herausfinden können.« Tatsächlich hatte ich das sehr wohl, doch wenn ich Hazel dazu bringen konnte, für eine oder zwei Minuten innezuhalten, konnte das schon genügen.

»Warum sollte ich Ihnen das verraten?«, erwiderte sie. »In fünfzehn Minuten sind Sie ohnehin nicht mehr am Leben.« Sie öffnete das Streichholzbriefchen.

Ich entschloss mich so zu tun, als hätte ich diese letzte Bemerkung überhört. Für Menschen ist es schwierig, jemanden, der spricht, zu ignorieren, und das würde vielleicht ausreichen, um Hazel für die lebensrettende Zeitspanne aufzuhalten.

»Oliver Lewis machte illegale Geschäfte, und diese Büroadresse war seine Tarnung dafür«, sagte ich. Ich stellte fest, dass die anderen Frauen Hazels Aufforderung noch nicht Folge geleistet hatten, sondern im Büro blieben. Immerhin schienen sie zuzuhören, und vor allem Rachel lauschte aufmerksam dem, was ich zu sagen hatte. Ihre Augen hatte sie zu Schlitzen verengt. »Durch diese Geschäfte verdiente er anscheinend mehr Geld, als Sie alle zugeben wollen, und sorgte bei Ihnen für ziemlich angenehme Lebensumstände, und das – mit Ausnahme von Hazel – ohne erkennbare Einkommensquelle. Natürlich konnten sich Ihre Scheidungsvereinbarungen nicht auf illegal erwirtschaftete Gelder erstrecken, also floss Ihnen all dieses Geld steuerfrei zu, was die ganze Sache in der Praxis nur umso lukrativer machte.«

»Über die Steuern habe ich noch nie nachgedacht«, warf Amy ein.

»Amy!«, rief Jenny erneut.

»Mr. Lewis' Fehler bestand darin, zu oft zu heiraten und sein Geschäftsgebaren vor seinen Ehefrauen nicht geheim zu halten. Diesen Fehler korrigierte er immerhin bei seiner letzten Frau, Cynthia Maholm, doch als die Ehe wieder zu scheitern drohte – und Sie alle wussten, dass das irgendwann passieren würde –, haben Sie Kontakt mit ihr aufgenommen und sie über seine Absichten aufgeklärt. Sie kamen auf die Idee, mich als Zeugen hinzuzuziehen, behaupteten Cynthia gegenüber, dass Sie seinen ›Selbstmord‹ vortäuschen wollten, um Mr. Lewis zu ängstigen, und haben ihn dann wirklich ermordet. Das hatte Cynthia jedoch nicht erwartet, und sie bockte. Also fanden Sie einen Weg, sie ebenfalls aus dem Weg zu räumen.« Ich brauchte ganz gewiss mehr Zeit, als es Hazel lieb war, doch ich hörte von draußen noch keinen Laut, sodass ich langsam den Mut verlor.

»Bis heute Abend wusste ich noch nicht einmal, dass Cindy tot ist«, protestierte Rachel. »Geben Sie mir dafür nicht die Schuld. Ich wollte mit all dem nichts zu tun haben.«

»Wolltest du wohl«, Jenny schnaubte verächtlich, als sie antwortete. »Es war nicht deine Idee, Ollie zu töten, aber du warst sehr wohl damit einverstanden, als der Plan einmal zur Sprache gekommen war.«

»War es woanders, oder hat es hier stattgefunden?«, fragte ich. »Ich hatte irgendeinen Hinweis auf das Ereignis erwartet, als wir dieses Büro zum ersten Mal betraten, aber wir konnten an diesem vernachlässigten Ort nichts dergleichen finden.«

»Wir sind zu Ollie nach Hause gegangen«, sagte Amy dienstfertig. »Aber Sie verstehen das nicht. Er war ein wirklich schlechter Mensch.«

Bevor Jenny wieder Einspruch erheben konnte, hielt Ms. Washburn, die sich nicht gegen ihre Fesseln sträubte (wahrscheinlich, weil sie korrekterweise annahm, dass es eine sinnlose Vergeudung von Energie gewesen wäre), das Gespräch am Laufen; sie wusste also, was ich vorhatte.

»Nun, er hat jedenfalls keine von Ihnen gut behandelt«, sagte sie zu Amy. »Meinen Sie das?« Unter solchen Umständen ist es immer eine gute Idee, eine Frage zu stellen. Sie erfordert eine Antwort, und das führt zu einem weiteren Aufschub.

»Ach, das war nur der Anfang.« Amy setzte sich tatsächlich neben Ms. Washburn auf den Boden, was vor dem Hintergrund der Schwierigkeiten, die sie beim Aufstehen haben würde, ein empfindlicher Fehler war. Sie verschränkte die Hände unter dem Kinn. »Er gab uns das Gefühl, das Zentrum seines Universums zu sein, doch dann betrog er uns. Er bestahl uns – können Sie sich das vorstellen? Bei all dem, was er selbst verdiente? Er kreuzte mit neuen Freundinnen auf, sogar während wir noch verheiratet waren!« Sie blickte Ms. Washburn an. »Sind Sie denn verheiratet?«

»Ja«, erwiderte sie.

»Nun, wie würden Sie sich fühlen, wenn Ihr Ehemann so etwas täte?«

Ms. Washburns Gesicht wurde ein bisschen blasser. »Ich ... ich wäre sicherlich sehr wütend.«

Ich nickte ihr zu, das machte sie gut.

Hazel musste das Nicken wohl aufgefallen sein. »Steh auf, Amy!«, schrie sie. »Wir müssen jetzt Feuer legen und dann von hier abhauen!«

»Oh. Entschuldigung.« Amy reckte die Hand nach oben, und Jenny half ihr behutsam beim Aufstehen. Amy klopfte sich den Staub von der Kleidung. Sie sah wieder zu Ms. Washburn. »Es tut mir wirklich leid, dass wir das tun müssen.«

»Das müssen Sie nicht«, erwiderte Ms. Washburn.

Der Gedanke schien für Amy revolutionär zu sein. »Hazel sagt, wir müssen.«

»Sie ist diejenige, der Sie nicht trauen sollten«, sagte ich zu den anderen dreien. »Hazel ist die verschlagenste von Ihnen. Ihr ist es gelungen, sich bei einem Tatortreiniger einzuschleusen, um herauszufinden, was ich mutmaßte, nachdem Mr. Lewis auf dem Boden meines eigenen Büros abgelegt worden war. Vielleicht hat sie ursprünglich die

Idee gehabt, ihn zu töten. Und außerdem hat sie Cynthia Maholm umgebracht.« Ich wusste, dass das nicht stimmte, doch ich brauchte die Bestätigung für meine Theorie.

Erneut hielten alle inne und erstarrten. Hazel fixierte mich, und ich wandte den Blick ab. In ihren Augen lag eine erschreckende Wut.

»Dafür haben Sie keinen Beweis. Nicht den leisesten.«

Es ist schon beobachtet worden, dass Schuldige, wenn man sie mit ihrer Schuld konfrontiert, sich zunächst verteidigen, indem sie behaupten, es gäbe keine Beweise. Ich wusste aber, dass Hazel nur die Rolle der Mörderin spielte, sodass ich meinen Plan noch einmal durchdenken musste.

»Weil es keinen gibt«, erwiderte ich. »Das war eine Lüge von mir.«

Ms. Washburn keuchte leise auf, sagte jedoch nichts. Sie sah mich an, und ich musste den Blick abwenden. Es fällt mir schwer, Fehler zuzugeben. Vor allem missfällt es mir, von Ms. Washburn als unvollkommen wahrgenommen zu werden, die mich für besonders intelligent zu halten scheint, obwohl mein IQ sich kaum in einem genialen Bereich bewegt.

Es war nun aber vonnöten, die anderen Frauen zu beobachten, als ich sagte: »Eine der anderen hat Cynthia getötet. War der Grund dafür etwa, dass sie damit drohte, der Polizei zu erzählen, was mit Oliver Lewis geschehen war?«

»Natürlich nicht«, meldete sich Hazel zu Wort. »Und jetzt ist es genug. Ich muss Sie abfackeln und dann mit meinem Leben weitermachen.« Ein weiteres Mal griff sie nach den Streichhölzern.

Nach meinen Beobachtungen blieb mir nun noch eine

allerletzte Strategie: »Es war also Amy. Ich habe es schon vermutet, doch bis jetzt hatte ich dafür keine Bestätigung.«

Hazel erstarrte mitten in der Bewegung, und die anderen Frauen sahen sie an.

»Cynthia Maholm starb an einer Überdosis Reglan, einem Medikament, das normalerweise schwangeren Frauen gegen Übelkeit verabreicht wird. Die Person, die offensichtlich Zugang dazu hatte, ist Amy. Und als ich sagte, dass Sie nicht die Schuldige seien, Hazel, hat jede von Ihnen kurz zu Amy gesehen.«

»Amy?« Ms. Washburn war sichtbar schockiert.

»Ja. Es ist schon bemerkenswert, wie Äußerlichkeiten täuschen können, doch ich achte nur wenig auf Äußerlichkeiten. Es ergab Sinn, dass alle Frauen ein wirtschaftliches Interesse an Oliver Lewis' ergaunertem Vermögen hatten und dass jede von ihnen außerdem einen Groll gegen ihn hegte«, erläuterte ich. »Als Cynthia Maholm getötet wurde, handelte es sich jedoch um eine ungeplante Verzweiflungstat einer der fravolen Frauen, die sich nicht mit den anderen Mitgliedern der Gruppe absprach. Hazel erwähnte bei unserem gestrigen Abendessen Cynthias Tod mit keinem Wort. Wenn sie davon gewusst hätte, hätte sie sich dazu geäußert, und sei es auch nur, um sich von dem Verbrechen zu distanzieren. Sie wusste aber gar nicht, dass es stattgefunden hatte.«

Hazel machte den Mund auf, sagte aber nichts.

»Amy war wirklich die treibende Kraft hinter allem, nicht wahr? Ich wette, Oliver Lewis ist nicht einmal wirklich der Vater ihres Kindes.«

Amy kam zu mir herüber, sah mir in die Augen und sagte mit einer Stimme, die in nichts der ähnelte, die ich von ihr kannte: »Natürlich nicht. Aber das reicht jetzt. Zünde sie an, Hazel.«

Ich glaube, dass ich diesmal nichts mehr hätte sagen können, was Hazel von ihrer Aufgabe abgebracht hätte, doch die Geräusche, die ich während dieses ganzen Martyriums erwartet hatte, waren nun endlich vom Treppenhaus vor dem OLimited-Büro aus zu hören. Die Schritte wurden immer lauter, je näher sie kamen. Von meinem Platz aus konnte ich das Fenster zwar nicht sehen, aber ich erkannte, wie sich blaue und rote Lichter auf die Bürowände malten.

Ms. Washburn atmete einmal tief durch. »Endlich.«

Die vier fravolen Frauen sahen sich ungläubig im Zimmer um, während von der Tür her eine Stimme erklang: »Polizei! Machen Sie die Tür auf!«

»Wir sind hier drin, Officer!«, rief Ms. Washburn.

Amy wandte sich an Jenny und sagte: »Erschieß sie.«

Jenny sah auf die Pistole, dann auf mich, auf Ms. Washburn und wieder zu Amy. »Vergiss es.« Sie gab Amy die Waffe zurück.

Ich wünschte, das hätte sie nicht getan.

Doch Amy schien eher erstaunt und böse auf Ms. LeBlanc zu sein, als die Absicht zu haben, Ms. Washburn und mich zu erschießen. »Was hast du gesagt?«, fragte sie. Sie wusste natürlich, was Jenny gesagt hatte, aber diese Frage wird manchmal in herablassender Absicht geäußert, um sich mit etwas nicht einverstanden zu erklären, was gerade geäußert worden ist. Ich denke, dass Amy genau das gerade tat.

Jenny erwiderte nichts, und Amy zielte mit der Waffe auf sie.

»Sie hat eine Pistole!«, rief Ms. Washburn.

Keine Sekunde später flog die Tür zum Büro auf, und dahinter kam ein uniformierter Polizist zum Vorschein, dessen Bein noch immer angehoben war, weil er gerade die knarzende Tür eingetreten hatte. Meiner Meinung nach war die Tür eigentlich unverschlossen gewesen und hätte leicht geöffnet werden können, aber mir ist aufgefallen, dass Polizisten manchmal den dramatischen Auftritt lieben.

Zwei Polizisten – beide in Uniform, beide mit gezogener Waffe – betraten das Büro. Sie trugen keine kugelsicheren Westen, doch sie hielten ihre Dienstwaffen im Anschlag und nahmen also Ms. Washburns Warnung ernst, was auch gut so war.

Es waren die zwei Männer aus dem Ford Escape.

»Lassen Sie die Waffe fallen!«, rief der Kleinere. »Sofort!«

Amy sah ihn an und ließ die Waffe umgehend sinken. Als der Officer sie anwies, sie ihm zuzukicken, tat sie genau das. Der Größere hob sie mithilfe eines Bleistifts, den er aus der Tasche gezogen hatte, vom Boden auf. Er ließ die Pistole in einen Asservatenbeutel gleiten, während sein Partner die vier Frauen mit seiner eigenen Waffe in Schach hielt.

»Warum haben Sie denn so lange gebraucht?«, fragte ich.

32

»Die Anzahl der Ehefrauen hat mich verwirrt«, erklärte ich Officer Ron Carbona.

Carbona (»Magical Mystery Tour«), der kleinere (und anscheinend auch intelligentere) der beiden Polizisten, die uns als die Männer aus dem Ford Escape bekannt waren, saß hinter einem Schreibtisch auf der Polizeiwache, nachdem der fravole Klub verhaftet und abgeführt und Ms. Washburn und ich befreit und mitgenommen worden waren, um unsere Aussagen zu machen. »Das würde in diesem Fall jeden verwirren. Aber Sie wussten, wie viele Exfrauen es gab«, sagte er.

»Ja, doch für meine Überlegungen hatte es stets eine zu viel gegeben, da ich Hazel Montrose nicht sofort mit Terry Lambroux und Sheila McInerney in Verbindung gebracht hatte. Ich kam auf fünf, wo ich nur auf vier hätte kommen sollen, und diese Anzahl machte aus den vier Mordmethoden den aussagekräftigsten Hinweis. Die fravolen Frauen hatten Oliver Lewis auf eine fast rituelle Weise hingerichtet, indem jede von ihnen auf ihre eigene Weise Hand an ihn legte. Mir hätte auffallen müssen, dass es nur vier Exfrauen sein konnten, doch ich nahm an, dass Cynthia Maholm, die aktuelle Frau, eine Rolle spielte und dass Sheila McInerney eine separate Person war.«

Carbona sah mich drei Sekunden lang unverwandt an. »Mm-h«, machte er dann.

Ms. Washburn saß auf dem zweiten Stuhl, der neben mir am Befragungstisch stand – der einzige freie Platz, um unsere Aussagen aufzunehmen, war ein Vernehmungsraum, und Carbona hatte die Polizeivorschriften umgangen, indem er uns nicht voneinander getrennt hatte –, und sagte zum Officer: »Samuel meint, dass er die Anzahl der Exfrauen falsch berechnet hat, weil Sheila McInerney so viele falsche Namen gebraucht hatte.«

Carbona nickte. Sein Partner, Officer Pasquale, saß mit einer der fravolen Exfrauen in einem weiteren Vernehmungsraum, obwohl es bei dem ganzen Durcheinander unklar war, welche von ihnen er nun befragte. »Aus diesem Fall hängen genug lose Fäden, um daraus einen dreiteiligen Anzug zu machen«, sagte Carbona. Das erzeugte bei mir ein sehr ungeordnetes Bild, das ich ignorierte.

»Wie sind Sie und Officer Pasquale denn nun zu der Überwachung der Büroräumlichkeiten von OLimited gekommen?«, hakte ich nach.

»Der Staatsanwalt des County hat mich dazu ermächtigt«, erwiderte Carbona. »Sie wussten, dass dort etwas nicht ganz Koscheres vor sich ging, und sie suchten nach zwei Polizisten, die Detectives werden wollten und sich nicht daran störten, sich Stunden um Stunden leeren Filmmaterials anzusehen. Die Beschreibung passte auf uns.«

»Sie müssen gedacht haben, Sie hätten den Jackpot geknackt, als wir aufgetaucht sind«, vermutete Ms. Washburn. »Aber warum sind Sie heute Abend nicht früher erschienen? Samuel musste diese verrückten Frauen eine gefühlte Stunde lang am Reden halten.«

»Es waren elf Minuten«, merkte ich an.

»Wir haben die Kameras nicht überwacht«, erklärte Carbona. »Wir hatten Streifendienst. Erst als wir Ihren Notruf erhalten haben, wussten wir, was los war, und haben uns Hals über Kopf zu Ihnen aufgemacht.«

Ms. Washburn sah mich an. »Haben Sie den Notruf gewählt?«

»Ich hatte Cynthia Maholms Handy in der Tasche«, sagte ich zu ihr. »Ich dachte, das hätten Sie gesehen, als wir uns in der Toilette versteckten.«

»Aber Sie haben gar nichts gesagt.«

»Wenn die Notrufverbindung offen ist, wird sofort jemand vorbeigeschickt«, erläuterte Carbona. »Man geht davon aus, dass die Person am anderen Ende nicht reden kann.«

»Ich hätte es selbst nicht besser erklären können«, lobte ich ihn.

Carbona warf mir einen weiteren konsternierten Blick zu, doch er war darauf erpicht zu verstehen, wen er da gerade festgenommen hatte. »Lassen Sie uns das noch mal der Reihe nach durchgehen. Alle vier Frauen haben also ihren Exmann getötet? Das ist ja ein Knaller. Der muss ein richtiges Prachtstück gewesen sein.«

»Sie haben es vor allem wegen des Geldes getan«, erklärte ich ihm. »Offenbar gab es davon eine ganze Menge, und Oliver Lewis hielt seine Exfrauen hin, indem er ihnen einen guten Batzen davon versprach. Auf jede von ihnen war während ihrer jeweiligen Ehe eine Lebensversicherung für ihn abgeschlossen worden, die in keiner der Scheidungsvereinbarungen aufgelöst wurde. Sein Tod hätte sich für sie demnach in wenigstens zwei Hinsichten ordentlich ausgezahlt.«

»Außerdem scheinen sie ihn wirklich verabscheut zu haben«, fügte Ms. Washburn hinzu.

»Aber warum haben sie seine Leiche in Ihrem Büro abgeladen?«, wollte Carbona wissen. »Sie kannten Sie doch kaum.«

»Es war ein öffentlicher Ort«, erwiderte ich. »Cynthia Maholm hatten ihre fravolen Kolleginnen nur erzählt, dass sie Oliver Lewis einen Schreck einjagen wollten, damit er sein Geld rausrückte. Sie besuchte mich bei *Fragen Beantworten,* um deren Ränke zu tarnen, Lewis' Verhaltensweise gegenüber seinen Frauen offenzulegen und herauszufinden, ob ich ihren Exmann in ausreichendem Maße aus der Fassung bringen würde. Das tat ich. Er kam zu mir ins Büro, wodurch eine gewisse Glaubwürdigkeit entstand, die ich als ein unbeteiligter Dritter der Polizei gegenüber liefern konnte. Doch als die Damen ohne Cynthia Mr. Lewis ermordeten, jagte ihr das so große Angst ein, dass sie sich in sein Haus zurückzog und erwog, ihre fravolen Mitstreiterinnen zu verraten. Kurz darauf gelang es Amy Stanhope irgendwie, ihr eine Überdosis eines Medikaments zu verabreichen, das für Frauen gedacht ist, die während ihrer Schwangerschaft starke Übelkeit verspüren, und das hat sie umgebracht.«

»Woher hatte Lewis denn das ganze Geld, und wie viel war es? Es mussten doch Millionen sein, um all diese Frauen so sehr gegen ihn aufzubringen, dass sie ihn gleich ermordeten.«

»Das habe ich nie herausgefunden«, räumte ich ein.

»Manchmal ist Geld nicht das Einzige, was Frauen wütend macht«, gab Ms. Washburn zu bedenken.

Carbona schüttelte den Kopf. »Diese ganzen Frauen.«

»Er hatte viel Liebe zu geben«, sagte Ms. Washburn. Ich glaube nicht, dass sie es ernst meinte.

»Na, großartig«, sagte Detective Andrew Dickinson. »Sie haben meine Frage beantwortet und dafür gesorgt, dass irgendwelche kleinen Polizisten die Damen festnehmen konnten.«

»Es lag nicht in meiner Macht zu beeinflussen, wer auf den Notruf antworten würde«, entgegnete ich. »Es schien mir dringlicher, Ms. Washburns und mein eigenes Leben zu retten, als darauf zu achten, wer die Lorbeeren für die Verhaftungen einheimsen würde.«

»Nun, das ändert aber nichts an meiner Erfolgsquote«, merkte Dickinson an. »Ich habe zu der Verhaftung nichts beizusteuern; ich weiß nichts, was die Polizisten nicht schon selbst wüssten. Ich weiß nichts über Oliver Lewis' zwielichtiges Treiben oder darüber, wo er sein Geld versteckt hat. Ich habe nichts in der Hand. Dafür werde ich Sie nicht bezahlen.«

Wir standen in Dickinsons »Büro«, was aus einem mit Stellwänden abgesperrten Schreibtisch in einem Großraumbüro des Polizeireviers bestand. Da wir standen, konnte ich von oben Detective Estebans Kopf am angrenzenden Arbeitsplatz sehen. Sie saß an ihrem Schreibtisch, hatte uns aber wohl nicht bemerkt.

»Das werden Sie sehr wohl«, sagte Ms. Washburn. »Die Abmachung bestand darin, dass Samuel die Frage beantworten sollte. Das hat er getan. Von einer Bedingung, dass die Festnahmen auf Ihr Konto gehen müssen, war nie die Rede.«

»Wir sind hier fertig«, erwiderte Dickinson. »Wenn Sie mich verklagen wollen, Hoenig, tun Sie sich keinen

Zwang an.« Er setzte sich hin und begann sehr demonstrativ etwas auf einem Block auf seinem Schreibtisch zu notieren. Er sah nicht mehr auf.

»Oh, Sie werden schon sehen, wie wir klagen«, entgegnete Ms. Washburn. »Ich lasse mich doch nicht mehrfach mit dem Tod bedrohen, werde fast knusprig gebraten, nachdem man mir mit einer Pistole vor dem Gesicht herumgewedelt hat, und bekomme dann noch nicht einmal die vereinbarte Bezahlung dafür. Sie hören von unserem Anwalt.« Sie machte auf dem Absatz kehrt und entfernte sich von Dickinsons Arbeitsplatz.

Ich blieb stehen und sah, dass Dickinson allen Ernstes das Bild eines Polizisten auf seinen Notizblock zeichnete.

Ich folgte Ms. Washburn, die schnellen Schrittes in Richtung Haupteingang der Polizeiwache von Piscataway ging, als Detective Esteban rechts von mir auftauchte und eine Hand in die Höhe hielt. Sie sprach leise.

»Hätten Sie eine Minute für mich, Mr. Hoenig?«

Diese Frage hatte ich vorher natürlich schon oft gehört, sie ist allgemein verbreitet. Doch ich brauche immer einen Augenblick, um über sie nachzudenken – weiß denn irgendeiner von uns, wie viel Zeit er noch hat?

»Haben Sie eine Frage, Detective?«, entgegnete ich.

»Keine berufliche«, erwiderte sie. »Bitte sehr.« Sie machte eine Geste auf den Ausgang zu, also ging ich nach draußen, wo Ms. Washburn bereits auf dem Gehweg wartete.

Als wir einmal draußen waren, begab sich Detective Esteban auf die Seite des Gebäudes; offenbar würde es eine weitere unserer heimlichen Besprechungen werden. »Ich möchte nur etwas klarstellen«, sagte sie, und ihre Stimme war noch immer nicht so laut, dass uns ein Passant hätte hören können. »Sie haben doch eine Frage zum Mordfall Oliver Lewis beantwortet, ist das richtig?«

Wenn sich die Frage Detective Estebans darauf beschränkte, war sie wirklich nicht schwer zu beantworten: »Ja, das ist richtig.« Ich nickte der Polizistin zu und machte einen Schritt Richtung Parkplatz, auf dem Ms. Washburn ihren Wagen abgestellt hatte. Officer Carbona hatte uns gestattet, in dem Zivilfahrzeug zur Wache zu fahren und nicht in einem Streifenwagen, was ein besonderes Entgegenkommen war.

»Einen Moment noch«, fügte Detective Esteban hinzu. Vielleicht würde das hier letztendlich doch nicht so einfach werden. »Ich frage mich nur, wer Sie zu diesem Mordfall befragt haben könnte.«

Hier lag das Problem. Detective Esteban war neugierig über unsere Verstrickungen, und sie war intelligent genug, um zu ahnen, dass Detective Dickinson möglicherweise unser Auftraggeber war, was wahrscheinlich einige Vorschriften für den Polizeidienst, wenn nicht gar Gesetze brach.

»Es tut mir leid, Detective, aber ich darf den Namen meines Auftraggebers nicht preisgeben.«

Ms. Washburn schüttelte leicht den Kopf. »Ich denke nicht, dass das in diesem Fall zutrifft, Samuel.« Sie wandte sich an die Polizistin. »Sie wollen wissen, wer uns dafür bezahlt hat, um etwas über den Mord an Oliver Lewis herauszufinden? Es war …«

»Detective«, unterbrach ich, »wir dürfen diese Information nicht preisgeben, selbst wenn wir das wollten. Unsere Kunden bezahlen uns für unsere Diskretion.« Ich sah zu Ms. Washburn. »Und die werden wir auch gewährleisten.«

Detective Esteban dachte einen Augenblick lang darüber nach und nickte dann. »Sie sind ein integrer Mensch, Mr. Hoenig. Das respektiere ich. Danke für Ihre Hilfe.« Sie nickte noch einmal, um dadurch anzuzeigen, dass die Unterhaltung beendet war, und wandte sich zum Gehen.

Ms. Washburn schürzte ein wenig die Lippen. »Ich verstehe. Ich mag es nicht, aber ich verstehe es.«

»Detective«, rief ich ihr nach. Sie hielt an und blickte zu mir. »Falls Sie irgendwer fragt, Oliver Lewis verkaufte betrügerische Anlagen und Aktien, die gar nicht existierten, vor allem an ältere Mitbürger, die häufig starben, bevor sich die Anlagen auszahlten. Auf diese Weise verdiente er mindestens neunzehn Millionen Dollar, außerdem war er noch an Insidergeschäften und anderen illegalen Machenschaften beteiligt. Damit hätte er ein viel luxuriöseres Leben führen können, aber er hatte sich bereit erklärt, an jede seiner Exfrauen drei Millionen Dollar zu zahlen. Hätte er das auch getan, könnte er heute noch leben, und wir hätten einander nicht kennengelernt.«

Ms. Washburns Lächeln wurde langsam breiter. Sie schaute zu Detective Esteban.

Diese wartete, machte sich keine Notizen und nickte dann noch einmal. »Nur damit Sie Bescheid wissen, ich habe den Durchsuchungsbeschluss bekommen, und es befanden sich tatsächlich Blutspuren im Wagen der Tatortreinigung. Wir haben nach Hazel Montrose gefahndet, bevor Sie angerufen haben. Sie hätten mich darüber in Kenntnis setzen sollen, wohin Sie unterwegs waren.«

»Ich bedauere, dass ich das nicht getan habe, das können Sie mir glauben.«

»Außerdem haben wir noch einen Anruf von Roger

Siplowitz erhalten. Er sagt, dass Sie ihn wegen einer Anklage belästigen, die längst zurückgezogen wurde.«

Ms. Washburn atmete hörbar aus. »Wenn zwei Anrufe den Tatbestand der Belästigung erfüllen, dann stimmt das wohl, aber wir hören jetzt damit auf.«

Detective Esteban lachte kurz. »Ich habe ihm gesagt, er soll sich sonst wohin scheren.«

»Das weiß ich zu schätzen«, entgegnete ich. »Der Prozess sollte Oliver Lewis übrigens dazu veranlassen, Hazel Montrose zu heiraten, und das hat auch funktioniert. Und damit hat diese ganze unselige Angelegenheit ihren Lauf genommen.«

»Eigentlich dachte ich, dass Siplowitz ein Problem mit den Hochzeitsbildern hatte, die er uns aus irgendwelchen Gründen vorenthalten wollte«, warf Ms. Washburn ein. »Was war denn auf den Bildern zu sehen, Samuel?«

»Gar nichts. Mr. Siplowitz fürchtete nur, dass wir etwas über den Prozess herausfinden könnten, in den er verwickelt gewesen war und den er für den Schlüssel zu Oliver Lewis' illegalen Machenschaften hielt. Damit hatte er zwar unrecht, doch seine Besorgnis hat uns auf die richtige Fährte gebracht.«

Detective Esteban sah mich einen Moment lang an. »Sie würden keinen schlechten Detective abgeben«, sagte sie dann.

»Das ist aber nicht mein Ziel, und ich glaube außerdem, dass ich darin nicht so gut wäre wie Sie.«

»Danke, Mr. Hoenig.«

»Ich glaube, die korrekte Antwort darauf lautet: ›Das geht auf Kosten des Hauses‹, Detective.«

Detective Maria Esteban lächelte und drehte sich um. Sie bog um die Ecke, vermutlich ging sie zurück in das

Polizeirevier, um ein bisschen zu telefonieren und zu überprüfen, was ich ihr erzählt hatte.

Ms. Washburn kam zu mir und hakte sich bei mir unter. Da wir beide langärmlige Oberteile trugen, gab es dabei keinen Körperkontakt. Sie wusste, dass mir das unangenehm gewesen wäre. Wir machten uns auf den Weg zu ihrem Auto.

»Was ist denn jetzt mit all dem Gerede darüber, einen Vertrag, komme, was da wolle, zu erfüllen, sogar wenn der Kunde sich weigert, uns zu bezahlen?«

»Ms. Washburn«, entgegnete ich, »ich habe mich unserem Klienten gegenüber nur verpflichtet, seine Frage zu beantworten, und das habe ich getan. In unserem Vertrag war allerdings nicht die Rede davon, dass ich sie ihm *zuerst* beantworten würde.«

33

»Die Frau hatte drei Namen.« Mutter saß in ihrem angestammten Lehnstuhl im Büro von *Fragen Beantworten* und schüttelte den Kopf. Sie konnte immer noch nicht glauben, was doch bewiesen worden war. »Warum hat sie das getan?«

Ich sah von der Arbeit an meiner aktuellen Frage auf, die sich mit der Wahrscheinlichkeit befasste, mit der die Erderwärmung dazu führen würde, dass innerhalb der nächsten fünfundsiebzig Jahre irgendwo in Utah die neue Westküste Nordamerikas verliefe.

»Ms. McInerney hielt es für das Beste, ein paar Identitäten zur Verfügung zu haben, hinter denen sie sich verstecken konnte«, erklärte ich. »Es war zum Beispiel praktisch, mehrere Kreditkarten zu besitzen, wenn sie ihr Limit überzogen hatte und keine weiteren Zahlungen mehr leisten konnte. Als sie einmal entschieden hatte – und sie war es, die das entschied –, dass Oliver Lewis sterben musste, war es sicherlich sehr hilfreich, nicht die ganze Zeit Sheila McInerney sein zu müssen. Sie konnte sogar Cynthia Maholm unter diesem Namen hierherschicken und so für sich selbst ›eine Nebelkerze werfen‹, wie man so schön sagt.«

»Es ergibt trotzdem noch immer keinen Sinn, dass

Cindy überhaupt zu uns gekommen ist«, sagte Ms. Washburn. Sie gab ihr Bestes, um die Akten zu den Fragen zu ordnen, die ich während ihrer Abwesenheit beantwortet hatte. Leider war mein Ablagesystem, vor allem das auf Papier, nicht sonderlich effizient. Ms. Washburn kündigte an, dass sie außerdem damit begonnen hatte, eine Werbekampagne für *Fragen Beantworten* zu entwerfen. Sie hoffte, auf diese Weise mehr Aufträge zu generieren, die dabei helfen würden, ihr »Gehalt zu erwirtschaften«.

»Aus der Sicht einer Frau, die einfach nur ihrem Ehemann einen Schrecken einjagen wollte, ergab es durchaus Sinn«, widersprach ich. »Und aus Hazel Montroses Blickwinkel war es ein sehr effektives Mittel, um die anderen Exfrauen auf Linie zu bringen. Je weiter sie sich in den Plan verstrickten, desto schwerer wurde es, wieder auszuscheren.«

Mutter schnalzte ein wenig mit der Zunge und schüttelte erneut den Kopf, ich nehme an, unwillkürlich und mehr zu sich selbst. »Das war schon eine seltsame Gruppe von Ehefrauen. Aber ich sollte mir da wirklich kein Urteil erlauben.« Mein Vater hatte uns verlassen, als ich vier Jahre alt war, und seitdem weder mit mir noch mit Mutter noch einmal Kontakt aufgenommen. Mutter gibt es zwar nicht zu, doch ich glaube, dass die Schwierigkeiten, ein Kind aufzuziehen, das nicht wie die anderen Kinder war, durchaus eine Rolle bei seinem Entschluss spielte, Frau und Kind sitzenzulassen.

»Das hat nichts damit zu tun, sich ein Urteil zu erlauben, Vivian«, sagte Ms. Washburn. »Aber man weiß wirklich nie, was in der Ehe einer anderen Person vor sich geht.« Ihre Stimme wurde leiser, und sie sah keinen von uns beiden an, als sie hinzufügte: »Man kann schon von

Glück reden, wenn man weiß, was in seiner eigenen Ehe vor sich geht.«

Mutter schien dieser Bemerkung einige Bedeutung beizumessen, denn sie stand auf, stellte sich vor den Getränkeautomaten und bewunderte die Auslage. Ich wusste, dass sie weder eine kalorienreduzierte Limonade noch ein Mineralwasser kaufen würde – das hat sie noch nie getan –, denn sie hatte gar kein Geld bei sich. Ihre Handtasche stand noch immer neben dem Stuhl.

Sie wollte Ms. Washburn und mir anscheinend Gelegenheit geben, unter vier Augen zu sprechen. Die Schwierigkeit bestand darin herauszufinden, was genau das Thema sein könnte.

Ms. Washburn sah einen Augenblick lang zu Mutter und verstand ganz offenbar, was ihre Geste zu bedeuten hatte. Dann wandte sie sich zu mir um und sagte: »Ich will nicht darüber reden.«

Da ich ohnehin nicht verstand, worüber wir hätten reden sollen, nickte ich nur. »Einverstanden.«

»Ich meine, Sie wussten ja schon, dass es Schwierigkeiten in meiner Ehe gibt.« Offensichtlich wollte Ms. Washburn trotz ihrer gegenteiligen Behauptung reden, und das Thema war ihre Ehe.

Ich dachte nach. »Ich wusste, was Sie mir erzählt haben.« Das erschien mir eine sichere Entgegnung zu sein.

»Nun, ich habe Ihnen nicht alles gesagt, und das werde ich auch jetzt nicht tun.« Ich gebe zu, dass mich diese Äußerung ein Stück weit erleichterte. »Es liegt aber im Bereich des Möglichen, dass ich mich scheiden lasse.«

Mutters Schultern hoben und senkten sich in schneller Abfolge.

Seit meiner »Diagnose« im Alter von sechzehn Jahren bin ich in Sozialverhalten ausgebildet worden, also hatte ich eine Antwort parat. »Es tut mir sehr leid, das zu hören.« Es tat mir nicht *furchtbar* leid, denn ich hatte Simon Taylor ja niemals getroffen und mit ihm nur zu zwei unangenehmen Anlässen telefoniert, aber das war die Antwort, die von einem in solch einer Situation erwartet wurde. »Sie bleiben aber doch bei *Fragen Beantworten?*« Es war mir ziemlich egal, ob das der richtige Zeitpunkt für diese Frage war – die Information musste ich einfach bekommen.

Ms. Washburn lächelte. »Ja, Samuel. Wahrscheinlich brauche ich diesen Job jetzt mehr denn je. Machen Sie sich darüber keine Sorgen.«

Sie schien die Hand nach mir ausstrecken zu wollen, vielleicht um mich zu umarmen, aber dann hielt sie inne. Es war möglich, dass sie dachte, mir wäre diese Geste unangenehm gewesen. Ich bin mir nicht sicher, ob dem in diesem Augenblick so gewesen wäre oder nicht.

»Dann ist ja alles in Ordnung«, erwiderte ich.

Ms. Washburn schüttelte knapp den Kopf und lächelte mich mit einem seltsamen Gesichtsausdruck an. »Ja, Samuel. Alles ist in Ordnung.« Sie machte eine Pause. »Also. Was steht als Nächstes auf unserer Liste?«

»Ich glaube, ich möchte mir ein Handy kaufen.«

Danksagung

In vielerlei Hinsicht war ich überwältigt davon, wie *Eine Leiche riskiert Kopf und Kragen* aufgenommen wurde, nicht zuletzt wegen der Zuschriften, die ich von Familien mit autistischen Mitgliedern und von einigen Aspies oder anderen Betroffenen selbst erhielt. Eure Mails sind für mich eine Lektion in Demut, und ich bin froh über alle Kommentare (selbst über die etwas unwirschen). Ich versuche, ein so genaues Bild wie möglich zu zeichnen, weiß aber, dass Vollkommenheit unmöglich ist, wenigstens für mich. Hier und da mache ich einen Fehler, und wenn ihr mich das wissen lasst, so hilft es mir dabei, es beim nächsten Mal besser zu machen.

Manche der Geschichten, die mir erzählt worden sind, und der Nachrichten, die ich erhalten habe, haben mich so sehr berührt, dass ich es kaum mit Worten zum Ausdruck bringen kann. Lassen wir es dabei bewenden, dass wir gemeinsam an vorderster Front stehen, um weiter für mehr Verständnis zu kämpfen.

Es gibt immer Menschen, denen man zu danken hat, wenn man ein Buch beendet, und dieses hier macht keine Ausnahme.

Danke an den unentbehrlichen D. P. Lyle für das Reglan, das genau das Richtige war. Wenn man Gift braucht, sollte man sich einfach an einen niedergelassenen Arzt wenden.

Wie immer war ich dankbar für die wunderbare Arbeit von Terri Bischoff und Nicole Nugent bei Midnight Ink. Danke, dass ihr etwas kaum Verständliches bekommen und es in etwas Verständliches umgewandelt habt. Es ist schön, wie ein Mensch und nicht wie eine Wörtermaschine behandelt zu werden. Denn ich bin mir ziemlich sicher, dass ich ein Mensch bin.

Natürlich auch ein großes Dankeschön an Josh Getzler, Danielle Burby und alle Mitarbeiter der HSG Agency nicht nur dafür, dass sie Terri auf Samuel aufmerksam gemacht, sondern auch, dass sie ihn der Welt vorgestellt haben! Samuel ist nun in einer Reihe von Sprachen in einer Reihe von Ländern erhältlich, und zwar dank euch. Gott sei Dank lebt Josh in einem bequemen Wohnhaus in Manhattan, sonst wäre das alles vielleicht niemals passiert. Danke also an Chris Grabenstein.

An alle, die jemals eines meiner Bücher gelesen haben: Ich staune über euch. Ja, ich weiß, wie das klingt, aber der Gedanke, dass jemand, der weder ein enger Freund noch ein Verwandter ist, tatsächlich mein Werk auswählt und es liest, ist eine Ehre, die ich nicht für selbstverständlich halte. Danke aus tiefstem Herzen.

Jeff Cohen
In den dunkelsten Ecken von New Jersey
Juni 2015

»Wo ist der Kopf von Mrs. Masters-Powell?«

384 Seiten. ISBN 978-3-7341-0349-0

Samuel Hoenig ist ein ungewöhnlicher Mann, und er hat einen ungewöhnlichen Job: Er beantwortet Fragen jeglicher Art. Seine spezielle Persönlichkeit hilft ihm dabei, nahezu jede Antwort zu finden. Doch die Frage eines neuen Kunden entpuppt sich als besonders knifflig: »Wo ist der Kopf von Mrs. Masters-Powell?« Samuels Ehrgeiz ist geweckt. Gemeinsam mit seiner neuen Assistentin Ms. Washburn macht er sich auf die Suche. Als dann auch noch ein Mord geschieht, befindet sich Samuel plötzlich inmitten einer verzwickten Verschwörung …

Lesen Sie mehr unter: **www.blanvalet.de**